ÜBER DIE AUTORIN

Ute Jäckle wurde in Stuttgart geboren. Sie studierte BWL in Nürnberg und verbrachte einige Jahre in den USA. Nach dem Studium arbeitete sie für die Industrie. Schon immer war ihre ganz große Leidenschaft das Lesen, und mit dem Schreiben von Büchern erfüllte sie sich einen Lebenstraum. Seitdem kann sie nicht mehr davon lassen und widmet sich voll Hingabe dem Verfassen von Liebesromanen. Seit Jahren schreibt sie für verschiedene Verlage und auch im Selfpublishing.

Neuauflage September 2019

c/o Barabara's Autorenservice

Tüttendorfer Weg 3

24214 Gettorf

Email: ute.jaeckle@yahoo.com

Cover: NK Design (Nadine Kapp)

Dieser Roman erschien 2016 als Spitzentitel: Nicht auch noch der! im LYX Verlag. Erhielt drei Thalia Buchhändler Empfehlungen! Prädikat: witzig und hinreißend

KAPITEL 1

»Und Sie sind sicher, dass Sie kein Mann sind?« Die Sekretärin, Ende vierzig, musterte mich verwirrt und blätterte durch ihre Akte. Dabei benetzte sie immer wieder ihren Zeigefinger mit der Zungenspitze. Sie saß hinter ihrem Schreibtisch, links und rechts von ihr reihten sich Aktenschränke an der Wand entlang. Neben ihrem Tisch ließ eine Yuccapalme ihre Blätter hängen wie eine deprimierte Henne in Käfighaltung die Flügel.

Für den Bruchteil einer Sekunde blieb ihr überheblicher Blick an meiner Oberweite haften und ich zuckte unwillkürlich zusammen. An der Art, wie sie die linke Augenbraue hob, sah ich buchstäblich, wie sich die Worte *aufgepumpt* und *Silikon* in ihrem Kopf formten. Ein feines Grinsen umspielte ihre Mundwinkel und ich widerstand nur schwer dem Drang, meinen Oberkörper mit einem Arm zu verdecken. Ich schluckte und riss mich zusammen. Immerhin stand ich heute aus einem immens wichtigen Grund hier im Wohnservice-Büro des Erlanger Studentenwerks.

»Ja, wie Sie sehen, bin ich kein Mann«, gab ich mürrisch zu. »Aber Ihr Büro hat mich in einer Männer-WG einquartiert.« Wie zum Beweis deutete ich auf den Zettel, der in meiner Hand zitterte. Diese Neuigkeit hatte ich heute Morgen am Briefkasten nur schwer verkraftet und mich umgehend auf den Weg gemacht.

»Aber hier steht doch Luca Vogt«, insistierte sie weiterhin verständnislos.

»Ja«, erwiderte ich gedehnt. »Das bin ich.« Ich tippte mit dem Zeigefinger gegen mein Brustbein. »Ich heiße *Luca*.« Das stimmte nicht ganz, aber das musste sie nicht wissen. Besser gesagt: Niemand durfte das wissen.

»Oh.« Sie sah auf und schien eine Erleuchtung zu haben. »Ich dachte immer, Luca wäre ein Männername.«

»Wie Sie sehen …« Ich brach ab. Was sollte diese Diskussion, schließlich stand ich vor ihr.

Noch immer lächelte sie süffisant, ein paar Falten gruben sich rings um ihre Augen in ihr gebräuntes Gesicht, außerdem wirkte sie für ihr Alter auch noch unglaublich fit. Sofort überkam mich ein schlechtes Gewissen. Ich war ein ausgesprochener Sportmuffel und keuchte schon, wenn ich die zwei Stockwerke in meine Wohnung hochsteigen musste. In meine Ex-Wohnung wohlgemerkt, die nun mein Ex-Freund allein bewohnte.

»Ich verstehe Ihr Problem.« Die Dame nickte mit dem gütigen Ausdruck einer Madonna. »Nur leider sind alle Zimmer vergeben. Es gibt Studenten, die haben sich bereits letztes Jahr um ein Zimmer bemüht.«

Die Art, wie sie *letztes Jahr* betonte, ließ nichts Gutes erahnen – dennoch würde ich nie im Leben in eine Männer-WG ziehen. Eher ging ich ins Kloster und legte ein Gelübde ab. Von Männern hatte ich für die nächsten Jahrzehnte die Nase voll. Vielleicht sollte ich tatsächlich Nonne werden, überlegte ich gerade allen Ernstes, da quasselte die Unheilsbotin weiter. »Sie hatten Glück, dass kurzfristig jemand abgesprungen ist.«

»Ich bin Ihnen ja dankbar«, log ich schwer seufzend. Hinter mir hörte ich etwas knarren, achtete aber nicht darauf, denn nun schlug ich einen weinerlichen Ton an und beugte mich über den Schreibtisch. Vielleicht bewirkte die Mitleidsmasche etwas. Spontan beschloss ich, meine Trennung von Ringo ein wenig mit erfinderischen Details auszuschmücken. Es hatte mich schwer getroffen, ihn mit dieser Wasserstoffblondine im Wohnzimmer vorzufinden. Vor allem, da Ringo der Erste gewesen war, dem ich vier Jahre nach dem schlimmsten Abend meines Lebens eine Chance gegeben hatte. Und das auch nur, weil er sich monatelang um mich bemüht hatte. Von wegen Traumfrau und so … elender Heuchler! So etwas würde mir nie wieder passieren.

Ich ging zum Frontalangriff über und legte den Kopf schräg. »Sehen Sie, ich muss dringend aus meiner alten Wohnung raus. Mein Freund hatte Sex auf unserem Wohnzimmertisch … mit einer anderen.« Meine Stimme wurde brüchig, ich räusperte mich. Es hatte mich doch einiges an Überwindung gekostet, diese Schmach zuzugeben. Bis hierhin stimmte die Geschichte sogar noch.

»Dann werfen Sie ihn halt raus«, erwiderte sie desinteressiert und sah mich über den Rand ihrer Brille hinweg an. »Soll er sich doch um eine neue Wohnung kümmern und nicht Sie.«

»Leider ist es seine Wohnung. Ich bin damals zu ihm gezogen.«

Die Gesichtszüge der Frau wurden plötzlich weich, also beschloss ich, einen Gang hochzuschalten. Es tat gut, mir alles von der Seele reden zu können. Die letzten Tage hatte ich die Nerven meiner besten Freundin Caro in dieser Hinsicht ein wenig überstrapaziert.

»Angefangen hat alles damit, dass ich ihn eines Nachts im Badezimmer dabei erwischt habe, wie er sich gerade … na ja Sie wissen schon.« Ich machte eine vage Auf- und Abwärtsbewegung mit der Hand, worauf die Sekretärin hektisch nickte.

»Und dann?«, fragte sie mit großen Augen, während ich

möglichst unauffällig ihr Gesicht nach Anzeichen für Misstrauen absuchte. Ich schwitzte Blut und Wasser in der Hoffnung, sie würde mir diese groteske Geschichte abnehmen. Aber ich konnte auf gar keinen Fall mit zwei Männern zusammenwohnen – nicht nach allem, was geschehen war. Ich brauchte eine Pause von den Kerlen.

»Er hat sich herausgeredet. 'Schatz, es ist nicht das, wonach es aussieht'«, ahmte ich Ringos krächzende Stimme nach. »Natürlich nicht.« Ich schnaubte. »Er hatte nur alle Hände voll zu tun.«

Sie kicherte. Die Mitleidsmasche klappte besser als erwartet. In meinem Gehirn formten sich alle möglichen Schreckensszenarien. Und die Dame wollte allem Anschein nach mehr wüste Storys hören. Okay …

»Er meinte dann allen Ernstes: 'Ein bisschen Handbetrieb ab und zu stärkt das Immunsystem. Bei mir ist eine Erkältung im Anflug'«, gab ich ihr, was sie wollte.

Sie hyperventilierte beinahe. »Aber danach ...?«

»Er hatte dann eine seiner Migräneattacken, ich glaube, deshalb war auch öfter Flaute bei uns.« Ob sie mir mein Gelaber tatsächlich abnahm? Ihr Mund stand leicht offen, sie sog jedes einzelne Wort regelrecht in sich auf wie ein Staubsauger.

»Also bin ich am nächsten Tag losgezogen, um unser Liebesleben aufzupeppen, habe mir knappe Spitzendessous zugelegt, auch noch Handschellen aus einem Erotikgeschäft. Ich habe mir sogar einen Porno mit ihm angeschaut.«

Die Sekretärin verzog das Gesicht, als hätte sie Schmerzen, und ich nickte hastig. Uh, zu dick aufgetragen.

»Ich weiß, Pornos sind auch nicht mein Ding.«

»Hat es wenigstens was gebracht?«

Ich lachte bitter auf. Das Verhör begann mehr als unangenehm zu werden. Hoffentlich würde ich dieser Frau niemals wieder in meinem Leben begegnen. Am besten verdrängte ich unser bizarres Gespräch nachher einfach, und tat, als hätte es nie stattgefunden. Um endlich zum Ende zu kommen, gab ich ihr einen Nachschlag. »Ja. Als ich letzte Woche nach Hause kam, lag diese Blondine an meinen Wohnzimmertisch gefesselt, während nebenher der Porno lief.« Wenn das nicht genügte, um mich umzuquartieren, war ich mit meinem Latein am Ende.

Ihr blieb der Mund offen stehen. »Ihre Dessous hatte sie hoffentlich nicht an.«

Was? Leiser Zweifel nagte in mir wie eine Maus an einem Stück Käse. War ich eventuell ein Schrittchen zu weit gegangen bei meinem kläglichen Versuch, ihr Mitleid zu erhaschen?

Mit spitzen Fingern griff die Frau nach ihrer giftgrünen Kaffeetasse und trank einen Schluck. Einen Schluck hätte ich jetzt auch bitter nötig, allerdings von etwas Hochprozentigem. Schweiß brach mir aus allen Poren. Meine Schultern schmerzten vor Anspannung – es nützte ja nichts, jetzt noch einen Rückzieher zu machen. Wohl oder übel musste ich bis zum bitteren Ende durch. »Nein, sie war nackt und er in ihr.« Dieser Teil stimmte sogar wieder.

Sie betrachtete meinen Antrag nachdenklich. Ich hielt den Atem an.

»So ein Schwein«, murmelte sie, wandte sich ihrem Computer zu und tippte wild darauf herum.

Es tat unglaublich gut, diese Worte aus einem fremden Mund zu hören. Ich nickte, sie hatte ja so recht. Wie hatte ich die letzten zwei Jahre nur dermaßen blind sein können?

»Vielleicht …«, murmelte sie nachdenklich und kratzte sich mit dem Zeigefinger am Kinn.

Das erste Glücksgefühl seit Tagen durchströmte mich. Sie hatte mir die Story abgekauft. Ich war ein böses Mädchen. Egal. Das neue Zimmer war so gut wie mein!

»In der Tat ein Schwein«, hörte ich eine dunkle Stimme hinter mir und riss den Kopf herum. Ich blickte direkt in zwei nachtblaue Augen, ein tiefes Blau mit einem Schwarzstich darin. Sie gehörten zu einem jungen Kerl mit dunkelbraunen strubbeligen Haaren. Einer seiner Mundwinkel zuckte bei dem Versuch, ernst zu bleiben. Wo kam der auf einmal her?

»Und du hast echt nichts gemerkt?« Er klang ungläubig. Sein Blick streifte meinen Brustkorb und verharrte dort ein wenig länger als nötig. »Der wusste wohl deine Vorzüge nicht zu schätzen. Sei froh, dass du ihn los bist.« Er grinste breit.

Hinter mir kicherte die Sekretärin los. Ich wirbelte zu ihr herum. Fassungslos beobachtete ich, wie sie mit einer Hand vor ihrem Mund herumwedelte.

»Kindchen, Gott, sind Sie naiv. Sie sollten nicht so gutgläubig sein. Männer muss man an der kurzen Leine führen.«

»Nimm's nicht persönlich, jeder Cowboy poliert hin und wieder seinen Colt …«, kam es nun lachend von hinten, und noch immer perplex wandte ich mich wieder ihm zu.

Oh nein! Ich wollte am liebsten sterben. Er hatte nicht nur alles mit angehört – die miese Büro-Schnepfe hatte es auch noch bewusst darauf angelegt. Mein gesunder Menschenverstand drängte mich spontan zur Flucht. Selbstverständlich hörte ich nicht auf mein Gehirn. Stattdessen glitt mein Blick hinunter zu meiner Hand, in der ich den Brief hielt, und ich drehte mich wortlos wieder um. Am besten ignorierte man solche Typen einfach.

»Was ist jetzt mit meinem Anliegen?«, fuhr ich die Sekretärin grob an, da die Blicke dieses Möchtegern-Casanovas in meinem Rücken landeten wie eine Sammlung Dartpfeile. Umgehend veränderte sich der belustigte Ausdruck in ihren Augen. Offenbar mochte sie es nicht, herumkommandiert zu werden.

»Leider kann ich Ihnen nicht weiterhelfen, das habe ich Ihnen doch vorhin bereits erklärt. Entweder Sie nehmen das Zimmer, oder Sie lassen es bleiben und suchen sich selbst was.«

»Aber … aber.« Mir fiel kein weiterer Überzeugungsgrund

mehr ein. Nicht, solange der Typ hinter mir stand und sich schlapplachte. Verdammt, der Kerl kam näher, ich hörte ihn hinter mir atmen und drehte mich erbost um. »Könntest du vielleicht damit aufhören, mir deinen Atem in den Nacken zu hecheln?«, fauchte ich.

Er wirkte perplex – gut so.

»Sind wir heute schlecht gelaunt? PMS?«, fragte er überfürsorglich, worauf ich erst mal nach Luft schnappte.

»PMS, ganz genau. Steht für Primitives-Mann-Syndrom, und ich glaube, das ist ansteckend. Also würdest du dich bitte nicht so nahe hinter mich stellen?«

Er lachte. Ich konnte es nicht glauben – er lachte!

»Bist du immer so schlecht gelaunt? Kein Wunder …«

»Kein Wunder was?« Ich reckte mich vor ihm in eine, wie ich hoffte, bedrohliche Pose und stemmte beide Hände in die Hüften. Der Arsch hatte alles verdorben. Leider ließ die Wirkung zu wünschen übrig, da ich den Kopf in den Nacken legen musste, ansonsten hätte ich mit seinem Brustkorb geredet. Zu allem Überfluss spürte ich meine Wangen glühen, aber ich ließ mir nichts anmerken und funkelte ihn kampflustig an.

Es wirkte. Er wich einen Schritt nach hinten aus und hob beschwichtigend beide Hände.

»Ganz ruhig«, sprach er auf mich ein, als wäre ich ein zähnefletschender Pitbull, »bevor du mich schlägst. Ich wollte nur meinen Antrag abgeben und dann verschwinde ich sofort wieder, damit ihr in Ruhe weiterreden könnt. Deine Probleme gehen mich nichts an.« Grinsend hob er ein Blatt Papier vor meine Nase, auf dem in großen Buchstaben *Parkplatzreservierung* stand, gleichzeitig deutete er auf ein Registerfach auf dem Schreibtisch. Dort prangte dasselbe Wort.

»Oh.« Mehr fiel mir auf die Schnelle nicht ein. Das war unglücklich gelaufen, also zwang ich mich zu einem fast freundlichen Lächeln und machte eine grazile

Handbewegung in Richtung Tisch. Die Sekretärin hatte sich mittlerweile erhoben, stand jetzt am Fensterbrett und goss sich Kaffee nach.

»Ben.« Die Dame strahlte ihn an. »Legen Sie das Formular einfach ins Fach. Ich kümmere mich gleich um Ihren Antrag und werde sehen, was sich machen lässt, damit Sie Ihren Parkplatz bekommen.«

»Das ist wirklich nett von Ihnen.« Er musterte sie ausgiebig von oben bis unten. »Sagen Sie, Frau Weber, treiben Sie in letzter Zeit mehr Sport?«

Sie winkte geschmeichelt ab. »Ich gehe nur ein bisschen Joggen im Park.«

Mir wurde augenblicklich schlecht – was für ein Schleimer. Er grinste, als er bemerkte, wie ich die Augen verdrehte, ehe er sich wieder an die Sekretärin wandte. »Ist mir sofort aufgefallen. Sie sehen super aus. Ich hätte am liebsten den Parkplatz ganz vorne in der Tiefgarage, dann muss ich morgens nicht so weit laufen.« Seine Stimme war eine Oktave tiefer geworden, er hörte sich an, als hätte er ihr soeben versprochen, die Nacht mit ihr zu verbringen. Ich schüttelte mich, aber ihr schien sein Gesäusel unter die Haut zu gehen. Mit einem gewagten Hüftschwung kam sie zurück.

»Das lässt sich arrangieren«, hauchte sie wie Marilyn Monroe beim Geburtstagsständchen für Kennedy.

»Vielen Dank, auf Sie ist einfach Verlass.« Er warf den Antrag an mir vorbei in das Fach und spazierte zur Tür. Dort drehte er sich noch einmal mit einem breiten Grinsen um, das er ausschließlich mir vergönnte, bevor er verschwand.

»Ein netter junger Mann«, meinte die Sekretärin und starrte verzückt auf die geschlossene Tür. »Sie sollten nicht so schnell aus der Haut fahren, Männer mögen keine Furien.«

Super. Dank diesem Arsch war ich nicht mehr das arme bemitleidenswerte Opfer, sondern der Drachen, der seinen bedauernswerten Freund in die Arme einer anderen getrieben hatte.

Frau Webers Lächeln wirkte so falsch wie ihre Haarfarbe. »Ich glaube, es ist am besten, Sie ziehen vorerst einmal in diese WG. Probieren Sie es doch erst mal aus. Bestimmt lernen Sie so einiges über Männer dazu.«

Ich schnaubte. »Das klingt, als wollten Sie mir ein Haustier aufschwätzen. Nur leider reagiere ich extrem allergisch auf Tierhaare. Sie wissen schon, Kaninchen-, Katzen-, Männerhaare, die ganze Bandbreite.«

Tief einatmend warf Frau Weber einen Blick auf ihre Armbanduhr. »Gleich habe ich Mittagspause. Ich kann Ihnen anbieten, dass Sie das Zimmer erst mal nehmen, und ich melde mich bei Ihnen, sobald etwas anderes frei wird. Oder Sie lassen es und suchen sich etwas anderes. Viel Glück.« In der Art, wie sie mit den Achseln zuckte und nach Bens Antrag griff, wurde mir klar, dass ihr mein Schicksal vollkommen egal war. Was sollte ich jetzt tun? Ich war so knapp bei Kasse, dass ich mir keine eigene Wohnung leisten konnte. Zumal ich sowieso im letzten Studienjahr war. Das mit Caro war nur eine Notlösung. In ihrer winzigen Wohnung traten wir uns fast auf die Füße, wenn wir aneinander vorbeigingen. Und zu Ringo konnte ich nicht zurück.

»Also gut, aber Sie melden sich, sobald was frei wird. Diese Situation ist nur vorübergehend.« Ob sie meine Zähne knirschen hören konnte?

Frau Weber strahlte wie ein undichter Atommeiler, kramte in einer Schachtel mit Schlüsseln, von denen sie schließlich einen in die Höhe hielt. »Bitteschön, hier den Erhalt quittieren.« Sie schob eine Liste über den Schreibtisch und tippte auf meinen Namen, der dort in Druckschrift stand.

Nach einem Moment des Zögerns riss ich ihr den Kugelschreiber aus der Hand und setzte die Mine auf dem Papier an. Meine Unterschrift geriet ein wenig krakelig, aber das war mir egal. Wutentbrannt stürmte ich aus dem Büro.

KAPITEL 2

Vor der Tür blieb ich erst mal stehen, um durchzuatmen. Das konnte einfach nicht wahr sein – was für ein Albtraum. Ich sollte also ernsthaft in einer Männer-WG hausen?

Nervös spielte ich mit dem Schlüssel in meinen Fingern, bis er klimpernd zu Boden fiel. Seufzend hob ich ihn auf und marschierte los, den Gang entlang und die Treppe nach unten.

Im Foyer des Studentenwerks entdeckte ich in einer Ecke einen Kaffeeautomaten, auf den ich zielstrebig zusteuerte. Fix und fertig, wie ich war, brauchte ich dringend Koffein, um meine Lebensgeister zu wecken, also kramte ich ein paar Münzen hervor, die ich in den Schlitz warf. Verdammt, da kam kein Becher raus – was war heute bloß los? Ich bückte mich und betrachtete die Stelle, an der eigentlich mein Kaffee stehen sollte, aber nichts passierte.

»Blödes Ding.« Wutentbrannt trat ich gegen den Automaten.

»Brauchst du Hilfe?«, hörte ich jemanden hinter mir. Sofort erkannte ich die Stimme. Sie gehörte diesem Ben von eben. Super. Der hatte mir gerade noch gefehlt.

»Nein, danke«, fauchte ich, da schlug er bereits mit der geballten Faust gegen den Münzeinwurf, dass der ganze Apparat wackelte. Gleich darauf ploppte der Becher hervor, und die schwarze Brühe floss zischend hinein.

»Wo rohe Kräfte sinnlos walten«, zitierte ich, während ich den dampfenden Kaffee vorsichtig herausnahm.

»Gern geschehen«, sagte er spöttisch. »Ich arbeite drüben im Copy Shop und hole mir hier immer Kaffee, darum kenne ich Ernies Tücken.«

Ich zwang mich, den Kopf zu heben, was mich einiges an Überwindung kostete, und sah direkt in diese tiefblauen Augen, mit denen er jeden Hypnotiseur hätte neidisch machen können. »Danke.« Ich versuchte, wenigstens einigermaßen freundlich zu klingen. »Ernie?«

Er strich an der Seite des Automaten entlang, als berührte er eine nackte Frau. »Ich habe ihn so getauft. Maschinen haben auch eine Seele. Glaub mir, seit ich mich gut mit Ernie verstehe, rückt er immer Kaffee raus.« Er deutete auf meinen Becher.

»Du bist also ein Maschinenversteher.« So sehr ich es auch versuchte, ich konnte ein Glucksen nicht unterdrücken. Aber ihm schien sein Gefasel kein bisschen peinlich zu sein.

»Auch.« Ben lehnte sich gegen den Automaten. »Warum bist du eigentlich nicht schon vorher abgehauen?«

»Aus dem Wohnheim-Büro?« Ich musterte ihn verwirrt.

»Nein, von deinem Ex, spätestens als er mit dieser dämlichen Migräne Ausrede daherkam, hättest du deine Koffer packen sollen.« Er prustete.

Verlegen nippte ich an meinem Kaffee, und verzog augenblicklich den Mund, da das Gebräu schauderhaft schmeckte. Musste er mit meinem bescheuerten Gerede von vorhin daherkommen? Ich verspürte keinerlei Lust, meine gescheiterte Beziehung mit einem Wildfremden zu analysieren, und am allerwenigsten mit ihm. Die Art, wie er das gesagt hatte, hatte deutlich gemacht, dass er an meinem

Verstand zweifelte. Okay, ich hatte vorhin im Büro übertrieben, trotzdem war meine Beziehung ein einziger Reinfall gewesen. Was sollte ich ihm antworten? Dass ich darauf gehofft hatte, diese jämmerliche Beziehung doch noch irgendwie auf die Reihe zu kriegen? Dass ich taub und blind gewesen war? Dass ich mich sowieso schwer tat, Männer kennenzulernen, weshalb es jedes Mal die Hölle für mich bedeutete, mich zu verabreden? Was wusste er schon? Bestimmt drehten sich alle Frauen nach ihm um, er hatte überhaupt keine Ahnung, wie man sich fühlte, wenn man abgewiesen oder betrogen wurde. Überhaupt, was ging ihn mein Leben an?

»Hör zu, die Sache ist abgehakt und sehr privat. Könntest du vielleicht vergessen, dass dieses Gespräch jemals stattgefunden hat?«

Wie cool er wirkte, in seinem engen schwarzen T-Shirt und der gut sitzenden Jeans. Er war definitiv eine Nummer zu groß für mich, normalerweise sprachen solche Männer nicht einmal mit mir. Vielleicht hatten wir aber auch nur einen schlechten Start, überlegte ich gerade etwas milder gestimmt, da setzte er noch einen drauf.

»Sex ist ein guter Indikator, um herauszufinden, ob eine Beziehung noch intakt ist. Es ist quasi die Spitze des Eisbergs. Läuft es im Bett nicht mehr, kann man den Rest auch vergessen.«

Unfassbar. »Vielen Dank für Ihre Analyse, Doktor Freud«, ätzte ich. Auf seine *fachmännische* Abhandlung meines bescheidenen Sexlebens konnte ich getrost verzichten. Im Bruchteil einer Sekunde verblasste seine Attraktivität auf das Format einer Blindschleiche. »Du bist ein wahrer Frauenkenner, stimmt's?«

Zu meiner Verärgerung wirkte er geschmeichelt. Er griff sich in den Nacken, als wäre es ihm peinlich, das zuzugeben.

»Könnte man so sagen, ja.« Ben lächelte breit.

Wie konnte man nur so eingebildet sein? »Sag bloß, du hast eine Freundin.«

Er beugte sich näher zu mir. »Warum? Willst du abchecken, ob was geht?«

Wohlwollend tätschelte ich ihm den Arm. »Träum weiter. Ich wollte nur wissen, ob es da draußen wirklich eine Frau gibt, die es mit dir aushält.«

»Da gibt es sogar einige.« Er zwinkerte mir zu. »Und bis jetzt hat sich noch keine beschwert. Ich glaube, dir fehlt nur …«

»Mir fehlt nur ein Kerl, der es mir so richtig besorgt«, beendete ich den Satz für ihn und verschränkte die Arme vor der Brust. Er war so durchschaubar.

»Dir fehlt nur ein wenig Selbstvertrauen, wollte ich sagen. Aber deine Definition gefällt mir auch ganz gut.« Ein Funkeln stahl sich in seine Augen, als hätte ich ihm gerade ein anzügliches Versprechen gemacht.

»Ich muss gehen.« In einem großen Schluck trank ich meinen Kaffee aus und versenkte den Becher im Abfalleimer neben dem Automaten. Mein Handy klingelte. Super Timing, es gab doch einen Gott. So konnte ich einfach verschwinden, ohne diesem arroganten Schwachkopf noch mehr von meiner wertvollen Zeit widmen zu müssen. Im Gehen zog ich mein Smartphone aus der Jackentasche und warf einen Blick auf das Display. Caro. Sofort nahm ich das Gespräch an.

»Hey, Luca. Wollte nur wissen, ob du was erreicht hast«, fragte sie. Auf dem Weg hierher hatte ich sie über mein Unglück informiert.

»Nein, sie haben nichts mehr frei. Was für ein Mist.« Ich legte eine Hand auf die Glastür, um sie aufzudrücken, als diese mir mittlerweile leider nur zu bekannte Stimme erneut ertönte.

»Warte doch mal.«

»Bleib bitte kurz dran, Caro«, sagte ich und ließ das Handy sinken. Ich atmete so laut durch, dass er es hören musste, ehe ich mich langsam umdrehte. Den Kerl würde ich eiskalt auflaufen lassen. »Was gibt's?«

»Du hast etwas verloren«, sagte er mit einem diabolischen Grinsen, das mich sofort stutzig machte. Wie in Zeitlupe hob er den Arm und hielt mir etwas Weißes zwischen Daumen und Zeigefinger vor die Nase. Als ich erkannte, was er mir präsentierte, wäre ich am liebsten im Boden versunken.

»Lag ich vorhin also doch nicht so falsch.«

Ich fauchte wie eine in die Enge getriebene Katze ehe ich ihm den Tampon aus der Hand riss. Wortlos drehte ich mich um und hörte ihn hinter mir lachen.

»Gibt es keinen Finderlohn?«

KAPITEL 3

Zurück in Nürnberg betrat ich das schmale Treppenhaus des Hinterhofgebäudes, in dem Caro wohnte. Seufzend schloss ich die Wohnungstür mit dem Ersatzschlüssel auf, trat ein und fühlte mich wie immer sofort zu Hause. Jede Wand war in einer anderen Farbe gestrichen, an jeder hingen selbst gemalte Bilder. Caro besuchte die Kunstakademie und hielt sich nebenbei mit diversen Jobs über Wasser. In meinem ersten Studienjahr hatten wir uns in einem kleinen Schokogeschäft in der Innenstadt kennengelernt, in dem Caro zwei Mal die Woche aushalf. Wegen meiner Zöliakie musste ich das Sortiment immer erst nach den Inhaltsstoffen absuchen, um zu vermeiden, dass ich etwas aß, in dem Weizen enthalten war. Gemeinsam hatten wir damals die Zutatenlisten der Süßigkeiten studiert und dabei festgestellt, dass wir uns super verstanden.

Wie so oft stand sie an ihrer Staffelei, das schwarze Haar zu einem wirren Knoten hochgebunden, und verteilte mit einem Pinsel großzügig rote Farbe auf einem Blatt Papier. Als ich den Schlüssel auf den Esstisch in der Ecke legte, drehte sie sich um. Ein roter Klecks prangte auf ihrer Wange.

»Na, wieder abgeregt?«

Schnaubend setzte ich mich an den Tisch. »Womit habe ich das alles verdient?«

Das war keine rhetorische Frage!

Caro kam zu mir und legte mir von hinten beide Arme um den Hals. »Du Ärmste.«

Ich wandte den Kopf, um sie ansehen zu können. »Und dann heute noch dieser ätzende Typ, so ein abgehobener Schönling. Kommt der ins Sekretariat und funkt mir voll dazwischen.«

»Und was machst du jetzt?« Caro setzte sich ebenfalls. »Du weißt, du kannst hierbleiben, solange du möchtest.«

»Vielen Dank.« Ich spielte mit dem Schlüssel. »Du bist echt die Beste. Aber du und Martha, ihr braucht auch ein bisschen Privatsphäre.« Jetzt grinste ich sie breit an. »Außerdem kann ich euer Gestöhne nachts nicht mehr ertragen.«

Caro klatschte mir die flache Hand auf den Oberarm. »Das ist nicht wahr, wir sind immer ganz leise.«

»Ja, klar.« Ich prustete und ahmte Caro mit atemloser Stimme nach: »Oh Martha, ja, Martha, du bist so gut. Oh mein Gooooott.« Meine Stimme schraubte sich mit jedem Wort in die Höhe.

Gespielt beschämt senkte Caro den Blick. »Ja, sie ist der Wahnsinn. Sie kennt da ein paar Kniffe ...«

Theatralisch hob ich die Hände. »Stopp, erspar mir weitere Details, sonst werde ich noch neidisch.« Insgeheim fand ich allerdings, dass Sex total überbewertet wurde. Niemand wusste, dass ich bisher noch nie einen Orgasmus gehabt hatte – noch nicht einmal Caro, und so langsam zweifelte ich sogar daran, dass mit meinem Körper alles in Ordnung war.

»Ach, Süße.« Caro lächelte schief. »Es muss doch jemanden da draußen geben, der eine so tolle Frau wie dich zu schätzen weiß.«

»Bestimmt«, bestätigte ich hastig ihren gut gemeinten

Zuspruch, um dieses leidige Thema schnellstmöglich zu beenden. »Nur leider ziehe ich immer die ätzendste Sorte Männer an.« Mit den Händen formte ich ein Rechteck auf meiner Stirn. »Als ob da oben stehen würde: *Idioten bevorzugt*. Ich sage dir, du hättest diesen Typen sehen sollen, der mir heute begegnet ist.«

Lachend stand Caro auf. »Ich mixe uns erst mal einen Hugo.«

»Den habe ich bitter nötig«, rief ich ihr hinterher.

»Kommst du heute Abend mit in die Desi?«, rief sie aus der Küche, wo sie mit den Gläsern klimperte. »Heute ist Frauenabend. Martha und ich wollen hingehen.«

»Dein neuer Betthase hat es dir echt angetan, oder?«, konnte ich mir nicht verkneifen. »Aber heute passe ich. Ich werde nachher wohl oder übel meine Sachen in diese WG des Grauens schaffen.«

»Mein neuer Betthase.« Caro steckte den Kopf durch den Türrahmen. »Die Beschreibung gefällt mir. Martha ist wirklich kuschelig wie ein Kaninchen.« Sie verschwand wieder, ihre Stimme tönte dumpf aus der Küche. »Warum die Eile? Du musst echt nicht so Hals über Kopf hier raus.« Kurz darauf kam sie mit zwei langstieligen Weingläsern zurück. Limettenstücke und Minzblätter schwammen darin, die im Takt der aufsteigenden Bläschen schunkelten. Wir prosteten uns zu, ehe ich in einem großen Schluck die Hälfte in mich hineinstürzte. Zurück blieb ein wunderbar erfrischender Geschmack nach Sekt und Holundersirup.

»Ich weiß, aber irgendwann muss ich meinen Umzug hinter mich bringen. Also warum nicht heute? Vielleicht habe ich Glück, und die beiden Typen sind ein schwules Pärchen.«

Caro schüttelte den Kopf. »Du entwickelst noch eine richtige Männerphobie. Das ist krankhaft.«

Ich zuckte mit den Schultern und trank statt einer Antwort genüsslich noch einen Schluck, während ich nachdachte. Waren Frauen am Ende vielleicht selbst schuld, wenn Männer sie austauschten wie alte Lappen? Sendeten wir unbewusste Signale aus, die einem Mann bestätigten, dass hier bedenkenlos auf Gefühlen herumgetrampelt werden durfte? Hatte ich das etwa auch getan? Immerhin hatte sich Ringo am Ende nicht mehr sonderlich bei mir anstrengen müssen. Im Gegenteil, je mehr ich mich um ihn bemüht hatte, desto schneller war sein Interesse an mir abgeklungen.

»Ich werde keine von denen sein, die einen Kerl auch noch ermuntert, mich wie Dreck zu behandeln. Ich will einen Mann, der mir sagt, dass ich schöne Augen habe. Auf einen, der nur wissen will, wie meine Brüste in natura aussehen, kann ich verzichten«, erwiderte ich energisch und kippte den Rest des süffigen Getränks in mich rein.

»In natura sind sie sehr schön«, erwiderte Caro grinsend.

Ich ignorierte sie und redete weiter. »Ich will einen, der auch nach einem Streit noch da ist. Der mich nicht belügt und sich nicht unwohl dabei fühlt, mich seinen Freunden und Bekannten vorzustellen. Einen, dem ich alles anvertrauen kann und der mir zur Seite steht, wenn es mal brenzlig wird. Jemanden, dem ich alles bedeute. Ist das etwa zu viel verlangt?«

Caro musterte mich skeptisch. »Schreib eine Wunschliste an den Weihnachtsmann, vielleicht kann der dir helfen. Außerdem: Das alles soll ein einziger Mann hinbekommen? Du überschätzt die Typen aber gewaltig.« Sie zog eine Augenbraue nach oben. »Ich glaube, du musst dir mindestens drei zulegen«, riet sie mir trocken.

Es klingelte an der Tür.

»Das ist bestimmt Martha.« Caro sprang auf und umarmte mich, ehe sie zur Tür eilte. Gleich darauf kamen die beiden Arm in Arm zurück.

»Hey Luca, alles klar?« Martha hob kurz die Hand und setzte sich auf einen Stuhl.

»Hallo Martha, geht schon«, erwiderte ich knapp und erhob mich. Bisher hatte ich es noch nicht übers Herz gebracht, Caro zu sagen, dass ich ihre neue Freundin nicht sonderlich mochte. Irgendwas an ihrer Art störte mich.

Caro stellte sich hinter Martha und fuhr mit beiden Händen durch ihr kurzes, weinrot gefärbtes Haar. Ich merkte, dass sie am liebsten an Ort und Stelle über sie hergefallen wäre.

»Caro hat gesagt, du ziehst aus«, sagte Martha in meine Richtung.

»Ja.« Ich nahm mein Weinglas, um den letzten Tropfen Hugo auszusaugen. »Es ist wohl besser, wenn ich euch Turteltäubchen allein lasse.«

Martha nickte, als wollte sie mir beipflichten, und ich kam mir plötzlich unerwünscht vor.

»In eine Männer-WG. Warum auch nicht.« Sie grinste breit. »Wenn ich mir vorstelle, ich würde mit fünf Frauen zusammenwohnen, dann …«

»Hey.« Caro zog Marthas Kopf an den Haaren zurück und sah ihr von oben in die Augen. »Was, dann?«

»… dann hätte ich trotzdem nur Augen für dich.«

»Schon besser.« Sie küssten sich zärtlich.

»Es sind nur zwei Mitbewohner«, sagte ich in die Knutscherei hinein, worauf die beiden wieder voneinander abließen.

Doch Martha gab keine Ruhe. »Einer für tags und einer für nachts«, sagte sie pragmatisch. »Ist doch praktisch. Eigentlich habt ihr Heten es viel einfacher. Männer wollen wenigstens nicht dauernd über Gefühle reden.«

»Sag mal«, unterbrach Caro sie empört. »Das gehört ja wohl zu einer intakten Beziehung.«

»Klar, Baby«, versicherte Martha schnell und griff hinter sich, um sie zu umarmen. Sofort schmiegte sich Caro an sie, während ich seufzend meinen verstreuten Kram zusammensammelte.

»Ich pack dann mal alles zusammen und rufe mir ein Taxi, um den Kram nach Erlangen rüberzuschaffen.«

»Ich bin mit dem Auto da. Wenn du willst, bringe ich dich sofort hin«, bot Martha rasch an, noch ehe Caro protestieren konnte. Mit einem kräftigen Ruck zog Martha sie auf ihren Schoß und streichelte ihren Schenkel. Die beiden versanken in einem innigen Zungenkuss, und ich war plötzlich froh, bald meine eigenen vier Wände zu bewohnen. Es war wirklich an der Zeit, dieses Liebesnest zu verlassen.

KAPITEL 4

Keuchend schleppte ich einen Karton mit Büchern in den dritten Stock. Eine Etage höher als meine alte Wohnung, und natürlich gab es auch in diesem Gebäude keinen Fahrstuhl. Warum hatte mir eigentlich niemand erzählt, dass man Bücherkartons nicht bis oben hin vollpackte? Die Kiste rutschte mir aus den Händen, worauf sie polternd auf den Treppenstufen landete, während ich auf die Knie sank und mich am Geländer festhielt. Verzweifelt versuchte ich, wieder zu Atem zu kommen. Meine Wangen pochten und glühten, außerdem hatte ich mir die Handflächen aufgeschürft, die höllisch brannten.

»Warum hältst du mitten auf der Treppe an?«, fragte Caro hinter mir. Die hatte gut lachen. Sie hatte sich in weiser Voraussicht mein Bettzeug geschnappt, das sie über dem Kopf nach oben trug.

»Ich kann nicht mehr«, sagte ich atemlos.

»Mach schon«, hörte ich gleich darauf Marthas genervte Stimme. Sie trug in jeder Hand einen Koffer, mit einer Leichtigkeit, als wären die Dinger aus Pappe. Kein Wunder, schließlich war das Fitnessstudio ihr zweites Zuhause. Ich sollte dringend auch mehr für meine Kondition tun. Gleich morgen oder nächste Woche; irgendwann auf jeden Fall. Aber gerade war ich zu erschöpft, um mir Gedanken über meine fehlende Ausdauer zu machen. Stattdessen konzentrierte ich mich auf meine Atmung, während mein Herz so heftig klopfte, dass es bis hoch in den Hals schmerzte.

»Jetzt lauf schon weiter«, drängelte Martha. »Ich habe nicht den ganzen Tag Zeit.

»Es geht nicht mehr.« Ich hielt mir die schmerzende Seite. »Lasst mich hier sterben.«

»Dann nimm du die Koffer, und ich trage die Kiste«, bot sich Martha nun großzügig an.

Was sollte das jetzt? Glaubte sie allen Ernstes, ich wäre in der Lage, zwei schwere Koffer zu tragen, die ungefähr genauso viel wogen wie dieses verdammte Ding hier?

»Ich bleibe hier sitzen«, sagte ich kurzatmig. »Leg die Decke neben mich hin, ich schlafe im Treppenhaus.«

»Luca«, sagte Caro mitfühlend. »Es sind nur noch zwei Stockwerke, das schaffst du doch mit links.«

Ach ja? Warum bot sie mir dann keinen Tausch an? Ich warf einen Blick auf ihre Arme, die genauso schmal waren wie meine, und ließ es gut sein.

»Kann man mal durch?«, fragte eine dunkle Stimme hinter uns.

»Gleich«, sagte ich zwischen den Beinen der beiden hindurch, da ich nicht erkennen konnte, wer hinter ihnen stand.

»Ich würde aber jetzt gern in meine Wohnung.«

Innerlich ächzte ich. Warum waren Studenten eigentlich immer so ungeduldig? Als ob sie es jemals eilig hätten.

»Einen Moment.« Schwerfällig rappelte ich mich auf die Füße und fühlte mich, als wäre ich über Nacht um sechzig Jahre gealtert.

»Kann ich jetzt durch?« Er klang genervt.

»Bitte.« Caro drängte sich an die Wand, ein schmaler Spalt öffnete sich zwischen ihr und Martha. Der Mann hinter ihr duckte sich unter dem Bettzeug hindurch, während er sich zwischen die beiden Frauen presste. Mittendrin hielt er inne. »Jetzt sind wir drei ja ein Sandwich.«

Ein Dutzend Sirenen schrillten gleichzeitig in meinem Kopf los – diesen belustigten Unterton hatte ich schon mal irgendwo gehört. Nur wo? Bereits im nächsten Augenblick hätte ich mich am liebsten übers Geländer geschwungen und in die zugegebenermaßen nicht sehr tiefe Tiefe gestürzt. Was machte der denn hier? Ausgerechnet. Was hatte das Schicksal plötzlich gegen mich? Zu meinem Ärger glühten meine Wangen nun noch mehr als vorhin.

Dann entdeckte auch er mich und stutzte. »Du?«

Zu meinem Entsetzen klang er erfreut.

»Ja, ich.« Ich gab mir keine Mühe, freundlich zu klingen, das hätte zu viel Anstrengung bedeutet.

»Würdest du mal weiterlaufen?« In ihrer charmanten Art rammte Martha ihm einen der Koffer gegen das Knie. Auf einmal hatte ich sie richtig gern.

Er sprang zwei Stufen auf einmal nach oben und blieb direkt neben mir stehen.

»Sorry«, brummte sie, als wäre es ein Versehen gewesen.

Er winkte ab. »Macht nichts.« Dann musterte er mich viel zu eindringlich. »Was ist denn mit dir los? Du siehst gar nicht gut aus.«

Super. Genau solche Sprüche fehlten mir noch zu meiner beschissenen Situation, obendrein noch von ihm. Meine ohnehin schon üble Laune sank in den Keller.

»Charmant wie eh und je«, sagte ich und schnitt ihm eine Grimasse. Ich würde diesen Typen ganz einfach ignorieren und die verdammte Kiste in den dritten Stock tragen. Und zwar hoch erhobenen Hauptes. Und wenn es das Letzte war, was ich in meinem Leben noch tat … was sogar ziemlich wahrscheinlich war. Ächzend hob ich den schweren Karton an. Sofort fuhr mir ein stechender Schmerz in den Rücken, worauf ich das schwere Teil fallenließ. Mühsam unterdrückte ich einen gequälten Laut.

»Brauchst du Hilfe?«, fragte Ben.

Ich winkte ab und rieb mir die Bandscheibe. Von ihm brauchte ich ganz bestimmt keine Hilfe.

»Geht schon.« So unauffällig wie möglich streckte ich den Rücken durch. Da griff Ben vor mich und hob den Karton hoch, als wäre er eine Styroporbox, während er fragte: »Welcher Stock?«

Ich fühlte mich zu schwach, um zu protestieren.

»Dritter«, antwortete Caro an meiner Stelle, da mir keine Antwort über die Lippen kam.

Er zog eine Augenbraue in die Höhe, ehe er sich mit der Kiste in Bewegung setzte. Was hatte das schon wieder zu bedeuten? Okay, ich war ein wenig undankbar, aber konnte er mir meine Reserviertheit ihm gegenüber wirklich verdenken?

Mühelos erklomm er die Stufen, und Martha und Caro folgten ihm, während ich mich mit beiden Händen am Geländer nach oben hangelte. Ich würde viel Zeit in der WG verbringen müssen, wenn ich diese Treppenstufen umgehen wollte. Hatte man so im Mittelalter Leute gefoltert? Gerade konnte ich mir das ziemlich gut vorstellen. Schließlich kam auch ich keuchend oben an, wo die drei bereits vor einer der Türen standen und mich abwartend musterten.

»Bitteschön.« Mit einer auffordernden Geste deutete Ben auf eine geschlossene Tür und verkniff sich nicht eben unauffällig ein Grinsen. Sein verdammt niedliches Grübchen neben dem Mundwinkel machte ihn auch nicht sympathischer. Im Gegenteil, es verharmloste seine hinterhältige Art.

»Woher willst du wissen, dass ich hier wohne?«

»Im ganzen Wohnheim ist nur noch ein einziges Zimmer frei, und zwar hier.« Irgendetwas schien ihn unglaublich zu erheitern, seine schwarzblauen Augen blitzten auf wie Stahl in der Sonne.

»Woher willst du das wissen?«, wiederholte ich, während sich gleichzeitig ein schrecklicher Gedanke in meinem Kopf formte.

KAPITEL 5

Jedes Mal, wenn ich glaube, es könnte nicht schlimmer kommen, werde ich eines Besseren belehrt. Statt selbst aufzuschließen, hatte mir Ben den Vortritt gelassen. Es hatte einige Zeit gedauert, ehe ich mit meinen zittrigen Händen das Schlüsselloch getroffen hatte. Zu meinem Bedauern passte der Schlüssel. Noch während sich die Tür öffnete, hing ich immer noch dem aberwitzigen Irrglauben nach, Ben würde nun den Karton auf den Boden stellen, um sich weiter seinen Weg nach oben zu bahnen, was er leider nicht tat. Also drehte ich mich zu ihm um.

»Du kannst den Karton jetzt abstellen. Vielen Dank und auf Wiedersehen.« Etwas weniger deutlich hätte es wahrscheinlich auch getan, aber ich wollte bei Ben auf Nummer sicher gehen, damit er meine Aufforderung auch ja verstand. Offenbar hatte er irgendwas an den Ohren. Er blieb stehen und sah mich erwartungsvoll an.

Wie konnte man nur so aufdringlich sein?

»Was ist? Welchen Teil hast du nicht verstanden? Den mit dem auf den Boden stellen oder die Sache mit auf Wiedersehen?«

Schnaubend wandte er sich an meine Begleitung. »Sie ist

immer so reizend, nehme ich mal an.«

»Sagen wir, sie ist gerade auf das männliche Geschlecht nicht sonderlich gut zu sprechen«, erwiderte Caro vorsichtig, aber Martha setzte etwas robuster nach. »Luca wird manchmal etwas zickig.«

Empört drehte ich mich zu ihr um. So gut kannten wir uns gar nicht, dass sie meinen Charakter beurteilen konnte.

Ich hörte Ben seufzen.

»Na, das kann ja heiter werden … Darf ich mal?« Ohne eine Antwort abzuwarten, zwängte er sich an mir vorbei und verschwand mit dem Karton in der Hand in dem mittleren von drei Zimmern auf der linken Seite.

»Hey«, rief ich ihm nach. »Komm zurück, du kannst doch nicht einfach ungefragt in eine fremde Wohnung spazieren.«

Dieses Mal reagierte er sofort und erschien wieder im Flur. Wie selbstverständlich zog er seine graue Cordjacke aus, die er an einen der Haken neben der Tür hängte. Danach betrachtete er sich wohlwollend in dem hohen Wandspiegel. Was für ein eingebildeter … Moment mal. Derselbe Gedanke wie vorhin stieg wieder in mir auf, dieser Geistesblitz, den ich auf der Stelle verdrängt hatte.

»Sag bloß, du wohnst hier?« Mit klopfendem Herzen wartete ich auf seine Antwort. Mein Mund wurde trocken, und als ich den Ausdruck in seinem Gesicht wahrnahm, hätte er sich jedes weitere Wort sparen können.

»Willkommen, neue Mitbewohnerin.« Er breitete die Arme aus.

Ich sank in mich zusammen, während Martha an mir vorbei die Wohnung betrat und in demselben Zimmer verschwand, um endlich die Koffer loszuwerden.

Mitleidig streichelte Caro meinen Arm. »Ihr kennt euch?«, fragte sie leise.

Ich nickte. Mechanisch zog ich den Schlüssel aus dem Schloss und stakste einen Schritt in den Flur, ehe ich mich zu ihr umdrehte. »Das ist der Typ von heute Morgen.«

KAPITEL 6

Der Schreck legte sich nur langsam. Zu viert saßen wir um den Küchentisch, wo wir uns schweigend musterten. Unverschämterweise hatte sich Ben einfach dazugesellt. Nun gut, es war auch seine Küche, aber ihm hätte durchaus auffallen können, dass ich keinen gesteigerten Wert auf seine Anwesenheit legte. Aber entweder besaß er ein unheimlich dickes Fell, oder er war einfach nur ignorant. Ich vermutete eine Mischung aus beidem.

»So«, sagte Caro schließlich durch die unangenehme Stille, die für meinen Geschmack ruhig noch ein wenig länger hätte andauern können. Ich wollte Ben keine Möglichkeit geben, mit uns ins Gespräch zu kommen. Mit viel Glück konnte ich die nächsten Wochen in diesen Räumen zubringen, ohne ein Wort mit ihm wechseln zu müssen. Ich müsste nur ein wenig seinen Tagesrhythmus studieren und meinen daran anpassen. Vielleicht konnte ich Abendvorlesungen besuchen. Bestimmt gab es Nachtkurse, dann könnte ich tagsüber schlafen.

»So.« Er fuhr sich durch sein strubbeliges Haar. Natürlich hatte er Caros Geste gleich als Aufforderung verstanden, sich einzuklinken.

»Wo ist denn dein anderer Mitbewohner?«, fragte nun

auch noch Martha, die Caros Schenkel streichelte, und ich war gespannt, wie Ben auf ein Lesbenpärchen reagieren würde. Immerhin war er die Ignoranz in Person. Sein Blick streifte die beiden nur kurz, ehe er in normalem Ton antwortete: »Tobi müsste jeden Moment zurück sein.« Er stand auf, öffnete den Kühlschrank und holte ein Bier heraus. »Möchte noch jemand eins?«

»Gern«, sagten Caro und Martha wie aus einem Munde. Aus einem mir unerfindlichen Grund schienen sie diesen aufgeblasenen Wichtigtuer auch noch zu mögen. Ich zweifelte an ihrem Verstand.

»Und du?«, wandte er sich zu allem Übel an mich.

»Danke, nein«, erwiderte ich schnippisch und verschränkte die Arme vor der Brust.

Es zischte, als er die Flaschen öffnete und auf den Tisch stellte.

»Weil du kein Bier magst, oder weil *ich* dir eins angeboten habe?«, fragte er.

»Weil es nicht glutenfrei ist«, erklärte ich von oben herab.

Die drei klirrten ihre Flaschen aneinander.

»Weil es nicht was ist?« Er trank einen großen Schluck.

»Glutenfrei. Ich habe Zöliakie, eine Nahrungsmittelunverträglichkeit. Kein Weizenmehl, kein Roggen, Gerste, Hafer, Dinkel.«

»Ah ja. Ist das nicht so eine Mode-Diät aus den USA? Willst du abnehmen?« Er nahm mich genauer unter die Lupe.

Caro prustete, worauf ich ihr einen bitterbösen Blick zuwarf, während sich Martha noch immer ausgiebig mit ihrem Bein beschäftigte.

»Du hast es erfasst«, sagte ich, weil es Zeitverschwendung war, ihm etwas zu Unverträglichkeiten erklären zu wollen. Die größte Unverträglichkeit herrschte schließlich zwischen uns beiden.

»Ich bin übrigens Caro«, fiel meine beste Freundin mir in den Rücken, »und das ist Martha. Luca kennst du ja schon.«

»Ben.« Langsam lehnte er sich zurück, bestimmt kam gleich der lesbenfeindliche Spruch, auf den ich insgeheim wartete. Ich beugte mich vor und hing an seinen Lippen. Gleich würden die beiden erkennen, was für ein Blender er war.

»Martha«, wiederholte er und schien zu überlegen. »Warst du zufällig mal mit Sarah Giebel zusammen?«

»Ja, ihr kennt euch?« Martha schob die Augenbrauen zusammen – es sah misstrauisch aus, wie ich erfreut feststellte.

»Ich habe ihre Homepage für das Schoki gebastelt. Sie hatte keine Ahnung, wie das geht, da habe ich ihr ein bisschen geholfen. Nichts Großartiges.« Er winkte ab.

»Du warst das?«

Zu meiner größten Verwunderung lächelte Martha ihn an. Ich hatte sie noch nie lächeln sehen. Mich hatte sie noch nie angelächelt. Was war hier los?

»Sarah war wirklich happy. Die Seite ist auch toll geworden. Es ist der Wahnsinn, wie viele Leute jeden Tag draufklicken. Und du hast nicht einen Cent für deine Arbeit verlangt.«

Er hob die Hand. »Das stimmt nicht ganz.«

Sie grinsten sich an. »Chilischokolade auf Lebenszeit«, sagten sie gleichzeitig und prosteten sich zu, als wären sie die ältesten Freunde.

So viel ehrenvolles Engagement für andere hätte ich jetzt nicht von ihm erwartet. Schätzte ich ihn am Ende falsch ein? Nach reiflichem Überlegen schüttelte ich den Kopf. Der erste Eindruck trog nie. Das Knarren der Haustür riss mich aus meinen sinnlosen Gedanken. Kurz darauf erschien ein dunkelblonder Adonis in der Küche. Er sah ein wenig aus wie Alex Pettyfer. War ich hier in der Mr.-Erlangen-WG gelandet? Ich konnte überhaupt nicht mit Schönlingen.

»Hey, wir haben Besuch.« Er winkte in die Runde. »Ich bin Tobi.«

Die beiden anderen stellten sich vor, während ich stocksteif dasaß. Eventuell konnte ich doch noch ein paar Nächte bei Caro verbringen, um mich langsam an diesen Zustand hier heranzutasten.

Ben klopfte mir auf den Rücken. »Das ist Luca, unsere neue Mitbewohnerin.«

»Unsere was?«

»Die haben da was mit den Namen vertauscht, deswegen ist sie jetzt hier«, erklärte er, während sich Tobi ebenfalls ein Bier nahm. Zu meiner Verblüffung schien er Bens konfuser Erklärung folgen zu können. Er schaffte von irgendwoher einen Schreibtischstuhl heran und setzte sich zu uns.

»Dann herzlich willkommen. Ich finde ja, eine Frau lockert unsere Bude ein bisschen auf. Kannst du kochen?«

Ich lachte. Es war nicht zu fassen. »Mache ich immer zwischen Staubsaugen und dem Abwasch. Gleich danach wasche ich die Wäsche für alle.«

Seine Miene hellte sich auf. »Ehrlich?«

»Ja, träum weiter.«

»Schade, hätte so schön sein können. … Möchtest du nichts trinken?« Tobi deutete auf die gähnende Leere vor mir.

Oh Gott, er war genauso höflich wie der andere Schwachkopf.

»Sie macht bei so einem Glutendingens mit«, erklärte Ben auch sogleich hilfsbereit.

Tobi setzte die Flasche wieder ab, die er gerade zum Mund führte. »Was?«

Gleichmütig zuckte Ben mit den Achseln. »Luca macht eine Hollywooddiät.«

So viel Ignoranz war zu viel für mich. Schon zwischen mir und Ringo war meine Krankheit ein dauernder Streitpunkt gewesen. Statt meine Nahrungsmittelunverträglichkeit ernst zu nehmen, hatte er mir immer vorgeworfen, ich wolle mich nur in den Mittelpunkt spielen, wenn ich im Supermarkt penibel die

Etiketten studierte. Aber Gluten konnte sich in den unmöglichsten Lebensmitteln verstecken, nicht nur im Weizenmehl.

»Sie darf das wirklich nicht essen, von Gluten wird sie krank«, verteidigte Caro mich zum allerersten Mal an diesem Tag, wofür ich ihr wirklich dankbar war. Vielleicht ließen die beiden Blödmänner mich jetzt endlich in Ruhe. Aber nein, sie wechselten einen ausgedehnten Blick, der nichts Gutes verhieß. Schließlich stand Ben auf und ging zum Kühlschrank. Er holte eine Flasche Orangenlimonade raus. »Das darfst du doch.«

Ich nickte nur zögerlich, denn ich traute ihm nicht. Erneut öffnete er den Kühlschrank, während sich Tobi ebenfalls erhob und auf den weißen Küchenschrank zusteuerte.

»Und das?« Ben hielt mir eine Wodkaflasche entgegen.

»Ja, aber ich will jetzt keinen …«

»Keine Widerrede«, unterbrach er mich sofort. »Ein kleiner Willkommensdrink. Was ist mit euch?« Mit dem Kinn deutete er hinüber zu den anderen Mädels.

»Bin dabei«, kam es von Martha, und auch Caro schien nicht abgeneigt zu sein. Zwischenzeitlich war Tobi mit zwei Handvoll Gläsern zum Küchentisch zurückgekehrt.

»Habt ihr schon mal ein U-Boot getrunken?«, fragte er in die Runde.

Wir verneinten. Mir schwante Übles, als ich beobachtete, wie er die Wassergläser halb mit der Limonade füllte und danach die Schnapsgläser randvoll mit Wodka. Er schob jeweils eines der Gläser vor uns hin, ehe er seine beiden in die Hand nahm. Wie selbstverständlich tat Ben es ihm nach. Sie stülpten ihre Schnapsgläschen in das größere Glas und hielten beide mit Daumen und Zeigefinger am Rand fest, sodass das Schnapsgläschen knapp über der Limonade hing. Zögernd folgten wir ihrem Beispiel.

»Wenn wir uns zugeprostet haben, lasst ihr den Wodka in die Limonade fallen, und dann auf ex.«

»Aha.« Caro grinste, ihr schien der Schwachsinn auch noch zu gefallen. »Ein U-Boot.«

Tobi nickte. »Ein U-Boot.«

Widerwillig trank ich mit, damit nicht schon wieder eine ellenlange Diskussion über meine angebliche Verweigerungshaltung aufkam. Ich ließ das Gläschen in die Limonade fallen und exte alles. Sollte mir keiner nachsagen, dass ich eine Spielverderberin war. Aus dem Augenwinkel bemerkte ich, wie Ben mich amüsiert beobachtete, als es mich schüttelte.

»Gar nicht mal so übel.« Als Martha Tobi ihr Glas über den Tisch zuschob, goss er bereitwillig nach.

»Ich hoffe, du bist trinkfest«, raunte Ben mir ins Ohr.

»Dich trinke ich noch allemal unter den Tisch«, gab ich frech zurück und bereute meine große Klappe auf der Stelle. Mein Blick blieb an seinen verdammten Augen hängen. Noch nie zuvor hatte ich so eine Augenfarbe gesehen. Obendrein funkelten sie belustigt und angsteinflößend zugleich. Ich schluckte. Er nahm meinen blöden Spruch ernst.

»Auf, Luca, zeig es ihm«, feuerte mich Caro auch noch an. Am liebsten hätte ich sie erwürgt. Ich sah in die Runde, in die amüsierten Gesichter, und verfluchte meine große Klappe. Oh, wie ich diese WG jetzt schon hasste.

»Gieß ein«, sagte mein Mund, ohne dass ich es wollte. Natürlich ließ sich Ben das nicht zweimal sagen.

»Die Limonade lassen wir lieber weg, sonst wird dir noch schlecht.«

»Wie fürsorglich du sein kannst«, sagte ich übertrieben gerührt, während Tobi bereits zwei volle Schnapsgläser vor uns stellte.

»Du schaffst das«, feuerten Martha und Caro mich an. Wenigstens waren sie auf meiner Seite. Ich erwiderte Bens Blick so finster, wie ich nur konnte.

»Bei drei«, sagte Ben regungslos.

Ich nickte, als wäre ich zu einem Duell angetreten.

»Halt«, ging Tobi dazwischen. »Der Verlierer sollte etwas machen.«

Die beiden grinsten sich an. Hatten sie sich etwa abgesprochen? Wann? Kommunizierten die zwei irgendwie telepathisch miteinander?

»Was schlägst du vor?«, fragte Ben, worauf ich innerlich anfing zu zittern. Die würden doch nicht irgendwas Abartiges …

»Der Verlierer putzt einen Monat lang das Bad«, schlug Tobi vor.

»Abgemacht«, antwortete Ben eine Spur zu schnell, was mir ein wenig komisch vorkam, aber was sollte es. Ich zuckte mit den Schultern. Auf diesen Spieleinsatz konnte ich mich getrost einlassen.

»Aufs Kochen verzichten wir lieber«, erklärte Ben großmütig in die Runde, dann wandte er sich an mich.

»Wirklich?«, fragte ich überfreundlich. »Dabei wollte ich dir so ein schönes Pilzragout zaubern.«

Lachend nahm er sein Glas und prostete mir in der Luft zu. »Du bist gefährlich.« In einem Zug kippte er den Inhalt weg.

Zögerlich folgte ich seinem Beispiel, die scharfe Flüssigkeit brannte sich meine Kehle hinunter, und ich schnappte nach Luft.

KAPITEL 7

Mein Kopf schmerzte, als malträtierte ihn jemand mit einem Presslufthammer. Wie in Zeitlupe legte ich eine Hand auf meinen gepeinigten Schädel und rührte mich nicht. Jede noch so kleine Bewegung bereitete mir Übelkeit. Was war nur mit mir los? Allmählich schärfte sich auch das Bild vor meinen Augen: Ich lag in einem Bett, über mir baumelte eine nackte Glühbirne.

Ich zuckte zusammen. Oh Gott, war ich etwa im Gefängnis gelandet? So sehr ich mich auch bemühte, ich konnte mich an nichts mehr erinnern. Mühsam drehte ich den Kopf zur Seite und kniff die Augen halb zu. Grelles, peinigendes Tageslicht durchflutete den Raum wie ein riesiger Neonscheinwerfer. Wo zum Teufel war ich? Nichts kam mir bekannt vor. Mein Puls pochte mir spürbar im Hals.

An der weißen kahlen Wand stand ein Schreibtisch und an der gegenüberliegenden ein Schrank in demselben hellen Holz. Dann entdeckte ich meine Koffer neben der Bücherkiste, zusammen mit einem Haufen anderen Kram, der mir gehörte. Wirre unscharfe Bilder zuckten plötzlich durch mein Gehirn. Pappkartons, Martha und Caro, Orangenlimonade und Wodka. Nichts ergab richtig Sinn.

Zwei Männergesichter, mit denen ich nichts Gutes verband, tauchten schemenhaft auf und verschwanden wieder im Nebel. Wer waren die? Scheiße! Wie ein Raketeneinschlag kamen Erinnerungsfetzen zurück. Mein in die Höhe schnellender Adrenalinspiegel half mir auf die Beine. Ich schlüpfte in meine Jeans, die über der Stuhllehne hing, streifte mein graues T-Shirt über, das ich daneben auf dem Fußboden fand, und stockte. Wer hatte mir die Klamotten ausgezogen? Ich musste mich an der Wand abstützen, da sich alles um mich drehte.

Mein Mund fühlte sich so trocken an, als hätte ich die Sahara durchquert. Dann schoss ein Name in mein Gehirn wie ein Pfeil, und mein Magen zog sich zusammen. Ben. Ein unbeschreiblicher Brechreiz erfasste mich, eine Hand vor den Mund gepresst, stürzte ich aus dem Raum. Wo zum Teufel war das Badezimmer? Gleich neben der Wohnungstür befand sich eine weitere Tür, die ich auf gut Glück aufriss. Nachdem ich das Licht eingeschaltet hatte, blieb ich stehen, während sich mein Magen zusammenzog, aber diesmal aus einem anderen Grund. Hier herrschte ein beispielloses Chaos. Handtücher hingen wirr zum Trocknen herum, im Waschbecken zeigte sich ein gräulicher Rand. Nur vage erkannte ich ein wasserhahnähnliches Gebilde, begraben unter einer versteinerten weißlichen Schicht. Vorsichtig wagte ich einen Blick in Richtung Dusche, wo ich auf der Stelle den versifften Duschvorhang entdeckte. Das durfte nicht wahr sein. Wie aus weiter Ferne drang eine Männerstimme an mein Ohr. ‚Der Verlierer putzt einen Monat lang das Bad'.

Diese beiden Mistkerle!

Aber Moment mal! Wer sagte, dass ich verloren hatte? Ein Hoffnungsschimmer keimte in mir auf. Vielleicht hatte das Schicksal es gut mit mir gemeint und Ben lag mit ausgepumptem Magen auf der Intensivstation. Ich ging ein paar Schritte hinein, meine nackten Füße klebten am Boden fest, als hätte jemand Leim verteilt, und lösten sich mit einem schmatzenden Geräusch. Nach einem raschen Blick in den Spiegel begrub ich auf der Stelle alle Hoffnungen auf einen Sieg. Quasimodo starrte mir entgegen. Meine braunen Augen waren blutunterlaufen und dunkel umschattet, als wäre ich zum Glöckner mutiert, mein hellbraunes Haar stand struppig nach allen Seiten ab.

Oh Gott. Ich sah genauso aus, wie ich mich fühlte. Wenigstens ließ mein Brechreiz langsam nach, je länger ich stillstand. Allerdings erreichte mein Entsetzen ungekannte Höhen, als ich einen gelben Fleck auf der Klobrille entdeckte. Das war zu viel. Ich schüttelte mich vor Ekel. Ganz bestimmt würde ich diesen Schweinestall nicht putzen, Spieleinsatz hin oder her. Die beiden hatten mit unlauteren Mitteln gekämpft, schließlich hatten sie mich vorher keinen Blick in dieses Dreckloch werfen lassen. Ich wandte mich ab, um den Ort des Grauens schnellstmöglich wieder zu verlassen. Jetzt brauchte ich dringend ein Glas Wasser. Hoffentlich war keiner von meinen neuen Mitbewohnern da. In diesem Zustand wollte ich auf keinen Fall von einem durchgestylten Sonnyboy überrascht werden.

Auf Zehenspitzen schlich ich in Richtung Küche. Niemand war zu sehen, aber mir war, als hätte ich von irgendwoher ein Geräusch gehört. Im Augenwinkel bemerkte ich eine offene Tür, hastete aber weiter zur Küche. Nachher musste ich unbedingt meinen Waschbeutel in einem der Koffer suchen. Da hatte ich Schmerztabletten deponiert, die ich jetzt dringend benötigte. Ich nahm ein Glas aus dem Küchenschrank – seltsamerweise war hier alles blitzeblank. Während ich Wasser ins Glas laufen ließ, fiel mein Blick auf die kitschige Coca-Cola-Uhr an der Wand. Oh nein, schon elf Uhr – ich hatte meine Lieblingsvorlesung in molekularer Genetik verpasst. Was passierte hier binnen eines Tages mit mir? Mit großen Schlucken leerte ich das Glas, füllte es noch mal und trank es wieder in einem Zug aus. Ich fühlte mich wie eine vertrocknete Primel.

»Na, endlich auferstanden von den Toten?«, ließ mich eine spöttische Stimme herumwirbeln.

Ben stand hinter mir, natürlich gestylt und topfit. Sein weißes T-Shirt lag eng am Oberkörper an. Irrte ich mich, oder zeichnete sich darunter ein Waschbrettbauch ab? Seine gebräunten Arme standen in auffälligem Kontrast dazu und wirkten fest und sehnig wie bei einem Sportler. War ich denn nirgends vor diesem Kerl sicher? Zu meiner großen Enttäuschung zeigte er keinerlei Anzeichen von Erschöpfung; er wirkte ausgeruht, als wäre er am Vortag um acht ins Bett gegangen.

»Ist wohl gestern ein wenig ausgeartet«, murmelte ich. In seiner Gegenwart fühlte ich mich plötzlich wie ein Regenwurm, den man aus der Erde gezogen hatte.

»Könnte man so sagen. Junge, Junge …«

»Was?«, unterbrach ich ihn scharf.

»Nichts.« Er winkte ab, und ich hatte es plötzlich eilig, mich hinzusetzen. Meine Knie wurden wacklig.

Ben ging zum Küchentresen, goss noch mal Wasser in mein Glas, das er vor mich stellte, ehe er eine Schachtel Schmerztabletten dazulegte und sich neben mich setzte. Wann hatte ich ihn aufgefordert, mir Gesellschaft zu leisten?

»Du hast erst aufgehört, als du vom Stuhl gekippt bist.« Abwartend sah er mich an. Seine Worte drangen nicht so recht bis zu mir durch.

»Du erinnerst dich wohl nicht?«, hakte er nach, als keine Reaktion von mir kam.

»Nein!« Mein Mund öffnete und schloss sich unentwegt. Ich musste aussehen wie ein Karpfen. Was für eine Blamage. Warum hatten die Mädels es nur so weit kommen lassen? Er drückte zwei Tabletten aus der Folie, die er mir hinhielt. Während ich sie einwarf, erzählte er weiter. »Eigentlich wollte ich schon viel früher aufhören, und den Deal mit dem Bad einfach vergessen, aber du hast nicht mit dir reden lassen. Hast mich ein verweichlichtes Muttersöhnchen genannt.« Er rieb sich übers Kinn, als hätte ich einen Fluch über ihn ausgesprochen.

Nein, nein, nein. Mein Gehirn weigerte sich, diese Informationen zu verarbeiten, während er unnachgiebig weitermachte.

»Du meintest, ich hätte nur eine große Klappe mit nichts dahinter, und da helfe mir mein blödes Grübchen am Mundwinkel auch nicht weiter.«

Der Schreck durchfuhr mich wie ein Stromschlag. Das hatte ich nicht gesagt, und falls ja, würde ich nie wieder einen Tropfen Alkohol anrühren. »Ich habe nichts von einem Grübchen gesagt.«

Während ich mit dem Kopf schüttelte, nickte Ben.

»Du hast sogar gesagt, mein unverschämt gutes Aussehen würde mir auch nicht raushelfen, in dieser Hinsicht wärst du wie Darth Vader. Eiskalt und über Leichen gehend.«

Ich hielt mir die Ohren zu und krümmte mich. »Nein, nein, nein.« Er sollte endlich aufhören, das war die reinste Tortur. Ich hatte diesen aufgeblasenen Wichtigtuer nicht auch noch in seiner Eitelkeit bestärkt. Was machte der Alkohol aus mir?

Unbeeindruckt fuhr Ben fort. »Danach hast du mit einer Hand eine Zange geformt und mir gedroht, du würdest mich jetzt mit der Macht erwürgen.« Er führte mir die Handbewegung vor, dabei schüttelte er sich vor Lachen.

Ich sah ihn mit großen Augen an, das Entsetzen musste in mein Gesicht gemeißelt sein wie die zehn Gebote von Moses in die Steintafeln.

»Dann bist du vom Stuhl gekippt«, schloss er und stand auf, um zur Kaffeemaschine zu gehen. Er warf einen Blick über die Schulter. »Auch einen?«

Ich nickte nur stumm. »Wo …«, krächzte ich dann und räusperte mich. »Wo ist Tobi?« Auf einmal wollte ich nicht mehr mit ihm allein sein.

»Nicht da, Vorlesung.«

Meine Gedanken rasten. Wenn er lange genug mit dem Kaffee beschäftigt war, konnte ich in der Zwischenzeit meine Sachen schnappen und diesen unglückseligen Ort schnellstmöglich verlassen. Eventuell sollte ich gleich die Stadt wechseln, um ganz sicherzugehen, Ben niemals wieder über den Weg zu laufen. Er schien meine Panik zu spüren, denn er drehte sich zu mir um.

»Das war lustig. Kein Grund, dich zu schämen. Wir waren alle schon mal da, wo du gestern warst.«

»Wie tröstlich«, presste ich hervor, als mir erneut der Schreck in die Glieder fuhr. »Wie … wie bin ich in mein Zimmer gekommen?« Besser gesagt, wer hatte mich ausgezogen?

Ben kam mit zwei dampfenden Tassen zurück. »Du erinnerst dich wohl an gar nichts mehr.«

Wortlos schüttelte ich den Kopf.

»Ich war so freundlich, dich …«

»Nein«, brach es gequält aus mir heraus.

Er machte eine beruhigende Geste. »Um ehrlich zu sein, haben wir später noch Strip Poker gespielt … Du hattest die Idee«, fügte er schnell hinzu, als er meine geballten Fäuste bemerkte.

»Quatsch.« Er wuschelte mir durchs Haar.

»Martha hat dich ins Zimmer getragen. Die hat richtig Power. Ich wollte ihr helfen, aber sie meinte, wenn du erfährst, dass ich dich angefasst habe, machst du Kleinholz aus mir.«

»Oh, ja.« Ich nickte wie wild, um meine Aussage zu untermauern. Wo war das berühmte Loch, in dem ich versinken konnte, wenn man es brauchte?

Ben lachte. »Ich bin gar nicht so übel.«

Er ignorierte mein Schnauben. »Caro hat dein Bett gemacht, die Mädels haben dich ausgezogen und reingelegt. Tobi und ich haben später noch mal reingeschaut, um sicherzugehen, dass mit dir alles in Ordnung ist. Weißt du eigentlich, dass du schnarchst?«

Oh nein, er machte absichtlich alles noch schlimmer, als es sowieso schon war. »Nur wenn ich was getrunken habe«, verteidigte ich mich gepresst. Aber Moment, die beiden hatten sich um mich gekümmert? Wieso? So hilfsbereit schätzte ich die zwei überhaupt nicht ein. Vielleicht war Tobi doch netter, als gedacht. Bei Ben machte ich mir in dieser Hinsicht erst gar keine falschen Hoffnungen. Bestimmt hatte Tobi ihn abkommandiert. Er zeigte auf eine Tüte, die auf der Küchenablage stand.

»Da sind deine Lebensmittel drin. Caro hat gesagt, du isst nur ganz spezielle Sachen.«

Super. So wie sie es ausgedrückt hatte, klang es, als wäre ich beim Essen total wählerisch.

»Was studierst du eigentlich?«, wechselte ich hastig das Thema.

Er nahm einen Schluck aus seiner Kaffeetasse, und ich nutzte die Gelegenheit, um ihn heimlich zu beobachten. Ohne Zweifel sah er bei neutraler Betrachtung verdammt gut aus, das musste man ihm lassen. Aber er wirkte irgendwie unnahbar. Da war etwas an ihm, das sämtliche Alarmsysteme in mir anspringen ließ wie eine rote Signallampe. Ich traute ihm nicht.

»Informatik«, gab er bereitwillig Auskunft.

Es klang so normal, dass ich mich insgeheim fragte, was ich eigentlich für ein Problem mit ihm hatte. Um mich abzulenken, probierte ich von dem Kaffee, der erstaunlich gut schmeckte - dafür, dass er ihn gekocht hatte.

»Und Tobi?«, wollte ich wissen.

»Mathematik.«

Oh nein, sie waren nicht nur schön, sondern auch noch überschlau.

»Und du?«

»Biologie.« Für meinen Geschmack hatten wir nun genug

nette Floskeln ausgetauscht. »Euer Badezimmer ist ein einziger Saustall«, warf ich ihm vor und stand auf, um mir eine Scheibe Brot aus meinen Vorräten zu holen – und, um ein wenig Distanz zwischen uns zu bringen.

»Nicht mehr lange«, erwiderte er lachend.

»Vergiss es. Ich putze euren Dreck bestimmt nicht weg.«

»Ist ja schon gut. Ich geb's ja zu, wir haben das mit der Sauberkeit im Bad ein kleines bisschen schleifen lassen.« Er winkte ab. »Aber nicht so wichtig.«

Hatte ich da eben richtig gehört? Nicht so wichtig? Wie konnte jemand, der so viel Wert auf sein Äußeres legte, so wenig Interesse an einem sauberen Badezimmer haben? Ich würde andere Saiten aufziehen, beschloss ich spontan und grinste in mich hinein.

Er stand auf und schlenderte zur Tür. Seine Kaffeetasse ließ er einfach auf dem Tisch stehen. Wer, glaubte er, räumte die wieder ab? Ich ganz bestimmt nicht.

»Ich muss zur Arche«, erklärte er nebenbei.

Ich biss in meine trockene Scheibe Reisbrot. »Wo musst du hin?«, fragte ich mit vollem Mund.

»Ich trainiere die Kinder dreimal die Woche nachmittags im Basketball.«

Oh. Er meinte diese Tagesstätte. So viel soziales Engagement hätte ich ihm gar nicht zugetraut. Schließlich bezahlten die meines Wissens nichts, das war alles ehrenamtlich.

»Du spielst Basketball?« Blöde Frage, hatte er doch gerade erklärt, darüber hinaus bot sich das mit seiner Körpergröße von ganz sicher über einen Meter neunzig geradezu an.

»Früher, jetzt nicht mehr. Kreuzbandriss. Heute übe ich nur noch mit den Kleinen. Wenigstens was Sinnvolles.«

Da hatte er recht. Etwas wie Scham züngelte durch mich hindurch, weil ich ihn so schlecht behandelte. Immerhin opferte er einen Teil seiner Freizeit für die Allgemeinheit, so was machte auch nicht jeder. Ich zum Beispiel nicht.

»Du könntest mitkommen, dich könnten wir gut gebrauchen«, lud er mich überraschend freundlich ein.

»Lass mal«, winkte ich ab. In meinem Zustand war ich heute zu gar nichts zu gebrauchen.

Mit dem Kinn deutete er auf meine Oberweite. »Wenn du dabei wärst, würden uns nie die Bälle ausgehen.«

Was für ein Arsch! Meine Schultern spannten sich an. Wie hatte ich auch nur einen Moment so etwas wie Sympathie für diesen Mistkerl empfinden können? Noch ehe mir eine gesalzene Antwort einfiel, hatte er sich schon lachend entfernt.

KAPITEL 8

Auf dem Weg zur Uni rief ich Caro an. »Warum habt ihr mich allein gelassen?«, schnauzte ich, als sie ranging.

»Was? Du wohnst da, schon wieder vergessen?«, gab sie ungerührt zurück.

»Ich war ohnmächtig. Die Typen hätten mich vergewaltigen können.«

Caro kicherte. »Du bist so was von abgestürzt. Am Anfang hast du noch große Reden geschwungen, bis dir irgendwann mittendrin die Augen zufielen und du Ben direkt in den Schoß gesegelt bist. Er konnte dich im letzten Moment auffangen, sonst wärst du auf dem Boden gelandet.«

Das war definitiv zu viel überflüssige Information.

»Ich dachte, du wärst meine Freundin, wie konntest du mich in diesem Zustand ganz allein mit denen lassen?«, ließ ich nicht locker.

»Die beiden sind echt nett. Du hast Glück, außerdem haben sie uns versprochen, dass sie dich im Auge behalten. Wir wollten doch in die Desi.«

Schnaubend umfasste ich mein iPhone so fest, dass meine Fingerknöchel schmerzten. Nett? Die Fieslinge hatten mich abgefüllt und gedemütigt. Manchmal hatte Caro echt eine verzerrte Wahrnehmung der Dinge.

»Du, ich habe keine Zeit mehr«, unterbrach sie meinen gesponnenen Faden. »Gleich habe ich ein Vorstellungsgespräch in diesem Fitnessstudio bei euch um die Ecke.«

»Seit wann gehst du ins Fitnessstudio?«, fragte ich verdutzt. Caro war genauso unsportlich wie ich.

»Nicht zum Trainieren. Die suchen jemanden, der ihnen samstagvormittags aushilft. Spindschlüssel austeilen, Powerriegel verkaufen und so Zeug. Martha kennt den Besitzer und hat den Job für mich klargemacht. Ich kann die zusätzliche Kohle wirklich gut gebrauchen.«

»Ich drück dir die Daumen. Kommst du danach auf einen Sprung bei mir vorbei? Gegen halb sechs bin ich wieder zu Hause.«

»Das ist zu spät, sorry. Martha kommt um sechs zu mir.«

Klar. Wenn Martha aufkreuzte, war alles andere egal. Ich spürte eine kleine Spitze der Eifersucht im Brustkorb. Immerhin war Caro *meine* beste Freundin, aber seit sie Martha kannte, war alles andere zweitrangig. Konnte mich nicht erinnern, sie wegen Ringo jemals so vernachlässigt zu haben. Zumindest nicht nach den ersten sechs Monaten.

»Wie geht es deinem Vater in Atlanta?«, fragte Caro irgendwie atemlos. Entweder rannte sie gerade oder … Ich stoppte diese Eingebung auf der Stelle und spulte zurück. Wollte ich gar nicht so genau wissen.

»Ihm geht es gut. Er will heute Abend mit mir skypen. Anscheinend hat er Neuigkeiten.«

»Du, ich muss …«

»Ja, ich auch. Bis dann.« Ich legte auf und überquerte hastig die Straße, ich war spät dran für meine Nachmittagsvorlesung. Ein weißer Mercedes rauschte um Haaresbreite vor meiner Nase vorbei. Konnte der nicht aufpassen?

Vorhin hatte ich doch noch das Bad geputzt – immerhin hatte ich duschen wollen und Angst gehabt, mir in dem Saustall irgendwelche Krankheiten zu holen. Dafür hatte ich mir zwei Paar Gummihandschuhe übereinander angezogen. Sicher war sicher. In einer freien Minute würde ich mir dann noch so Kleinigkeiten wie Fugen und Abflüsse vornehmen. Dann hatte ich noch einen Putzplan verfasst – nicht dass die zwei Jungs am Ende auf den Gedanken kamen, meine heutige kleine Reinigungsaktion würde sie von zukünftigen Pflichten entbinden. Außerdem hatte ich im Kühlschrank ein wenig für Ordnung gesorgt. Im Speziellen den Großteil der Biervorräte, der die Hälfte des Platzes eingenommen hatte, in den Küchenschrank verbannt und die drei Fächer aufgeteilt. Oben standen nun meine Lebensmittel, alle schön mit meinem Namen versehen, um Plünderungsaktionen vorzubeugen. Den kärglichen Rest, der sonst noch herumgestanden war, hatte ich auf die unteren Fächer verbannt. Sollten die beiden ihr Zeug doch selbst auseinanderklamüsern. War nicht meine Aufgabe.

Als eine der Letzten rutschte ich im Hörsaal auf den abgenutzten Holzstuhl. Von irgendwoher roch es nach Wurstbrot. Mein Prof mochte Nachzügler überhaupt nicht, und er rächte sich regelmäßig, indem er ihnen in der Vorlesung unangenehm komplizierte Fragen stellte. Diese Demütigung war mir zum Glück bisher erspart geblieben. Schnaufend kramte ich einen Kugelschreiber und meinen Collegeblock aus meiner Tasche.

»In letzter Minute.« Rhashmi grinste mich an. Ihre Mutter hatte ihr wunderschöne exotische Mandelaugen vererbt, auf die ich ein klein wenig neidisch war. An mir war alles unauffällig und normal. Sie gehörte zu meiner Lerngruppe, mit der ich mich einmal die Woche traf. Während ich beobachtete, wie mein Professor vorne in Aufstellung ging, blätterte ich die Seiten meines Blocks durch. Ich erinnerte mich noch genau, wie beschwingt ich damals meine erste Vorlesung bei ihm besucht und stolz und glücklich in der vordersten Reihe Platz genommen hatte. Professor Naumann stand damals direkt vor mir. Statt einer Begrüßung sagte er: »Schauen Sie nach links und schauen Sie nach rechts. Nur einer von ihnen dreien wird am Ende sein Diplom in Händen halten.«

Umgehend hatte ich mich einer neu gegründeten Lerngruppe angeschlossen, und wenn ich mir die mittlerweile stark begrenzte Anzahl an Teilnehmern so ansah, musste ich mir leider eingestehen, dass er recht behalten hatte. Martin winkte drei Reihen hinter uns wie verrückt, als ich mich unauffällig umdrehte. Ich nickte ihm zu und wandte mich wieder nach vorn.

Der gute Martin war ebenfalls in meiner Lerngruppe. In der Schule hatte er zwei Klassen übersprungen, weshalb er ausnehmend gut in unsere elitäre Runde passte. Sein einziges Interesse galt der Biologie und seltsamerweise auch der Finanzpolitik, es war beinahe unmöglich, über irgendetwas anderes mit ihm zu reden. Vorne begann der Prof mit seinem Vortrag über Eiweiß und Zuckermoleküle, und ich schrieb hastig mit. Hin und wieder gähnte ich unauffällig hinter dem Handrücken.

Er redete, ohne Luft zu holen. Heute trug er einen dunkelgrünen Pullunder, in dem er mit seinen schnellen Bewegungen wie ein Gecko wirkte. In Lichtgeschwindigkeit kritzelte er irgendwelche Formeln an die Tafel, dass mir allein vom Zusehen schwindlig wurde. Sein Hemd sah aus der Ferne leicht gräulich aus, weswegen ich mich insgeheim fragte, wie lange er seine Klamotten schon trug. Während ich ihn nachdenklich betrachtete, verrutschte sein Kragen und legte ein gezacktes Muttermal an seinem Nacken frei.

Ich stockte, ehe ich meinen Stift wieder zur Hand nahm, und versuchte, mich auf die Vorlesung zu konzentrieren, was beinahe ein Ding der Unmöglichkeit war. Warum brachte mich ein simpler Leberfleck derart aus der Fassung? Plötzlich zog es mir die Kehle zu, als eine dunkle Erinnerung übermächtig in mir aufstieg. Ich schüttelte sie ab und schrieb verbissen weiter. Wahrscheinlich drückte die Schrift mindestens drei Seiten durch.

»Wussten Sie, dass auch im Sperma Zucker enthalten ist?«, fragte Professor Naumann in die Runde, und ich zuckte zusammen.

»Und warum schmeckt es dann nicht süß?«, fragte jemand hinter mir.

Mich riss es herum. Eine hübsche, blond gelockte Frau blickte den Prof mit großen blauen Augen abwartend an. Hatte sie das eben wirklich gefragt?

Verhaltenes Prusten erklang von mehreren Seiten, worauf Blondie verwirrt in die Runde blickte, während ich mich wieder umdrehte, um gespannt die Antwort des Dozenten abzuwarten.

Ruhig und gleichmütig erklärte er: »Weil sich die Geschmacksnerven für Süßes vorwiegend auf der Zungenspitze befinden und nicht im Rachen.«

Ein Gelächtersturm erfüllte den Raum, Rhashmi und ich wechselten einen ungläubigen Blick, ehe wir gleichzeitig nach hinten sahen. Blondie war so rot geworden wie eine Tomate. Wortlos packte sie ihre Sachen zusammen und hetzte aus dem Saal, als wäre ein ausgebrochener Löwe hinter ihr her, unterdessen fuhr der Prof in aller Seelenruhe mit seinem Vortrag fort.

»Ob wir die jemals wiedersehen?«, fragte Rhashmi kichernd.

Ich schüttelte ungläubig den Kopf, obwohl Blondie mir irgendwie auch leidtat. Es fühlte sich scheußlich an, in aller Öffentlichkeit gedemütigt zu werden. Wer wusste das besser als ich.

KAPITEL 9

Im Flur kam Martin uns nach, er überragte mich höchstens um zehn Zentimeter. »Gehen wir einen Tee trinken?«, fragte er und lief neben uns her wie ein batteriebetriebener Spielzeughase.

Ich zuckte mit den Schultern. »Von mir aus.«

»Ich komme mit.« Rhashmi hakte sich bei mir ein. Ihre Umhängetasche traf mich bei jedem Schritt im Rücken. Vor der Cafeteria, in die ohne Unterlass Studenten hinein- und hinausströmten wie in einem Ameisenhaufen, blieben wir stehen. An meiner Schulter vorbei warf Rhashmi einen Blick in das Innere.

»Oh nein, Anoob steht am Ausschank. Kannst du mir einen Milchkaffee mitbringen, ich suche uns so lange einen Platz.«

Ich kicherte. Anoob stammte aus Indien und versuchte jedes Mal, mit Rhashmi in seiner Muttersprache ins Gespräch zu kommen. Aber Rhashmi war es peinlich, dass sie als Halbinderin kein Wort Hindi sprach. Ihre Mutter hätte alle Hände voll zu tun gehabt, dafür zu sorgen, dass sie Deutsch lernte, ließ sie dauernd alle wissen, als müsste sie sich dafür entschuldigen, nicht zweisprachig aufgewachsen zu sein.

Kurz darauf traf ich mit meinem Tablett an unserem Platz ein. Sie hatte es tatsächlich geschafft, zu dieser Tageszeit einen leeren Tisch zu ergattern. Während ich Rhashmi ihre Tasse reichte, setzte sich Martin neben mich.

»Ist das nicht die aus der Vorlesung?« Seinem ausgestreckten Arm mit Blicken folgend, entdeckte ich Blondie, die beschämt die Lider senkte, als sie seine nicht zu übersehende Geste bemerkte.

»Warum schmeckt Sperma nicht süß?«, wiederholte er, riss ein Zuckerpäckchen auf und ließ den Inhalt in seine dampfende Tasse rieseln. »Wieso fragt die denn so was?«, legte er nach.

»Keine Ahnung.« Hastig versenkte Rhashmi ihr Gesicht in der übergroßen Milchkaffeetasse. Allem Anschein nach hatte sie keine Lust, dieses Thema mit Martin zu erörtern. Ich übrigens ebenso wenig. Jedes Mal, wenn ich mich längere Zeit mit ihm unterhielt, verspürte ich hinterher das dringende Bedürfnis, ein Nickerchen zu machen. Ich beobachtete, wie er den metallenen Löffeln klirrend in der Tasse drehte und dabei wie ein Wackeldackel auf der Rückbank eines Opel Caravan in die Runde schaute. Sein blondes Haar war seitlich streng gescheitelt, und an seinen Wangen sprossen eitrige Pickel. Plötzlich hörte ich eine erfreute Stimme.

»Hey, Luca, ist hier noch frei?« Tobi stand vor mir, mit einer brünetten Frau im Arm, die man nur als Schönheit bezeichnen konnte. Ihr Haar trug sie streng nach hinten gekämmt und in einem Zopf im Nacken fixiert. Diese Frisur stand nicht jeder, an ihr jedoch sah es toll aus. Hastig wandte ich mich wieder Tobi zu. Er lächelte dieses strahlende Lächeln, das ihn im Gegensatz zu Ben sofort sympathisch wirken ließ. Irgendwie war er ein richtiger Kumpeltyp.

»Ach, hallo. Klar.« Ich deutete auf die beiden freien Plätze. »Das sind Rhashmi und Martin.«

»Ich bin Ellen«, stellte Tobis Begleitung sich vor. Ihre Stimme war genauso perfekt wie ihr Äußeres, mit einem rauchigen Klang, der sogar mir Gänsehaut über den Rücken jagte. Die beiden setzten sich.

»Wieder alles okay bei dir?« Tobi deutete mit dem Kinn in meine Richtung.

»Ja, alles in Ordnung«, erwiderte ich hastig und schluckte. Hoffentlich würde er den gestrigen Abend nicht in voller Länge vor allen ausbreiten. Ich warf ihm einen flehenden Blick zu.

»Was war denn gestern los?«, fragte Rhashmi neugierig. Sie trank einen Schluck Milchkaffee, während Martin immer noch in seine Tasse blies.

»Nur wegen ihres Umzugs, weiter nichts. Wollte wissen, ob sie sich schon bei uns eingelebt hat.« Tobi zwinkerte mir zu und ich dankte ihm im Stillen, dass er mir diese Peinlichkeit erspart hatte.

»Ihr wohnt zusammen?« Rhashmi wedelte mit dem Finger zwischen uns her. »Dachte, du bist ins Studentenwohnheim gezogen.«

»Das ist eine lange Geschichte«, wiegelte ich hastig ab, da ich keinen Drang verspürte, ihr meine derzeitige Wohnsituation zu erklären. Ich wandte mich an Ellen. »Studierst du auch hier?«

»Nein, ich bin Model.«

Was sonst. Warum hatte ich überhaupt gefragt? Ihr dunkelbraunes Haar glänzte im Schein der Neonröhren wie poliertes Porzellan. Wie machte sie das nur? So etwas brachte keine normale Spülung zustande, zumindest nicht bei mir.

»Sie kommt gerade aus Paris zurück«, sagte Tobi und sah ihr verliebt in die Augen.

»Und wo habt ihr euch kennengelernt?«, fragte Rhashmi. Manchmal war sie wirklich neugierig. Ich wartete gespannt auf eine Antwort. Wo lernten sich überdurchschnittlich schöne Menschen kennen? Bestimmt nicht im Supermarkt an der Kasse, so wie ich Ringo.

»Ich jobbe für dieselbe Modelagentur wie Ellen, da sind wir uns über den Weg gelaufen.«

Natürlich, wo sonst? Wieso fragte ich mich das überhaupt? Er arbeitete nebenher als Fotomodell, auf das Naheliegendste hätte ich auch selbst kommen können.

»Und Ben arbeitet da auch«, schloss ich aus seiner Aussage, weil es mir nur zu selbstverständlich vorkam.

»Nein.« Tobi schüttelte den Kopf.

»Wie kommst du darauf?«, fragte nun auch Ellen. Sie klang so ehrlich erstaunt, dass ich mir irgendwie ertappt vorkam.

»Keine Ahnung, hätte ja sein können … er macht Kopien für diese Agentur … oder so.« Schweiß brach mir aus allen Poren.

»Du meinst, weil Ben ein Womanizer ist?«, fragte Ellen ungerührt und musterte mich eindringlich.

»Wer ist Ben?«, mischte sich unnötigerweise auch noch Rhashmi ein.

»Mein anderer Mitbewohner«, presste ich heraus.

»Ich hole uns mal was zu trinken«, sagte Tobi und stand auf. »Wasser?«, wandte er sich an Ellen, worauf sie nickte.

Verschämt betrachtete ich meinen mitgebrachten glutenfreien Schokomuffin, auf den ich plötzlich keinen Appetit mehr verspürte.

»Was meinst du mit Womanizer?«, fragte ich vorsichtig.

Ellen setzte sich mit seitlich überkreuzten Beinen auf ihren Stuhl. Als posierte sie für das Cover eines Modemagazins. Im Augenwinkel nahm ich wahr, wie die Jungs am Nebentisch die Köpfe zusammensteckten und unauffällig zu unserem Tisch hinüberdeuteten. Ganz bestimmt nicht meinetwegen.

»Sagen wir mal, Ben ist nicht so der Beziehungsmensch. Er steht mehr auf One-Night-Stands.«

»Oh.« Mehr brachte ich nicht heraus.

Sie lächelte. »Das wirst du noch zur Genüge

mitbekommen. Die Frauen geben sich bei ihm quasi die Klinke in die Hand.«

»So sieht er gar nicht aus«, log ich und merkte zu meiner Verärgerung, dass ich dabei rot wurde.

»Er kann sie alle haben. Nacht für Nacht. Bis jetzt war noch keine darunter, die ihn abgewiesen hat.«

Hatte mich mein erster Eindruck also nicht getäuscht.

»Was macht er denn mit so vielen Frauen?«, fragte Martin.

Ellen warf ihm einen Blick zu, als wäre er unterbelichtet. »Er schläft mit ihnen«, gab sie kühl zur Antwort.

Martin setzte ruckartig seine Teetasse ab.

»Und wann studiert er?«

Herrgott, was für bescheuerte Fragen stellte der eigentlich?

»Dazwischen.«

Ellen hatte eindeutig keine Lust, sich weiter mit Martin zu unterhalten, was ich gut verstehen konnte. Aber was meinte sie mit dazwischen? Wie hoch war sein Frauenverschleiß, um Himmels Willen?

Tobi kam zurück, einen muskelbepackten Typen mit olivfarbener Haut im Schlepptau. Seine kurz geschorene Frisur erinnerte mich an Mecki den Igel.

»Hey, Ellen.« Der Kerl stellte sich hinter sie und massierte ihre Schulter.

Fauchend drehte sie sich zu ihm um. »Lass das, Erdie.«

Er lachte und hob die Hand. »Entspann dich. Du solltest mal was essen, dann bist du nicht immer so schlecht gelaunt.« Ungefragt stellte er sein Tablett auf dem Tisch ab und angelte sich vom Nachbartisch einen Stuhl. Berge von Kuchen türmten sich auf seinem Teller.

»Das ist Luca, unsere neue Mitbewohnerin«, stellte Tobi mich vor, während er sich ebenfalls setzte.

Grinsend wandte sich Erdie an mich. »Ben hat mir schon von gestern erzählt …«

»Äh, das sind Martin und Rhashmi«, grätschte ich hastig

dazwischen, damit er nicht irgendetwas ausplauderte, das er aus zweiter Hand erfahren hatte. Ben. Elendes Plappermaul. Verwundert bemerkte ich Erdies glänzende Augen, als er Rhashmi betrachtete. Sie reichte ihm mit einer grazilen Geste die Hand, als wäre sie eine Bollywood-Schauspielerin, und fuhr mit der anderen ihren Hals entlang.

»Hallo«, hauchte sie.

Seit wann stand Rhashmi auf Popeye, hatte ich was verpasst?

»Hallo Prinzessin.«

Oh nein, er war genauso ein übler Schleimer wie Ben, die beiden ergänzten sich perfekt. Rhashmi hingegen lächelte geschmeichelt.

Neben mir stand Martin auf und sah mich an.

»Ich muss gehen. Luca, du hast dich doch letztens für meine Financial Times interessiert.«

Hatte ich nicht, sondern nur so getan, um freundlich zu sein.

»Wenn du willst, bringe ich dir demnächst mal ein paar vorbei, zum Schmökern.«

»Äh, ja klar. Danke.« Was sollte ich schon großartig sagen?

Er strahlte. »Super. Howdy«, winkte er in die Runde, ohne die befremdeten Blicke der übrigen zu bemerken.

Howdy? Wo hatte er das her? Schweigend sahen wir zu, wie er von dannen hüpfte.

»Er ist in dich verknallt«, sagte Rhashmi grinsend.

»Ist er nicht«, setzte ich mich zur Wehr und krümelte an meinem Muffin herum.

»Ist er doch. Schon seit dem ersten Semester.«

Warum mussten sich immer solche Typen für mich interessieren? Die Welt war ungerecht. Ellens mitleidiger Blick machte alles nur noch peinlicher.

»Ja, der steht auf dich«, mischte sich nun auch noch Erdie ein. »Ganz eindeutig.«

»Ihr spinnt doch. Lasst mich endlich in Ruhe mit dem.« Ich verschränkte die Arme vor der Brust.

»Hey, Erdie, wie geht es bei deinem Bruder im Laden voran?«, kam Tobi mir zu Hilfe. Er war ein Goldschatz.

Erdie winkte ab. »Da muss noch ein Haufen Arbeit reingesteckt werden, bis er das Ding eröffnen kann.«

Derweil beobachtete ich, wie Tobi Ellens Nacken kraulte, die ganze Zeit über konnte er seine Finger nicht von ihr lassen.

»Bist du öfters nachmittags hier?«, wandte sich Erdie an Rhashmi und schenkte ihr einen gekonnten Verführerblick. Da hatte es aber jemanden erwischt.

»Dienstags und donnerstags«, antwortete sie wie aus der Pistole geschossen. Sie fuhr sich durch ihr schneewittchenschwarzes Haar. »Warum?«

»Weil ich ab jetzt an diesen Tagen auch immer hier sein werde.«

Oh Gott, was für ein Gesülze, und Rhashmi schien auch noch auf ihn reinzufallen, so wie sie guckte. Erdie warf einen Blick auf sein Handy. »Verdammt, schon so spät. Ich habe Phyllis versprochen, mit ihr ein Eis essen zu gehen. Sie wird mich umbringen.« Er sprang auf und winkte in die Runde. »Tschau.«

Rhashmi sah ihm mit hängenden Mundwinkeln nach, bis er durch die Tür entfleucht war. Allem Anschein nach tanzte dieser Erdie auch gern auf mehreren Hochzeiten. War ja nicht anders zu erwarten, wenn er mit Ben befreundet war.

KAPITEL 10

Später am Abend machte ich mich bereit für unsere erste offizielle WG-Sitzung, von der die beiden Glückspilze allerdings noch nichts ahnten. Ich setzte auf den Überraschungseffekt, der sie hoffentlich dazu nötigen würde, sämtliche von mir eingeführten Neuerungen diskussionslos abzusegnen. Bewaffnet mit einer Liste der wichtigsten Punkte in dreifacher Ausführung klopfte ich an Bens Tür. Gleich darauf hörte ich ein dumpfes »Ja« und öffnete sie einen Spalt. Ben lag auf seinem Bett und las – ich traute meinen Augen kaum – ein Buch. Über seinem Bett hing ein Kinoplakat von Point Blank. Ich hätte ja eher eine nackte Frau vermutet. Allem Anschein nach verstand er sich meisterhaft in der Kunst der Tarnung.

»Hast du ein paar Minuten Zeit?«, fragte ich und warf einen Blick auf den Buchrücken in seiner Hand. Die Schattenwanderer-Chronik. Mit Fantasy konnte ich überhaupt nichts anfangen, also noch eine Gemeinsamkeit, die wir nicht teilten. Seine Augen blitzten amüsiert auf – dieses verdammte seltsame Blau.

»Warum? Möchtest du reinkommen?« Er stützte sich auf

den Ellenbogen ab und klopfte neben sich auf die Matratze. »Schnuckel dich ruhig zu mir.«

Ich knurrte wie ein Wachhund. »Ich möchte mit dir und Tobi ein paar Dinge besprechen. Würdest du dich bitte erheben und in die Küche kommen?« Neben ihm entdeckte ich einen Packung Chips. Sie sah genauso aus wie die, die ich mir heute gekauft hatte. Zufälle gab es.

Er wirkte erstaunt, setzte sich aber widerspruchslos auf, das Zeichen für mich, dieses Zimmer umgehend zu verlassen. Mein Klopfen an Tobis Tür fiel um einiges freundlicher aus. Als ich eintrat, saß er an seinem Schreibtisch und rechnete irgendwas, während Ellen im Schneidersitz und mit einem Laptop auf dem Schoß, auf seinem Bett hockte.

»Kannst du mal kurz mitkommen? Ich würde gern mit dir und Ben etwas besprechen.«

Er lächelte. »Klar.« Dann wandte er sich an Ellen. »Kommst du mit?«

Ohne hochzusehen, winkte sie ab. »Nein, ich muss meiner Agentin eine Mail schreiben. Sie hat da was mit Mailand verpfuscht.«

In der Küche deutete ich auf eine Liste, die neben dem Kühlschrank hing.

»Bestimmt habt ihr die schon gesehen und euch gefragt, was es mit diesem Blatt auf sich hat«, fing ich milde an. Schließlich wollte ich die beiden nicht gleich von Anfang an verschrecken.

»Die hing vorhin schon da?« Ben streifte das neonrote Blatt Papier mit einem kurzen Blick, bevor er die Kühlschranktür öffnete und einen Joghurt herausnahm. Meinen Joghurt! Groß und breit stand mein Name mit schwarzem Edding darauf.

Ich schnappte ihn beim Handgelenk. »Was willst du mit dem Joghurt?«

»Essen?«

»Das ist meiner. Siehst du?« Ich tippte mit dem Zeigefinger auf den Aludeckel. »Da steht mein Name drauf.«

»Ich habe mich vorhin schon gewundert, warum du auf den Lebensmitteln rumkritzelst.«

Vorhin? Einer inneren Eingebung folgend, öffnete ich den Kühlschrank und konnte es nicht glauben. Alle Biervorräte standen wieder drin, die anderen Lebensmittel kreuz und quer dazwischen - bis auf die Joghurts. Von den fünf, die ich gekauft hatte, war kein einziger mehr da. Ich knirschte so laut mit den Zähnen, dass Ben es garantiert hörte. Dieser Mistkerl!

Ich drehte mich um.

»Du ...« Meine Stimme bekam einen gefährlichen Klang. »Du hast sie alle gegessen.«

»Die waren nur für dich? Alle?« Ben wirkte zutiefst erstaunt. Ich hatte Reue oder zumindest den Schimmer eines entschuldigenden Lächelns erwartet, aber Fehlanzeige. Er kramte bereits in der Schublade nach einem Löffel. »Wir teilen immer alles, was wir an Essen da haben«, verteidigte er sich.

»Ihr habt nichts da!«, brüllte ich. »Nur Mist.«

»Wir haben Bier.«

»Sag ich ja. Nur Mist.«

Ich riss ihm den Joghurt aus der Hand. »Das ist meiner, den kriegst du nicht auch noch, du hinterhältiges Fressmonster.«

»Ist ja schon gut.« Demonstrativ warf er den Löffel zurück ins Besteckfach.

Einer inneren Eingebung folgend, öffnete ich die obere Schranktür. Gähnende Leere klaffte mir entgegen, so groß wie das schwarze Loch.

»Meine Chips hast du auch geklaut. Muss man hier alles festbinden, damit es nicht in deinem Rachen landet?«, fauchte ich ihn an.

»Ich dachte, du bist auf Diät«, verteidigte er sich. »Für was brauchst du da Chips? Die haben mindestens zehntausend Kalorien.«

»Ich!«, schrie ich, brach ab und atmete einmal durch, um dann ruhiger fortzufahren. »Ich mache keine Diät. Ich habe eine Nahrungsmittelintoleranz, aber dir den Unterschied erklären zu wollen, ist Zeitverschwendung, denn deine geistige Intoleranz ist noch viel größer.«

Ben winkte ab, ihn schien mein Wutausbruch nicht im Mindesten zu beeindrucken.

»Ich kaufe dir morgen eine neue Packung, zufrieden?« Er setzte sich an den Tisch und studierte meine Liste. Ein schmales Grinsen zeigte sich auf seinem Gesicht, sein Grübchen stach deutlich hervor. Zum wiederholten Male fragte ich mich, was diese ganzen Frauen da draußen nur an ihm fanden? Gleich darauf fand ich selbst die Erklärung. Die mussten nicht mit ihm zusammenwohnen, sondern durften am nächsten Morgen auf Nimmerwiedersehen verduften.

»Da wir das jetzt geklärt hätten«, sagte Tobi, der unserer Debatte bislang schweigend gefolgt war, »gibt es noch etwas anderes?«

Mein Stichwort. Mit einer Hand klatschte ich auf den Plan an der Wand. »Das ist unser Putzplan. Hier steht genau, wer was wann in der Woche zu tun hat, und wenn er fertig ist, setzt er einen Haken dahinter. So einfach ist das.«

»So einfach ist das«, murmelte Ben und stand wieder auf. Gemächlich schlenderte er herüber, um die Liste zu betrachten.

»Wofür steht BZR?«, fragte er.

Der Einfachheit halber hatte ich die Begriffe abgekürzt.

»Badezimmerreinigung.«

»Aha. Und BZRmFuA?«

»Badezimmereinigung mit Fugen und Abflüssen. Steht nur alle zwei Wochen auf dem Programm, wie du siehst.«

Er lachte. »Du spinnst doch.«

Wie bitte?

Ohne Vorwarnung riss er die Liste von der Wand, ich traute meinen Augen kaum.

»Ich finde, wir lassen alles beim Alten. Wer Zeit hat, macht sauber. Hat doch bisher prima geklappt.« Er machte eine weit ausholende Armbewegung.

Prima geklappt?

»Hey Luca«, mischte sich Tobi ein. »Ich denke auch, du siehst das mit dem Putzen ein bisschen zu eng.«

Ich sah was zu eng?

»Wir können abstimmen, wenn du willst«, schlug Ben vor. »Alles ganz demokratisch.«

»Natürlich.« Im Geiste sah ich mich schon als Einzige wöchentlich das Bad schrubben. »Ich möchte außerdem, dass ihr euch hinsetzt.«

Auf der Stelle marschierten beide in Richtung Küchentisch.

»Nicht jetzt«, murrte ich. »Auf dem Klo.«

Die beiden riss es herum, sie verharrten einen Moment lang in ihrer Schreckenspose.

»Geht das nicht ein bisschen zu weit?«, fragte Tobi vorsichtig, und Ben legte nach: »Wie willst du das überhaupt kontrollieren? Stehst du neben der Schüssel und bewachst uns?«

»Das Ding ist total versifft, keine Frau kann sich draufsetzen.«

»Dachte, ihr pinkelt immer in dieser Skifahrerposition«, gab Ben ungerührt zurück und führte es zu allem Überfluss auch noch vor.

»Auf fremden Toiletten«, fauchte ich. »Nicht zu Hause.«

Tobi klopfte seinem Genossen auf die Schulter. »Komm schon, den geben wir ihr.« Sie grinsten sich an, wahrscheinlich dachten sie, mit diesem billigen Trick wären sie aus dem Schneider. Anscheinend hatten sie die Liste nicht komplett studiert. Nach kurzem Zögern nickte Ben. »Okay.«

Er klang, als hatte er einem aufopferungsvollen Kompromiss zugestimmt.

»Ist das dann alles?«, fragte er schon auf dem Weg in Richtung Tür.

»Nein«, sagte ich scharf. »Rückwärtsgang, Freundchen.«

Seufzend drehte er sich um.

»Was denn noch?«

»Ich habe noch eine weitere Liste.«

»Oje«, meinte Tobi mit unheilvoller Stimme und nahm sein Blatt Papier zur Hand.

»Der Kram ist doch überflüssig«, sagte Ben genervt. »Bis jetzt hat unser Zusammenleben super geklappt, auch ohne Planung.«

»Ja, das sehe ich.« Zum Beweis hielt ich ihm den Joghurt vor die Nase. »Ich denke an eine Müllliste«, sagte ich mit einem leichten Anflug von Nervosität, mein anfängliches Selbstbewusstsein schrumpfte auf die Größe eines ausgeleierten Luftballons. »Wer den Müll runterbringt, trägt sich ein.« Mit Ringo hatten diese Vereinbarungen immer wunderbar funktioniert. Warum sträubten die zwei sich so? Hier ging es lediglich um Gerechtigkeit.

Wie befürchtet schüttelten beide die Köpfe. Ellen kam in die Küche geschlendert. Sie biss von einem rotbackigen Apfel ab, dass es knackte.

»Hey, Luca«, sagte sie und lachte spöttisch. »Mit einer Müllliste beißt du bei Ben auf Granit. Der steht auf Wegwerfartikel.« Sie setzte sich auf Tobis Schoß.

Umgehend verdüsterte sich Bens Blick, eine steile Falte bildete sich zwischen seinen Augenbrauen. Oha, da hatte noch jemand seine Probleme mit Ben, was mich ehrlich gesagt nicht wunderte. Er war immerhin nicht gerade ein Sympathieträger. Warum konnte sie nicht anstelle von Ben hier wohnen?

»Ich hau ab«, hörte ich Ben sagen, bevor er in den Flur verschwand. Kurz darauf klapperte die Haustür.

Vollkommen baff wandte ich mich an die beiden, die eng umschlungen dasaßen und sich den Apfel teilten.

»Das war nicht nett von dir«, schalt Tobi sie mit weicher Stimme. »Ben ist in Ordnung.«

»Er braucht manchmal einen kleinen Dämpfer«, gab sie unbeeindruckt zurück und biss ein Stück Apfel ab.

Ich hingegen verspürte ein schlechtes Gewissen, dass dieses Meeting so ausgeartet war, dass einer meiner Mitbewohner aus der Wohnung stürmte.

»Wohin ist er abgehauen?«, fragte ich.

Ellen sah auf, ihre Augen verengten sich. »Er geht Jagen.«

KAPITEL 11

Ich stand mit Ellen im Flur herum, wir unterhielten uns. Tobi hatte sich in den Gemeinschaftsraum verzogen und schaute sich irgendein Fußballspiel auf diesem übergroßen Flat-TV an, der dort an der Wand hing. Heute Nachmittag hatte ich das Zimmer noch rasch durchgesaugt und die leeren Pizzakartons entsorgt. Zu meinem Erstaunen besaßen die beiden einen Staubsauger.

»Und morgen geht es nach Mailand?«

»Ja, meine Agentin konnte meinen Flug umbuchen, nur muss ich jetzt um fünf Uhr aufstehen.« Sie seufzte und wirkte übermüdet.

»Bist du nicht heute erst aus Paris zurückgekommen?«

Ellen nickte. »Und nächste Woche geht es gleich nach Berlin und London.«

»Wow, Model sein stelle ich mir aufregend vor.« Ich konnte nicht umhin, sie um ihr Leben zu beneiden. Ich meine, wer konnte schon von sich sagen: heute New York, morgen Paris, übermorgen die ganze Welt. Bestimmt kannte sie sogar Stars oder berühmte Sportler. Plötzlich kam ich mir neben ihr noch kleiner vor, als ich ohnehin schon war; nicht nur körperlich. Ich stammte aus einem Dorf bei

München und war bis jetzt erst einmal auf Mallorca und in Österreich gewesen. Und diese Frau vor mir bereiste die ganze Welt.

Sie lachte. »Ich sehe nur die Flughäfen, das Fotostudio und mein Hotelzimmer, das ist alles. Wenn sie den Job nicht so gut bezahlen würden, hätte ich den Kram schon längst hingeworfen.«

»Oh.«

»Meine Mutter lebt von einer kleinen Rente«, erzählte sie weiter. »Durch meinen Job kann ich sie ein wenig unterstützen, sodass sie über die Runden kommt.« Sie starrte an die Wand. »Ich komme aus einem Kaff am Brombachsee, und da habe ich immer noch mein Zimmer. Aber ich hänge sowieso die meiste Zeit bei Tobi ab, wenn ich in der Stadt bin. Ich brauche nichts Eigenes.«

»Das finde ich echt gut, dass du dich um deine Mutter kümmerst.«

»Meine Schwester ist Anwältin in Berlin, sie lässt sich zweimal im Jahr blicken. Dann nimmt sie Mama mit in einen Wellnessurlaub und haut wieder ab.«

Ich schluckte. »Das ist wirklich schade. Meine Mutter ist gestorben, als ich klein war, und ich wünschte, ich könnte Zeit mit ihr verbringen.«

»Das tut mir leid.« Mitleidig streichelte sie meinen Arm. »Mein Vater ist abgehauen, als ich vierzehn war.«

»Scheiße.«

Sie nickte und grinste schief.

»Ich freue mich schon darauf, wenn Tobi im August mit dem Studium fertig ist, dann können wir uns endlich was Eigenes suchen, vielleicht sogar irgendwo im Ausland. Endlich eine eigene Wohnung, in der kein Ben rumläuft.«

»Du magst Ben nicht.« Ich sah sie eindringlich an. »Warum?«

Ellen schnaubte verächtlich. »Er ist immer so unnahbar und von oben herab. Für ihn sind Frauen nur Gegenstände, die man benutzt und nach Gebrauch wegwirft wie einen leeren Joghurtbecher.«

Überrascht sah ich sie an. Ben war ein aufgeblasener Chauvi, aber dass er so schlimm war, hätte ich nicht gedacht.

Sie beugte sich vor. »Er hat niemals zweimal hintereinander dieselbe Frau. Nie gibt er einer seine Nummer oder lässt sich ihre geben. Und er macht vor allem eines nicht.« Sie machte eine Pause und zupfte ihre Frisur zurecht, während ich gespannt auf ihre Offenbarung wartete. »Er küsst eine Frau niemals auf den Mund.«

Was? Etwas derartiges hatte ich noch nie gehört. Er küsste eine Frau nicht auf den Mund?

»Warum?«

Ungerührt zuckte Ellen mit den Schultern. »Keine Ahnung, wahrscheinlich will er ihnen zeigen, dass sie ihm nichts bedeuten. Frauen sind austauschbar für Ben.«

»Du solltest nicht so hart über ihn urteilen«, sagte Tobi hinter uns. Er stand im Türrahmen. »Er wird seine Gründe für sein Verhalten haben. Ben ist ein guter Kerl. Ich wohne jetzt schon seit drei Jahren mit ihm zusammen, und wenn das einer beurteilen kann, dann wohl ich. Die Frauen wissen, worauf sie sich bei ihm einlassen, er macht nie ein Geheimnis daraus. Alles ist freiwillig.«

»Ja, klar.« Ellen klang höhnisch. »Was eine Frau sagt und was sie wirklich fühlt, sind zwei ganz verschiedene Dinge, aber den Unterschied kapiert ihr Typen einfach nicht.«

Tobi breitete die Hände aus. »Was kümmert es dich überhaupt?«

Im Bruchteil einer Sekunde veränderte sich Ellens Mimik, ihr Gesichtsausdruck wurde weich und sinnlich, mit schwingenden Hüften schritt sie auf ihn zu und legte ihre Arme um seinen Nacken.

»Es kümmert mich nicht«, sagte sie und küsste ihn wie dieses blonde Bondgirl Sean Connery in Goldfinger.

Ich verkrümelte mich in mein Zimmer. Bens Liebesleben

ging mich nun wirklich nichts an, und ich verspürte auch keinen Drang, mich weiter mit dem Privatleben meines Mitbewohners zu befassen. Außerdem fand ich, dass Ellen sich irgendwie merkwürdig verhalten hatte. Nach einem Blick auf mein Handy erschrak ich. Schon zehn. Gleich ging mein Vater in Atlanta online, um mit mir zu skypen. Was er wohl für Neuigkeiten hatte?

In meinem Zimmer loggte ich mich in Skype ein. Mein Vater war schon online. Kopfschüttelnd betrachtete ich sein wirres graues Haar, das nach allen Seiten abstand und sich in der Stirn bereits deutlich lichtete.

»Hey dude, what's up?«, neckte ich ihn, da ich wusste, dass er mit amerikanischem Slang noch immer nichts anfangen konnte.

»Was?«, fragte er auch sogleich und kam nahe an den Bildschirm. »Da stimmt was nicht mit der Leitung, ich höre nur wirres Zeug.«

»Ich habe gefragt, wie es dir geht«.

»Sehr gut. Und dir, Schätzchen? Was macht Ringo?«

»Ringo und ich sind nicht mehr zusammen«, informierte ich ihn knapp, »aber erzähl mal, was gibt es bei dir Neues?« Ich hoffte inständig, dass er auf mein kleines Ablenkungsmanöver hereinfiel, manchmal konnte er sehr penetrante Fragen stellen.

»Was ist denn passiert? Wo wohnst du jetzt, wenn du nicht mehr mit Ringo zusammen bist?«

Ich seufzte innerlich. »Wir haben uns auseinandergelebt, es gab unüberbrückbare Differenzen.« Wenn Promis bei Trennungen mit dieser Ausrede durchkamen, konnte ich das auch. »Jetzt bin ich ins Studentenwohnheim gezogen.«

»Das ist aber schade. Brauchst du Geld?« Er strich sich die verstrubbelten Haare glatt, als wäre sein Bildschirm ein Spiegel.

»Papa, ich kann dich sehen«, erinnerte ich ihn. »Nein, ich komme gut über die Runden.« Er überwies mir sowieso schon sechshundert Euro im Monat, und zusammen mit dem Geld, das ich als studentische Hilfskraft verdiente, kam ich hin. Außerdem hatte ich mir vorgenommen, ihm nach dem Studium jeden Cent zurückzuzahlen. »Was gibt es bei dir Neues?«

»Ach ja.« Er fummelte am Bildschirm herum. »Ich habe meinen Vertrag an der Georgia State University um zwei Jahre verlängert.«

»Was?« Ich schürzte die Lippen. »Aber ich dachte, du kommst zurück und ziehst nach München, damit wir uns wieder öfters sehen können.«

»Ich weiß, Schätzchen. Aber sie haben mir diese wunderbare Stelle angeboten, und zwei Jahre gehen doch vorbei wie nichts. Ich möchte meine Kollegin nicht hängen lassen, sie zählt auf mich. Sie ist eine wirklich nette Frau, und ich verdanke ihr viel.«

War ihm diese Frau etwa wichtiger als ich? Seine eigene Tochter? Ich lebte hier ganz allein, aber das interessierte ihn kein bisschen. Schließlich beschloss ich, die Diskussion auf den Sommer zu verschieben. »Reden wir über das Thema, wenn ich nach Atlanta komme. Über den Bildschirm ist das schlecht, finde ich.«

»Du hast recht. Ich wollte dir nur vorab schon mal Bescheid geben.«

Mein Blick fiel auf die Uhr am Bildschirmrand. »Du, ich muss noch lernen. Können wir nächste Woche noch mal skypen?«

»Natürlich, mein Schatz. Geh ruhig. Ach ja, Tante Hertha hat angerufen, sie hat sich ein Bein gebrochen und kann die nächsten Wochen nicht nach dem Grab deiner Mutter sehen. Würdest du mal hinfahren und Blumen hinstellen?«

Ich schluckte. Seit meinem Umzug nach Erlangen hatte ich mein Heimatdorf nicht mehr betreten und war somit auch nicht mehr am Grab meiner Mutter gewesen, obwohl mich ein unglaublich schlechtes Gewissen plagte. Trotzdem konnte ich nicht mehr dorthin zurück, die Gefahr war zu groß, dass ich jemandem über den Weg lief, den ich nicht sehen wollte. Bei den Erinnerungen, die sich plötzlich vor meinem geistigen Auge zusammenbrauten, wurde mein Magen ein schwerer Klumpen. Ich schüttelte mich.

»Vielleicht kann ich es einrichten«, sagte ich schwach, obwohl ich wusste, dass ich ihm diesen Gefallen unmöglich tun konnte.

»Danke, bye bye.« Er küsste mich über den Bildschirm.

»Bye«, erwiderte ich und schloss das Browserfenster. Mich überkam das Gefühl, auch noch meinen Vater verloren zu haben.

KAPITEL 12

Am nächsten Morgen stand ich in der Küche, spülte mein Frühstücksgeschirr und dachte an nichts Böses, als sich Bens Tür öffnete. Es klingelte leise, als hätte er gestern Abend das Christkind persönlich abgeschleppt. Gleich darauf erschien der *Jäger* mit seiner Beute im Flur. Einer zugegeben sehr attraktiven Frau mit kurzen schwarzen Haaren. Ellen hatte recht behalten. Ich hielt mitten in meiner Arbeit inne, um die beiden zu beobachten, bis Ben einen kurzen Blick in meine Richtung warf und mich auf frischer Tat ertappte.

Hastig schrubbte ich wie wild die Brösel von meinem Teller, schielte währenddessen jedoch immer wieder zur Seite, denn dieser hohe Ton erklang jedes Mal, wenn sich sein Beischlafgast bewegte. Was hatte sie da nur?

Die beiden standen sich gegenüber. Das Reh warf ihrem Waidmann einen sehnsüchtigen Blick zu. Offenbar war sie voll auf ihre Kosten gekommen, was mir ehrlich gesagt schleierhaft war. Schließlich achteten Machos wie seinesgleichen im Bett doch eher auf ihr eigenes Wohlbefinden als auf das ihrer Geschlechtspartnerinnen. Meine Hände standen plötzlich still, denn ich war zu sehr damit beschäftigt, den weiteren Verlauf dieser Szene zu beobachten. Wie wurde Ben seinen One-Night-Stand wieder los? Würde er sie einfach mit irgendeiner schwachsinnigen Bemerkung zur Tür hinausbefördern? Diese Möglichkeit schien mir bei ihm am naheliegendsten zu sein.

Er stand dicht vor ihr und legte beide Hände auf ihre Oberarme, sie sah lächelnd zu ihm auf. Eine zärtliche Geste, das musste ich ihm lassen - so von Weitem betrachtet. Bambi stand voll auf ihn, das sah ich ihr sogar aus der Entfernung an. Langsam beugte er sich vor und – ich hielt den Atem an – küsste sie auf die Stirn.

»Es war schön mit dir. Und du bist sicher, dass ich dich nicht nach Hause fahren soll?«

Sie umfasste locker seine Taille.

»Mit dir auch. Nein, ist schon gut, ich gehe zu Fuß, ich wohne nicht weit weg.« Sie senkte den Blick, und seine Hände rutschten ihre Arme entlang. Er griff sich in den Nacken. »Tja, dann ...«

Da hob sie die Lider. »Sehen wir uns wieder? ... Ich meine, wir können doch mal telefonieren oder so.«

Ich nahm ein Geschirrtuch zur Hand, um ein bisschen zu kaschieren, wie sehr ich hier spannte, während ich beinahe ebenso gespannt auf seine Antwort wartete wie das Reh. Nur dass ich von Ellen Hintergrundinformationen besaß, von denen die Ärmste nichts ahnte.

»Du ...«, fing er zögerlich an und machte eine Pause. Er schien zu überlegen, was mich verwunderte. Sollte er in dieser Hinsicht nicht schon Profi sein, mit zig Ausreden für jede Situation in der Tasche?

»Ich habe dir gestern schon gesagt, dass das mit uns was Einmaliges ist.«

Wie? Er war tatsächlich ehrlich gewesen und spielte mit offenen Karten? So viel Rückgrat hätte ich ihm gar nicht zugetraut.

»Ja, ich weiß. Ich dachte nur, weil es doch so schön war und wir uns so gut verstanden haben.« Das Reh ließ nicht locker. Jetzt war ich gespannt. Unerwartet drehte Ben den Kopf zur Seite und erwischte mich erneut, wie ich die Szene mit den Augen verschlang. Und ja, sein Augenrollen galt mir, aber in dieser Hinsicht war ich mittlerweile abgestumpft. Also lächelte ich breit, worauf er sich wieder abwandte.

»Mir hat es mit dir auch gefallen. Aber ich will ehrlich sein. Ich bin kein Beziehungsmensch.«

Sie seufzte. »Schade, dann mach's gut.«

»Du auch.«

Ben legte eine Hand an die Türklinke, da stellte sich das Reh auf die Zehenspitzen, um ihm einen Abschiedskuss auf den Mund zu drücken. Im letzten Moment wandte sich Ben ab, und ihre Lippen streiften lediglich seine Wange.

Wow!

Es stimmte also. Ben küsste Frauen nicht auf den Mund. Mir wiederum blieb meiner offen stehen. Sie stockte, ehe sie durch die geöffnete Tür nach draußen verschwand, begleitet von diesem seltsamen dünnen Bimmeln. Auf einmal war ich ungemein damit beschäftigt, meine Kaffeetasse zu polieren, und merkte gleichzeitig, wie Ben näher kam. Als ich es wagte, einen Blick zur Seite zu werfen, lehnte er im Türrahmen und musterte mich ohne eine Miene zu verziehen. Spontan täuschte ich ein erfreutes Lächeln vor. »Guten Morgen. Gut geschlafen?«, zwitscherte ich, als wären wir die besten Freunde.

»Sehr gut sogar.« Er verschränkte einen Arm hinter dem Kopf, worauf sich seine Muskeln anspannten. Verdammt, er war so ein Poser.

»Etwas weniger auffällig hätte es auch getan.«

Ich sah ihn gespielt verwirrt an. »Wovon redest du?« Dabei konnte ich mir ein Grinsen nicht verkneifen. Ihm war diese rührselige Verabschiedungsszene doch nicht etwa unangenehm? Nein, so viel Glück hatte ich nicht.

»Vergiss es.« Er löste sich aus dem Rahmen und spazierte zum Kühlschrank, während ich vorgab, die Spüle blank zu wienern. Nachdem er sich irgendwas rausgenommen und Tobis Brötchentüte geschnappt hatte, setzte er sich mit einer Tasse Kaffee an den Tisch. Gleich darauf hörte ich, wie er ein Brötchen auseinanderschnitt und dabei wahrscheinlich hunderttausend Krümel im ganzen Raum versprengte. Ich seufzte – er war so was von ignorant. Als ich mich umdrehte, traf mich fast der Schlag, denn Ben strich sich gerade großzügig von *meiner* Butter auf *sein* gottverdammtes Weizenbrötchen.

»Was machst du da?«, fuhr ich ihn an und hielt ihm die Butter vor die Nase. »Das ist meine Butter.«

Er ließ das Messer sinken.

»Herrgott, du bist ja schwäbischer als ein Schwabe.«

»Darum geht es nicht.«

»Worum dann?« Er schien keinen blassen Schimmer zu haben, wovon ich sprach.

»Leidest du an Demenz?« Ich knallte das Butterstück auf den Tisch. »Ich habe euch das doch schon lang und breit erklärt. Du hast mit deinen blöden Brotkrümeln das ganze Ding verseucht.« Ich deutete auf die Messerspur in der goldgelben Masse, in der bräunliche Brösel klebten.

»Kratz es halt ab.« Er trank einen Schluck Kaffee und kapierte ganz offensichtlich nicht, worum es mir ging.

»Ich kann es nicht abkratzen, weil trotzdem irgendwo noch Krümel kleben könnten, und wenn ich auch nur einen übersehe, werde ich krank.«

Er sah hoch. »Weißt du, was ich glaube?«

»Was glaubst du denn?«, fragte ich mit schmalen Augen.

»Ich glaube, du leidest einfach nur an einem Aufmerksamkeitsdefizitsyndrom.«

Heiteres Gelächter sprudelte über meine Lippen, während ich auf die geschlossene Haustür deutete, wo ich kurz zuvor noch diese romantische Abschiedsszenerie beobachten durfte. »Du etwa nicht?«

Während ich zusah, wie Ben mich ignorierte und

stattdessen großzügig Nussnugatcreme auf seinem Brötchen verstrich, machten sich meine Lippen selbstständig. »Sie hat gebimmelt, als läute sie die letzte Runde im Sommerschlussverkauf ein.«

Zu meiner Verärgerung platzte ein amüsierter Lacher aus ihm heraus. »Sie trägt Liebeskugeln. Noch nie was davon gehört? Ich habe sie ihr vorhin eingesetzt.« Er musterte mich durchdringend, während ich merkte, wie sich meine Wangen langsam aufheizten.

»Du bist echt pervers«, warf ich ihm schließlich an den Kopf, nachdem ich mich mühsam wieder gefasst hatte.

Er zuckte mit den Schultern. »Was ist daran pervers? Es ist ein Toy, weiter nichts, ein wenig Abwechslung im Bett. Du bist verklemmt, das ist alles.«

»Traurig, dass du es so dringend brauchst und dämliches Spielzeug mit ins Bett nehmen musst, um auf deine Kosten zu kommen.« Ich schüttelte den Kopf. Eigentlich wollte ich diese Unterhaltung gar nicht führen.

Er lehnte sich zurück. »Sagt die, die Handschellen im Erotikshop kauft.« Sein Grinsen wurde gemein.

Fuck. Ich hatte ganz vergessen, dass er im Wohnheim-Büro alles mit angehört hatte. »Das war was anderes.« Was sollte ich schon sagen? Er würde mir niemals glauben, dass mein Gerede damals nur Fake gewesen war.

»Klar.« Er biss in sein Brötchen. »Ich wette, du hattest noch nie in deinem Leben einen Orgasmus.«

Ich schnappte nach Luft. »Ich glaube nicht, dass mein Sexleben dich irgendwas angeht.«

Er zog eine Augenbraue in die Höhe. »Oh, du hast doch eins, ich dachte …«

»Sei … endlich … still«, knurrte ich mit zusammengebissenen Zähnen. »Du findest dich richtig toll, stimmt's?«

»Ich kriege jede Frau zum Orgasmus. Also, wenn du mal einen erleben willst, kannst du dich getrost an mich wenden. Kleiner Freundschaftsdienst unter WG-Bewohnern.«

Am liebsten hätte ich ihm sein selbstgefälliges Grinsen aus dem Gesicht geschlagen. Wie konnte ein einzelner Mensch nur dermaßen von sich überzeugt sein? Sein Selbstbewusstsein hätte locker für zehn Normalsterbliche gereicht.

»Beschäftige dich lieber mit deinen Glöckchentussis.« Ich konnte es nicht fassen, dass sich diese Frau tatsächlich von ihm ... Den Gedanken wollte ich nicht weiter verfolgen, aber das Bild stieg vor mir auf wie auf einer Kinoleinwand. Oh mein Gott. Wenn er das wirklich getan hatte, dann hatte er alles von ihr gesehen ... bis ganz hinein ... Ich schluckte. Ringo und ich waren mit unseren Gesichtern nie tiefer als bis zum Bauchnabel vorgedrungen, und ganz davon abgesehen hatten wir uns dort unten auch nie großartig begutachtet.

Plötzlich stand Ben auf und blieb dicht vor mir stehen. Ich schluckte erneut. Was sollte das jetzt?

»Du stellst es dir gerade vor«, flüsterte er heiser, während er mit dem Gesicht näher kam.

Sein warmer Atem streifte meine Wange und jagte mir einen Schauer über den Rücken. Hastig schüttelte ich den Kopf.

»Doch. Du stellst dir gerade vor, wie du nackt auf meinem Bett liegst, ich dir die Beine spreize, mich dazwischenknie und dir diese beiden Kugeln langsam einführe. Eine nach der anderen. ... Willst du es ausprobieren? Ich habe noch welche in meinem Zimmer.«

Erschrocken trat ich einen Schritt zurück, mein Atem ging schneller, und ich schaffte es nicht mehr, seinem Blick standzuhalten. Er würde doch nicht ... Da setzte Ben sich zurück auf seinen Stuhl. Herzhaft biss er in sein Brötchen und lachte leise. »Sie trägt keine Liebeskugeln, sie hat irgend so ein esoterisches Glöckchenband am Fuß, das ist alles.«

»Du bist so ein Arsch.« Ich klatschte ihm auf die Schulter, und sein fieses Lachen wurde lauter.

»Aber du hast es dir vorgestellt, gib es zu.«

»Nein, habe ich nicht.« Mein Geschirrtuch fiel mir aus den Händen, ich bückte mich danach. Dabei band ich mir gleich noch meinen Schuh zu. Als ich mich wieder aufrichtete, stockte ich, denn Ben betrachtete mich schmunzelnd. Im selben Augenblick fiel mir ein, dass ich heute mein schwarzes Shirt mit dem Wasserfallausschnitt trug, das meine enorme Oberweite ein wenig kaschierte, und mir wurde klar: Ben Nowak hatte mir in den Ausschnitt geglotzt.

»Du elender Spanner«, fuhr ich ihn an, aber er hob nur entschuldigend die Hände.

»Ich wollte gar nicht, du hast dich doch so präsentiert. Was sollte ich machen?«

Wenigstens trug ich einen BH, sodass er glücklicherweise nicht alles gesehen hatte.

»Ich muss sagen, sie sind wirklich schön«, kommentierte er unaufgefordert, als legte ich Wert auf seine Meinung. Auf diese Art von Kompliment konnte ich wirklich gut verzichten. Vor allem, wenn es aus seinem Mund kam.

»Sei einfach ruhig, okay.«

»Sind die echt, oder hast du nachgeholfen?«

»Glaubst du wirklich, ich würde mich dafür unters Messer legen?« Manchmal waren Männer einfach nur scheiße.

»Sie sind also echt, das ist gut. Ich mag diese Silikondinger nicht, sehen zwar schön aus, aber fühlen sich an wie prall gefüllte Luftballons. Ich habe sie lieber weicher.«

»Du wirst meine ganz bestimmt nie anfassen«, prophezeite ich ihm, bevor ich einen theatralischen Abgang hinlegte. Ben war wirklich das Letzte. Das Allerletzte!

»Sei doch mal locker«, hörte ich ihn belustigt rufen.

KAPITEL 13

Zwei Wochen später traf ich mich mit Caro, da sich Martha zunehmend rarer machte. Caro war verzweifelt. Sämtliche Diskussionen, Drohungen und Tränen hatten nichts bewirkt, Martha wollte mehr Freiraum, den Caro ihr schließlich zähneknirschend zugestand, um sie nicht ganz zu verlieren. Darum war ich jetzt da. Ich hatte die Nacht bei ihr verbracht, sie getröstet und sie aufgebaut. Nun bummelten wir über den Nürnberger Hauptmarkt hoch in Richtung Einkaufsmeile, um ihren Kummer ein wenig mit Frustshopping zu betäuben.

»Ich weiß echt nicht, was mit Martha los ist«, sagte sie zum gefühlten zweihundertneunundneunzigsten Mal. Mir wurde bewusst, was ich Caro angetan hatte, als ich meinen Frust wegen Ringo bei ihr abließ. Dennoch tat sie mir leid. Ich wusste aus eigener Erfahrung, wie sehr es einen quälte, wenn die Gefühle nicht mehr erwidert wurden.

»Sie kommt bestimmt bald wieder von ihrem Egotrip runter«, erwiderte ich ebenfalls zum gefühlt zweihundertneunundneunzigsten Mal. »Eine Bessere als dich findet sie sowieso nicht.«

»Du bist die Beste.« Sie lächelte gequält. »Ich verstehe es

einfach nicht. Dauernd kommt Martha mit irgendwelchen bescheuerten Ausreden daher. Sie muss trainieren für ihren blöden Bodybuilding-Wettbewerb oder hilft in Anitas neuer Kneipe aus. Irgendwas ist immer, dauernd ist sie auf Tour … Oder sie trifft sich heimlich wieder mit Sarah.«

»Das gibt sich wieder«, versuchte ich es erneut. »Das mit Sarah ist doch schon längst vorbei. Zieh doch einfach mal ohne Martha um die Häuser, vielleicht bekommt sie davon Wind und wird eifersüchtig.«

Caro blieb stehen und hob ihren Fuß an. Angewidert betrachtete sie einen Kaugummi, der an ihrer Schuhsohle klebte. »Igitt!« Sie scharrte über das Kopfsteinpflaster. »Das ist es nicht.«

Ich blieb ebenfalls stehen. »Was ist es dann?«

»Ich bin Sonntag zu meinen Eltern gefahren und habe sie nicht mitgenommen. Das hat sie schwer getroffen, sie glaubt, dass ich mich für sie schäme.«

»Oh, Mist.«

Sie nickte. Bis jetzt hatte Caro es noch nicht gewagt, ihren Eltern ihre sexuelle Orientierung zu beichten. Die beiden waren stockkatholisch. Ich wusste, dass es Caro sehr belastete, Heimlichkeiten vor ihnen zu haben. Ihr Coming-Out hatte sie erst in Nürnberg, in der anonymen Großstadt, gewagt.

»Warum redest du nicht mal mit ihnen?«, fing ich vorsichtig an. »Vielleicht sind deine Eltern verständnisvoller, als du denkst. Immerhin bist du vierundzwanzig und kein kleines Kind mehr. Sie sollten akzeptieren, dass du dein Leben so lebst, wie du möchtest.«

»Ich weiß.« Sie seufzte schwer. »Aber jedes Mal, wenn ich daheim bin, fragt meine Mutter mich mit sehnsüchtigem Blick, ob ich denn schon einen Freund gefunden habe. Weißt du, was sie am Sonntag zu mir sagte? Kind«, ahmte sie ihre Mutter mit hoher Stimme nach. »Wenn du dich nicht beeilst, sind die Besten weg. Dann bleibt dir am Ende nichts anderes übrig, als lesbisch zu werden.«

Ich kicherte. »Echt jetzt?«

Caro nickte mit düsterer Miene.

»Vielleicht wäre das die Gelegenheit gewesen …«

»Klar«, unterbrach sie mich. »Hey, liebe Eltern, alle Männer in Nürnberg sind vergeben, darum stelle ich euch jetzt offiziell Martha vor.« Sie verdrehte die Augen, während wir uns wieder in Bewegung setzten. Ich hakte mich bei ihr ein.

»Nicht alle … du könntest Ben mitbringen, danach nehmen sie Martha mit Kusshand, das garantiere ich dir.«

Wir prusteten los.

»So schlimm kann er gar nicht sein«, erwiderte Caro wehmütig, während wir um die Ecke in die Breite Gasse bogen, in der es vor Menschen nur so wimmelte.

»Dann sag nichts und zieh bei deinem nächsten Besuch einfach dein T-Shirt an.« Mit dem Daumen deutete ich auf den schwarzen Schriftzug auf ihrem weißen Oberteil, wo groß und breit stand: *Nobody knows that I'm a lesbian*

Caro winkte ab. »Das kapieren die gar nicht.« Zielstrebig steuerte sie auf einen Kleiderständer zu und schob die Bügel auseinander. Der Geruch von Pommes wehte mir aus einer holländischen Kartoffelbude entgegen, während ich ein graues Shirt betrachtete, das Caro in die Höhe hielt.

»Der Ausschnitt ist doof«, urteilte ich.

»Stimmt.« Sie hängte es zurück. »Wie läuft es eigentlich mit deinen Mitbewohnern? Über die hast du noch kein Wort verloren.«

»Mit Tobi verstehe ich mich mittlerweile richtig gut, und Ben ist derselbe Blödmann wie eh und je.«

Sie lachte. »Ach, komm. Der arme Kerl. Er ist doch ganz in Ordnung.«

»Er nervt, und zwar gewaltig.« Wir schlenderten weiter.

»Sein Frauenverschleiß ist enorm. Jede Nacht hat er eine andere Begattungsgenossin. Entweder bringt er sie mit in die WG, oder er übernachtet irgendwo. Ich meine, wie kann man so viel Sex brauchen? Ist mir schleierhaft.« Ringo und ich hatten höchstens einmal die Woche miteinander geschlafen und das Ganze immer schnell und ohne viel Aufhebens hinter uns gebracht.

»Vielleicht kompensiert er irgendwas?« Caro wühlte in einer Kiste mit Halstüchern.

»Wie meinst du das?«

Sie wandte sich halb um. »Ich habe irgendwo mal gelesen, dass zum Beispiel Leute, die als Kinder sparsame Eltern hatten, später kaufsüchtig werden. Oder Erwachsene, die nie Schokolade essen durften, als sie klein waren, stopfen später alles Süße in sich rein.«

Ich kratzte mich am Hinterkopf. »Was bitteschön hat das mit Ben zu tun? Weder ist er fett noch schleppt er Tüten mit Einkäufen heim.« *Im Gegenteil,* dachte ich grimmig und erinnerte mich wehmütig an mein halbes gegrilltes Hähnchen, über das er sich letzte Woche hergemacht hatte, als ich kurz unter der Dusche stand. Danach hatte er mir allen Ernstes erzählt, er hätte sich lediglich geopfert, damit es nicht schlecht würde.

»Vielleicht hat er als Kind zu wenig Liebe bekommen.« Caro zuckte die Schultern und hielt ein gelbes Tuch in die Höhe.

Zu wenig Liebe? Viel wahrscheinlicher war es, dass ihn alle als Kind über die Maßen verwöhnt hatten, so selbstsüchtig, wie er sich immer benahm. Wahrscheinlich hatte er irgendwelche Helikopter-Eltern, die ihm dauernd erzählten, wie toll und besonders er war, bloß weil er es mit sieben Jahren schaffte, drei Holzklötze aufeinanderzustapeln. Tja, das hatten sie jetzt davon. Sie hatten ein arrogantes Monster großgezogen, und wir alle durften ihre gravierenden Erziehungsfehler ausbaden.

Ich winkte ab. »Themenwechsel. Komm, lass uns irgendwo einen Kaffee trinken gehen.«

»Okay.« Sie warf das gelbe Ungetüm zurück in die Schachtel und hakte sich wieder bei mir ein, als plötzlich ein Mann um die fünfzig neben uns stehen blieb. Mit in die Hüften gestemmten Händen musterte er Caro finster.

»Kennst du den?«, fragte ich leise.

Sie schüttelte den Kopf.

»Ja, schämt's ihr euch denn gar nicht, oder was?«

»Wie bitte?« Ich sah ihn verwirrt an.

»Schlimm genug, dass ihr so einen Schweinkram macht, aber musst du des auch noch auf'm T-Shirt tragen? Hier laufen Kinder rum. Was, wenn die dann auch noch so werden wie ihr? Habt's ihr euch des schon mal überlegt?«

Caro tippte sich an die Stirn. »Geht's noch?«

»Frech werden auch noch. Na, des passt zu euch Gesindel. Krank seid ihr.«

»Bei solchen Männern kann man ja nur lesbisch werden«, erwiderte Caro ungerührt und deutete vage in seine Richtung.

Er kam einen Schritt näher, seine Augen blitzten auf. »Jetzt pass aber mal schön auf, was du da sagst, Fräulein, sonst geraten mir zwei ganz schnell aneinander.«

»Hey, hey, jetzt aber mal ganz ruhig.« Schützend stellte ich mich vor Caro. Solche dämlichen Sprüche bekam sie leider nicht zum ersten Mal zu hören. Ausgerechnet heute, wo ich sie mit Mühe und Not wieder einigermaßen aufgepäppelt hatte. Langsam hatte ich das intolerante Verhalten mancher Zeitgenossen satt. Warum kümmerten die sich nicht um ihren eigenen Kram? Was wollte der eigentlich von uns? Da half nur eine Überrumpelungsattacke. »Sie wollen allen Ernstes eine schwangere Frau schlagen, das ist ja das Letzte.«

Er stutzte und warf einen Blick an mir vorbei auf Caro, die mit hängenden Schultern dastand. Ihr Gesicht erhellte sich plötzlich. Wir wechselten einen Verschwörerblick, ehe sie über ihren Bauch rieb, wobei sie ihn etwas vorstreckte.

»Von wem soll die denn schwanger sein?«

»Von mir«, sagte ich grinsend. »Petrischalenbefruchtung. Zwei Eizellen werden miteinander verschmolzen, lässt sich alles heutzutage machen. Und das Gute dabei, es werden immer nur Mädchen.«

»Ihr zwei habt's doch einen großen Schaden. Kein Wunder, dass euch kein Mann anlangt.«

Hinter mir kicherte Caro, und ich erwiderte: »Das sollten Sie nicht sagen, mein Schatz ist gerade sehr sensibel.« Theatralisch riss ich Caro an mich. »Oh Baby.« Wir taten, als würden wir knutschen, und hörten erst auf, als sich der Kerl schnaubend und fluchend seinen Weg durch die Menschenmenge bahnte. Lachend sahen wir ihm nach, da entdeckte ich im Augenwinkel eine Person, die uns interessiert beobachtete.

KAPITEL 14

Dieser Erdie stand nur wenige Meter entfernt und beobachtete uns. Er winkte, einen Arm hatte er lässig um eine hübsche Frau mit rotblonden Locken gelegt. Sofort kam mir Rhashmi in den Sinn, die mir seit damals in den Ohren lag, weil dieser Kerl, entgegen seiner großartigen Ankündigung, kein einziges Mal mehr nachmittags in der Cafeteria aufgekreuzt war. Und so, wie es aussah, kannte ich nun den Grund.

»Lass uns abhauen«, sagte ich zu Caro, da setzte sich Erdie in unsere Richtung in Bewegung. Musste das sein? Der Typ war derselbe Hohlkopf wie sein bescheuerter Freund. Dauernd kreuzte er in der WG auf, um Ben zu besuchen, die beiden hingen zusammen wie siamesische Zwillinge. Wenn er vorbeischaute, verkrümelte ich mich immer schnell in mein Zimmer. Dann hörte ich die zwei draußen in der Küche in voller Lautstärke reden und lachen, dazwischen das Klirren von Bierflaschen. Rücksicht war für beide ein Fremdwort.

»Hey, Kleines, alles klar?«, fragte er lächelnd.

Warum nannte er ausgerechnet mich immer Kleines? So ziemlich jeder war kleiner als er.

»Geht schon.« Ich wandte mich ab, um anzudeuten, dass

diese anregende Unterhaltung hiermit für mich beendet war, aber er hielt mich am Arm zurück.

»Wenn der Kerl euch angefasst hätte, dann hätte ich ihn mir gekrallt.«

»Ist ja nichts weiter passiert.« Einer von der Beschützersorte. Normalerweise fand ich das gut, aber seltsamerweise fühlte ich mich immer, als müsste mich jemand vor Ben und Erdie beschützen.

»Ich glaube, dem hätte ein Arschtritt ganz gut getan«, sagte Caro, was Erdie zum Lachen brachte. Er sah mich an, als warte er darauf, dass ich meine Freundin vorstellte. Ich schwieg.

»Erdie«, sagte er schließlich und hielt ihr die Hand hin.

Sie schlug ein.

»Caro. Ihr kennt euch?« Ihr Zeigefinger wechselte zwischen uns.

»Ich bin ein alter Freund von Ben, und die gute Luca ist meine neue Freundin.« Erdie legte einen Arm um meine Schultern und drückte mich fest an sich. Er wollte mich eindeutig provozieren, aber ich ließ mich gar nicht erst darauf ein und schälte mich aus seinen massigen Armen.

»Das ist Hanna.« Er deutete auf seine Begleiterin.

Moment Mal. Hatte er in der Cafeteria nicht von einer Phyllis gesprochen? Kein Wunder, dass er und Ben sich so gut verstanden.

»Hallo«, sagte Hanna.

Mit ihrem hübschen Lächeln wirkte sie echt nett. Ich fragte mich insgeheim, warum sie sich mit solchen Typen einließ.

»Der Spinner sah wirklich ein bisschen bedrohlich aus von Weitem«, sagte sie, aber Caro winkte ab.

»Nur ein intoleranter Spießer. Denen darf man gar nicht so viel Beachtung schenken.«

»Stimmt«, pflichtete Erdie ihr bei. »Da muss man

drüberstehen, Idioten gibt es überall. Trotzdem mag ich es nicht, wenn man sich an Frauen vergreift.«

»Jetzt fühle ich mich viel besser.« Theatralisch legte ich eine Hand auf mein Herz, aber er schien meine Ironie nicht weiter schlimm zu finden. Er deutete einen Haken an und stupste mir mit der Faust gegen das Kinn. Das war irgendwie sein Ding, er machte das dauernd bei allen möglichen Leuten.

»Wow, sind das tolle Ohrringe«, sagte Caro und betrachtete eingehend Hannas silberne Creolen. »Wo hast du die her?«

»Dort vorne aus dem kleinen Schmuckladen, der hat immer ganz tolle Sachen.« Sie zeigte vage geradeaus.

»Habe ich nicht einen guten Geschmack?« Erdie klopfte gegen seinen Brustkorb. »Ich habe die Dinger ausgesucht.«

»Das war ein reiner Glücksgriff.« Hanna streckte ihm die Zunge heraus, was auch ihr den angedeuteten Schwinger einbrachte.

Die beiden wirkten sehr vertraut miteinander – arme Rhashmi. Während nun Caro mit Hanna Einzelheiten über das dortige Warenangebot austauschte, beugte sich Erdie zu mir runter.

»Wie geht es denn Rhashmi?«

Ich glaubte es kaum, der Pascha machte Ben wirklich alle Ehre. Quetschte mich im Beisein seiner neuen Flamme über eine andere aus.

»Ihr geht es super«, antwortete ich euphorisch. »Sie hat immer viel zu tun, und die Männer stehen Schlange bei ihr.« Ich beugte mich vor und flüsterte, als wollte ich ihm etwas im Vertrauen mitteilen. »Man muss sich schon anstrengen, um bei dieser Frau landen zu können.«

»Das dachte ich mir schon.« Er seufzte und wirkte plötzlich ungewohnt schüchtern, seine Augen verloren ihren heiteren Glanz. »Grüß sie mal von mir.«

Ich deutete ein Lächeln an. »Mach ich.«

»In diesen Laden gehen wir jetzt auch mal rein«, bestimmte Caro.

Ich war sofort dabei, obwohl ich für Schmuck nicht viel übrig hatte. Demonstrativ hakte ich mich bei meiner Freundin unter und winkte in die Runde.

»Passt gut auf euch auf. Zwei schöne Frauen ganz allein …« Erdie beherrschte die Kunst des Schleimens bis zur Perfektion. In großzügigen Momenten bezeichnete ich mich selbst als ganz hübsch, aber mit hundertprozentiger Sicherheit war ich keine Schönheit. Eine Melodie ertönte plötzlich aus unserer Mitte, eine Art Rapsong, klang gar nicht schlecht.

»Wem sein Handy klingelt?« Erdie sah verwirrt in die Runde, dann schien er zu begreifen. »Das ist meins.« Umständlich fummelte er in der Brusttasche seiner hellblauen Jeansjacke herum. »Neuer Klingelton, muss mich noch dran gewöhnen.«

Ich sagte ihm lieber nicht, dass sein Satzbau mit dem Handy vollkommener Mist war. Erst kürzlich hatte ich Ben freundlich darauf hingewiesen, dass es nicht *wegen dem schlechten Wetter* sondern *wegen des schlechten Wetters* hieß. Daraufhin hatte er mich eine Besserwisserin genannt. Mich! Er! Es war einfach nur lachhaft. Gleich darauf hörte ich Erdie erfreut »Ben«, sagen, das Zeichen für mich, umgehend das Feld zu räumen. Nicht einmal hier war ich vor ihm sicher.

»Hey, rate mal, wer gerade neben mir steht«, hörte ich Erdie lautstark mitteilen. »Luca … Ja, sie hat in der Fußgängerzone fremde Männer angepöbelt und mit ihrer Freundin geknutscht. Hast mir gar nicht erzählt, dass sie lesbisch ist.« Er zwinkerte mir zu. »Ach, ist sie gar nicht?« Nun bedachte er mich mit einem Blick aus Überraschung und Unglaube.

»Bist du sicher? Es sah scharf aus, wie die zwei … Bondage mit ihrem Ex, das klingt …«

Das war zu viel für mich. Während Caro verhalten

gluckste, riss ich ihm sein Smartphone aus der Hand und brüllte hinein: »Es war kein Bondage, und dein Kumpel sollte nicht alles glauben, was du den ganzen Tag verzapfst, sag ihm das!« Ich drückte dem Zwei-Meter-Mann sein Handy in die Hand, als wäre es eine heiße Kartoffel, noch ehe Ben etwas erwidern konnte. Erdies Kinnlade klappte nach unten.

»Wir müssen weiter«, sagte ich, während ich spürte, wie rote Flecken auf meiner Wange pochten. Ich zog Caro hinter mir her die Straße entlang. Eventuell war meine Reaktion etwas übertrieben ausgefallen, hatte aber befreiend auf mein seelisches Gleichgewicht gewirkt. Caro musterte mich schräg.

»Die sind alle echt nett.«

»Die sind alle echt scheiße«, murrte ich.

»Du gibst ihnen gar keine Chance.«

»Sie verdienen keine.«

Caro kicherte. »Du bist unmöglich. Auch wenn du manchmal so herzlos erscheinst, ich kenne dich besser.«

Ich wirkte also gefühlsarm. Es gab mir einen Stich in die Brust, dass ausgerechnet meine beste Freundin so über mich dachte. Aber wenn man sich nicht öffnete, konnte man auch nicht verletzt werden. So einfach war das. Ich wusste, wovon ich sprach, und Caro wusste es auch. Schließlich kannte sie als Einzige die Geschichte, über die ich niemals wieder in meinem Leben sprechen würde.

KAPITEL 15

Gegen Abend kam ich schwer bepackt mit Einkaufstüten wieder in der WG an. Der kleine Zwischenfall hatte meine Konsumlust enorm gepusht. Meiner Meinung nach konnte ein Kaufrausch nur besser als jeder Orgasmus sein. Tobi quatschte in seinem Zimmer, wahrscheinlich telefonierte er mit Ellen, denn die gondelte mal wieder irgendwo in der Weltgeschichte umher. Er leide unter der dauernden Trennung, hatte er mir erzählt und hoffte, dass sich das ändere, wenn sie erst mal Kinder hatten. Anscheinend hatte er in absehbarer Zeit Größeres mit ihr vor. Ich gönnte den beiden ihr Glück. Tobi war ein wirklich netter Kerl und hatte nur Augen für seinen Schatz.

Aus Bens Zimmer drang gedämpfte Musik, irgendeine wohlklingende Frauenstimme sang einen Bluessong. Also begab ich mich ebenfalls in meine vier Wände, um mich endlich meiner Tüten zu entledigen. Schwere Tropfen klatschten gegen die Scheibe. Seufzend betrachtete ich den trüben Abendhimmel durchs Fenster. Was sollte ich jetzt machen? Nach einem längeren Besuch bei Caro fühlte ich mich hinterher immer ein wenig einsam. Seufzend stand ich auf und ging in den Gemeinschaftsraum, um ein wenig fernzusehen, solange keiner von den beiden das Zimmer belegte, um öde Sportsendungen zu verfolgen. Ich hatte Glück, auf Sixx zeigten sie gerade eine alte Folge von Greys Anatomy. Auf den Fernseher starrend, setzte ich mich. Soeben machte sich McDreamy für eine OP fertig. Er war so was von sexy in seinem hellblauen Kittel mit diesem bezaubernd strahlenden Lächeln. Schmachtend sank ich ins Kissen. Warum gab es solche Männer nur in Hollywood? Ich streichelte mein Kissen, stellte mir vor, Patrick Dempsey in den Armen zu halten, während ich wie gebannt die Serie verfolgte. Auf einmal ertasteten meine Finger etwas Weiches Klebriges, beinahe fühlte es sich an wie ein Luftballon. Umgehend setzte ich mich auf und zog mit angehaltenem Atem ein gebrauchtes Kondom unter dem Kissen hervor, es war zugeknotet und gut gefüllt. Mein Magen drehte sich beinahe um. Angeekelt schleuderte ich das eklige Ding auf den dunkelgrünen Teppichboden und sprang wutentbrannt auf. *Ben,* diese Ausgeburt der Sexhölle! Konnte er diesen Schweinkram mit seinen Orgasmuskomplizinnen nicht in seinem eigenen Zimmer erledigen? Und warum musste er seine ekelhaften Beweisstücke auch noch herumliegen lassen?

»Ben!«, kreischte ich mit schriller Stimme und federte mit dem Fuß auf dem Teppich.

Keine Reaktion. Typisch.

»Beeehhhhhnnnn!«

Lange tat sich nichts. Wie üblich ließ er die obligatorische Zeitspanne verstreichen, damit es nicht so aussah, als würde er umgehend auf meine Aufforderung reagieren. Ich wusste das deshalb so genau, weil ich es bei ihm ebenso handhabte.

Gerade holte ich Luft, um erneut nach ihm zu rufen, da erschien er im Türrahmen.

»Was gibt's?« Er hätte nicht gelangweilter klingen können.

»Da.« Ich deutete auf den Boden.

Ben folgte meiner Handbewegung, aber sein Blick sah alles andere als schuldbewusst aus. Unfassbar.

»Eine Wasserbombe?« Er grinste. »Hast du dir etwa einen Lover abgeschleppt und ihn hier auf dem Sofa …? Gratuliere. Du bist doch nicht so verklemmt, wie ich dachte.«

»Du musst nicht immer gleich von dir auf andere schließen.« Ich stampfte auf. »Das da ist so was von eklig. Eine Zumutung, und grenzt schon an sexuelle Belästigung. Und nur zu deiner Information. Ich hatte noch niemals einen One-Night-Stand und werde auch nie einen haben. Nicht jeder steht auf billigen, gefühllosen Sex, musst du wissen. Mir ist vollkommen egal, wie viele Frauen du beglückst, wenn du schnelle Nummern für dein Ego brauchst, bitte. Aber ich finde es eine bodenlose Unverschämtheit, wenn du deine Hinterlassenschaften dann auch noch öffentlich zur Schau stellst.« Ich musterte ihn finster. An den Türrahmen gelehnt, verfolgte Ben ungerührt meinen Wutausbruch. Seine bodenlos unverschämte Tat schien ihm vollkommen egal zu sein. Das war so typisch für ihn.

»Hast du überhaupt nichts zu deiner Verteidigung vorzutragen?«, fuhr ich ihn an, weil er noch immer nicht den kleinsten Versuch unternahm, sich aus dieser Situation rauszuwinden. Er war so was von ignorant. Zumindest entschuldigen könnte er sich. Ich kam mir selbst vor wie ein Drache, und es hätte mich nicht verwundert, wenn Dampf aus meinen Nasenlöchern gequollen wäre.

»Was guckst du denn da?« Wie gebannt starrte er auf den Fernseher. Ein Chirurg setzte gerade sein Skalpell an und zog eine rote Linie über einen nackten Oberkörper.

»Hörst du mir überhaupt zu?«

»Ja, ich habe dir zugehört. Du hast einen Riesenaufstand wegen einem winzigen Gummi gemacht. Schmeiß das Ding doch einfach in den Mülleimer.«

»Eines winzigen Gummis«, verbesserte ich ihn jedes einzelne Wort betonend.

»Klugscheißerin«, murmelte er.

Tobi tauchte auf. »Was ist denn bei euch los? Luca. Dich hört man durchs ganze Haus.«

»Dein Genosse lässt seine Nahkampfsocke …«

Ben prustete los, und ich atmete durch.

»Er lässt sein benutztes Kondom einfach in unserem Gemeinschaftsraum liegen. Das ist eine Schweinerei.«

Wie gelähmt starrte Tobi auf das Präservativ, das sich am Boden wand wie eine Nacktschnecke. Endlich schien einer mein Entsetzen zu begreifen, und zu meiner Erleichterung schien es ihm ähnlich zu gehen. Jetzt würde ich mir einen Verbündeten ins Boot holen, denn Ben schaute weiterhin meine Serie, als ginge ihn das Ganze überhaupt nichts an.

»Ähm … also Luca.« Tobi rieb sich über die Oberschenkel. »Sorry, das ist meins …«

Ich blies die Backen auf. »Was?«

»Ja … also ihr wart doch beide gestern unterwegs. Tja, Ellen und ich, wir waren ganz allein hier, haben durchgezappt, aber es lief nichts Gescheites, also haben wir uns halt anderweitig vergnügt. Tut mir wirklich leid, ich hab's total vergessen.«

Ich starrte an die Wand und nahm einen winzigen schwarzen Fleck wahr, den ich eingehend betrachtete. Mist. Ich hatte Ben Unrecht getan … was jetzt? Ich würde mich bei ihm entschuldigen müssen. Das war der Supergau, ein worst case szenario, der schlimmste anzunehmende Fall.

»Schon gut«, sagte ich zu Tobi, ehe ich mich so langsam wie möglich an Ben wandte, um den Zeitpunkt meiner Erniedrigung hinauszuzögern. Natürlich sah er mich bereits erwartungsvoll an und ließ die Mundwinkel hängen, als wäre er zutiefst verletzt.

»Entschuldigung«, presste ich zwischen zusammengebissenen Zähnen hervor, meine Halsmuskeln spannten sich an, ich drohte zu ersticken. Der Mistkerl verschränkte die Hände hinter dem Kopf. Er kostete den

Moment meiner Demütigung in vollen Zügen aus, während Tobi das gebrauchte Kondom schnappte und verschwand.

»Bitte was?« Ben hielt eine Hand hinters Ohr. »Ich habe dich nicht verstanden, du hast so leise gesprochen.«

Einen Moment überlegte ich, für wie viele Jahre ich wohl hinter Gitter wandern würde, wenn ich Ben jetzt umbrächte. Bestimmt konnte ein gewiefter Anwalt auf Tötung im Affekt plädieren, das gab mildernde Umstände. »Entschuldigung, okay!«, fuhr ich ihn an, worauf Ben näher kam. Sein teuflisches Grinsen machte mich stutzig, und auch das Blau seiner Augen schien eine Spur dunkler zu werden.

»Macht doch nichts. Ich wüsste schon, wie du diese ganzen ungerechtfertigten Anschuldigungen wieder gutmachen könntest.«

»Ich schlafe ganz bestimmt nicht mit dir, vergiss es.«

»Wer redet denn davon?« Ben klang ehrlich verwundert. Verdammt, hörte diese Demütigung denn überhaupt nicht mehr auf?

»Du könntest für mich das Bad putzen, dann wären wir quitt.«

»Na gut«, erwiderte ich gepresst, während Greys Anatomy Bens Aufmerksamkeit wieder gefangen nahm. Angewidert verzog er das Gesicht, als ein Chirurg in eine geöffnete Bauchdecke griff und eine triefende Niere zutage förderte, die er sachte in eine silberne Schale gleiten ließ. Dann zoomte die Kamera auf seine blutigen Hände.

»Und so was ziehst du dir freiwillig rein?« Ben schüttelte den Kopf. »Kein Wunder, dass du immer so gereizt bist.« Beschwingt machte er sich auf den Weg zurück in sein Zimmer, während ich mich setzen musste. Ich fixierte den Bildschirm. Was war daran so schlimm? Es war nur eine großflächige Bauchraumoperation, nicht halb so furchtbar, wie ein fremdes Kondom anzufassen.

KAPITEL 16

Nach einer halb durchwachten Nacht, in der mein masochistisches Gehirn immer wieder die Ereignisse des Abends abspielte, und mich jedes noch so kleinste peinliche Detail im Großformat sowie in Zeitlupe durchleben ließ, wachte ich schließlich gegen sechs Uhr schweißgebadet auf. Ben hätte diese kleine Verwechslung doch gleich aufklären und uns beiden eine Menge Aufregung ersparen können. Aber nein, aus purer innerer Boshaftigkeit – wie ich stark annahm – hatte er diese Komödie bis zum Schluss mitgespielt. Eigentlich trug Ben an allem die Schuld. Nachdem ich nun klarer sah, schlich ich nach einer kurzen Dusche auf Zehenspitzen aus der Wohnung, um ins Labor zu gehen.

Ich war schon zwei Stunden dort, hatte Listen für meinen Prof ausgewertet, eine Handvoll Erstsemesterarbeiten korrigiert und erledigt, was sonst noch so anfiel. Nun stand ich im Labor und reinigte Reagenzgläser, Kolben und Petrischalen, wischte die Arbeitsflächen sauber und fegte schließlich auch noch den Boden. Auch diese Arbeit fiel in meinen Aufgabenbereich, obwohl damals in der Stellenausschreibung kein Wort von Reinigungstätigkeiten vermerkt gewesen war. Aber ich war froh, überhaupt einen Job gefunden zu haben, außerdem konnte ich die Referenz für eine spätere Bewerbung gut gebrauchen. Gerade war ich fertig, da schneite Rhashmi herein. Vorhin hatte sie mir getextet, dass sie mich zur Vorlesung abholen käme.

»Hi, ich bin gerade fertig«, grüßte ich sie. »Muss nur noch mein Werkzeug verstauen.« Ich hielt Feger und Kehrschaufel in die Höhe.

Rhashmi kicherte. »Die nutzen dich als billige Putzkraft aus.«

»Ich weiß.« Ich musterte Rhashmi verwundert, ihre kajalumrandeten Augen strahlten, Lipgloss schimmerte auf ihren Lippen. Unaufhörlich drehte sie eine Haarsträhne um ihren Zeigefinger.

»Gibt es irgendwas Neues bei dir?«

Sofort nickte sie. »Ich habe mich für das Umweltprojekt in Mumbai beworben. Wenn sie mich nehmen, kann ich nächstes Jahr für sechs Monate als Austauschstudentin nach Indien reisen. Ist das nicht toll?«

»Klingt wirklich toll, nur …«

»Was nur?«, unterbrach sie mich, ihre Stimmlage hatte sich um eine Oktave in die Höhe geschraubt.

»Dort sprechen sie hindi.«

»Ich weiß das«, giftete sie zurück und hievte sich auf einen Labortisch.

»Wenn du jetzt schon Panik vor Anoob hast, was machst du erst in Mumbai?«

»Die Leute dort können auch englisch.« Sie ließ die Beine baumeln.

»Dann ist ja gut.« Ich konnte mir lebhaft vorstellen, wie indische Studenten meine hübsche Kommilitonin freudestrahlend in eine Unterhaltung verwickelten, während Rhashmi mit hochrotem Kopf ein paar Brocken auf Englisch stotterte.

»Verdammt, ich weiß ja, worauf du hinauswillst. Meine

Mutter hat mir sogar geraten, ich soll doch einen Sprachkurs an der Volkshochschule für die Basics belegen. Kannst du dir das vorstellen?« Sie schnaubte empört. »Ich, Rhashmi Reinhardt aus Neu-Delhi, sitze in einem Hindi-für-Anfänger-Kurs.«

»Dachte immer, du kommst aus Dortmund.«

»Meine Wurzeln liegen in Delhi.« Sie sprang vom Tisch und warf ihr Haar zurück. »Stell dir mal vor, ich sitze in so einem Kurs mit Frau Müller und Herrn Schmidt und kapiere kein Wort von dem, was uns beigebracht wird. Während die beiden sich acht Wochen später fließend in meiner Muttersprache unterhalten, kriege ich keinen brauchbaren Satz zustande.«

Ich seufzte. Manchmal beneidete ich Rhashmi wirklich um ihre Probleme.

»Ich bin mir sicher, du kriegst das auch ohne Sprachkurs hin. Ein Auslandssemester ist eine tolle Chance, eine einmalige Erfahrung. Lass die Sache doch erst mal auf dich zukommen.« Ich fand Auslandsaufenthalte toll, hatte mich bisher jedoch nicht zu einer Bewerbung durchringen können. Vor allem, da ich nicht wusste, ob das alles mit meiner Diät so klappte, wie es sein sollte. Als Kind hatte ich nicht einmal ein Zeltlager besuchen können, da die Betreuer mit dem glutenfreien Kochen überfordert waren. Also war ich mit meinem Vater an den Baggersee gefahren, während sich meine Freunde in diversen Feriengruppen amüsierten.

»Stimmt.« Sie stand schon an der Tür, während ich meinen Rucksack aus dem Spind kramte und dann auf sie zusteuerte.

»Du, sag mal.« Rhashmi senkte die Lider, ihre Wangen röteten sich einen Hauch. »Hast du Erdie mal wieder getroffen? Er ist doch ein Freund deines Mitbewohners.«

Oh, nein. Jetzt wusste ich, warum sie sich so herausgeputzt hatte - heute war Donnerstag. Allem Anschein nach gab sie die Hoffnung nicht auf, dass dieser Frauenheld doch noch eines Tages in der Cafeteria aufkreuzte. Ich wollte nicht diejenige sein, die ihr diese Hiobsbotschaft übermittelte.

»Ähm … ja … ganz kurz mal in der Stadt«, stotterte ich herum und durchwühlte meinen Rucksack nach einem nicht vorhandenen Taschentuch. Als ich wieder hochsah, um unauffällig die Lage zu sondieren, tappte ich direkt in die Rhashmi-Falle. Ihre Mandelaugen wurden groß wie Unterteller, ein Hoffnungsschimmer keimte in ihnen auf. Sie sah mich so flehentlich an, dass ich ihr auf gar keinen Fall die Wahrheit sagen konnte, auch wenn es das einzig Richtige gewesen wäre, um sie vor diesem aufgeblasenen Bad Boy zu bewahren. Schweiß brach mir aus allen Poren, während ich fieberhaft überlegte.

»Du, ich … äh … habe ihn in der Fußgängerzone getroffen, wir haben … äh … kurz Hallo gesagt, dann hat sein Telefon geklingelt und … äh … ich bin weitergegangen.« Puh. So gut wie nicht gelogen. Ich fragte mich, wie Ben das die ganze Zeit bewerkstelligte, wenn er seinen leichten Damen irgendwelche Ausreden auftischen musste. Mir wäre die dauernde Lügerei viel zu anstrengend. Rhashmi zog eine Augenbraue in die Höhe. Verdammt, ich verhielt mich viel zu auffällig, auch der verräterische Punkt glühte bereits auf meiner Wange.

»Sonst habt ihr nichts miteinander geredet?«

Ich räusperte mich. »Nein«, beteuerte ich eine Spur zu schnell und winkte hektisch ab. »Du weißt ja, wie das ist. Er hatte es eilig, und ich hatte es eilig … apropos eilig, gleich beginnt die Vorlesung.« Ich schnappte Rhashmi am Pulloverärmel, um sie hinter mir her aus dem Labor zu ziehen, ehe ich abschloss.

»Männer sind Mistkerle«, sagte sie plötzlich, worauf ich nickte.

»Vor allem die gut aussehenden«, konnte ich mir nicht verkneifen. »Eigentlich sind Frauen selbst schuld, wenn sie sich von einem durchtrainierten Bizeps und einem attraktiven

Gesicht derart einwickeln lassen, dass sie zu unsicheren Nagetieren mutieren, die ihr Selbstwertgefühl von der gönnerhaften Laune eines selbstverliebten Typen abhängig machen.«

Rhashmis Miene verfinsterte. Sie nahm meine Worte persönlich, das sah ich ihr an. »Du sprichst gerade von wem?«

Ich warf ihr im Gehen einen kurzen Seitenblick zu. »Die moderne und selbstbewusste Frau von heute sollte sich wieder mehr auf die inneren Werte eines Mannes besinnen und nicht auf irgendwelche Schönlinge hereinfallen, bloß weil die ihnen ein paar Drinks an der Bar spendieren. Es kann doch nicht angehen, dass feinfühlige herzensgute Kerle das Nachsehen haben, nur weil sie nicht einem gängigen Schönheitsideal entsprechen, während gut gebaute Egomanen skrupellos durch unzählige Frauenbetten steigen und reihenweise gebrochene Herzen hinterlassen. Und zur Krönung küssen sie ihre Eroberungen nicht mal auf den Mund.« Ich hatte mich in Rage geredet und schnaufte nun, als wir die Treppen zu den Hörsälen hochstiegen. Den letzten Satz hätte ich auch getrost weglassen können, denn dieses Attribut traf wohl nur auf einen zu.

»Alles klar bei dir?«, fragte Rhashmi vorsichtig. »Du klingst beinahe wie eine Männerhasserin.«

»Ich hasse keine Männer, ich selektiere sie zukünftig nur«, gab ich großspurig bekannt. »Ab heute beurteile ich Männer nicht mehr rein nach ihrem Aussehen, sondern suche mir einen, der sensibel und aufmerksam ist. Einen mit Charakter.«

»Nur muss man den dann auch küssen«, entgegnete Rhashmi ungerührt.

»Was meinst du damit?« Erstaunt blieb ich stehen.

»Irgendwie hast du schon recht. Ich will auch einen Freund, bei dem die inneren Werte stimmen. Aber was soll ich machen? Wenn mir einer nicht gefällt, dann läuft auch nichts im Bett, egal wie nett er ist.«

»Schönheit liegt im Auge des Betrachters.« Ich hob die Nase in die Luft. »Ich gebe jedem Mann eine Chance, egal, wie er aussieht.«

Rhashmi schüttelte den Kopf, seltsamerweise schien sie meine Auffassung nicht zu teilen. Dabei war sie eine Frau und allem Anschein nach eine von der Sorte, die immer auf diese Herzensbrecher hereinfiel und nichts daraus lernte. Ein lang gezogenes »Hallo«, erklang hinter uns. »Wartet doch mal.«

Gleichzeitig drehten wir uns um. Martin hopste auf uns zu, sein schwarz-weißer Rautenpullunder schlackerte um seinen schmächtigen Oberkörper. Im Arm hielt er einen dicken Packen Magazine, der ihm zu entgleiten drohte.

»Ich habe dir was mitgebracht.« Er strahlte mich an, dass mir mulmig zumute wurde.

Ich täuschte ein erfreutes Lächeln vor. »Wirklich? Das ist nett von dir.« Nach einem kurzen Blick auf seine Zeitschriften stöhnte ich lautlos auf. Rhashmi neben mir kicherte verhalten.

»Financial Times von Januar 2014 bis heute.« Er hielt sie mir erwartungsvoll entgegen. Seine näselnde Stimme erinnerte mich immer irgendwie an eine grippekranke Kröte.

»Oh. Danke.« Mist, was sollte ich mit diesem Packen Altpapier anstellen? »Weißt du was, ich glaube, eine Zeitschrift reicht fürs Erste. Ich bin Börsenanfängerin.«

Er schob seine Unterlippe vor wie ein kleines Kind, das von der bösen Mama nichts aus dem Quengelwarenregal abstauben konnte.

»Was willst du denn mit einer? Die muss man nacheinander durchgehen. Ich lese immer ein paar Seiten vor dem Einschlafen. Gerade schmökere ich die neuesten Ausgaben des Aktionärs durch. Hochspannend. Wenn du magst …« Er lächelte mich schüchtern an. »… kannst du die danach auch alle haben.«

Ich atmete tief durch. »Super.« Widerwillig nahm ich den schweren Stapel an mich und sank von dem Gewicht beinahe in die Knie. Wie sollte ich das Zeugs unbeschadet in die WG befördern? Dafür brauchte ich einen Gabelstapler.

»Du bist ein richtig netter Kerl«, hörte ich Rhashmi glockenhell und jedes Wort betonend sagen.

»Ja? Findest du?« Sein Gesicht leuchtete vor Seligkeit, als sie nickte.

»Du bist aufmerksam und feinfühlig. Weißt offenbar instinktiv, was sich eine Frau wünscht.« Mit dem Kinn deutete sie auf das Altpapier in meinen Armen, das mich langsam in den Boden drückte. »Luca steht auf solche Männer.«

Das hatte sie jetzt nicht gesagt! Sie hatte mir nicht hinterrücks ein Messer in den Rücken gerammt.

»Ist das wahr?« Martin wurde rot bis hoch zu den Haarwurzeln. »Du stehst auf mich?«

Der Schreck durchfuhr mich wie Strom aus einer Zehntausend-Volt-Leitung.

»So hat Rhashmi das nicht gemeint«, versuchte ich hastig zu retten, was noch zu retten war, während ich mir vorstellte, wie ich meine Kommilitonin für diese Niedertracht knebelte und fesselte wie Hannibal Lecter im Schweigen der Lämmer. »Sie sprach von allen Männern, nicht von einem speziellen.«

»Och …«, fing Rhashmi gedehnt an, verstummte aber abrupt, als ich ihr meinen Ellenbogen schmerzhaft in die Seite stieß. Sie krümmte sich ein wenig. Gut so.

»Würdest du mal mit mir ausgehen?«, überfiel Martin mich hinterrücks, sein Gesicht wurde rot wie der Hintern eines Pavians.

Scheiße, was sollte ich jetzt machen? Mir musste was einfallen.

»Wie war das mit: Du gibst jedem Mann eine Chance?«, raunte mir meine ehemalige Freundin mit schmerzverzerrter Stimme ins Ohr.

Trotz regte sich in mir. Warum machte sie sich über Martins Einladung lustig? Er war garantiert kein schlechter Kerl, er war schlau und hilfsbereit ... so langsam gingen mir die Attribute für ihn aus. Bestimmt konnte man mit ihm auch über andere Dinge als über den derzeitigen Goldpreis reden. »Klar, warum nicht.«

»Echt?«, fragten beide gleichzeitig und sahen mich mit offenen Mündern an.

Mittlerweile bekam ich Angst vor der eigenen Courage, aber wenigstens war ich nicht diejenige, die eines Tages unglücklich und einsam wegen irgendeines hundsgemeinen Erdies oder Bens dasitzen würde. In Gedanken malte ich mir Rhashmis düstere Zukunft an der Seite eines gefühlskalten Schönlings in allen Einzelheiten aus. Martin schien sich sichtlich zu freuen. Er hüpfte auf und ab und hielt jubelnd beide Arme in die Höhe. Die vorbeikommenden Leute musterten ihn, als wäre er ein Fall für die Klapsmühle. Mir kamen leise Zweifel.

»Gehen wir morgen was essen?«, fragte er scheu.

Essen gehen? Essen gehen fand ich gut. Wir würden ein nettes Lokal besuchen, das selbstverständlich ich aussuchen würde, um sicherzugehen, dass die glutenfrei kochten. Danach würden wir uns wieder verabschieden, bevor ich guten Gewissens allein den Heimweg antrat. »Okay«, hörte ich mich einwilligen.

Neben mir schnappte Rhashmi vernehmlich nach Luft.

»Dann hol ich dich morgen Abend gegen sieben ab.«

Abholen?!

»Nein«, wiegelte ich hastig ab. »Wir treffen uns vor der Uni, das ist nicht so umständlich.«

»Supi. Bis morgen.« Martin rannte davon. Mich hätte es nicht gewundert, wenn er dazwischen links und rechts die Hacken aneinandergeschlagen hätte.

»Da hast du aber einen glücklich gemacht«, sagte Rhashmi, die ihren Blick nicht von dem hyperaktiven Martin lösen konnte, so wie die restlichen Leute, die unterwegs waren. Zweifellos zog auch er auf seine ganz spezielle Art die Aufmerksamkeit seiner Mitmenschen auf sich.

»Wird bestimmt schön morgen«, sagte ich, aber mehr, um mir selbst gut zuzureden.

Wir setzten uns wieder in Bewegung.

»Na, dann wünsche ich dir viel Spaß morgen Abend.«

»Werde ich haben.« Ich drückte den schweren Packen Zeitschriften vor meine Brust, meine Arme wurden bereits schwer und schmerzten. Irgendwie kam ich nicht gegen das Gefühl an, mich gerade selbst überlistet zu haben.

Nach Atem ringend, lehnte ich mit der Stirn an meiner Zimmertür, als ich abends mit den verfluchten Magazinen in der WG ankam. Mit letzter Kraft stolperte ich hinein und ließ den Packen achtlos in eine Ecke fallen, wo er wahrscheinlich verstauben würde. Vorhin hatte ich mich noch mit meiner Lerngruppe getroffen, zu der auch Martin gehörte. Allen Ernstes hatte er mir erzählt, dass er gerade von zu Hause kam. Am liebsten hätte ich ihn erwürgt.

Weshalb hatte ich dann bitteschön den ganzen Tag eine Tonne Papier mit mir herumgeschleppt? Hätte er doch locker am Abend mitbringen können. Manchmal wusste ich echt nicht, was in ihm vorging. Ein Krampf in der Wade zwang mich auf meinem Schreibtischstuhl. Um mich von dem dumpfen Schmerz abzulenken, checkte ich meine Nachrichten am Handy.

Caro hatte mir getextet und fragte, ob ich Lust hätte, nächsten Monat mit auf die Lesben- und Schwulengala zu gehen. Sie wollte sich Tickets im Vorverkauf sichern. Warum nicht? Auch in den letzten beiden Jahren war ich mitgegangen, und die hatten immer gute Bands sowie ein tolles Liveprogramm. Also schrieb ich zurück, sie könne mir eine Karte mitbesorgen. Drei Leute hatten ein Foto von mir und Caro geliked, das ich gestern auf Facebook hochgeladen hatte. Eine war Martha, was ich mal als gutes Zeichen wertete, dass die beiden sich wieder näher kamen. Auch Tobi hatte das Bild freundlich kommentiert. ‚Scharf!!!', hatte er darunter geschrieben, mit einem Zwinkersmiley, den hätte er ruhig weglassen können.

Rein zufällig hatte ich gesehen, dass Ben in seiner Freundesliste war. Nicht dass ich gestöbert hätte oder so. Ich hatte nur mal nachgesehen, wen Tobi so alles kannte. Natürlich war mir sofort der Begatter entgegengesprungen. Weder Ben noch ich hatten uns bis jetzt gegenseitig eine Anfrage diesbezüglich geschickt, und so wollte ich es auch weiterhin halten.

Gemächlich stand ich auf und schlenderte in die Küche, um ein Glas Orangensaft zu trinken, nebenher wollte ich mich über meine Packung Flips hermachen. Nach langem Suchen hatte ich welche als *Glutenfrei* gekennzeichnet in einem Bioladen gefunden. Gestern hatte ich die Tüte noch mit einem riesigen aufgemalten schwarzen Totenkopf versehen, als Warnung für einen ganz speziellen Pappenheimer. Voll innerer Vorfreude öffnete ich die Schranktür und fand das Fach wieder einmal leer vor. Mein Puls schwoll beängstigend an. Ben. Egoistischster Mistkerl der ganzen Welt. Für dieses unverzeihliche Vergehen würde ich ihn mir krallen. Es konnte einfach nicht angehen, dass er mir dauernd meine Lebensmittel klaute.

Ich horchte in den Flur, aus beiden Zimmern drang kein Laut, offenbar waren alle ausgeflogen und ich allein zu Hause – umso besser. Nun hieß es Beweise sicherstellen, denn im Küchenmülleimer lag keine Tüte, also musste Ben das Corpus Delicti, oder was noch übrig war, in seinen vier Wänden bunkern. Ich würde es an mich nehmen und ihm beim späteren Tribunal präsentieren. Auf Zehenspitzen begab ich mich in den dunklen Flur und blieb vor seiner Tür stehen. Licht einzuschalten, wagte ich seltsamerweise nicht. Mein

Pulsschlag pochte fühlbar im Hals, ich kam mir vor wie eine Einbrecherin, beruhigte mich aber selbst wieder. Schließlich kämpfte ich für das Recht auf meine Erdnussflips. Ich hasste Ben, und das zum hunderttausendsten Mal, seit wir uns kannten. Vorsichtshalber presste ich erst noch ein Ohr an das Holz, vernahm aber keine verdächtigen Geräusche, also drückte ich die Klinke herunter und öffnete die Tür einen Spalt. Gerade wollte ich mich durchzwängen, da erstarrte ich.

KAPITEL 17

Ich hielt den Atem an und hätte eigentlich schleunigst den Rückzug antreten sollen, konnte mich jedoch keinen Millimeter rühren. Stattdessen betrachtete ich starr die Szene vor meinen Augen, und ein seltsames warmes Gefühl breitete sich in meinem Magen aus.

Eine blonde Frau kniete auf allen vieren nackt auf Bens Bett, er war direkt hinter ihr, sein Becken in einem sanften Rhythmus vor und zurückbewegend. Er hatte die Augen geschlossen und den Kopf in den Nacken gelegt, ein paar Haarsträhnen fielen ihm in die Stirn, während die Blondine leise stöhnte. Ben atmete flach, immer wieder drang er in sie ein, nahm sie schneller, ohne dabei grob zu werden.

Mit einer Hand streichelte er über ihren Rücken hoch zum Hals und wickelte ihr Haar einmal um seine Hand. Dann zog er ihren Kopf in den Nacken – es wirkte dominant, aber nicht brutal. Unablässig bewegte er sich in diesem behutsamen Takt vor und zurück, kreiste zwischendurch in ihr, während seine Lustpartnerin genüssliche Laute von sich gab. So sehr ich es auch versuchte, ich konnte das Zimmer einfach nicht verlassen. Beinahe zwanghaft verfolgte ich ihr Liebesspiel und fühlte ein Pochen zwischen meinen Beinen. Verdammt, Ben beim Sex zu beobachten, erregte mich.

Der Schreck über diese Erkenntnis riss mich aus meiner Betäubung. Mein Blick glitt von seiner Mitte wieder hoch zu Bens Oberkörper. Muskeln zeichneten sich deutlich auf seinem flachen Bauch ab, sein Brustkorb war glatt und fest, durchtrainiert und wirkte doch samtweich. Dann stockte ich. Eine Tätowierung prangte auf seiner linken Brust. Ein verschnörkelter Schriftzug, den ich allerdings aus der Entfernung nicht lesen konnte, Stacheldraht rankte sich darum, der die Worte einzuschließen schien.

Bens Gesichtszüge verzerrten sich ein wenig, er sah wild und ekstatisch aus, verdrehte seine Augen, die gänzlich schwarz wurden. Lust durchzuckte mich wie ein Blitz und pulsierte immer heftiger durch mich hindurch. Plötzlich wollte ich nackt auf seinem Bett knien, während er mich genauso betörend nahm wie diese unbekannte Frau. Das Atmen fiel mir schwer, mir wurde bewusst, dass ich verschwinden sollte, ehe die beiden mich entdeckten.

Aber ich konnte nicht, ich wollte dieses Schauspiel bis zum Ende verfolgen. Noch immer blieb ich wie angewurzelt stehen, beobachtete mit klopfendem Herzen, wie er sich über sie beugte, sich langsam auf ihren Rücken sinken ließ und in ihren Hals biss. Die Frau stöhnte laut und lustvoll auf, immer wieder drängte sie sich mit dem Hintern an ihn, während er ihr gab, wonach sie verlangte. Mit einem Mal kam ich mir vor, als wäre ich im Spätprogramm versehentlich im Pornokanal gelandet und wusste, dass ich schleunigst umschalten sollte, konnte mich jedoch nicht bewegen.

Da hob Ben den Kopf und blickte mich direkt an, während ich weiterhin starr dastand. Er sah mir ins Gesicht, während er sich schneller in der Frau bewegte, und ein raubtierhafter Ausdruck erschien in seinen Augen, sie wurden gierig, hungrig. Und mir wurde klar: Ben Nowak hatte die ganze Zeit über gewusst, dass ich an der Tür stand. Brennende

Verlegenheit überfiel mich, ich biss mir auf die Lippen, während ich auf dem Absatz kehrtmachte und in meinem Zimmer verschwand. Dort lief ich auf und ab, wie ein Panther im Käfig, und versuchte mich wieder einigermaßen in den Griff zu kriegen.

Was hatte ich mir nur dabei gedacht, unerlaubt in sein Zimmer zu spazieren? Ich hatte seine gottverdammte Privatsphäre missachtet - wegen einer blöden Tüte Flips. Niemals wieder würde ich ihm unter die Augen treten können. Blitzartig stob ich durch mein Zimmer und drehte den Schlüssel um, dann lehnte ich mich an die Tür und presste meine heiße Wange gegen das kühle Holz. Weshalb um alles in der Welt hatte er seine Zimmertür nicht abgeschlossen? Und warum hatte er mich so seltsam angesehen? Wie ein Löwe auf Beutezug, während er seinen vorherigen Fang verschlang; noch immer nicht zufriedengestellt. Ben war gefährlich und sein Körper so unglaublich perfekt. Noch nie zuvor hatte ich einen so schönen Mann gesehen.

Ob die zwei einfach weitermachten? Die ganze Nacht miteinander schliefen; lustvoll und leidenschaftlich bis zum Morgengrauen? Oder war es ihm genauso peinlich wie mir? Mein Schamgefühl ließ sich einfach nicht abstreifen, es haftete an mir wie Sekundenkleber und sprudelte heiße Wellen der Verlegenheit durch meinen Körper.

KAPITEL 18

Noch Stunden später loderte die Scham in mir wie ein Flächenbrand. Gegen die gestrige Hochnotpeinlichkeit erschien mir der Vorfall mit dem Kondom wie ein Kinderwitz. Um Mitternacht hatte ich die Wohnungstür klacken gehört. Entweder war Tobi heimgekommen, oder Ben hatte es die Lust auf weitere Runden mit der Blondine verhagelt. Spontan beschloss ich, mein Zimmer nie wieder zu verlassen und stattdessen in meinem Bett liegen zu bleiben, bis die Schwärze des Todes mich gnädig umhüllte.

Mein Lebensende erschien mir die beste und einzige Lösung, um aus dieser Sache irgendwie wieder herauszukommen. Dummerweise konnte ich Ben für diese kleine Indiskretion nicht einmal die Schuld geben, immerhin hatte ich seine privaten Gemächer betreten … ich hatte ihn beim Sex beobachtet. Für diese Tat konnte er bestimmt sogar eine einstweilige Verfügung gegen mich erwirken, und somit wäre ich vorbestraft, aufgenommen in die Triebtäterkartei. Für immer gebrandmarkt.

Ich merkte, wie meine Gedanken mir immer mehr zusetzten, schwang die Beine aus dem Bett und lief ruhelos hin und her.

Abrupt blieb ich stehen.

Oder ich stritt einfach alles ab. Er hatte sich meine Anwesenheit in seiner Ekstase lediglich eingebildet. Bestimmt konnte ich Caro zu einem Alibi überreden. Wütend auf mich selbst trat ich gegen meinen Bettrahmen, und sofort zog ein heftiger Schmerz vom großen Zeh bis hoch in meinen Knöchel. Ich biss die Zähne zusammen und warf mich aufs Bett. Gutmachen, ich musste es wieder gutmachen. Hatte ich Ben vorgestern nicht versprochen, das Bad für ihn zu putzen? Das würde ich jetzt tun. Ich würde da rausgehen und jede bescheuerte Fuge auskratzen und die Fliesen mit Fensterspray bearbeiten, bis alles glänzte und funkelte wie bei Tiffany's.

Ja, das war ein guter Plan.

Ich eilte zur Zimmertür, drehte im Zeitlupentempo den Schlüssel herum und öffnete sie einen Spalt. Vorsichtig lugte ich nach draußen, wo ich zu meiner Erleichterung alles leer vorfand. Entweder pennten die beiden noch, oder sie waren schon weg, oder Ben war noch mit Blondie zugange, was ich gerade schwer hoffte. Also eilte ich in die Küche, besorgte Eimer, Putzmittel und Lappen und steuerte das Bad an. Noch zwei Schritte, dann war ich fürs Erste wieder in Sicherheit.

Ein Blick über die Schulter, bei Ben regte sich Gott sei Dank nichts. Mit einem Ruck öffnete ich die Badezimmertür, sprang hinein und zog sie hinter mir zu. Geschafft. Hastig drehte ich den Schlüssel im Schloss, wandte mich um und erstarrte. Der Eimer fiel mir scheppernd aus der Hand, ich wollte fliehen, hatte mir aber gerade selbst ein Gefängnis geschaffen. Panik durchflutete mich, während ich hoffte, der Sensenmann würde mich auf der Stelle holen, um mir diese Blamage zu ersparen. Ben stand vor mir, nur mit schwarzen Boxershorts bekleidet, und musterte mich verwundert.

Seine Haare standen wirr nach allen Seiten ab, als hätte er sie nach dem Duschen einfach nur trocken gerubbelt, und es sah verdammt heiß an ihm aus.

»Du hast die Tür abgeschlossen, wie darf ich das verstehen?« Er grinste hinterhältig, sein Grübchen zeigte sich am Mundwinkel.

Ich sank in mich zusammen. Das durfte einfach nicht wahr sein. »Nein, nein, nein, das war ein Versehen, wirklich. Ich wollte nur das Bad putzen, ich wusste nicht, dass du hier drin bist. Warum schließt du nie die Tür ab?« Meine Stimme klang hysterisch, außerdem hatte mich der letzte Satz verraten, wie mir bewusst wurde. Das musste der Schock sein, ein Kloß bildete sich in meinem Hals. Ben kam näher, während ich mich gegen die Wand presste.

»Zehn Sekunden früher, und du hättest mich nackt angetroffen.« Ihm war die Situation kein bisschen peinlich.

»Ich hätte die Augen zugemacht«, beteuerte ich hastig und tastete hinter meinem Rücken nach dem Schlüssel. Seine Muskeln wölbten sich ein wenig auf seinem Brustkorb, aber nicht übertrieben, er wirkte einfach nur durchtrainiert und gut proportioniert. Und jetzt konnte ich auch seine Tätowierung entziffern. *Schuld und Sühne,* stand dort ineinander verschlungen, umrankt und durchbohrt von Stacheldraht, direkt auf seinem Herzen. Ich schluckte. Sein Duft stieg mir in die Nase, er roch frisch geduscht, nach einem sportlichen Showergel, und zu meiner Verärgerung reagierte mein Körper auf ihn; sehr stark sogar. Es kostete mich alle Mühe, nicht die Hand auszustrecken, um über seine athletischen Arme zu streicheln. Würde er mir jetzt die Kleider vom Leib reißen, ich würde mich nicht wehren.

»Hat dir die kleine Showeinlage gestern gefallen?«, fragte er leise.

Zu meiner Verärgerung pochten meine verräterischen Wangen. »Tut … tut mir echt leid … deswegen. Ich wollte dich nur was fragen, ich wollte nicht …«

»Ist schon okay. Ich habe kein Problem mit Zuschauern.« Er zuckte mit den Schultern und lachte auf. »Aber ich wette, du hast heute Nacht vor Scham kein Auge zugekriegt.«

Mein schlechtes Gewissen verflüchtigte sich umgehend. Offensichtlich hielt er mich für verklemmt. »Stell dir vor, ich habe schon mal gesehen, wie zwei Leute es miteinander tun. Du bist nicht der Erste, und so besonders war deine Darbietung auch wieder nicht.« Das war ganz klar gelogen, beides, und ich betete, dass er es mir nicht an der Nasenspitze ansah.

Ben wirkte amüsiert. »Stimmt, den Porno hatte ich ganz vergessen.«

Das konnte nicht wahr sein, an den hatte ich gar nicht mehr gedacht. Der Kerl hatte ein Gedächtnis wie ein Elefant.

»Na und? Ich habe irgendwann mal einen Porno angeschaut. Ruf doch deinen Freund an und erzähl ihm das auch noch, du Tratschweib.«

Natürlich lachte er, war ja nicht anders zu erwarten.

»Warum hast du nie einen?«, fragte er plötzlich.

»Einen was?«

»Einen One-Night-Stand. Ein Orgasmus hin und wieder würde dich mal ein bisschen lockerer machen. Warum siehst du das mit dem Sex so eng? Oder besser gesagt, warum verbietest du ihn dir?«

»Ich verbiete ihn mir nicht.« Empört schnappte ich nach Luft. »Ich möchte einfach nur mit jemandem schlafen, der mir etwas bedeutet. Außerdem will ich nicht als Matratze zur Triebbefriedigung für irgendwelche Typen herhalten.«

Ben schnaubte. »So siehst du das wirklich?«

»Ja, oder willst du mir etwa weismachen, dass dir an irgendeiner deiner Gespielinnen etwas liegt? Dass du sie nicht nur benutzt, um auf deine Kosten zu kommen?«

»Die haben auch ihren Spaß dabei, dafür sorge ich schon. Ob du es glaubst oder nicht, es gibt Frauen, die können Sex genießen.« Er beugte sich vor und stemmte einen Arm gegen die Wand. »In einem Punkt gebe ich dir recht, die Frauen, die ich kennenlerne, liegen mir nicht am Herzen, aber ich respektiere sie, als Frau und als Mensch.«

Ich sah in seine schönen schwarz-blauen Augen, die seinem markanten Gesicht erst das gewisse Etwas verliehen, und konnte mir gut vorstellen, wie Frauen nachts in diesem dunklen Meer versanken, wenn sie ihn kennenlernten. Seine Aura, diese dominante und gleichzeitig sanfte Ausstrahlung, eine Mischung aus Verruchtheit und Leidenschaft, ließ ihn fatalerweise unwiderstehlich auf mich wirken. Das konnte nur ein Moment der Schwäche sein. »Und das genügt dir?«, fragte ich leise, insgeheim hoffend, er würde mich jetzt an sich reißen wie Rhett Buttler seine Scarlett, aber stattdessen richtete er sich wieder auf.

»Was meinst du damit?«

»Jede Nacht eine andere, auf Beutezug durch die Gegend streifen, flüchtige Bekanntschaften, nie irgendwo ankommen.« Ich zitterte, gerade machte mich der Wolf in ihm unglaublich an.

Ben sah an mir vorbei gegen die Wand, meine Worte schienen ihn zu treffen. Warum das? Schließlich wandte er sich mir langsam wieder zu. »Und du? Hast dich von deinem Typen von vorne bis hinten verarschen lassen, der Kerl hat dich keinen einzigen Moment respektiert. Aber bei dir ist das bestimmt wieder was anderes, richtig? Schließlich warst du in einer Beziehung, alles hatte seine Richtigkeit. Diese Heuchlernummer habe ich mittlerweile so satt.« Er griff an mir vorbei. Ich zuckte zusammen, als er mich an der Taille streifte. Gleich darauf hörte ich, wie er die Tür aufsperrte, und war beinahe enttäuscht, dass er keinerlei Anstalten gemacht hatte, mir näher zu kommen. Dennoch schnitten seine vorwurfsvollen Worte Wunden in meine Brust wie ein Skalpell.

»Ich … ich wollte dich nicht verurteilen«, stammelte ich und meinte ehrlich, was ich sagte.

Plötzlich sah er mir direkt in die Augen, ich hatte Mühe, seinem intensiven Blick standzuhalten.

»Lass dir von jemandem wie mir nichts einreden. Du machst das schon richtig … Kann ich mich jetzt anziehen? Ich muss gleich in den Copyshop.«

»Klar.« Hastig quetschte ich mich durch den Türspalt, den er mir aufhielt.

KAPITEL 19

Der Zeitpunkt meines Dates rückte unweigerlich näher. Auf was hatte ich mich da nur eingelassen? Hoffentlich hatte ich bei Martin nicht irgendwelche Erwartungen geschürt. Aber schließlich war er ein erwachsener Mann, auch wenn man das manchmal nicht ohne Weiteres zu glauben vermochte. Er wusste bestimmt, dass eine harmlose Verabredung nichts zu bedeuten hatte. Meine großspurige Rede vor Rhashmi nagte leider noch an mir, aber Martin war einfach nicht mein Typ. Was sollte ich machen? Zu allem Überfluss hatte Rhashmi mir vorhin noch eine Nachricht geschickt, in der sie uns *Turteltauben* einen unvergesslichen Abend wünschte. Plötzlich gönnte ich ihr Erdie von ganzem Herzen und überlegte, ob ich nicht zurückschreiben und ihr erzählen sollte, dass er nach ihr gefragt hatte, um sie ins offene Messer laufen zu lassen.

Als ich Durst bekam, stand ich vom Schreibtisch auf, um mir in der Küche einen Prosecco zu besorgen. Ben war nicht da, so viel hatte ich vorhin bereits beim Hereinkommen ausgekundschaftet, somit konnte ich mich gefahrlos in der Wohnung bewegen.

Mein Lieblingsmitbewohner saß am Küchentisch, las ein

Buch und trank nebenher ein Bier. Er lächelte, als ich hereinkam, das war wenigstens mal ein netter Empfang. Ben verzog nie eine Miene, wenn wir uns irgendwo zufällig über den Weg liefen.

»Hey, Luca. Was geht?«

»Nichts Besonderes.« Ich nahm eine Dose Prosecco aus dem Kühlschrank, die zischte, als ich sie öffnete und noch mit einem Strohhalm versah.

Tobi beobachtete mich. »Was ist denn mit dir los? Sekt am Nachmittag? So kenne ich dich gar nicht.«

Ich winkte ab. »Ach, ich habe da so ein Dingens heute Abend.«

»Ein Dingens?«

Ich setzte mich zu ihm. Als ich ein paar Schlucke aus meiner Dose nahm, stieg mir die Kohlensäure in die Nase und kribbelte, wie kurz vor einem Niesanfall. Ich schob meine Nasenflügel von einer Seite zur anderen, um das unangenehme Gefühl loszuwerden.

»Eine Verabredung. So ein Typ hat mich gefragt, ob ich mit ihm essen gehen will.«

Er prostete mir zu. »Und du willst eigentlich gar nicht, richtig?«

Mein Blick suchte seine Augen. »Nein. Ich meine, er ist ein netter Kerl, aber überhaupt nicht mein Typ, und jetzt fühle ich mich schlecht, weil ich seine Einladung angenommen habe.«

»Warum hast du sie denn angenommen?«

»Er hat mich überrumpelt.«

Tobi schüttelte den Kopf. »Oh, Luca.«

»Was?« Ich verschränkte die Arme vor der Brust. »Kann doch jedem mal passieren.«

»Ist mir noch nie passiert.« Er wirkte amüsiert. Super.

»Was mache ich denn jetzt?«

»Sag ihm die Wahrheit«, schlug er vor, und ich verwarf seinen gut gemeinten Ratschlag auf der Stelle.

»Vielleicht will er gar nichts von mir, und ich bilde mir sein Interesse an mir nur ein.«

»Ein Mann, der eine Frau einlädt, will immer etwas von ihr. Wenn er bloß quatschen wollte, könnte er auch mit seinen Kumpels um die Häuser ziehen.«

»Hey, mit mir kann man auch feiern.« Wie konnte Tobi nur so grausam sein? Gedankenversunken saugte ich an meinem Strohhalm. »Vielleicht bin ich ein Kumpel für ihn.«

Statt einer Antwort fuhr er sich nur lachend durch sein dunkelblondes Haar. Wenn er so jungenhaft grinste, wollte ich ihn immer am liebsten an mich ziehen und kraulen wie einen Teddybär. Ellen war so ein Glückspilz.

»Sag ihm einfach, dass du nichts von ihm willst. Wichtig ist, dass du keine doppeldeutigen Signale aussendest, sodass er sich keine falschen Hoffnungen macht. Hinterher solltest du allerdings ein wenig Abstand zwischen euch beide bringen.«

Abstand?! Wieso denn das? Wie sollte ich Abstand zwischen mich und Martin bringen, wenn wir zig Vorlesungen zusammen besuchten und außerdem in derselben Lerngruppe waren?

»Wir könnten doch einfach so tun, als wäre nie etwas gewesen«, warf ich ein, aber er schüttelte den Kopf.

»Ein verschmähter Mann kann sehr ungenießbar werden, da ist es besser, ihr geht euch ein Weilchen aus dem Weg.«

Sprach er etwa aus Erfahrung? Mist, diesen Date-Rückzieher hatte ich mir einfacher vorgestellt. Warum machten Männer alles nur so kompliziert? »Wo treibt sich Ellen denn herum?«, fragte ich, um das elendige Thema zu wechseln.

»In New York.«

Mein armer Mitbewohner wirkte geknickt, er tat mir so leid.

»Ich dachte, du modelst auch. Warum bist du nie unterwegs?«

»Ich gehe nur zu Shootings hier in der Gegend oder lasse mich in den Semesterferien buchen. Das Studium ist mir wichtiger.«

Das war vernünftig. Aber irgendwas schien ihn zu bedrücken, Sorgenfalten gruben sich in seine sonst glatte Stirn. »Alles in Ordnung mit dir?«, fragte ich vorsichtig.

Er schnaubte. »Es ist wegen Ellen.«

»Was ist mit ihr?« Ich hielt den Atem an. Die beiden würden doch nicht …

»Meine Eltern feiern am Sonntag silberne Hochzeit, und sie war zu der Party eingeladen, musste jedoch kurzfristig diesen dämlichen Laufstegjob in New York annehmen und kommt nicht vor Mittwoch zurück. Ich wollte wirklich gern, dass sie mit mir hingeht, aber sie haut einfach ab.«

»Oh, das ist nicht nett.« Mehr fiel mir nicht ein. Warum hatte Ellen ihm diesen kleinen Gefallen nicht getan?

»Ich glaube sie hat ein Problem damit, dass meine Eltern glücklich verheiratet sind, während ihr Alter im Suff die Familie verlassen hat.«

»Dafür kannst du doch nichts.«

»Aber sie wirft es mir dauernd vor. Ich hätte keine Ahnung von ihren Problemen. Bloß weil ich aus einer intakten Familie stamme, heißt das noch lange nicht, dass ich mich nicht in sie hineinversetzen kann.« Er stand auf, ging zum Kühlschrank und kam mit einem Bier sowie einer Dose Prosecco zurück.

»Danke.« Ich öffnete die Dose, etwas Flüssigkeit spritzte über den Tisch. »Meine Mutter ist gestorben, als ich sechs Jahre alt war. Ich war so neidisch auf meine Freundinnen und wütend, dass ausgerechnet mich meine Mama verlassen hatte. Vor lauter Frust habe ich aufgehört, mit ihnen zu spielen, um sie zu bestrafen.« Ich schluckte, normalerweise redete ich nicht über meine tote Mutter, da den Leuten dieses Thema meistens unangenehm war. Nur Caro erzählte ich von ihr. »Erst später habe ich begriffen, wie wenig die Menschen dafür konnten, dass meine Mutter krank wurde. Ich bestrafte sie für etwas, das nicht ihre Schuld war. Aber es hat lange gedauert, bis ich so weit war.«

Tobi sah nachdenklich aus. »Du meinst, sie gibt sich selbst die Schuld, dass er abgehauen ist?«

»Ich habe keine Ahnung. Es gibt viele Gründe, warum sich Menschen in die Arbeit verrennen oder diejenigen verletzen, die sie lieben. Noch heute tut es weh, wenn ich meine Freundinnen mit ihren Müttern sehe. Weil mir dann bewusst wird, dass meine Mutter nie erfährt, was aus mir geworden ist.«

Tobi streichelte meinen Arm. »Ich bin mir sicher, sie schaut von da oben auf dich herunter und sieht ganz genau, was du so treibst.«

Ich verschluckte mich beinahe an meinem Prosecco. »Oh Gott, nein. Das wäre schrecklich.«

Wir prusteten gleichzeitig los. Unser Lachen tat mir gut, wahrscheinlich sogar uns beiden.

»Na gut. Dann werde ich Ellen am Mittwoch eben keine Vorwürfe machen«, versprach er großzügig, »sondern mit ihr reden und sehen, ob ich sie irgendwie unterstützen kann.«

Mit einem Zug leerte ich den Rest des Proseccos. »Mach das. Bestimmt wird sie sich freuen.« Gemächlich erhob ich mich und stand einen Moment still, der Perlwein fuhr Karussell in meinem Kopf. »Ich springe schnell noch unter die Dusche und mache mich bereit für mein Date.«

»Viel Glück«, lachte Tobi. »Luca?«

Ich drehte mich um. »Ja?«

»Bist ein feiner Kerl.«

»Du auch«, erwiderte ich, erfreut über sein Kompliment. Genau so einen wollte ich auch. Ich wollte auch einen Tobi, der sich um mich sorgte und mir jeden Wunsch von den Augen ablas. Warum waren die Besten immer vergeben?

KAPITEL 20

Punkt halb sieben saß ich erneut mit einer Dose Prosecco am Küchentisch. Ich trug Jeans und einen weiten schwarzen Pullover, der jede Rundung verbarg. Zum Unigelände brauchte ich keine Viertelstunde zu Fuß, deshalb trank ich mir noch ein wenig Mut an – und Frust weg.

Zu meinem großen Pech öffnete sich auch noch die Wohnungstür, und Ben kam herein. Er trug hellgraue Trainingssachen, dunkle Schweißflecke hatten sich im Brustbereich und unter seinen Achseln gebildet. Sein Haar war verwuschelt und feucht, ein paar Strähnen klebten ihm in der Stirn, dennoch zeigte er keinerlei Anzeichen von Erschöpfung, wie das bei mir der Fall gewesen wäre. Frisch und munter steuerte er direkt auf die Küche zu. Er stockte einen Wimpernschlag lang, als er mich entdeckte, ehe ein breites Lächeln auf seinen Lippen wuchs. Sofort wurde ich misstrauisch. Was hatte das schon wieder zu bedeuten?

»Na, betrinkst du dich ganz allein?« Er ließ Wasser in ein Glas laufen, bevor er sich ungefragt neben mich setzte.

Normalerweise hätte ich sofort die Flucht ergriffen, aber heute fand ich seine Nähe irgendwie angenehm. Was war denn mit mir los? Wahrscheinlich war ich nur zu geknickt wegen meiner bevorstehenden Verabredung, um mich noch großartig über ihn aufzuregen.

»Nur ein kleiner Schluck, ich gehe gleich aus.«

»Du glühst vor? Scheinst ja einiges vorzuhaben heute.«

»Nichts Besonderes«, wiegelte ich rasch ab. Auf keinen Fall durfte Ben von diesem desaströsen Date erfahren. Er roch nach frischem Schweiß, vermischt mit einem leichten Waschpulverduft. So unauffällig wie möglich holte ich tief Luft, hätte mir gerade noch gefehlt, dass er merkte, wie ich ihn beschnüffelte. Sein Aroma strömte durch meinen Körper, worauf mein Herz in einen unruhigen Rhythmus verfiel. Widerwillig musste ich mir eingestehen, dass ich seinen Geruch mochte. Mein Blick fiel auf seinen Hals, sein Kehlkopf bewegte sich, als er schluckte, die Haut dort wirkte zart.

»Frauenabend oder reißt du Männer auf?« Er wippte mit dem Stuhl. Am liebsten hätte ich ihm einen Stoß versetzt.

»Du hast es mal wieder erfasst, Mr Überschlau. Deine kleine Performance gestern hat mich so scharf gemacht, dass ich jetzt unbedingt auch mal ran will.« Ich zog eine Grimasse und bemerkte, wie er sich auf die Lippen biss.

»Dafür musst du doch nicht ausgehen.«

Übertrieben griff ich mir an den Kopf. »Bin ich blöd. Da habe ich den Frauenbeglücker schlechthin direkt vor meiner Nase sitzen und ergreife die Chance nicht.«

»Besser eine späte Einsicht als gar keine.« Er lehnte den Ellenbogen auf die Tischplatte und stützte den Kopf in die Hand. Und jetzt bemerkte ich auch noch seine langen dichten Wimpern. Der Kerl machte mich einfach wahnsinnig. »Komm schon«, sagte er leise und rau, »willst du mir erzählen, du stellst dir nie vor, wie es mit uns beiden wäre?«

»Oh Gott. Denkst du eigentlich auch mal an was anderes? Du bist eine wandelnde Beischlafmaschine.«

»Warum gleich so gereizt? Gib einfach mal die Kontrolle ab, das kann sehr befreiend sein.«

Ich riss den Strohhalm aus meiner Dose, um den Inhalt

direkt in mich hineinzustürzen. Gerade hatte ich das Gefühl zu platzen, während Ben mich weiterhin fixierte. »Du bist so von dir selbst überzeugt, unfassbar.« Ich schnaubte. »Warum sagst du nicht gleich: Leg dich hin, wir müssen reden.«

Er lachte. »Manchmal bist du echt schlagfertig. Aber das beantwortet meine Frage nicht.«

Tobi schneite in die Küche und erlöste mich aus dieser grotesken Unterhaltung. Mitten im Laufen hielt er inne. »Du bist noch da? Hast du nicht um sieben dein Date?«

Mein Blick flog zur Coca-Cola-Uhr. Verdammt, zehn vor sieben. Umgehend sprang ich auf.

»Du hast ein Date?«, fragte Ben und klang baff. »Wer ist denn der Glückliche, wenn man fragen darf?«, heuchelte er Interesse. Als ob ihn mein Leben interessierte.

»Nur zu deiner Information, Herr Nowak. Der Mann, mit dem ich heute ausgehe, verkörpert all das, was du nicht bist. Er ist feinfühlig, unterhaltsam und intelligent. Mit ihm kann man stundenlang quatschen, er trägt eine Frau auf Händen und hat außerdem Humor.« Ich ignorierte Tobis verwirrten Blick und hoffte, er würde jetzt nicht blöde dazwischenquatschen.

Ben lachte gedämpft. »Wenn dir heute Nacht nach dem vielen Reden und Diskutieren noch der Sinn nach ein paar Streicheleinheiten steht, darfst du ruhig an meine Zimmertür klopfen … Für dich steht sie immer offen«, fügte er noch überflüssigerweise hinzu.

Ich stemmte beide Hände in die Hüften. »Weißt du was, spar dir deine Puste für die Frauen, bei denen du landen kannst.« Er zuckte zusammen. Strike. In Gedanken klopfte ich mir für meine ungewohnte Schlagfertigkeit selbst auf die Schulter.

Ben winkte ab. »Ist ja schon gut. Geh raus in die Welt und amüsiere dich, sei locker, hab mal so richtig Spaß.«

Der Kerl trieb es wirklich auf die Spitze.

»Das werde ich ganz bestimmt nicht tun«, erwiderte ich,

nur um dagegenzureden, trat allerdings umgehend den Rückzug in Richtung Flur an.

»Genieß dein Singledasein doch mal ein bisschen mehr. Reiß dir ein paar Männer auf, vernasch sie. Morgen könnte schon alles vorbei sein. Du schaffst das«, rief er mir hinterher, als wären wir in einem Motivationsseminar.

Ich drehte mich um, hob schwungvoll beide Daumen in die Höhe, während ich »Chaka!«, rief, bevor ich machte, dass ich davonkam.

Sein bescheuertes Lachen hallte mir in den Flur nach. Typisch. Ben Nowak hatte mir den Abend verdorben, noch ehe er überhaupt begonnen hatte.

KAPITEL 21

Mit meinem grauen Tablett in der Hand stand ich neben Martin. Vor uns in der Schlange befanden sich noch an die zwanzig Leute, die alle auf ihr Essen warteten, das Frauen mit Plastikhauben auf den Köpfen in Trennteller füllten. Mein Date hatte darauf bestanden, in die Mensa zu gehen, denn dort gab es heute sein absolutes Lieblingsgericht.

»Die Lasagne musst du unbedingt probieren, die ist superlecker.« Martin sah über die Köpfe hinweg, um zu kontrollieren, ob noch ausreichend für ihn übrig blieb.

»Ich kann das nicht essen – das sind Nudeln, und die sind nicht glutenfrei.«

»Och.« Er zog eine Schnute, als hätte ich meine Krankheit nur vorgeschoben, um ihn zu ärgern. »Kannst du nicht mal eine Ausnahme machen? Für mich.« Er legte den Kopf schräg und zwinkerte mich an, sollte wohl so eine Art *Verführerblick* darstellen.

Unauffällig sah ich in die Runde, um zu überprüfen, ob uns jemand beobachtete. Ja. Eine ganze Menge Leute hinter uns tat das. Sie bewarfen uns geradezu mit erheiterten Blicken.

»Nein, kann ich nicht.« So langsam wurde ich es leid, allen

Menschen in meinem Umfeld wieder und wieder erklären zu müssen, dass gewisse Lebensmittel für mich tabu waren.

»Aber Lasagne krümelt doch gar nicht.« Martin schlenkerte sein Tablett neben sich hin und her, knapp an seinem Hintermann vorbei.

»Aber Nudeln sind auch aus Weizenmehl.«

»Ach so.« Er stand abrupt still. »Dann probierst du halt mal von mir.«

Ich beschloss, ihn zu ignorieren und nachher am Tisch das Thema zu wechseln. Wenigstens waren wir gleich an der Reihe. Glücklicherweise bediente uns Swetlana, eine korpulente, herzensgute Russin Ende fünfzig. Zwar hatte sie ebenfalls keinen blassen Schimmer von meiner Zöliakie, aber wenigstens nahm sie meine Diätwünsche ernst und war immer darauf bedacht, mir irgendwas Essbares zusammenzustellen, wenn auf dem normalen Speiseplan nichts für mich infrage kam. Ansonsten hätte ich wohl mehrmals die Woche Salat und mitgebrachtes Reisbrot essen müssen.

»Ah, Luca«, begrüßte sie mich strahlend. Sie war wirklich eine Seele von Mensch. »Hast du heute nicht viel Glück mit Essen.« Sie musterte mich mitleidig, ich sah ihr an, dass sie nachgrübelte.

»Macht nichts«, winkte ich ab. Für solche Fälle hatte ich immer einen kleinen glutenfreien Notvorrat in der Tasche.

Swetlanas Miene erhellte sich. »Habe ich hinten noch Kartoffeln von Mittagessen, kann ich dir schnell warm machen.«

Wehmütig sah ich zu, wie sie mit ihrer Kelle von einer großen Portion dampfender Lasagne die Käsefäden durchtrennte, die sich vom Blech bis zum Tellerrand zogen. Das Essen duftete verführerisch, mir lief das Wasser im Mund zusammen. Am liebsten hätte ich den Nudelauflauf an Ort und Stelle verschlungen, wusste jedoch, dass ich schwer für diese Sünde würde büßen müssen.

»Kartoffeln klingen super«, sagte ich gepresst, während ich neidisch beobachtete, wie Martin den vollen Teller entgegennahm, ein Stück von der Käseschicht mit den Fingern abriss und vor mir in den Mund steckte. Ging es noch gemeiner?

»Mmhh, ist das lecker.«

»Freut mich für dich«, murrte ich, als Swetlana mit einem Teller dampfender Pellkartoffeln zurückkam, die sie in der Mikrowelle aufgewärmt hatte.

»Hier, Schätzelchen. Sollst nicht hungrig heimgehen. Macht wenigstens Bauch voll.«

»Danke, Swetlana.«

»Arme Mädchen«, hörte ich sie sagen. »So eine Krankheit gibt es in Russland nicht. Habe ich noch nie davon gehört. Ich glaub, du bist Einzigste.«

Wider Willen musste ich lachen. Swetlana war wirklich herzensgut, eine richtige Babuschka. Eine Krankheit ganz für mich allein.

Nachdem ich mir eine Cola light besorgt und mein Essen selbst bezahlt hatte, balancierten wir unsere Tabletts zu einem freien Tisch. Mittlerweile herrschte in der Mensa ein derartiges Gedränge, dass meine Begleitung gar nicht mehr großartig auffiel. Wir setzten uns einander gegenüber, und ich nahm mein Besteck zur Hand, um mein lukullisches Mahl zu genießen, während sich Martin unter Begeisterungsstürmen seine Lasagne zwischen die Backen schob. Er hatte keinerlei schlechtes Gewissen, seine Mahlzeit vor meinen Augen zu zelebrieren, als hätte Steffen Henssler höchstpersönlich für ihn gekocht.

Missmutig spießte ich ein Stück Kartoffel auf und steckte es in den Mund. Lasagne war sowieso nichts weiter als eine hinterhältige Cholesterinfalle, beruhigte ich mich. Wenigstens würde ich später nicht an Gefäßverengung sterben. Ein fader erdiger Geschmack breitete sich auf meiner Zunge aus, während der würzige Duft von Martins verfluchter Lasagne meine Atemwege blockierte.

»Probier doch mal.« Martin hielt mir seine Gabel über den Tisch hinweg entgegen, Tomatensoße tropfte auf mein Tablett. Panisch riss ich mein Essen beiseite.

»Was machst du da? Bist du bescheuert?«, fuhr ich ihn an. »Beinahe hättest du meine Kartoffeln verseucht.«

»Hä?« Er rührte sich nicht, ein Stückchen Käse löste sich von einer Zinke und zog einen gelblichen Faden zum Tisch. »War doch nur Käse mit Soße, ich habe die Nudeln extra weggelassen.« Er schob die Unterlippe vor, der Hauch eines schlechten Gewissens packte mich. Ich hätte ihn nicht gleich so anfahren sollen.

»Entschuldigung«, sagte ich und stellte mein Tablett zurück auf den Tisch. »Aber wenn Nudeln in der Soße schwimmen, darf ich nichts mehr davon anrühren. Das ganze Gericht ist dann kontaminiert.« Immerhin versuchte er, freundlich zu sein. Warum gab ich ihm eigentlich keine Chance? Ich sollte mich ein wenig mehr bemühen. Martin war keine schlechte Partie. Sein Studium hatte er in der halben Zeit runtergerissen, ein paar Profs wollten sogar unbedingt, dass er bei ihnen promovierte. An mich war noch keiner mit so einer Bitte herangetreten, obwohl ich seit zwei Jahren ihren Laborboden schrubbte. Bestimmt verdiente Martin später einen Haufen Kohle, wir würden in einer Villa wohnen, reisen, uns mit schlauen Freunden umgeben, hochbegabte Kinder zeugen. Kinder zeugen?! Hastig wischte ich diesen gruseligen Gedanken beiseite. Auch Martin würde irgendwann einmal seine ehelichen Rechte einfordern, was sollte ich dann tun? Bis zur Hochzeit konnte ich ihn vielleicht noch hinhalten, aber danach wäre ich definitiv fällig. Dezent musterte ich Martins bleiche, knochige Hand, mit der er die Gabel zum Mund führte, dazu seine bis aufs Fleisch abgekauten Fingernägel. Ein Käsefaden klebte an seinem Kinn. Ich stellte mir vor, wie er mich berührte und überall antatschte, sich auf mich warf wie ein Karnickel und dabei howdy in mein Ohr stöhnte. Schweißperlen sammelten sich auf meiner Stirn, ein Anflug von Panik machte sich in mir breit. Was sollte ich tun, wenn er nachher versuchte, mich zu küssen?

»Wusstest du, dass der DAX heute um 0,1 Prozent zugelegt hat?« Er sah mich erwartungsvoll an.

»Nein, ich hatte heute noch keine Zeit, die Börsennachrichten zu verfolgen.« Mühsam unterdrückte ich ein Augenrollen.

»Da ist dir aber was entgangen.« Er malte mit seiner Gabel Zickzack Kurven in der Luft. »Der Kurs ist heute so verlaufen.«

»Das ist ja super.« Ich nahm einen Schluck von meiner Cola und hoffte, das darin enthaltene Koffein würde ausreichen, um mich wachzuhalten.

»Was glaubst du?«, fragte er aufgeregt.

Ich setzte mich gerade hin und unterdrückte einen Anflug von Panik – er würde doch jetzt nicht ein Beziehungsgespräch beginnen wollen?

»Ja?«, hauchte ich und zitterte innerlich.

»Wird der DAX bis zum Jahresende einbrechen?«

»Was?« Ich verstand kein Wort. Was wollte er wissen?

»Na, ob …«, setzte er theatralisch an, aber ich unterbrach ihn hastig.

»Was machst du denn so in deiner Freizeit?« Wäre doch gelacht, wenn wir keine normale Unterhaltung zustande brächten. Ich musterte ihn, seine Augen waren strahlend blau, eine schöne Farbe, die mir noch nie zuvor aufgefallen war. Na also.

»In meiner Freizeit?«, fragte er gedehnt, als hätte ich wissen wollen, ob er die nächste Marsexpedition der Amerikaner begleitete.

»Ja.« Ich nickte ihm aufmunternd zu, worauf er strahlte.

»Ich spiele Backgammon, du auch?«

»Nein.«

»Och, schade. Hätten wir sonst mal zusammen machen können.« Er schob sich eine große Gabel Lasagne in den Mund. Der Käsefaden klebte immer noch an seinem Kinn und zog meinen Blick wie magisch an.

»Ich spiele Akkordeon im Musikverein«, erklärte er mit vollem Mund.

»Super.« Mehr fiel mir nicht ein. Ich hatte zwar kein Problem mit Leuten, die Musikinstrumente spielten, aber Akkordeon stand nicht ganz oben auf meiner Liste der Begeisterungsklänge. In Gedanken sah ich uns schon gemeinsam auf der Ofenbank sitzen, während Martin den Zillertaler Hochzeitsmarsch schmetterte.

»Ich kann dir gern mal was vorspielen. Wusste gar nicht, dass wir so viele Gemeinsamkeiten haben.« Martin wirkte glücklich, für ihn schien dieser Abend ein voller Erfolg zu sein. »Wenn du magst ...«, redete er weiter, wurde jedoch von einer glockenhellen Stimme unterbrochen.

»Martin.« Die dazugehörige Person klang tatsächlich erfreut. Als ich verwundert zur Seite blickte, schob sich eine Frau mit kurzen braunen Haaren in mein Sichtfeld. Sie trug einen bunt gestreiften Strickpullover, umklammerte ihr Tablett und musterte uns abwechselnd. Ihr Blick verriet nicht, was in ihr vorging, aber mit weiblicher Intuition bemerkte ich sofort ihre starre Haltung.

»Johanna.« Martin verschluckte sich beinahe an ihrem Namen. »Was machst du denn hier?«

»Essen!«, gab sie patzig zurück. »Ich habe dich vorhin angerufen, aber du bist nicht ans Handy gegangen.«

Ich fasste es nicht. Es gab tatsächlich Frauen in Martins Leben, die sich freiwillig mit ihm trafen. Obendrein noch welche, die ihm scheinbar wohlgesinnt waren. Außerdem sah sie nicht mal schlecht aus. Man sollte nie vorschnell urteilen.

»Äh, ja. Luca wollte heute mit mir ausgehen«, verdrehte er, ohne rot zu werden, die Tatsachen.

Ich starrte ihn mit offenem Mund an, aber er beachtete mich nicht. Stattdessen begutachtete Johanna mich ausgiebig.

»Und ihr kennt euch woher?«, richtete sie das Wort nun wieder an Martin, der beinahe anfing zu hyperventilieren.

»Aus unserer Lerngruppe«, half ich ihm aus, da er sich nun unentwegt am Hals kratzte, als hätte ihn ein Ausschlag befallen.

»Ja«, stimmte er zu, seine Stimmlage hatte sich ein paar Oktaven nach oben geschraubt. »Den Pullover hat Johanna übrigens selbst gestrickt«, teilte er mir mit, bevor er einen großen Schluck von seiner Apfelsaftschorle nahm.

»Der ist echt toll.« Lächelnd wandte ich mich an Johanna. »Sieht super aus.« Wer strickte denn heutzutage noch selbst? Ich kannte niemanden.

»Danke.«

Ich hörte das ‚du mich auch', deutlich im Unterton heraus.

»Willst du dich zu uns setzen?«, bot ich ihr freundlich an und deutete auf den leeren Platz neben meinem Begleiter.

»Ich will nicht stören«, erwiderte sie.

Gerade wollte ich beteuern, dass sie durchaus nicht störte, was sogar der Wahrheit entsprach, da kam Martin mir zuvor.

»Dann setzt du dich am besten woanders hin.« Er machte eine weit ausholende Armbewegung. »Ist ja überall noch was frei.«

Ich glaubte es kaum, Martin hatte Johanna eiskalt eine Abfuhr erteilt.

»Ich rufe dich morgen an.« Johanna rauschte ab, um sich fünf Tische weiter niederzulassen.

»Du«, fing ich vorsichtig an, »ist das deine Freundin oder so was in der Art?«

Martin leerte seine restliche Apfelschorle und schluckte geräuschvoll. »Wir hatten mal was miteinander, aber das läuft gerade aus. Sie ist so langweilig.« Er seufzte. »Dauernd redet sie vom Stricken oder von ihrer Umweltgruppe, macht einen Aufstand, weil ich keine Schuhe aus Kunstleder trage …« Er machte eine Pause, ehe er mir wieder sein einnehmendes *Verführerlächeln* gönnte. »Du gefällst mir besser.«

Gezwungen lächelte ich zurück. Immerhin hatte mir dieser Abend eine weitere Erkenntnis fürs Leben eingebracht. Männer waren alle gleich, selbst die, die es sich optisch eigentlich nicht leisten konnten. Immer wieder fing ich Johannas Blick auf. Hastig widmete ich mich wieder meinen inzwischen kalten Kartoffeln und überlegte, ob ich eine Krankheit vortäuschen sollte, um umgehend den Rückzug antreten zu können, da hörte ich erneut eine Stimme neben mir.

»Luca, du hier?«

KAPITEL 22

Ben. Ausgerechnet. Hätte er nicht zu Hause essen können? Im Kühlschrank stand mein Früchtequark. Warum hatte er sich nicht wie sonst bedient?

»Verschwinde«, zischte ich und schleuderte ihm einen warnenden Blick zu, den er geflissentlich ignorierte und stattdessen meinen Begleiter einer eingehenden Musterung unterzog. Sein siamesischer Zwilling stand neben ihm, und die beiden trugen jeder ein Tablett, auf das sie bergeweise Essen gepackt hatten.

»Hey, Luca, ist hier noch frei?« Ohne eine Antwort abzuwarten, wollte sich Erdie an Martins Stuhllehne vorbei auf den freien Platz schieben, aber Ben hielt ihn zurück.

»Wir sollten die beiden nicht stören, Luca hat ein Date.«

Mitten in der Bewegung hielt Erdie inne und warf mir einen Blick zu, als wäre ich nicht ganz bei Trost.

»Echt jetzt?« Hinter Martins Rücken deutete er mit dem Zeigefinger nach unten.

Nun hasste ich alle beide. Gerade wollte ich mir eine Ausrede zurechtlegen, die Martin hoffentlich nicht zu sehr verletzte, da ergriff mein voreiliger Begleiter das Wort.

»Ja. Luca hat mich eingeladen«, erklärte Martin eifrig. Jetzt war ich diejenige, die Ben ignorierte, der mich nun nicht mehr aus den Augen ließ. Ich spielte mit meiner Gabel, drehte sie in meinen Händen und las interessiert den eingravierten Schriftzug auf der Rückseite des Griffs. *Gestohlen in der Mensa Erlangen,* stand dort. Na, das nannte ich mal vorausschauend. Meine Gedanken flogen wieder zu Martin. Wie kam der bloß auf diese schwachsinnige Idee, die Sache wäre von mir ausgegangen? In einer stillen Minute musste ich Rhashmi zur Seite nehmen, damit sie mir den genauen Ablauf der Einladung noch mal schilderte. Eventuell hatte ich versehentlich doch doppeldeutige Signale gesendet.

»Tolle Location für ein Date.« Ben sah sich in dem weitläufigen Saal um, in dem es von Leuten nur so wimmelte. Stimmengewirr erfüllte die Luft, zudem tauchte die Neonbeleuchtung alles in ein ungemütliches Licht.

»Hä, warum?« Martin sah ihn fragend an, sein Mund stand ein wenig offen.

»Ich würde die Frau meines Herzens in ein nettes ruhiges Restaurant ausführen, danach noch schön was trinken gehen. Auf die Mensa wäre ich ganz sicher nie gekommen.«

Was ging Ben mein Date an? Wieso gab Mr One-Night-Stand plötzlich Dating-Tipps? Warum standen die beiden überhaupt noch hier herum und glotzten blöde?

»Dein Essen wird kalt«, fauchte ich ihn an und machte eine unwirsche Handbewegung, um ihn zu vertreiben wie eine Schmeißfliege. Aber nein, Ben verstand gut gemeinte Warnungen nicht, er zuckte lediglich mit den Achseln.

»Aber hier gibt es doch heute Lasagne mit doppelt Käse für drei fünfzig.« Martin klang verständnislos.

Ben warf einen Blick auf meine kalten Kartoffeln. »Das sehe ich.«

»Lass uns abziehen.« Erdie winkte mit dem Kopf zur Seite, wenigstens er besaß einen letzten Rest Anstand im Leib. »Die beiden wollen bestimmt ungestört ihren romantischen

Abend genießen«, fügte er unnötigerweise hinzu. Das war zu viel.

»Ganz genau. Warum haut ihr nicht endlich ab und stärkt euch für eure Kneipentour oder was ihr sonst so treibt, wenn ihr euch die Nächte um die Ohren schlagt.« Meine Stimme war lauter geworden, ein paar Leute in der Nähe drehten sich um und warfen uns interessierte Blicke zu.

»Hey, Luca, komm wieder runter. War nicht böse gemeint.« Irrte ich mich, oder wirkte Erdie schuldbewusst? »Wir machen nur Spaß, nimm's nicht persönlich.« Er rempelte Ben in die Seite, der mich nun ernst fixierte. Was war mit ihm? War er nun beleidigt? Wer war denn ungefragt an unserem Tisch aufgekreuzt? Typisch, erst rumstänkern und dann eingeschnappt abhauen. Das sah ihnen wieder ähnlich.

»Nichts für ungut.« Erdie legte Martin seine Pranke auf die Schulter. Es klang beinahe wie eine Entschuldigung. Was war in den gefahren?

»Für was denn?«, wollte Martin wissen und sah zu ihm auf.

»Hauen wir ab.« Ben setzte sich in Bewegung, worauf Erdie ihm glücklicherweise folgte. Abrupt hielt Ben neben Martin an, sodass sein Kumpel ihm beinahe das Tablett in den Rücken rammte.

»Du hast Käse am Kinn«, sagte er und lief weiter. Im Gehen steckten die beiden die Köpfe zusammen und tuschelten. Sicher amüsierten sie sich gerade prächtig über mich und mein käseverschmiertes Date.

KAPITEL 23

Ich stand auf. »Ich muss mal kurz auf die Toilette, bin gleich wieder da.«

»Okey-Dokey.« Martin zappelte auf seinem Stuhl, als säße er auf Nadeln, während ich machte, dass ich wegkam.

Im Waschraum wusch ich mir gerade die Hände, als die Tür aufschwang und Johanna hereinfegte. Sie blieb neben mir stehen, beobachtete jede meiner Bewegungen im Spiegel. Ein paar Sommersprossen prangten auf ihrer kurzen Nase.

»Darf ich dich mal was fragen?«

»Klar.« Mir schwante Übles.

»Läuft da was zwischen dir und Martin?« Ihr Blick huschte zu Boden, als hätte sie etwas verloren.

»Du … äh.« Ich riss ein Papierhandtuch vom Spender. »Wir sind nur Kommilitonen, weiter nichts. Martin verdreht da was.«

Sie blickte auf. »So sieht das aber nicht für mich aus. Ich kenne Martin schon eine Weile, weißt du?«

»Ich will wirklich nichts von ihm, keine Sorge«, beteuerte ich und wollte ihr aufmunternd auf die Schulter klopfen, weil ich einen Anflug von Verzweiflung in ihren Augen ausmachte. Und das wegen Martin. Wow.

Sie wich mir aus, starrte mich nur an.

»Du kannst ihn wirklich gern haben.« Ich konnte nicht glauben, dass ich diese Unterhaltung gerade wegen Martin führte.

»Ich habe echt keine Ahnung, was er in dir sieht«, sagte sie schließlich, und ich stimmte ihr im Stillen zu, obwohl ich ihre Aussage beinahe beleidigend fand. Jetzt musste nur noch Martin begreifen, dass er bei Johanna viel besser aufgehoben war.

»Also, dann gehe ich mal wieder.« Ich zwängte mich an ihr vorbei und entfleuchte durch die Tür.

Bei Martin angekommen, schnappte ich meine rote Strickjacke, die über der Stuhllehne hing, und schlüpfte hinein. »Du, ich muss leider los. War wirklich nett.«

Martin wirkte enttäuscht. »Aber wieso denn, ich dachte, wir gehen noch zu mir.«

Was?! Ich war heilfroh, keine Gedanken lesen zu können. Nichts wie raus hier.

Als ich die WG betrat, fühlte ich mich um Jahre gealtert und hätte alles für ein heißes Bad gegeben. Leider besaßen wir keine Wanne. Ich würde definitiv Abstand zwischen mich und Martin bringen, wie Tobi – mein weiser und kluger Mitbewohner – mir geraten hatte. Wie hatte ich mich in Martin getäuscht. In meiner Naivität hatte ich wirklich angenommen, er wäre ein armer Kerl, der es schwer bei den Frauen hatte.

Als ob ich heute nicht schon genug mitgemacht hätte, öffnete sich prompt die Tür zu Bens Zimmer. Hastig wandte ich mich ab, um so zu tun, als würde ich meine Jacke an den Haken hängen. Statt in einem der Räume zu verschwinden, blieb Ben hinter mir stehen. Nach einem Moment des Zögerns drehte ich mich um. Er musterte mich durchdringend.

»Warum bist du mit diesem Typen ausgegangen?«

Wie bitte? Ich kam mir vor, als wäre ich zur Audienz beim Papst zitiert worden. »Was geht dich das an?« Gerade verspürte ich keinerlei Lust, mich vor ihm rechtfertigen zu müssen.

»Ich möchte nur wissen, ob du dich meinetwegen mit ihm getroffen hast.«

»Deinetwegen?« Manchmal verstand ich Männerlogik einfach nicht. Was zum Teufel sollte dieses desaströse Date mit ihm zu tun haben?

»Ob du nur zu diesem Date gegangen bist, weil ich dich immer so blöde von der Seite anquatsche, von wegen du wärst verklemmt und so.« Er wirkte zerknirscht. »Ob du es nur deshalb gemacht hast, um dir was zu beweisen.«

»Nein.« Manchmal drückte Ben sich wirklich umständlich aus.

»Warum hast du dich dann mit diesem Typen getroffen?«

»Keine Ahnung, er hat mich gefragt.« Endlich konnte ich klarstellen, dass die Einladung nicht von mir ausgegangen war. »Ich wollte ihm eine Chance geben. Es geht doch nicht immer nur ums Äußerliche.«

»Tut es auch nicht«, gab er mir recht. »Das denkst du von mir, stimmt's? Dass ich ein oberflächlicher Wichser bin, der nur an sich selbst denkt und alle Frauen ausnutzt.« Seine Augen verdunkelten sich zu nachtschwarzen Turmalinen. Er stand so dicht vor mir, dass seine Körperwärme mich einhüllte wie eine Umarmung. Ich musste mich an der Wand abstützen, um nicht eine Hand auf seinen Brustkorb zu legen, der sich kaum merklich hob und senkte. So angespannt, wie er war, brachte ich es nicht übers Herz, ihm zu sagen, dass ich genau das von ihm dachte.

»Dein Leben geht mich nichts an«, erklärte ich stattdessen. »Du bist ein freier Mensch und kannst tun und lassen, was du willst. So wie ich auch.« Warum hatte ich das Gefühl, dass er diese Antwort nicht hören wollte?

»Er passt nicht zu dir«, sagte er bestimmt.

»Du kennst ihn nicht mal.« Ich war bemüht, nicht zu tief einzuatmen, denn sein unwiderstehlicher Geruch drang mir in die Nase und brachte mich zum Zittern.

»Er wird es nie schaffen, dich zu befriedigen.«

Mit einem Schlag holte er mich aus meinem Rausch in den Flur zurück.

»Denkst du auch mal an was anderes?« Ich schüttelte den Kopf. Gerade war ich dabei gewesen, ihn in einem anderen Licht zu sehen, und musste mir nun eingestehen, dass ich schon wieder falsch lag. Meine Menschenkenntnis war erbärmlich.

»Ich meine nicht nur diese Art von Befriedigung«, flüsterte Ben. Er legte zwei Finger auf meine Schläfe. »Sondern auch hier.« Seine Fingerspitzen verweilten auf meiner Haut, was mir ein Kribbeln den Rücken hinunterjagte. Sein warmer Atem traf auf meine Wange. Hörbar schnappte ich nach Luft, war zu keiner Erwiderung fähig. »Und hier«, flüsterte er, während seine Hand hinunter zu meinem Brustkorb wanderte. Sachte tippte er mit einem Finger auf meine Brust, an die Stelle, wo mein Herz heftig schlug. Mein Magen begann zu flattern, und mein Körper wollte mehr von seinen Berührungen. Mit bebendem Atem stand ich vor ihm.

»Darum wird er es nie schaffen, dich zu befriedigen«, wiederholte er ungewohnt heiser. Dann wandte er sich abrupt ab und verschwand in seinem Zimmer, während ich starr an derselben Stelle stehen blieb.

Warum hatte er mir diese ganzen Sachen erzählt? Und warum war er so unerwartet erschienen, nur um genauso plötzlich wieder abzuhauen? Was war bloß mit ihm los? Ich wurde einfach nicht schlau aus Ben.

KAPITEL 24

Eine ganze Woche lang hatte ich es geschafft, Martin weiträumig aus dem Weg zu gehen. Im Gegenzug hatte ich allerdings zwei Vorlesungen sausen lassen müssen, die wir gemeinsam besuchten, was auf Dauer keine Lösung war. Zum Glück belegte Rhashmi dieselben Kurse, sodass ich mir ihre Notizen borgen konnte. Ich war ein armseliger Feigling. Tobi hatte etwas von *eine Weile aus dem Weg gehen* gesagt. Das war ein dehnbarer Begriff, somit beschloss ich, Montag mit der Versteckspielerei aufzuhören. Zehn Tage erschienen mir reichlich Zeit, um über mich hinwegzukommen. Wie gestern auch wartete ich am Hintereingang auf Rhashmi, um ihre Aufzeichnungen abzufotografieren. Als die Tür aufschwang, kam Rhashmi heraus. Sie trug einen superkurzen Jeansminirock, der ihre zierliche Figur toll zur Geltung brachte. Ich eilte auf sie zu, während sie in ihrer Tasche kramte.

»Findest du dein Verhalten nicht ein wenig übertrieben?«, tadelte sie mich auch sogleich und übergab mir ihren Block. »Dieses ganze Versteckspiel nur wegen Martin. Der Kerl hat dich in die Mensa ausgeführt, eigentlich sollte er sich schämen und verstecken, und nicht du.«

»Er ist verletzt«, nahm ich mein Date in Schutz und machte mit meinem Smartphone Fotos von Rhashmis Aufzeichnungen.

»Er ist ein Schwachkopf.«

»Rhashmi«, rügte ich sie mit empörter Stimme.

»Was?« Sie warf ihr Haar zurück. »Er kam heute nach der Vorlesung her und beschwerte sich, du hättest ihn nur ausgenutzt, um an seine Financial Times zu kommen.«

Mein Kiefer klappte nach unten. »Das hat er wirklich gesagt? Was für ein Schwachkopf.«

»Sag ich doch.«

»Aber das bedeutet wohl, dass er immer noch sauer ist.«

»Warum bist du auch mit ihm ausgegangen?« Rhashmi musterte mich vorwurfsvoll. »Ich würde mich nie mit jemandem verabreden, mit dem es mir nicht ernst ist. Was hast du dir dabei gedacht?«

Ich sparte mir, sie patzig darauf hinzuweisen, dass eine gewisse Rhashmi Reinhardt einen großen Anteil an diesem Date trug. Nun gut, ich hatte zwar in einem Anfall von geistiger Umnachtung zugesagt, aber das ganze Unglück ins Rollen gebracht hatte ja wohl sie. Andererseits wusste ich nicht, wann ich wieder eine Vorlesung würde besuchen können, und verscherzte es mir lieber nicht mit ihr. Ich winkte ab. »Jetzt ist erst mal Wochenende. Eine Höllenwoche liegt hinter mir. Heute Abend fahre ich zu Caro nach Nürnberg, besuche mit ihr ein paar Clubs und feiere bis zum Morgengrauen.«

Rhashmi verstaute ihren Block wieder in der Tasche. »Mach das, viel Spaß. Der Typ beruhigt sich schon wieder, und wenn nicht, werde ich mal ein ernstes Wörtchen mit ihm reden.« Winkend ließ sie mich in meinem Elend allein.

Am besten blieb ich gleich bis Sonntagabend bei Caro, die noch immer in ihrem Beziehungschaos mit Martha steckte. Zwar wollte Martha heute Abend mitkommen, hatte sich dafür jedoch Samstag und Sonntag *beziehungsfrei* genommen, was auch immer das bedeutete.

Erschöpft traf ich in der WG ein. Ich wollte mich noch ein wenig hinlegen und vorschlafen, denn Caro hatte das Mach 1 für heute zum Tanzen vorgeschlagen, und dort brauchten wir uns nicht vor Mitternacht blicken zu lassen. Glücklicherweise kannte Martha die Türsteher, sodass uns eine längere Wartezeit in der Schlange am Eingang wohl erspart blieb. Martha kannte überhaupt alle wichtigen Leute in dieser Stadt. Sie hatte über zweitausend Freunde auf Facebook und genausoviele Follower auf Instagram. Bei mir tummelten sich gerade mal sechsundsiebzig, alles Bekannte von hier, da ich den Kontakt zu meinen Schulfreunden abgebrochen hatte und niemals wieder aufleben lassen würde. Ich wollte nicht riskieren, jemanden von früher auf mich aufmerksam zu machen.

Gerade hatte ich es mir im Bett so richtig gemütlich gemacht und mir Kopfhörer in die Ohren gestöpselt, da klingelte es an der Wohnungstür. Ich ignorierte das penetrante Läuten, denn sowohl aus Bens als auch aus Tobis Zimmer hatte ich vorhin Geräusche vernommen. Sollten die doch nachschauen. Nach dem sechsten Bimmeln öffnete sich eine der Türen. Gleich darauf erklang eine quäkende Stimme, die ich nur allzu gut kannte.

»Ist Luca da?«

»Keine Ahnung.« Das war Tobi. Es pochte an meiner Tür. »Luca, bist du da?«

Ich zog mir die Decke über den Kopf. Was sollte ich jetzt machen? Martin stand draußen und wollte mich sprechen. Konnte der Kerl denn überhaupt keine Signale deuten?

»Luca?« Das Klopfen wurde lauter und dringlicher. Im nächsten Moment öffnete sich die Tür. Was sollte das jetzt? Wenn jemand auf die Nennung seines Namens nicht reagierte, geschah das zumeist aus zwei Gründen: Entweder die Person war nicht anwesend, oder wollte nicht angesprochen werden.

»Luca, bist du das unter der Decke?«

Super. Lauter ging es auch nicht mehr. Verräter. Ich warf das Laken von mir und setzte mich auf.

»Vielen Dank«, zischte ich, einen verwirrten Blick von ihm erntend.

Tobi deutete mit dem Daumen über die Schulter. »Oh, du wolltest nicht …«

»Vergiss es.« Seufzend schwang ich mich aus dem Bett. Was blieb mir auch anderes übrig, dank der taktlosen Vorarbeit meines Mitbewohners. Er zuckte entschuldigend mit den Achseln, als ob mir sein stummes *Sorry* jetzt noch helfen würde. Spontan beschloss ich, mich dumm zu stellen. Martin erwartete mich bereits im Flur, beide Hände tief in den Hosentaschen vergraben, federte er in den Knien.

»Hi, Martin, was gibt's?«

»Na, du stellst Fragen.« Er deutete mit dem ausgestreckten Arm auf mich. »Du hast meine Financial Times geklaut.«

Ich tippte mir gegen die Stirn. »Geht's noch? Du hast sie mir aufgedrängt, ich wollte die Dinger überhaupt nicht.«

»Ach ja?« Sein linkes Augenlid zuckte.

»Weißt du was? Nimm deine Zeitschriften mit, ich lese die sowieso nicht.«

Tobi stand hinter mir. »Ist das der staubige Packen, der bei dir in der Ecke rumgammelt?«

Als ich nickte, verschwand er in meinem Zimmer, um die Magazine zu holen. Zu allem Übel öffnete sich auch noch Bens Tür. Verwundert musterte er Martin, der wie ein Flummi auf und ab hüpfte.

»Du hast mich nur verarscht, du blöde Kuh.« Martin stand abrupt still.

»Geht's noch?« Ich war sprachlos. Alles hätte ich erwartet, aber nicht das.

»Irgendwann musst du wieder in die Vorlesungen kommen, und dann erfahren alle, was für ein Miststück du bist«, drohte er mir, und mein Hals zog sich langsam zu.

Ich griff an meinen Ausschnitt, um freier atmen zu können, während eine lange nicht mehr dagewesene Furcht sich unaufhaltsam ihren Weg durch meinen Körper bahnte. Begann jetzt alles von vorn? Hatte ich denn immer noch nichts dazugelernt? Da schnappte Ben Martin am Kragen und donnerte ihn rücklings gegen die Wand, dass es krachte. Tobi schnellte an mir vorbei, der neben Ben in Position ging. Die beiden überragten Martin um mehr als einen Kopf. Ben drückte nicht fest zu, sondern fixierte ihn lediglich am Hals, beängstigend langsam lehnte er sich zu Martin vor.

»Du drohst unserer Luca?«, fragte er, während Tobi einen Arm gegen die Wand stemmte, auch seine Stimme klang bedrohlich. »So was mögen wir gar nicht.«

»Sie … sie ist ne Bitch«, beharrte Martin.

»Das sagst du nicht noch mal«, forderte Ben ruhig, aber mit einer Schärfe in der Stimme, dass sogar mir die Luft wegblieb. »Habe ich da vorhin richtig gehört? Luca traut sich nicht mehr in ihre Vorlesungen wegen dir Scheißkerl?«

»Ich habe nie gesagt, dass sie nicht mehr in ihre Vorlesungen gehen darf«, verteidigte sich Martin wie ein kleines Kind.

»Jetzt lass mal diese Flennerei«, fuhr Tobi ihn an. »Als du Luca dumm angemacht hast, hast du auch nicht rumgeheult.«

Martin sah zitternd von einem zum anderen.

»Wir sagen dir jetzt mal eins: Wenn du Luca in der Uni Probleme machst, und wir kriegen das mit, statten wir dir einen kleinen Besuch ab, kapiert?« Ben hielt ihn an der Gurgel fest, worauf Martin keuchte. »Ich sage nichts mehr zu ihr, versprochen.«

Blitzschnell wechselte Ben die Hände, löste die eine von

Martins Hals, gleichzeitig schnellte die andere in seinen Nacken. Tobi drückte ihm die Magazine gegen die Brust und schob die Wohnungstür auf, während Ben meinen Kommilitonen am Genick nach draußen beförderte.

»Aua, du tust mir weh«, jammerte Martin.

»Weh tue ich dir erst, wenn du unsere Warnung vergisst. Und jetzt verpiss dich.«

Mit einem lauten Knall fiel die Tür ins Schloss, und ich atmete erleichtert aus.

Die zwei klatschten sich ab, bevor sie grinsend auf mich zukamen.

»Lust auf ein U-Boot?« Ben nickte mir zu.

»Okay, aber nur einen.« Ich lächelte die beiden an. Zum ersten Mal wurde mir bewusst, wie nützlich es sein konnte, männliche Mitbewohner zu haben. »Danke.«

Freundschaftlich legte mir Tobi einen Arm um die Schulter, ehe wir zu dritt in die Küche schlenderten. Ben stellte Gläser auf den Tisch, und Tobi schenkte ein. Wir setzten uns.

»Mensch, Luca, dich kann man echt nicht allein lassen«, sagte Tobi. »Der Typ ist ein totaler Psycho.«

»Hört mir bloß auf mit dem. Ich will die Sache ganz schnell vergessen, abhaken unter Lebenserfahrung.«

Wir prosteten uns zu und ließen unsere U-Boote versinken, ehe wir die gelbe Mischung in einem Zug hinunterstürzten.

»Lust auf ein kleines Wetttrinken?« Ben zwinkerte mir zu. Schmunzelnd schüttelte ich den Kopf, während sich der Alkohol warm in meinem Bauch ausbreitete.

»Nie wieder.« Die Stimmung zwischen uns war vertraut wie noch nie zuvor. Ich fühlte mich wohl mit den beiden, und zum allerersten Mal war ich froh, dass die verwirrte Sekretärin mich in diese WG gesteckt hatte. Meine Jungs waren schwer in Ordnung.

»Zu Lucas eigener Sicherheit sollten wir es in Zukunft so

halten, dass sie ihre Dates zur Begutachtung erst mal in der WG vorbeibringt und uns die Typen vorstellt«, schlug Tobi vor.

»Dann könnten wir wenigstens die schlimmsten Pleiten verhindern«, stimmte Ben zu. »Erst wenn die Jungs unsere kleine Prüfung überstanden haben, dürfen sie mit Luca abziehen.«

»Aber höchstens bis Mitternacht.« Tobi hob einen Zeigefinger in die Höhe.

»Und übernachtet wird zu Hause«, legte Ben nach. »Also er bei sich, allein«, fügte er noch hinzu, worauf Tobi ihm ein beifälliges Nicken schenkte.

Ich schnaubte.

»Ich finde, die Typen sollten Geschenke mitbringen, wenn sie Luca abholen kommen, also nicht nur für sie, sondern für alle WG-Bewohner«, schlug Tobi vor.

Ben ging zum Kühlschrank. »Isst du den Früchtequark noch?« Fragend sah er mich an.

»Nein, nimm ihn«, erwiderte ich großzügig, während Tobi sich bereits weitere Torturen für meine zukünftigen Dates ausdachte.

»Wahrscheinlich ist es am besten, wir schüchtern sie vorab schon ein. Lassen ganz nebenbei ein oder zwei Sätze über unseren letzten Aufenthalt in der Geschlossenen fallen und solche Sachen«, machte Tobi weiter.

Ben kam mit zwei Flaschen Bier und dem Früchtequark zurück. »Prosecco ist keiner mehr da«, wandte er sich an mich.

»Ich weiß.« Ich griff nach der Limonadenflasche. Als ich aufblickte, bemerkte ich zwei erwartungsvolle Gesichter und winkte ab. »Ohne Wodka. Vergesst es, ich habe heute noch was vor.«

»Was denn?«, fragte Tobi. »Neuer Dating-Versuch?«

»Nein.« Vehement schüttelte ich den Kopf. »Und wenn,

dann würde ich euch beiden bestimmt nichts über meine Pläne erzählen, nach den ganzen Schikanen, die ihr euch gerade für meinen Zukünftigen ausgedacht habt. Eure armen ungeborenen Töchter können einem heute schon leidtun. Irgendwie werde ich das Gefühl nicht los, dass ihr ein bisschen irre seid und die Show auf meine Kosten geht.«

Die beiden lachten.

»Was treibst du dann heute Abend?«, ließ Tobi nicht locker.

»Ich fahre nachher mit der S-Bahn zu Caro. Wir wollen ein paar Clubs besuchen, bisschen feiern.«

Ben schob sich einen Löffel Quark in den Mund und schluckte. »Wir sind heute Abend auch in Nürnberg unterwegs, wenn du willst, nehmen wir dich mit dem Auto mit, dann musst du nicht allein Bahn fahren.«

»Das wäre super.« Erfreut nahm ich sein Angebot an. Ich war ungern spätabends ohne Begleitung unterwegs. »Wann wollt ihr los?«

»Gegen halb acht. Wir sind auf eine Party eingeladen. Vorher wollen wir noch mit Erdie und Ellen einen Happen essen gehen.«

»Vergesst es.« Ich winkte ab. »Wir ziehen erst gegen zehn Uhr los, dann bin ich viel zu früh in Nürnberg. Ich nehme die Bahn.«

Ben kratzte die letzten Reste aus dem Becher, es war unglaublich, mit welcher Geschwindigkeit er Essen in sich hineinstopfte.

»Dann komm halt auf einen Bissen mit, und wir lassen dich danach bei Caro raus.«

»Ja«, stimmte Tobi zu. »Wir wollen auch nicht vor zehn auf der Party aufkreuzen, passt doch.«

»Oder frag Caro, ob sie mitkommen will, was essen«, schlug Ben vor.

Ich überlegte. Vom Zeitablauf wäre das ideal, bequemer

konnte ich nicht nach Nürnberg bis vor Caros Haustür gelangen und vorher was zu essen, war immer gut.

»Okay, ich komme mit. Aber dann springe ich jetzt rasch unter die Dusche.« Ich warf einen Blick auf die rot-weiße Wanduhr. »Sechs Uhr schon, ich muss mich beeilen. Leider ist das Bad für die nächste Zeit blockiert.«

Die beiden seufzten.

»Tu, was du nicht lassen kannst«, sagte Tobi mit stoischer Ruhe und prostete Ben zu.

Hastig suchte ich nach einer ausgedehnten Dusche in meinem Zimmer ein paar Klamotten zusammen. Normalerweise stylte ich mich nicht, aber Caro würde mich umbringen, wenn ich in meinem Alltagslook für eine Clubnacht bei ihr auftauchte.

Und noch wichtiger: Ich war vorher mit den Jungs unterwegs, ein paar sehr gut aussehenden Jungs. Auf keinen Fall wollte ich wie ein Mauerblümchen danebenstehen. Also kramte ich in meinen Fächern nach einem geeigneten Outfit, schob meine Bügel auseinander und stellte fest, dass ich nur irgendwelche bequemen Klamotten besaß. Mist. Was sollte ich jetzt machen?

Noch einmal wühlte ich mich durch Wäscheberge und bekam glücklicherweise meine schwarze hautenge Jeans in die Hände. Zwar war meine Oberweite ätzend riesig, dafür hatte ich aber schöne schlanke Beine. Hoffentlich würde die Hose ein wenig von meinem Busen ablenken. Schließlich entschied ich mich für ein dünnes schwarzes Wickelshirt, das meinen Oberkörper optisch streckte, darunter ließ ich ein weißes Spitzentop hervorblitzen. Eingehend begutachtete ich mich von allen Seiten im Spiegel, der in die Schranktür eingelassen war. Zugegeben, wie Ellen sah ich immer noch nicht aus, aber doch ganz passabel.

Mein Handy vibrierte. Eine Nachricht von Caro. Sie hatte keine Kohle zum Essen gehen und schlug vor, ich sollte danach einfach bei ihr vorbeikommen. Ich schrieb zurück, dass ich gegen zehn bei ihr auftauchen würde, und griff zu meinen wenigen Schminkutensilien. Normalerweise benutzte ich kein Make-up und achtete auch jetzt darauf, nicht zu viel zu verwenden. Aber heute Abend wollte ich gut aussehen.

KAPITEL 25

Kurz vor halb acht trat ich schließlich in den Flur. Den beiden Jungs hatte ich zusammen gerade mal dreißig Minuten fürs Bad übrig gelassen und spürte den Anflug eines schlechten Gewissens. Was nicht nötig war, denn sie unterhielten sich bereits frisch geduscht in der Küche. Wie hatten sie das in der kurzen Zeit nur angestellt? Als ich näher kam, sahen sie auf. Ben trug ein schwarzes Hemd, die Ärmel hatte er bis zu den Ellenbogen hochgekrempelt. Es betonte seinen athletischen Oberkörper, und ich wusste auf der Stelle, dass er heute mühelos jede Frau abschleppen könnte. Die Vorstellung versetzte mir einen kurzen Stich. Sein Haar war zerzaust, aber mehr nach einer Seite hin, er hatte sich gestylt, jedoch so dezent, dass es beinahe nicht auffiel. Tobi trug ein enges graues T-Shirt mit V-Ausschnitt, darüber eine schicke schwarze Lederjacke. Zweifellos hatten die beiden Ahnung von Mode.

»Fertig.« Ich blieb im Türrahmen stehen.

Tobi stieß einen leisen Pfiff durch die Zähne aus. »Warum läufst du nicht immer so rum? Du bist heiß.« Er nickte anerkennend.

Ben hingegen blieb stumm, wanderte jedoch mit dem

Blick von meinem Gesicht immer tiefer nach unten, ehe er sich langsam wieder hocharbeitete. Als er an meiner Oberweite haften blieb, fühlte ich mich auf einmal nackt. Ich kam mir vor wie ein Pin-up-Girl, weil er meine Brüste in dem tiefen Ausschnitt so offensichtlich anstarrte. Wenn Ben jetzt anfing zu lachen oder einen blöden Spruch riss, würde ich auf dem Absatz umdrehen und mich in meinem Zimmer einschließen. Nervös schob ich einen Arm vor die Brust, hielt mich unauffällig an meiner Schulter fest. Er sollte endlich aufhören, mich so anzuglotzen.

»Können wir?«, trieb ich sie an.

Wir stiegen in Bens alten metallicblauen Audi. Selbstverständlich hatte er den Stellplatz direkt neben der Einfahrt ergattert. Ich setzte mich nach hinten und ließ mich chauffieren, Bäume und Häuser rauschten am Seitenfenster vorbei, während sich die Jungs vorne, wie so oft, über irgendwelche öden Bundesligaergebnisse unterhielten. Schließlich erreichten wir nach einer rasanten Fahrt die Innenstadt, und Ben konnte sich glücklich schätzen, dass es nirgends geblitzt hatte. Ich schälte mich aus der durchgesessenen Rückbank, während Tobi den Beifahrersitz vorschob, um mich aussteigen zu lassen.

»Wir müssen noch zwei Straßen laufen«, sagte Ben, als er abschloss. »In Nürnberg einen Parkplatz zu ergattern ist schwieriger, als eine Frau aufzureißen.«

Ich verdrehte die Augen, manchmal sollte er wirklich lieber seine Klappe halten.

Tobi kramte sein düdelndes Smartphone aus der Jackentasche. »Ellen und Erdie sitzen schon im La Gondola.«

La Gondola?! Hatte ich eben richtig gehört? Wir besuchten ein italienisches Lokal? Was sollte ich in einer Pizzeria? Außer Salat gab es da nichts für mich zu essen.

»Können wir nicht woanders hingehen?«, erkundigte ich mich vorsichtig.

»Warum?« Ben knöpfte seine graue Cordjacke zu.

»Weil ich in einer Pizzeria nichts essen kann.«

Zu meiner Verärgerung sah ich, wie die beiden sich einen Blick in der Art von *hätten wir sie bloß nicht mitgenommen* zuwarfen. Wie es aussah, stank ihnen mein Getue. Was konnte ich dafür?

»Mach halt mal eine Ausnahme. Von dem bisschen wirst du schon nicht gleich zunehmen.« Ben maß mich mit einem – wie ich fand – abschätzigen Blick. »So dick bist du auch wieder nicht.«

Boah. Ich fasste es nicht. »Wenn du heute Nacht auch so viel Charme versprühst, solltest du lieber Einparken üben.«

Er rollte mit den Augen. »Gleich wieder jedes Wort auf die Waagschale legen. Was habe ich denn Gemeines gesagt? Warum bist du immer gleich so empfindlich?«

»So … dick … bist … du … auch … wieder … nicht«, warf ich ihm vor. Gerade ging er mir unglaublich auf die Nerven, und ich war drauf und dran abzuhauen.

»Du siehst doch selbst, dass du nicht dick bist. Das sind nur wieder deine beknackten Minderwertigkeitskomplexe wegen gar nichts.«

Ich schnappte nach Luft. »Warum habe ich Minderwertigkeitskomplexe? Nur weil ich kein auf Elefantengröße aufgeblasenes Ego besitze, so wie du?«

Ben prustete. »Als ob du jemals bläst.«

»Du sexistisches Ar…«

»Mensch Luca, seit wann interessiert dich Bens Gequatsche?«, unterbrach mich

Tobi und legte einen Arm um meine Schultern. »Irgendwas wird sich schon für dich zu Essen finden«, munterte er mich auf, weshalb ich beschloss, die Diskussion zu beenden. Immerhin war Salat gut für die Figur. Nachher würde ich bei Caro einfach noch eine Tafel Schokolade futtern, oder auch nicht …

Die Pizzeria war gut besucht, Leute unterhielten sich, während sie Pizza oder Nudelgerichte aßen. Sehnsüchtig betrachtete ich die vollen Teller. Am hintersten Tisch saßen Ellen und Erdie und winkten, als wir näher kamen. Ben war Gott sei Dank stehen geblieben und begrüßte ein paar Typen, mit denen er sich unterhielt.

»Hey, Kleines, alles klar?« Erdie strahlte mich an, er schien sich wirklich zu freuen, mich zu sehen.

»Hallo«, sagte ich knapp und begrüßte Ellen. Sie sah wie immer umwerfend aus, trug ein rotes Minikleid und war professionell geschminkt. Wir umarmten uns kurz, ehe ich mich ihr gegenüber niederließ. Tobi küsste sie zärtlich auf die Lippen. Offenbar stand zwischen ihnen wieder alles zum Besten.

»Ich habe gehört, du hattest Stress mit einem Verehrer.« Ellen klang mitfühlend.

»Ja, aber die Jungs haben das für mich geregelt.« Ich nahm die braune Speisekarte zur Hand. »Zu irgendwas müssen sie ja nütze sein, wenn ich sie schon durchfüttere«, neckte ich Tobi, der mir scherzhaft mit dem Zeigefinger drohte.

»Ich habe noch nie dein Zeug geklaut.«

»Stimmt, dafür haben wir ja den Spezialisten.« Ich warf einen Blick durch den Raum. Ben war noch immer in eine angeregte Unterhaltung vertieft.

»Kommst du nachher mit auf die Party?« Ellen nippte an ihrem Wasserglas.

»Nein, habe schon was anderes vor.«

»Schade, dann muss ich mich den ganzen Abend allein mit den Jungs rumärgern.«

»Wir sitzen dir garantiert nicht auf der Pelle, keine Sorge«, erwiderte Erdie und trank einen großen Schluck Bier.

»Das glaube ich«, sagte sie verächtlich. »Vor allem er nicht.« Sie nickte vage in Bens Richtung. »Mich wundert überhaupt, dass er noch Frischfleisch findet, eigentlich müsste er mittlerweile doch schon alles abgegrast haben.«

»Ellen, hör auf.« Tobi klang genervt.

»Vor allem du müsstest Ben doch dankbar sein, dass ihr zwei euch gefunden habt.« Erdie knickte Mittel- und Ringfinger ein, als er auf die beiden deutete. Sollte wohl eine coole Sprayerpose oder so was in der Art darstellen. Wie alt war er? Dreizehn? »Ich kapiere echt nicht, was für ein Problem du mit Ben hast. Er ist heute Abend nur mitgekommen, weil du versprochen hast, dass du ihn nicht dumm von der Seite anmachst.«

Ellen lehnte sich zurück. »Mach ich doch gar nicht, oder siehst du ihn hier sitzen?«

Erstaunt hatte ich das Gespräch verfolgt. Warum nur war sie so schlecht auf Ben zu sprechen?

»Er kommt«, zischte Tobi.

Gleich darauf setzte sich Ben neben mich und begrüßte Erdie, ohne Ellen großartig zu beachten.

»Hey Mann, hast du die CD dabei?«

Erdie klatschte sich gegen die Stirn. »Verdammt, vergessen.«

»Egal.« Auch Ben griff nach einer Speisekarte und studierte sie.

Eine resolute Italienerin kam mit einem Bestellblock in der Hand an unseren Tisch. »Buona sera. Habt ihr schon was ausgesucht?«

Ben klappte die Speisekarte zu. »Eine große Cola und eine Pizza mit Schinken und Pilzen.«

Die Frau notierte alles. Auch die anderen gaben ihre Bestellungen auf, während ich mit den Augen die Zeilen absuchte, auf der Jagd nach etwas Glutenfreien.

»Nimm halt das Schnitzel mit Pommes«, schlug Ben plötzlich vor.

»Das ist paniert, das geht nicht.«

»Dann nimm halt nur Pommes.« Er klang genervt,

weshalb ich beschloss, ihn zu ignorieren. Warum kümmerte er sich nicht um seinen eigenen Kram? Manchmal konnte er richtig arschig sein.

»Wird in der Fritteuse noch was außer Pommes gebraten?«, fragte ich die Kellnerin, und zu meinem Ärger nickte sie.

»Kroketten.«

»Dann gehen Pommes nicht.«

»Warum?«, mischte sich Ben wieder ein. »Wird doch nicht gleichzeitig gebacken.«

»Aber im selben Fett«, belehrte ich ihn wie ein Kindergartenkind.

»Oh, Mann«, sagte er und wechselte schon wieder diesen genervten Blick mit Tobi.

»Ich nehme einen großen gemischten Salat und ein Glas Lambrusco.« Energisch klappte ich die Speisekarte zu, in der Hoffnung, schnellstmöglich aus Bens Gesellschaft entfliehen zu können.

»Den habe ich auch genommen.« Ellen lächelte mich an. »Aber einen kleinen. Montag habe ich ein Unterwäscheshooting.«

Eine Zeit lang unterhielt ich mich mit Ellen über ihren Job, während die Jungs über unsere Köpfe hinweg lautstark miteinander redeten. Drei Kellner kamen heran, die unser Essen brachten. Bens Pizza duftete verführerisch, und bestimmt würde er seine Mahlzeit nun zelebrieren, als wäre sie eine geweihte Hostie im Gottesdienst, nur um mich zu ärgern. Ich staunte, wie gut ich ihn mittlerweile kannte, beschloss jedoch, ihm gar nicht erst eine Plattform zu bieten, und strahlte stattdessen seinen Kellner an, der mir zugezwinkert hatte. Ben nahm von meiner Flirterei mit dem netten Italiener keine Notiz. Typisch, er war so was von ignorant. Als die Bedienung meinen Salat vor mir abstellte, ächzte ich innerlich auf. Das durfte doch nicht wahr sein. Nicht mal Salat war mir vergönnt. Drei handgedrehte Grissini lagen auf der Schüssel, die höchstwahrscheinlich schon jedes Salatblatt vollgekrümelt hatten. Hätte ich vorhin nur den Mund aufgemacht – normalerweise fragte ich immer, ob sie Croûtons oder Ähnliches darüberstreuten. Aber Ben hatte mich mit seiner schlechten Laune derart verunsichert, dass ich mich nicht mehr getraut hatte. Und jetzt saß ich da, während er sich seine blöde Pizza schmecken ließ. Ich könnte losheulen.

»Was ist?«, fragte er mich muffig von der Seite. »Passt dir schon wieder was nicht? Haben sie's nicht schön genug dekoriert?«

»Es liegt Brot darauf.« Wehmütig betrachtete ich meine Schüssel, während die beiden anderen Jungs ihre Nudelgerichte aßen. Selbst Ellen probierte von Tobis Spaghetti Carbonara.

»Nimm es halt runter«, erwiderte Ben, als wäre ich zurückgeblieben.

»Ich kann es trotzdem nicht mehr essen.«

Er legte sein Besteck zur Seite. »Wie lange ziehst du diese Diät schon durch?«

»Siebzehn Jahre.«

Ben schüttelte den Kopf. »Und in der ganzen Zeit hast du nie ein Stück Pizza oder ein Brötchen gegessen?«

»Keine Glutenhaltigen.«

»Lass sie doch, wenn sie nicht will«, mischte sich Tobi ein. »Warum habt ihr dauernd diesen Stress miteinander?«

Ben ignorierte ihn, stattdessen wandte er sich wieder an mich. Am liebsten wäre ich unter den Tisch gerutscht.

»Woher willst du dann wissen, ob du *normale Sachen* nicht doch essen kannst? Vielleicht geißelst du dich ganz unnötig.« Demonstrativ nahm er ein Stück Pizza und hielt es mir hin. Der Duft des geschmolzenen Käses stieg mir in die Nase, und ich fragte mich, wie so eine echte italienische Pizza wohl schmeckte. Noch nie zuvor hatte ich eine gegessen.

»Probier doch wenigstens mal.« Ben hielt sie mir dichter vor die Lippen.

Die anderen musterten mich erwartungsvoll. Was sollte ich jetzt tun?

»Warum nicht?« Tobi zuckte mit den Schultern. »Ben hat recht, wer weiß, ob es nicht nur Einbildung ist.«

Das bescheuerte Pizzastück zog mich in seinen Bann – ich konnte den Blick nicht von dem geschmolzenen Käse abwenden, saß einfach nur da wie ein hypnotisiertes Kaninchen vor der Schlange.

»Die Pizza hier schmeckt super.« Ellen deutete mit ihrer Gabel auf Bens Teller und aß weiter ihren Salat.

Eventuell sollte ich wirklich mal probieren, ob ich überhaupt so krank war, wie ich immer behauptete. Vielleicht hatte ich Glück und war mittlerweile von der Zöliakie geheilt, würde es aber nie herausfinden, wenn ich nicht mal etwas Glutenhaltiges kostete. In mir flüsterte eine Stimme, ich solle das lieber bleiben lassen. Ich hielt inne und lauschte den mahnenden Worten. Schließlich schob ich Bens Arm beiseite. »Lass mich in Ruhe.« Konnte der Typ nicht einmal seine blöde Klappe halten?

»Ja, lass sie doch, wenn sie nicht will«, sagte Erdie und lächelte mir aufmunternd zu. Wenigstens einer von der Truppe hatte ein bisschen Grips im Kopf.

»Dann eben nicht.« Demonstrativ biss Ben ein großes Stück von der Pizza ab und machte beim Kauen genüssliche Laute. »Ist das lecker. Auch mal?« Er hielt mir das Teigstück erneut vor die Nase. »Du weißt gar nicht, was dir entgeht. Wir können die Kalorien heute Nacht wieder abtrainieren, keine Sorge. Ich helfe dir auch dabei, wenn du willst.« Er grinste breit und schob sich den Rest des Pizzastücks in den Mund. Hoffentlich erstickte er daran.

»Verdirb mir nicht den Appetit«, schnauzte ich ihn an. Alle Blicke waren auf mich gerichtet. Ich war das Zentrum ihrer genervten Aufmerksamkeit. Irgendwie kam ich mir vor wie Forrest Gump, der auf dieser Bank hockt und in den Augen seines Nebensitzers minderbemittelten Blödsinn von sich gibt. Ich beschloss, meinen Begleitern keine Beachtung mehr zu schenken und mein dürftiges Mahl schnellstmöglich zu beenden, um mich dann mit irgendeiner Ausrede davonzustehlen, wie zum Beispiel: Ben, du kannst mich mal.

Ben schnippte ein Grissini von meiner Salatschüssel, es touchierte eine ganze Reihe Blätter. Tickte der noch richtig? Die anderen lachten verhalten, offenbar waren alle auf Bens Seite.

»Hör auf mit dem Scheiß, nimm deine Finger aus meinem Essen. Geht's noch?« Ich rempelte ihn mit dem Ellenbogen an und hoffte, er würde einen blauen Fleck davontragen.

»Das ist so lächerlich«, erwiderte er und aß weiter seine Pizza. »Du bist echt anstrengend.«

»Und jetzt weiß ich auch wieder, warum ich dich nicht leiden kann.« Schnaubend sammelte ich mit spitzen Fingern die restlichen Grissini von meiner Schüssel. Verdammt! Verdammt! Verdammt! Was sollte ich jetzt machen? Die anderen hatten sich zwischenzeitlich wieder ihrem Essen zugewandt, immer wieder wechselten sie mit Ben ausgedehnte Blicke. Wieso mit ihm?

»Luca, übertreibst du nicht ein bisschen?«, fragte Tobi vorsichtig.

Ich beschloss, allesamt zu ignorieren, mich gar nicht auf ihre dämlichen Sprüche einzulassen, sondern stattdessen die oberste Schicht Salatblätter auf die Seite zu schieben. Der Rest sollte wohl genießbar sein. Danach würde ich den Abflug machen. Ben konnte mir gestohlen bleiben. Ich spießte etwas Rucola auf meine Gabel und vertilgte auch noch alles andere, das unbedenklich aussah.

»So gefällst du mir schon viel besser«, hörte ich Ben neben mir spöttisch. »So normal«, fügte er unnötigerweise noch hinzu.

»Halt die Klappe, Nowak.« Ich spülte mit einem großen Schluck Lambrusco nach und lehnte mich zurück.

Die vier unterhielten sich über die Party, die sie nachher besuchen wollten, zum Glück ohne mich, als mein Bauch leise anfing zu grummeln. Ein leichtes Gefühl von Unbehagen stieg in mir auf. Ich konzentrierte mich auf den Plastikblumenstrauß auf dem Tisch. Eine erste kleine Übelkeitswelle schwappte über mich hinweg, dann verkrampften sich meine Eingeweide ruckartig. Wasser lief mir salzig im Mund zusammen. Ich tastete nach meiner Geldbörse und legte sie auf den Tisch, um schnellstmöglich meine Rechnung bezahlen zu können, denn ich musste hier raus. Der Brechreiz verschlimmerte sich, Schweißtropfen bildeten sich auf meiner Stirn. Verzweifelt versuchte ich, meinen Mageninhalt bei mir zu behalten.

Ellen sah mich durchdringend an. »Alles okay mit dir?«

Ich nickte. »Ich muss nur kurz auf die Toilette, bin gleich wieder da.« Mit einem Satz sprang ich auf, mein Weinglas kippte. Noch während sich der Lambrusco lila über die weiße Tischdecke ergoss, hastete ich bereits, eine Hand vor den Mund gepresst, durch das Lokal. Lange würde ich es nicht mehr zurückhalten können. Panisch sah ich mich nach der Toilette um, konnte aber nirgends ein Schild entdecken, also verschwand ich zur Eingangstür hinaus.

KAPITEL 26

Direkt vor der Pizzeria traf der erste Schwall auf den Boden. Ich erbrach würgend, taumelte um die Ecke, um von hier fortzukommen; mein Magen zog sich rhythmisch zusammen.

Tränen schossen mir in die Augen, meine Luftröhre blockierte, und ich bekam Angst zu ersticken. Wie wild schnappte ich nach Luft, während sich bereits bittere Galle ihren Weg durch meine Speiseröhre nach oben brannte. Die Krämpfe wurden heftiger, sodass ich nur noch gebückt gehen konnte und mich an Häuserwänden, Straßenlaternen und parkenden Autos entlanghangelte. Wieder übergab ich mich, eine Hand um ein Straßenschild geklammert, drohte ich, zusammenzuklappen. Stechende Schmerzen wechselten sich mit einem durchdringenden Ziehen ab.

Irgendwo dort vorne war ein Taxistand, ich wollte nach Hause, mich ins Bett legen. Gekrümmt stakste ich weiter, bis ein heftiger Magenkrampf mich überwältigte und auf die Knie zwang. Das Pumpen wurde stärker, ich hatte ein Gefühl, als greife jemand mit einer glühenden Zange in meinen Rachen, um mir die Eingeweide rauszureißen. Schließlich sackte ich nach vorne und hechelte, um die Kolik zu lösen, aber der Schmerz blieb. Meine Arme und Beine wurden taub, konnten mich nicht mehr tragen. Langsam sank ich zu Boden. Mit den Fingernägeln kratzte ich über den Asphalt, auf der Suche nach Halt, dabei pressten mich die Schmerzen regelrecht zusammen. Wie von Ferne hörte ich eine Frauenstimme.

»Können wir dir helfen?«

Mühsam öffnete ich die Augen. Eine fremde Frau kniete neben mir in der Hocke und betrachtete mich sorgenvoll. Neben ihr stand ein Mann, von dem ich nur Schuhe und Hose sah. Mir war, als wehte mir der Wind von ferne meinen Namen entgegen.

»Ein Taxi«, keuchte ich mit letzter Kraft und presste eine Faust gegen meine lodernde Brust. »Rufen Sie mir bitte ein Taxi.«

»Ich denke, wir sollten besser einen Krankenwagen rufen«, vernahm ich eine Männerstimme.

Mühsam hob ich einen Arm. »Nein, ein Taxi.« Ein wenig Galle floss aus meinem Mundwinkel, und die Frau richtete sich wieder auf. Die beiden diskutierten.

»Sie braucht einen Arzt«, sagte der Mann leise.

»Ja, du hast recht«, stimmte sie ihm zu, da schrie jemand laut: »Luca!«, durch die Straße, aber ich konnte mich nicht rühren. Meine Eingeweide verknoteten sich, als risse mich jemand in Stücke, die Krämpfe wurden schlimmer, strahlten aus bis in die Oberschenkel.

Jemand berührte meine Schulter, rüttelte mich sachte, und ich japste nach Luft.

»Verdammt, Luca, was ist los mit dir?« Es war Ben, seine Stimme bebte.

»Diätfehler«, keuchte ich, »nichts weiter.«

»Sollen wir einen Krankenwagen rufen?«, hörte ich den Mann fragen, das Pärchen stand immer noch neben mir.

»Das wäre wohl das Beste.« In Bens Stimme lag Entsetzen.

»Nein«, schnaufte ich, »die können nichts machen.« Ich

hielt inne und versuchte, einen weiteren Krampfanfall wegzuhecheln. »Das geht von selbst weg. Bringst … bringst du mich nach Hause?«

»Ihr wohnt zusammen?«, fragte die Frau.

»Ja.« Ben kniete sich nieder und strich mir die verschwitzten Haarsträhnen aus dem Gesicht. »Ich kümmere mich um sie, danke.«

»Okay.« Das Pärchen setzte sich in Bewegung. »Gute Besserung«, riefen sie noch über die Schulter.

»Luca, verdammt, es tut mir so leid. Kannst du aufstehen?«

Ich bibberte auf dem kalten Asphalt, während Hitzeschübe meinen Körper innerlich verbrannten.

»Ja, ich will hier weg.« Mit letzter Kraft versuchte ich, den Kopf zu heben. Ben zog mich vorsichtig auf die Beine und hielt mich fest. Von dem plötzlichen Positionswechsel zog sich jedoch mein Magen ruckartig zusammen. Ich würgte und würgte, während Ben mich stützte. Schließlich griff er unter meine Kniekehlen und hob mich hoch. Erschöpft legte ich den Kopf an seine Schulter, mein Herz klopfte stark und unregelmäßig gegen meine Rippen, ich hatte das Gefühl, in Ohnmacht fallen zu müssen. Immer wieder wand ich mich unter Krämpfen. Schließlich sagte Ben leise: »Luca, wir sind beim Auto. Kannst du dich kurz hinstellen, damit ich aufsperren kann?«

Ich nickte, wusste aber nicht, ob mich meine Beine tragen würden. Meine Knie zitterten, außerdem fraß sich ein qualvolles Brennen durch meine Speiseröhre. Sachte ließ Ben mich von seinen Armen gleiten, hielt mich jedoch fest an sich gepresst, während er in seiner Jackentasche nach dem Schlüssel kramte. Er öffnete die Tür, half mir noch auf den Beifahrersitz, ehe er mir den Gurt anlegte.

»Geht's?«

Ich nickte mit geschlossenen Augen. Gleich darauf hörte ich, wie er den Motor anließ und langsam losfuhr. Das

Schaukeln verschlimmerte die Übelkeit, immer wieder würgte ich und zog die Knie an. Mein Handy klingelte. Zwar angelte ich es aus meiner Jackentasche, fühlte mich aber zu schwach, um ranzugehen, und ließ es in meiner Hand läuten. Ben nahm es an sich.

»Es ist Caro«, sagte er und ging ran. »Hey Caro, hier ist Ben … Luca geht es nicht so gut, ich fahre sie gerade nach Hause … Sie hat was erwischt … Ja, was erwischt«, wiederholte er energisch. »Nein, du musst nicht kommen, ich bleibe heute Nacht bei ihr … Gut, sag ich ihr. Bis dann.«

Er steckte mein Telefon ein und holte seins raus.

»Erdie, Luca geht's schlecht. Ich fahr sie nach Hause. Zieht ohne mich los, okay? … Nein, ihr könnt nichts tun, ich hab's im Griff … Ja, klar davon. Scheiße! … Mach ich. … Tschüss.«

»Gute Besserung von Caro und Erdie.«

»Danke«, keuchte ich, da der verfluchte Schmerz nicht nachließ. Ich wollte sterben, wollte aus dem fahrenden Auto springen, nur damit meine Qualen ein Ende hatten, konnte mich jedoch nicht bewegen.

Ben hielt direkt vor der Tür und half mir beim Aussteigen.

»Sie werden dich abschleppen, wenn du hier parkst«, schnaufte ich und hielt mich an seinen Schultern fest, um nicht einzuknicken.

»Scheiß drauf.« Er nahm mich wieder auf den Arm und trug mich die gesamten drei Stockwerke nach oben. Ich war ihm dankbar dafür, denn ich hätte die Stufen allein niemals bewältigt. Oben in der Wohnung legte er mich aufs Bett, wo ich in einem verzweifelten Versuch, die Krämpfe loszuwerden, meine Knie mit beiden Armen umfasste.

Ben setzte sich neben mich und streichelte meinen Rücken. Schließlich legte ich meinen Kopf in den Nacken, weil ich die Tränen nicht mehr länger zurückhalten konnte. Der Schmerz ließ einfach nicht nach, ich fühlte mich wie schwer verletzt. Mit einem Finger wischte Ben über meine nassen Wangen.

»Es tut mir so leid, Luca. Bitte verzeih mir. Ich bin der größte Idiot auf der ganzen Welt. Scheiße.«

Ich hörte seiner Stimme an, dass er sich große Vorwürfe machte.

»Ich hätt's ja nicht zu essen brauchen«, japste ich, während Ben meine Schuhe auszog.

»Ich werde dir jetzt die Jeans ausziehen, in Ordnung? Sodass du es bequemer hast. Ich schau nicht hin, versprochen.« Vorsichtig öffnete er meinen Hosenknopf und zog den Reißverschluss herunter, dann streifte er mir die Jeans ab und legte mich unter die Decke. Ich schlotterte, mein Kreislauf spielte verrückt, aber ohne den Druck des Hosenbunds ging es mir tatsächlich schon etwas besser.

»Bin gleich wieder da.« Ben verschwand, während ich weiterhin wahre Höllenqualen erlitt. Ich richtete mich auf, denn die Liegeposition verschlimmerte meine Schmerzen, und lehnte mich gegen die kühle Wand. Mein linker Arm, mit dem ich mich auf der Matratze abstützte, zitterte vor Anstrengung. Das harte Mauerwerk drückte gegen meine Schläfe. Der Schmerz stach bis in mein Auge, aber ich konnte mich nicht bewegen. Da kam Ben zurück.

»Warum liegst du nicht?« Sanft legte er mir etwas Warmes auf den Bauch. Eine Wärmflasche. Sie linderte die Verspannung ein wenig.

»Ich kann nicht liegen«, keuchte ich, »dann tut es noch mehr weh.«

Er schob seine Hand zwischen mein Gesicht und die Raufasertapete, nahm dadurch den Druck von meiner Schläfe. Dann setzte er sich hinter mich und löste meinen wackligen Arm von der Matratze.

»Lehn dich an mich, ich stütze dich.«

Mit angezogenen Knien legte ich meinen Kopf an seine Brust. Ben umarmte mich und platzierte seine Hände auf der Wärmflasche.

»Ich kann dir gar nicht sagen, wie leid es mir tut«, flüsterte er in mein Ohr. »Das wollte ich nicht.«

Seine Körperwärme tat mir gut, aber ich war nicht in der Lage zu sprechen. Glücklicherweise ließ der Schüttelfrost nach, auch die Krämpfe wurden schwächer, nur übel war mir noch genauso wie vorhin. Wie ein Klammeräffchen kuschelte ich mich an ihn und schloss die Augen. In seinen Armen fühlte ich mich geborgen, und ich war froh, gerade jetzt nicht allein sein zu müssen. Vorsichtig griff Ben unter mein Shirt und streichelte mit sanften kreisenden Bewegungen meinen geschundenen Bauch, während ich mich an ihn schmiegte. Unter seiner wohltuenden Berührung glitt ich schließlich in einen traumlosen Schlaf.

KAPITEL 27

Als ich die Augen aufschlug, schien die Sonne in mein Zimmer, wo sie einen hellen Strahl auf dem blaugrauen Teppichboden ausbreitete. Ich lag allein in meinem Bett. Ben war fort. Vorsichtig tastete ich hinunter zu meinem Bauch, wo die Wärmflasche lag.

Sie war noch heiß, Ben musste das Wasser darin vor kurzem noch einmal aufgewärmt haben. Glücklicherweise verspürte ich keine Schmerzen mehr, nur eine unterschwellige Übelkeit begleitete mich noch.

Außerdem fühlte ich mich kraftlos, als hätte ich eine Woche durchgefeiert. Langsam setzte ich mich auf, mein Kreislauf war noch empfindlich und strafte jede meiner Bewegungen sofort mit Schwindel. Erst nachdem ich eine Weile gewartet hatte, fühlte ich mich in der Lage, aufzustehen. Ich trug noch die leichte Sommerjacke und das Wickelshirt zu meinem einfachen fliederfarbenen Baumwollslip. Ben hatte mich ausgezogen, wurde mir peinlich bewusst. Bestimmt hatte er meine nicht gerade aufreizende Unterwäsche gesehen.

Seufzend begab ich mich zum Kleiderschrank, bevor Ben erneut hereinschneite, schnappte mir ein lila Sweatshirt und eine cremefarbene Jogginghose. Zum Anziehen musste ich mich wieder setzen, denn vor meinen Augen tanzten plötzlich weiße Punkte. Schließlich wankte ich in Richtung Küche, um ein Glas Wasser zu trinken. Mein Hals fühlte sich ausgedörrt und wund an. Zu meiner Überraschung stand Ben, die Arbeitsplatte schrubbend, an der Küchenzeile, der Kühlschrank stand sperrangelweit offen. Er hatte alle Fächer herausgenommen und hochkant in die Spüle gestellt.

»Was machst du denn da?« Ich stützte mich am Türrahmen ab.

Er hielt inne, sein Blick ruhte auf mir. Eine Zeit lang betrachtete er mich stumm, der Hauch eines Lächelns zeigte sich auf seinem Gesicht.

»Guten Morgen. Du stehst schon wieder. Das ist gut.« Er kam mir entgegen. »Setz dich hin, du bist immer noch ganz bleich.«

Ich tat ihm den Gefallen. Seinen Worten nach zu urteilen, bot ich ein furchtbares Erscheinungsbild. Wie meine Blutwerte aussahen, wollte ich gar nicht erst wissen. Davon erzählte ich Ben lieber nichts, er wirkte furchtbar zerknirscht.

»Mir geht es schon besser. Heute fühle ich mich nur noch, als hätte mich ein Auto zwei Kilometer hinter sich hergeschleift.«

»Oje, wie hast du dich dann gestern gefühlt?«

»Das willst du nicht wissen.« Mühsam brachte ich ein Lächeln zustande.

»Ich habe es erlebt, das reicht mir.« Er zeigte mir eine gelbgrüne Schachtel. »Kamillentee. Habe ich vorhin besorgt.«

»Danke, den kann ich jetzt gut gebrauchen.« Ich wusste, dass er den gestrigen Abend wieder gutmachen wollte. »Was machst du da?« Mit dem Zeigefinger deutete ich auf den leeren Kühlschrank.

»Ich mache sauber, damit keine Krümel oder sonst was Glutenhaltiges hier herumfliegen und du nicht noch mal krank wirst.«

Seine Fürsorge rührte mich, niemals hätte ich vermutet, dass er so rücksichtsvoll sein konnte. Beinahe erkannte ich ihn nicht wieder. Er stellte eine dampfende Tasse vor mich auf den Tisch. Das feine Kamillenaroma stieg mir in die Nase.

»Danke. Wo hast du gestern eigentlich die Wärmflasche aufgetrieben? Die hat mir wirklich gut geholfen.«

Er lächelte und wirkte ein klein wenig verlegen. »Mir ist im Winter oft kalt im Bett, dann nehme ich sie mit unter die Decke. Aber erzähl das bloß niemandem«, drohte er scherzhaft.

Ich kicherte. Wie niedlich. Der coole Womanizer fror nachts im Bett. »Ich sag's nicht weiter, wenn du sie mir im Winter auch mal ausleihst.«

»Hey, das ist Erpressung«, hielt er dagegen, während ich in meinen dampfenden Tee blies. Seine strubbeligen Haare fielen Ben in die Stirn und gaben ihm das verwegene Aussehen eines Abenteurers.

»Ganz genau.«

Er streichelte meine Schulter. »Du kannst sie so oft haben, wie du willst. Ich mache sie dir sogar warm. Du kannst dir gar nicht vorstellen, wie froh ich bin, dass du vor mir sitzt. Ich war gestern Nacht noch drauf und dran, einen Krankenwagen zu rufen.« In seiner Stimme klang noch der Schrecken der letzten Nacht nach.

»Ein Diätfehler sieht furchtbarer aus, als er ist. Ist zwar mit einem Haufen Schmerzen und Übelkeit verbunden, aber man muss im Normalfall nicht eingeliefert werden.«

Seine Finger gruben sich in meine Haut. »Ich bin ein ignoranter Mistkerl. Das Allerletzte.«

»Jetzt mach mal halblang.« Ich griff nach seiner Hand, aber er zuckte zurück. »Immerhin habe ich genauso viel Anteil daran wie du. Schließlich habe ich's gegessen, obwohl ich mir hätte denken können, dass der Salat wahrscheinlich kontaminiert war.«

»Aber nur, weil ich dich dazu gedrängt habe.«

Ich erschrak, weil es nicht nur Reue und Mitleid waren, die aus seiner Stimme sprachen, sondern Selbsthass.

»Ich habe nicht aufgepasst«, sagte ich nachdrücklich. »Ist blöde gelaufen gestern, aber so ist das nun Mal. Wir haben Mist gebaut. Ja und? Passiert mir andauernd.«

Ben musterte mich mit seinen schwarzblauen Augen, und ein Fieber glühte darin, das ich bisher nicht kannte. Er sah mich an, als versuchte er, meine Gedanken zu lesen. Aber nicht ich hatte die Blockade in meinem Kopf. Die Sperre kam von ihm. Irgendetwas in seinem Inneren hielt ihn davon ab, mir zu zeigen, was in ihm vorging. Seine Augen erhielten diesen gequälten Ausdruck, der zuvor bereits gelegentlich aufgeblitzt war, wenn er sich für einen Moment nicht unter Kontrolle hatte. Ich ließ ihn mit meinem Blick nicht los, suchte eine Verbindung. Schließlich stand ich auf und streckte wie unter Zwang meine Hand aus, um das Grübchen neben seinem Mundwinkel zu berühren, strich mit einem Finger darüber. Es war weich, eine winzige Vertiefung. Ben stand still und atmete flach.

»Mein blödes Grübchen hilft mir da auch nicht raus«, flüsterte er, und ich musste lachen. Wie viel hatte sich seit unserem ersten WG-Abend verändert, und dennoch stand da diese unsichtbare Wand zwischen uns, die er gerade höher zog, um mich nicht an sich heranzulassen. Das musste ich akzeptieren. Ich war wahrscheinlich nicht sein Typ. Ganz sicher sogar nicht.

»Was ist mit deinem Auto?«, fragte ich, um den seltsamen Moment zu unterbrechen.

»Ich habe es heute Nacht umgeparkt, die Karre stand noch vor dem Haus. Nachdem du eingeschlafen warst, bin ich raus, bestimmt hättest du heute beim Aufwachen keine Lust darauf gehabt, als Erstes mein Gesicht zu sehen.«

Warum tat er das die ganze Zeit? Warum machte er sich selbst so fertig? Gut, der Abend war blöd gelaufen, aber er tat gerade so, als hätte er mich auf dem Gewissen.

»Es gab schon schlimmere Anblicke für mich«, beteuerte ich und wollte witzig klingen.

»Du hattest furchtbare Schmerzen, weil ich ein dummes egoistisches Arschloch bin, das sich nicht in andere Menschen hineinversetzen kann«, sagte er scharf. »Also hör auf, das auch noch schönzureden.«

»Wow, du gehörst hinter Schloss und Riegel«, antwortete ich gespielt empört. »Du bist schrecklicher als sämtliche Diktatoren der Weltgeschichte zusammen, wenn man dich so reden hört. Kann ich noch einen Tee haben, Stalin?«

Ben stutzte und musterte mich kopfschüttelnd. Ein winziges Lächeln zwang sich auf sein Gesicht.

»Warte mal.« Er ging aus dem Raum und kam kurz darauf mit meiner Geldbörse und meinem Handy zurück. »Du hast deine Kohle in der Pizzeria liegen lassen. Das war ganz schön leichtsinnig von dir.«

»Ich hatte andere Sorgen. Aber danke.«

»Tobi hat heute früh auch schon angerufen und gefragt, wie es dir geht. Sie haben bei Freunden in der Stadt übernachtet, weil sie ohne mich nicht mehr heimgekommen sind.«

»Oh.« Ich legte eine Hand vor den Mund. »Das tut mir leid.«

Ben rollte mit den Augen, raschelte einen Teebeutel aus der Papierverpackung und versenkte ihn in meiner Tasse, die er mit heißem Wasser nachfüllte.

»Bitte schön.« Mit einer eleganten Geste stellte er das Getränk auf den Tisch.

Dann widmete er sich dem Kühlschrank und baute die sauberen Fächer wieder ein. Seine Schulterblätter zeichneten sich sexy unter seinem eng anliegenden weißen T-Shirt ab. Der Saum seines Shirts verrutschte und legte seinen gebräunten Rücken über der Jeans ein Stück weit frei. Ein winziges Muttermal prangte direkt auf seiner Wirbelsäule, und es kostete mich alle Kraft, nicht mit den Händen unter sein Shirt zu gleiten, um diese kleine dunkle Erhebung mit meinen Fingern zu erkunden. Gestern hatte er mich im Arm gehalten, aber ich war zu krank gewesen, um es genießen zu können. Ob er mich irgendwann noch einmal umarmte? Ich schlenderte in Richtung Tür, denn Ben schloss gerade den Kühlschrank und hatte somit seinen angedeuteten Strip beendet.

»Hey, warte mal«, hörte ich ihn hinter mir. »Du hast was verloren.«

Ich wandte mich um, als er sich gerade bückte. Er hielt meinen Ausweis in die Höhe, der mir aus der Geldbörse gerutscht sein musste. Meinen Ausweis! Der Schreck riss mich beinahe von den Füßen.

»Nein!« Panisch rannte ich auf ihn zu, um ihm die Plastikkarte aus der Hand zu reißen, aber Ben war schneller und streckte den Arm in die Höhe. Der altbekannte gerissene Ausdruck trat wieder in sein Gesicht.

»Was hast du denn? Warum machst du so einen Aufstand?«

»Gib ihn mir sofort.« Meine Stimme wurde lauter. Auf gar keinen Fall durfte er einen Blick darauf werfen, das wäre mein Ende. Ich faltete die Hände und flehte: »Bitte gib ihn mir zurück.« Meine Stimme klang schrill wie ein rostiges Gewinde.

Er musterte mich fragend. »Warum bist du denn so aufgeregt?«

»Gib ihn mir«, zischte ich und sprang an seinem Arm in die Höhe wie Skippy das Känguru, hatte aber kein Glück, denn der Kerl streckte sich noch mehr. Schließlich wandte er sich halb ab, um in aller Ruhe meinen Ausweis zu begutachten. Ben Nowak war und blieb ein Mistkerl. Meine Unterlippe zitterte, als er sich zu mir umdrehte und Mühe hatte, nicht loszuprusten.

»Du hast uns angelogen«, sagte er amüsiert, während er

mir den Ausweis reichte, den ich ihm augenblicklich aus der Hand riss.

»Ich bring dich um, wenn du es jemandem verrätst. Das meine ich ernst. Ist kein Spaß, hörst du?«

»Wegen sowas willst du in den Knast wandern?« Er grinste, als ich wie wild nickte. »Lucrezia Vogt«, ließ er sich meinen vollen Namen genüsslich auf der Zunge zergehen. »Was haben sich deine Eltern dabei gedacht?«

Ich ächzte und schloss für einen Moment die Augen. Legte den Kopf in den Nacken.

»Mein Vater ist Professor für Geschichte«, erklärte ich widerwillig. »Er hat mich nach Lucrezia Borgia, der Tochter des Papstes Alexander VI, benannt. Über den hat er seine Dissertation geschrieben.« Weshalb noch mal gleich hatte ich Ben vorhin seinen Weltschmerz wieder ausgeredet? Ich konnte mir keinen plausiblen Grund mehr vorstellen. Warum hatte ich ihn nicht bestärkt, ihm geraten, sich von irgendeiner Brücke zu stürzen? Jetzt war alles zu spät.

»Versprich mir, dass du niemandem meinen Namen verrätst.« Ich klammerte mich an seinem Arm fest. »Versprich es mir!«

Sein Blick wanderte zu meinen verspannten Händen. »Ist ja schon gut, ich sag' nichts. Und jetzt bringen wir dich wieder zurück in die Klinik, okay?« Er lachte.

Ich ließ ihn los und versuchte, nicht mehr ganz so irre zu wirken. Vielleicht konnte ich Ben klammheimlich loswerden, ehe er sein großes Mundwerk öffnete und irgendjemandem brühwarm von seiner Entdeckung erzählte. Eventuell ließ sich irgendwo Salzsäure auftreiben oder was ähnlich Wirksames. In meiner Verzweiflung ging ich sämtliche Tötungsmethoden durch.

»Du überlegst gerade, wie du mich beiseiteschaffen kannst, stimmt's?«

Ich nickte, um ihn einzuschüchtern.

»Wie würdest du's machen?«

»Am Bahndamm steckt ein halb vergrabenes altes Abwasserrohr, du würdest genau hineinpassen. Es würde lange dauern, bis dich einer dort findet«, drohte ich ihm, was leider nicht viel Wirkung zeigte.

Er setzte sich und lehnte sich zurück. »Und wie willst du mich da hinkriegen?«

»Ich roll dich in ’nen Teppich ein oder so.«

Er rieb sich über das Kinn. »Ich bin viel zu schwer, du kannst mich niemals allein tragen. Eventuell könntest du mich in Stücke sägen, um mich hier rauszuschaffen«, schlug er vor, und ich fand seinen Vorschlag ganz okay.

»Dafür brauche ich nur eine Motorsäge, gibt es in jedem Baumarkt.«

»Das gibt eine Riesenschweinerei, kann ich dir sagen. Tobi wäre bestimmt stinkwütend, wenn du das Bad versaust.«

Schweren Herzens begrub ich den Mordplan wieder. Ben hatte leider recht.

Ich ließ mich neben ihm nieder und nahm einen Schluck aus der inzwischen abgekühlten Teetasse.

Er beugte sich zu mir. »Ich erzähle es keinem, versprochen.« Er spreizte drei Finger. »Immerhin bin ich dir was schuldig. Außerdem übertreibst du total. Lucrezia klingt irgendwie cool.«

»Ja, sehr cool.« Verdammt. Es ging nicht nur um den bescheuerten Namen, sondern um den Grund, warum ich ihn abgekürzt hatte.

KAPITEL 28

Schweigend saßen wir nebeneinander. Ben hatte sich ein Glas Wasser eingegossen, während ich den Tee in kleinen Schlucken trank.

»Soll ich dir was zu essen machen?«, fragte er in die Stille hinein, aber ich schüttelte den Kopf.

»Nein, mir ist gerade nicht nach Essen zumute.«

Doch Ben ließ nicht locker, manchmal konnte er richtig hartnäckig sein. »Du solltest was essen. Wir haben schon Mittag, und du bist immer noch so bleich. Ich kriege langsam Angst vor dir.«

Taktgefühl zählte zweifellos nicht zu Bens Stärken.

»Also gut, eine Reiswaffel, die stehen oben im Küchenschrank.«

Er stand auf und kramte in dem Fach herum, bis er eine weiße Rolle hervorholte. »So was kann man essen? Sieht aus wie Styropor.«

»Ich muss ein paar Tage Schonkost halten, um mich langsam wieder an normale Nahrung zu gewöhnen. Sonst kriege ich gleich wieder Bauchweh.«

Sein schuldbewusster Blick traf mich auf der Stelle, als er mir die Reiswaffeln reichte.

»Ist halb so wild.« Ich brach ein Stück in der Packung ab, steckte es in den Mund und kaute.

Ben sah mich erwartungsvoll an. »Alles klar?«

Ich nickte und knickte noch ein Eckchen ab. »Ja, ist in Ordnung. Zusammen mit dem Tee genießbar. Mir ist nicht mehr schlecht.«

»Siehst du? Du brauchst nur was in den Magen.« Er setzte sich wieder.

»Du hast dich ja auch gut um mich gekümmert.« Ich nippte an meinem Tee. »Hast mich ins Bett gebracht und mir sogar die Hose ausgezogen ...« Ich stockte.

»Was ... meinst du?« Starr wartete Ben auf meine Antwort. Mir wurde wieder flau im Magen, aber nicht von den Reiswaffeln.

»Nichts«, wiegelte ich ab. »Nichts. Es ist nur ...« Ich suchte nach den richtigen Worten. »Nun ja, es ist nicht gerade ein tolles Gefühl, in diesem Zustand von dir ausgezogen zu werden.«

Sein Kehlkopf bewegte sich beim Schlucken. Oh nein, ich hatte mich schlecht ausgedrückt.

»Willst du wissen, ob ich dich angegrapscht habe? Warum fragst du nicht direkt, ob der Lustmolch deine Lage ausgenutzt hat?« Abrupt sprang er von seinem Stuhl auf. Ben wirkte zutiefst verletzt. »Ich kann dich beruhigen. Ich hatte gestern ganz sicher nicht den Drang, dir an die Wäsche zu gehen.«

»So habe ich das doch gar nicht gemeint.«

»Wie hast du es dann gemeint?«

»Du ...« Ich senkte die Lider. »Du hast schon so viele schöne Frauen gesehen, und dann ich gestern zum Vergleich ... das ... das.«

»Das ist vollkommener Schwachsinn«, beendete er den Satz für mich. Noch ehe ich etwas erwidern konnte, ergriff er mich beim Handgelenk und führte mich mit energischen Schritten hinter sich her durch den Gang. Vor dem

Flurspiegel blieb er stehen. Er stellte mich direkt davor, während er hinter mir blieb. Mit beiden Händen hielt er mich bei den Oberarmen fest.

»Was siehst du?«, fragte er und sah meinem Spiegelbild ins Gesicht.

Erschrocken hielt ich den Atem an. Ich sah furchtbar aus, meine Haut war gespensterweiß, dafür waren meine Augen umschattet von dunklen Rändern.

»Oh mein Gott«, stieß ich aus. »Ich sehe aus wie eine Wasserleiche.«

»Quatsch.« Ben klang verärgert. »Du bist ein bisschen blass. Aber sieh doch mal genau hin.« Mit seinen Fingerknöcheln streifte er über meine Wange. »Deine Haut ist samtweich, und normalerweise hast du hier Farbe. Jedes Mal, wenn du lächelst, glänzen deine Augen. Wenn du die Lider senkst und sie langsam wieder anhebst, geht es mir durch und durch … wie ein Stromschlag.«

Ich betrachtete mein Gesicht und hatte den Eindruck, er spräche von jemandem anderen. Sein Brustkorb drängte sich zart an meinen Rücken, ich konnte nicht anders und lehnte mich dagegen.

»Ich verstehe auch nicht, warum du immer diese weiten Klamotten trägst«, raunte er in mein Ohr, wie zufällig streiften seine Lippen mein Ohrläppchen.

Ein Prickeln stieg in mir hoch. »Weil … weil …« Ich konnte ihm den wahren Grund nicht sagen. Seine Arme schoben sich um meine Taille, Zentimeter für Zentimeter, während er jede Regung von mir im Spiegel beobachtete. Ich ließ ihn gewähren, lehnte mit wild pochendem Herzen meinen Kopf an seinen Hals.

Er streichelte mich sanft unterhalb meiner Brüste, berührte sie wie unbeabsichtigt mit seinen Daumen. »Du bist so sexy«, sagte er heiser. »Als du gestern Abend in der Küche aufgetaucht bist, hat es mich beinahe umgehauen.«

»Meine Brüste sind viel zu groß«, brach es aus mir heraus.

Ben zog mich fester an sich und streichelte mich weiter auf diese unnachahmlich zärtliche Art. »Sie sind wunderschön. Es gibt keinen Grund sie zu verstecken. Deine Brüste passen zu dir, du bist kurvig und aufregend. Aber das ist nicht alles. Du bist lustig und hübsch. Mit dir kann man quatschen und Blödsinn machen. Wenn du dich aufregst, blitzen deine Augen wie Diamanten. Das alles macht dich aus. Das alles macht dich attraktiv.« Während er sprach, hatte er den Kopf gesenkt, nun betrachtete er mich über die Schulter, dabei streichelte er mich unaufhörlich weiter.

Ich schloss die Lider, er durfte jetzt bloß nicht aufhören. Meine Atmung wurde schneller, als er seine Wange an meinen Kopf schmiegte - da drehte sich ein Schlüssel im Schloss, und wir fuhren auseinander. Schon öffnete sich die Tür. Tobi und Ellen erschienen im Flur und begutachteten uns interessiert. Ich war mir sicher, sie hatten noch mitgekriegt, wie wir auseinandergefahren waren.

»Hey, was macht ihr hier im Flur?« Gleichmütig zog Tobi den Schlüssel aus dem Schloss, aber Ellen musterte uns mit versteinerter Miene.

»Wir haben nur gequatscht, nichts weiter.« Ben zuckte mit den Achseln.

»Ja.« Ich strich mir eine Haarsträhne aus der Stirn und warf Ben einen kurzen Blick zu. Seine Miene verriet nicht, was in ihm vorging, allerdings sah er an mir vorbei zu Ellen.

»Geht es dir wieder besser?«, fragte Ellen.

»Ja, alles wieder okay. Mir war nur ein bisschen schlecht gestern«, erklärte ich hastig.

»Ich bin mir sicher, Ben hat dich schnell wieder gesund gepflegt.« Ellen klang abfällig.

Ich nickte. »Ja, hat er.«

Tobi klopfte mir auf die Schulter. »War also doch keine Einbildung, dein Zölidingens.«

»Nein.« Möglichst unauffällig blinzelte ich zu Ben, aber er beachtete mich nicht, stattdessen starrte er den Fußboden an.

»Was ist, Leute?« Tobi nickte in Richtung Küche. »Lust auf ein verspätetes Frühstück?« Er hielt eine Brötchentüte in die Höhe.

Ich winkte ab. »Mir ist heute nicht nach Essen zumute. Ich lege mich wieder hin und kurier mich aus.«

»Und du?«, wandte sich Tobi an Ben.

»Ich habe vorhin erst was gegessen.«

Achselzuckend schob Tobi Ellen vor sich her, die sich mit verschränkten Armen gegen die Wand gelehnt hatte.

Ben fuhr sich durchs Haar und sah mich nun doch an. »Ich geh auch pennen, hatte heute Nacht nicht viel Schlaf.« Er ging zu seiner Tür und legte eine Hand auf die Klinke.

Widerwillig setzte ich mich ebenfalls in Bewegung. Ich wollte nicht, dass er in seinem Zimmer verschwand, und wenn, dann nur mit mir. Warum hatte er das alles vorhin zu mir gesagt, wenn er sich jetzt so abweisend verhielt? Ich wagte nicht, ihn nach dem Grund zu fragen. Gerade wollte ich ebenfalls verschwinden, da hörte ich ein leises: »Luca« aus seiner Richtung.

»Ja?« Mein Herz machte einen Satz.

»Das vorhin.«

»Ja.« Ich hielt den Atem an.

»Vorhin wollte ich dir lediglich zeigen, wie du auf Männer wirkst … Allgemein. Okay?«

»Okay.« Mehr konnte ich nicht erwidern. Was für ein Mistkerl! Wut stieg in mir auf, Wut und Beschämung über diese unverfrorene Ansage. Wie recht er heute Mittag hatte. Er konnte sich nicht in andere Menschen hineinversetzen, dafür war er viel zu sehr mit sich selbst beschäftigt. Ganz selbstverständlich ging er davon aus, dass ich seine Worte persönlich genommen hatte. Dass keine Frau ihm widerstehen konnte. So machte er das also, wenn er abends loszog. Er umgarnte Frauen und gab ihnen das Gefühl, etwas ganz Besonderes zu sein, und wenn er mit ihnen fertig war, zeigte er seinen Eroberungen im Anschluss die kalte Schulter.

Dennoch konnte ich nicht umhin, mir widerwillig einzugestehen, dass seine Masche auch bei mir funktioniert hatte. Definitiv war er eine Nummer zu groß für mich. Ben beherrschte diese Kunst bis zur Perfektion, und das Erstaunlichste: Ich hatte keinen Moment lang gemerkt, dass er nur mit mir gespielt hatte.

KAPITEL 29

Ein paar Tage später traf ich mich mit Caro bei Starbucks auf einen Coffee to go. Sie hatte bei irgendeinem Atelier in Erlangen nach einem Job angefragt, und wir nutzten die Gelegenheit, um uns zu unterhalten, ehe ihre Schicht im Fitnesscenter begann. Ich hatte einen Caramel Macchiato genommen, um zu testen, ob mein Verdauungsapparat schon wieder voll leistungsfähig war. Caro hatte sich einen Chocolate Mocha bestellt. Mit unseren vollen Bechern schlenderten wir die Fußgängerzone in Richtung Schlossplatz entlang. Eine leichte Brise wehte uns entgegen, über uns tummelten sich wattebauschähnliche Wolken am Himmel.

»Was kam im Atelier raus? Haben sie dir den Job gegeben?« Vorsichtig in mich hineinhorchend saugte ich an meinem Strohhalm.

»Noch nicht so richtig.« Seufzend steuerte sie eine Parkbank an. »Es gibt wohl mehrere Bewerber, und jetzt hat die Chefin uns auch noch eine Aufgabe gegeben. Wir haben zwei Wochen Zeit, um eine Kunstmappe fertigzustellen, und anhand dieser Mappe will sie sich dann entscheiden.«

Ich ließ mich neben ihr nieder. »Das schaffst du doch mit

links. Du kannst so toll malen. Sie wäre blöd, wenn sie dich nicht nehmen würde.«

Caro überkreuzte die Beine. »Sie will nicht nur die Mappe haben. In zwei Wochen gibt es Samstag dann noch eine Art Prüfung, wo sie uns alle gleichzeitig testen möchte, wie wir unter Druck arbeiten.« Sie schnaubte. »Als ob ich mich im Museum of Modern Art in New York beworben hätte und nicht bei einem popeligen Miniatelier in der Erlanger Altstadt.«

»Warum lässt du dich so schikanieren?« Ich trank wohlig meinen Macchiato, denn mein Magen war mir wohlgesinnt, wie ich erfreut feststellte.

»Weil Nürnberg und Umgebung künstlerisches Entwicklungsland sind. Ich kann froh sein, hier überhaupt was zu kriegen.«

»Oh. Das ist blöd.«

Sie nickte.

»Wie läuft es eigentlich mit Martha?«, fragte ich vorsichtig. Zwar zeigte Caros Beziehungsstatus auf Facebook immer noch *in einer Beziehung* an, aber sie verhielt sich diesbezüglich gerade verdächtig ruhig, was kein gutes Zeichen sein konnte.

»Martha.« Sie ächzte wie unter Schmerzen. »Martha hat gemeint, ihr gehen unsere dauernden Beziehungsdiskussionen auf den Wecker. Kannst du dir das vorstellen?« Sie stellte eine Ferse auf der Sitzfläche ab. »Immerhin diskutieren wir nur, weil sie sich nicht hundertprozentig auf diese Beziehung einlassen will.«

»Hast du deinen Eltern schon von ihr erzählt?« Ich warf meinen leeren Becher in einen Mülleimer, der neben uns stand.

»Nein.«

»Aha.«

Sie boxte mich leicht in den Arm. »Was heißt hier aha?«

»Dass du auch nicht zu hundert Prozent zu ihr stehst.«

»Tu ich wohl. Hier in Nürnberg schon. Aber das Ganze ist kompliziert. Mein Vater hatte vor ein paar Jahren eine Bypass-Operation. Was mache ich, wenn ich es ihnen beichte, und er kriegt einen Herzschlag? Dann habe ich ihn auf dem Gewissen.«

Ich lachte. Es war herrlich, wie sich Caro immer ihre kleine Welt zurechtdrehte. »Nimm halt einen Defibrillator zur Sicherheit mit.«

Caro verschränkte die Arme vor der Brust. »Ich habe es so satt mit Martha. Ich glaube, ich werde hetero.«

Kichernd lehnte ich meinen Kopf an ihre Schulter. »Wir haben es auch nicht leichter. Glaub das bloß nicht.«

»Was ist eigentlich mit Ben? Hat er allen Ernstes keine Anstalten mehr gemacht, dich anzugraben?«

»Ganz bestimmt nicht.« Ich schüttelte den Kopf. »Ich glaube, er geht mir sogar aus dem Weg.«

»Was geht in diesem Typen vor sich?« Theatralisch langte sich Caro an den Kopf. »Zuerst fällt er beinahe über dich her …«

»Er ist nicht über mich hergefallen, er hat mich umarmt.«

»Okay.« Caro verdrehte die Augen, und ich sah ihr an, dass sie beides für das Gleiche hielt. »Also zuerst umarmt er dich und säuselt Schmeicheleien in dein Ohr, und dann tut er, als wäre nichts gewesen?«

»Genau so war es«, stimmte ich grimmig zu. »Du hättest ihn erleben sollen, beinahe hätte ich geglaubt, was er daherredete. Es war irgendwie so heiß zwischen uns, und im nächsten Moment, bäm: Sorry, Luca, ich meinte nicht mich, sondern irgendwelche Typen, die dich vielleicht gut finden könnten.« Ich schnaubte. »Er ist immer noch nett. Wenn wir uns in der Küche treffen, fragt er, ob ich auch was trinken will und so Zeugs. Aber …« Ich setzte mich auf.

Caro hing an meinen Lippen. »Jetzt kommt's«, wisperte sie.

»Er achtet darauf, dass wir niemals allein in einem Raum

sind. Verschwindet Tobi, geht auch er sofort. Er verhält sich so kindisch.«

»Zum Glück bin ich lesbisch«, seufzte Caro erleichtert. Gerade schien sie ihr eigenes Drama nicht mehr ganz so eng zu sehen.

»Sei froh«, brummte ich und verscheuchte die Gedanken an Ben. Er war es nicht wert, sich den Kopf über ihn zu zerbrechen. Noch am selben Abend, nachdem er mich vor den Spiegel gezerrt hatte, war er losgezogen und hatte eine hübsche Rothaarige mit in die WG gebracht. Wir waren uns im Flur über den Weg gelaufen, als ich aus dem Badezimmer kam. Er hatte seine Gespielin wortlos an mir vorbei in sein Zimmer geschoben. Mehr hatte es nicht gebraucht, um mich auf meinen Platz zu verweisen. Verdammt, hatte das wehgetan. Warum tat es auf einmal so weh, ihn mit anderen Frauen zu sehen? Früher hatten mich seine Betteroberungen auch nicht sonderlich tangiert.

»Du, ich muss ins Fitnessstudio. In einer halben Stunde beginnt meine Schicht.«

»Ist gut, ich habe sowieso gleich eine Vorlesung.«

»Was ist eigentlich mit diesem Spinner, der dich abschleppen wollte?«

Ich stand auf. »Martin?«

»Ja.« Caro hakte sich bei mir ein, als wir losschlenderten.

»Er ignoriert mich zum Glück. Anscheinend hat die Drohung der Jungs gewirkt. Sogar in der Lerngruppe kreuzt er nicht mehr auf. Rhashmi hat mir erzählt, sein blödes Gelaber wäre ihnen allen sowieso schon lange auf den Wecker gefallen, sie hätten nur nichts gesagt, weil ich immer so freundlich zu ihm war.«

»Sei froh, dass er dich in Ruhe lässt.«

»Bin ich auch.«

»Wenn ich mir vorstelle, das wäre wieder so ausgeartet wie damals …«

Meine Nackenhaare stellten sich auf. »Ich will nicht mehr über diese Sache reden, okay! Nie mehr«, sagte ich scharf.

»Ist gut.« Sie streichelte meinen Arm.

An der Straßenkreuzung trennten wir uns, da die Uni in der anderen Richtung lag.

»Tschüss, wir telefonieren.« Ich umarmte Caro.

»Ja, und nicht vergessen, in zwei Wochen ist Schwulen- und Lesbengala.«

»Ich freue mich schon darauf.« Ich marschierte los, um rechtzeitig in meine Vorlesung zu kommen, die leider auch Martin besuchte. Obwohl er mich mied, spürte ich dennoch die ganze Stunde über seine Blicke wie Dornen im Rücken und bereute zum hundertsten Mal, mit ihm ausgegangen zu sein.

KAPITEL 30

Gegen drei Uhr am Nachmittag saß ich an meinem Schreibtisch und lernte. Tobi war von ein paar Freunden zum Fußballspielen abgeholt worden, und Ben hatte sich aufgemacht in die Arche. Anscheinend trugen die Kids dort heute ein Basketballturnier aus, das er zusammen mit ein paar Betreuern auf die Beine gestellt hatte. Die beiden waren viel zu sportlich für meinen Geschmack.

Immer wieder erwischte ich mich dabei, wie ich mich in Facebook einloggte, um Bens Profilbild zu betrachten. Mehr konnte ich leider nicht einsehen, denn er hatte sämtliche persönlichen Informationen für die Öffentlichkeit gesperrt. Sein Foto war ein Schnappschuss. Er saß auf einem Felsen, die Beine angewinkelt, und stützte sich mit den Händen ab. Ben lächelte, er wirkte entspannt und glücklich. So relaxed hatte ich ihn hier in der WG noch nie erlebt. Mit einem Finger fuhr ich die Konturen des winzigen Bildes nach – das war hochgradig pubertär, aber es bekam ja keiner mit. Seine Lippen waren schön und sinnlich geformt, und ich fragte mich zum wiederholten Male, warum er eigentlich keine Frau auf den Mund küsste. Die Türklingel riss mich aus meinen

Gedanken, ich schrak auf und verharrte für einen Moment. Wer das wohl sein mochte? Eventuell hatte einer der Jungs seinen Schlüssel vergessen und stand nun vor der Tür. Vielleicht sogar Ben. Kurz überlegte ich, ihn zappeln zu lassen, sein Klingeln zu ignorieren, bis er Sturm läutete, um danach mit der Ausrede daherzukommen, ich hätte gerade mit einem Typen aus dem Genetikkurs am Telefon gequatscht und ihn gar nicht gehört. Natürlich würde ich dabei zerknirscht tun.

Schließlich ging ich doch nachschauen. Nachher würde er mich nur beglückwünschen, dass ich tatsächlich seinem dämlichen Ratschlag folgte und mir Typen aufriss, um mein Singledasein zu genießen. Darauf konnte ich getrost verzichten. Aber es war nicht Ben. Zu meiner Verwunderung stand Erdie mit einem kleinen dunkelhaarigen Mädchen an der Hand vor der Tür, das nicht älter als fünf Jahre sein konnte.

»Hey, Luca«, grüßte er. »Ist Ben vielleicht da? Ich kann ihn auf dem Handy nicht erreichen.«

Ich schüttelte den Kopf. »Soviel ich weiß, ist er in der Arche bei einem Basketballturnier.«

»Stimmt«, er klatschte sich gegen die Stirn, »das habe ich total vergessen. Was machen wir denn jetzt?«, sagte er zu dem kleinen Mädchen, das lediglich mit den Achseln zuckte.

Ich betrachtete Erdies kleine Begleiterin, sie war wirklich süß, mit dunkelbraunen langen Haaren und hellblauen Augen. Was für eine Mischung. Glitzerspängchen hielten ihr Stirnhaar zur Seite, und sie trug ein pinkfarbenes Kleid, das sie wie eine Puppe aussehen ließ.

»Was gibt es denn für ein Problem?«, fragte ich.

»Ich habe Phyllis heute bei mir«, erklärte er, »und muss mit meinem Bruder unbedingt ein paar Sachen auf dem Großmarkt für die Eröffnung seines Ladens morgen besorgen. Da kann ich meine Kleine nicht mit hineinnehmen, dort ist viel zu viel Trubel. Ich müsste sie zwei Stunden im Auto lassen, und das geht auch nicht.« Er griff sich in den Nacken. »Dann muss ich meinem Bruder wohl absagen, wenn ich Ben nicht erreiche.«

War das etwa die Phyllis, von der er damals in der Uni-Cafeteria geredet hatte? Dann hatte ich ihn am Ende vollkommen falsch eingeschätzt. Aber wie kam Erdie zu einem kleinen Kind?

Phyllis zupfte ihn am Ärmel. »Wer ist die Frau, Papa?«

»Sie wohnt mit Ben zusammen.«

»Oh, sind die zwei verheiratet?« Sie musterte mich genauso kritisch wie Vada die neue Freundin ihres Vaters in My Girl, und mich beschlich das Gefühl, in ihren Augen gerade durchzufallen.

»Nein, sie ist nur Bens Mitbewohnerin.« Er deutete mit dem Daumen über die Schulter. »Gehen wir und sagen Yasir Bescheid, dass er allein losziehen muss.«

»Ich kann doch auf sie aufpassen.«

»Du?«

»Warum nicht? Ich bin sowieso zu Hause, also wenn du magst, kannst du sie dalassen.«

Erdie überlegte noch, da klammerte sich Phyllis bereits an seinem Bein fest. »Ich will nicht bei der fremden Frau bleiben.«

Das hatte ich mir schon gedacht, also trat ich zur Seite. »Warum kommt ihr nicht kurz rein und trinkt was, und dann sehen wir weiter.« Ich zwinkerte Erdie zu, der sich behutsam aus dem Klammergriff befreite.

»Jetzt, wo du es sagst. Ich habe einen Riesendurst. Du nicht auch, Phyllis?«

Die Kleine zog die Mundwinkel nach unten. »Nur wenn du dableibst.«

»Klar bleibe ich.« Er führte sie an der Hand hinter sich her in die Küche, ich folgte ihnen.

Phyllis nahm ihren Einhornrucksack ab, bevor sie sich an den Tisch setzte. In der Zwischenzeit holte ich eine Tüte Orangensaft aus dem Kühlschrank und besorgte Gläser.

»Was hast du denn in deinem Rucksack?«, fragte ich.

»Meine Malsachen und ein paar Spiele.«

»Was denn für Spiele?«

Phyllis kramte in ihrem Rucksack, und ich lächelte Erdie zu, der gerade Saft in die Gläser goss.

»Memory, Uno«, zählte Phyllis auf und legte einen Packen Karten auf den Tisch. »Weißt du, wie das geht?«

Ich nickte. »Ich bin die beste Unospielerin von Erlangen.«

»Wirklich?« Phyllis' Gesicht erhellte sich. »Ben ist nämlich der schlechteste Unospieler der ganzen Welt«, redete sie weiter. »Er verliert immer.«

»Phyllis schummelt, bei ihr muss man aufpassen«, warnte Erdie mich und streichelte seiner kleinen Tochter liebevoll über den Kopf. »Außerdem erfindet sie dauernd neue Regeln.«

»Stimmt gar nicht«, protestierte Phyllis und schob ihre Unterlippe vor.

Ich schloss sie fest in mein Herz, ihre Grimassen waren wirklich zu süß. Ich schnappte mir den Packen Karten und mischte durch. »Spielst du auch eine Runde mit?«, fragte ich Erdie.

Er warf einen Blick auf die Uhr und ächzte: »Wenn es sein muss.«

Während ich austeilte, fragte ich: »Passt Ben öfter auf Phyllis auf?«

»Früher ja, aber seit sie in den Kindergarten geht, ist es einfacher.«

Ich nahm meine Karten zur Hand und bemerkte erfreut, dass ich sowohl einen Vier-Plus-Farbwahl Joker, als auch eine Zwei-Ziehen Karte ergattert hatte. Armer Erdie, er kam nach mir an die Reihe.

»Woher kennst du Ben eigentlich?« Kurzerhand beschloss

ich, die Gunst der Stunde zu nutzen, um Bens besten Freund ein bisschen auszuquetschen.

»Aus der Schule«, gab er bereitwillig Auskunft. »Wir waren in derselben Klasse.«

»Oh, so lange seid ihr schon befreundet? Bestimmt habt ihr damals auch schon die ganzen Mädels in eurer Klasse um den Verstand gebracht«, neckte ich ihn und legte eine Karte.

Er lachte. »Ich schon, Ben nicht.«

»Warum Ben nicht?«

Phyllis legte eine rote Sechs, was hervorragend zu meiner roten Zwei-Plus passte, die ich nun ausspielte.

»Mist«, grummelte Erdie und zog zwei Karten.

»Ben war als Kind fett.«

Mir fiel die Kinnlade herunter.

»Echt?« Phyllis kicherte. »So dick wie Adrian in meinem Kindergarten?«

»Noch dicker.« Er spielte eine Karte. »Das erste Mal, als Ben mir auf dem Pausenhof über den Weg gelaufen ist, habe ich ihn verprügelt. So haben wir uns kennengelernt.«

Ich trank einen Schluck Orangensaft. »Warum hast ihn denn verprügelt?«

Erdie zuckte mit den Achseln. »Weil er fett war.«

»Das war alles?«

»Das war aber böse von dir«, schalt Phyllis ihn.

»Ich war halt ein dummes Bratzenkind«, verteidigte er sich. »Meine Mutter hat es mitbekommen und mir die Hölle heißgemacht. Danach hat sie Ben zu uns eingeladen und mich gezwungen, mit ihm zu spielen. Zuerst wollte ich nicht«, er wandte sich an Phyllis, die mit offenem Mund zuhörte. »Aber deine Oma hat mir gedroht, ich müsste für den Rest meines Lebens sämtliche Schuhe für alle in der Familie putzen, wenn ich es nicht täte. Dann habe ich doch mit ihm gespielt, und zu meinem Erstaunen hat es total Spaß gemacht. So sind wir Freunde geworden.«

»Aber Ben ist doch gar nicht dick«, sagte Phyllis.

»Jetzt nicht mehr, er ist gewachsen und hat mit Basketballspielen angefangen. Dann wurde er immer schlanker. Und darum«, er stupste mit dem Zeigefinger über Phyllis' Nase, »solltest du niemanden verurteilen, nur weil er anders ist, sondern ihn erst einmal kennenlernen. Damit du nicht so dumm bist wie ich damals.«

Die Kleine gluckste. Sie konnte nicht älter als fünf Jahre sein, und Erdie schätzte ich auf mein Alter. Also war er jung Vater geworden.

»Uno!«, rief Phyllis und knallte ihre letzte Karte auf den Tisch.

»Ach Mann«, jammerte Erdie übertrieben, als seine Tochter jubelnd um den Tisch tanzte. Er warf einen Blick auf die Wanduhr.

»Für mich wird es wirklich Zeit.« Erdie wandte sich an Phyllis. »Was sagst du? Bleibst du ein bisschen bei Luca, wenn ich verspreche, dass ich mich beeile? Onkel Yasir braucht mich wirklich ganz dringend.«

»Was hast du denn noch alles in deinem Rucksack?« Ich hakte einen Finger in den offenen Reißverschluss, worauf Phyllis sich wieder neben mich setzte.

»Du kannst gehen, Papa«, gestattete die Kleine hoheitsvoll. »Ich zeige Luca jetzt mein Einhorn-Stickerbuch.«

Erdie stand auf und pustete durch die gespitzten Lippen, dabei zog er sein Handy aus der Tasche. »Gibst du mir deine Nummer, sodass ich dich im Notfall erreichen kann?«

»Klar.« Ich nannte sie ihm. Gleich darauf klingelte mein Handy in meinem Zimmer an.

»Jetzt hast du auch meine Nummer, falls was ist. Danke, Luca.« Kurz winkte er in meine Richtung, ehe er losspurtete, dann aber noch einmal stehen blieb. »Du, sag mal.« Er sah zu Boden und wirkte plötzlich nervös. »Ich wollte doch in der Cafeteria vorbeischauen, um Rhashmi zu treffen, aber ich habe vergessen, an welchen Tagen sie dort ist. Glaubst du, ich könnte sie mal anrufen?«

Du würdest eine gewisse Rhashmi sogar sehr glücklich machen, dachte ich. Gewiss hatte Rhashmi nichts dagegen, dass ich ohne ihre Erlaubnis, ihre Handynummer rausrückte, so oft, wie sie mich schon wegen ihm vollgeheult hatte.

KAPITEL 31

Zwei Stunden später bemalte ich mit Phyllis gemeinsam Einhörner, als mein Handy klingelte. Eine mir unbekannte Nummer erschien auf dem Display, bestimmt Erdie, der sich erkundigen wollte, ob alles in Ordnung war.

»Hallo?«

»Luca, bist du es?«, vernahm ich eine vertraute Stimme, im Hintergrund surrte ein leises Motorengeräusch. »Ich bin es, Ben. Erdie hat mir erzählt, dass Phyllis bei dir ist. Wie läuft's?«

Beim Klang seiner Stimme klopfte mein Herz schneller. Er redete, als wäre nie etwas zwischen uns vorgefallen. Auf einmal fühlte ich mich, als hätte mich ein Radiomoderator in seine Liveshow geschaltet.

»Ähm, ja, alles in Ordnung. Wir haben gespielt, und jetzt malen wir. Ihr geht es gut.«

»Super, vielen Dank fürs Aufpassen. Ich bin gleich zu Hause und löse dich ab.«

Etwas benommen von der kurzen Unterhaltung kehrte ich zurück an den Tisch, wo Phyllis gerade ihr Einhorn mit einem rosa Glitzerstift bearbeitete.

»Ben ist gleich da.«

»Alles klar«, antwortete sie, ohne aufzusehen.

Minutenlang starrte ich auf mein Handy, ehe ich schließlich die Taste für die angenommenen Anrufe drückte. Was hatte Ellen einmal gesagt? Er gab einer Frau niemals seine Telefonnummer. Aber war es bei mir nicht etwas anderes? Immerhin war ich keiner seiner One-Night-Stands. Mechanisch tippte ich seinen Namen ein und speicherte ihn in meiner Rufliste ab. Ich besaß Bens Nummer – ein Glücksschauer rieselte meinen Rücken hinunter, über den ich lieber nicht nachdenken wollte.

Kurz darauf öffnete sich die Haustür, und Ben kam herein. Er drückte Phyllis einen Kuss auf den Kopf. »Hallo, meine Süße, alles klar?«, fragte er mit weicher Stimme und sank neben sie auf einen Stuhl.

»Ben!«, kreischte sie und sprang auf seinen Schoß.

»Hi«, grüßte er mich zwar freundlich, aber eindeutig zurückhaltend.

Phyllis kniete sich auf seine Schenkel und nahm sein Gesicht in ihre kleinen Hände. »Luca hat ganz viel mit mir gespielt. Sie ist ganz arg nett.«

»Ja, das ist sie«, pflichtete er ihr bei. Er warf mir einen kurzen Blick zu, sah aber gleich wieder weg. Sein Haar stand nach allen Seiten ab und war noch feucht, als hätte er gerade erst geduscht.

»Wo ist Papa?«

Ben streichelte ihren Rücken. »Er hat angerufen, er steckt noch bei Yasir im Laden fest. Ich soll dich dort vorbeibringen, deine Großeltern sind auch da und fahren dich dann zur Mama.«

»Ben.« Phyllis setzte sich auf seinen Schoß und zog ihr Malbuch über den Tisch zu sich. »Was ist eigentlich ein IQ?«

Er stutzte. »Ein IQ? Wie kommst du darauf?«

Sie blinzelte zu ihm hoch. »Die Mama hat heute zum Papa gesagt, er hat den IQ von einem Brathähnchen.«

Ben pustete durch die Nase. »Das hat die Mama nicht ernst gemeint, da war sie bestimmt nur wütend auf den Papa.«

»Aber was ist denn ein IQ?«

»Ein IQ ist eine Zahl, die besagt, wie schlau man ist. Je höher die Zahl, desto schlauer ist man«, erklärte er mit ruhiger Stimme.

Phyllis strahlte. »Dann bin ich ein Z.«

Ich hielt eine Hand vor den Mund, um mein Lachen zu verdecken, auch Ben schmunzelte. Sie war wirklich niedlich.

»So was in der Art«, bestätigte er schließlich.

Ich beobachtete die beiden. Phyllis mochte Ben sehr, das merkte ich ihr an, und auch er hatte die Kleine gern. Die beiden wirkten sehr vertraut miteinander.

»So«, er hob sie von seinem Schoß, »ich bring dich jetzt in den Laden, damit Luca ihre Ruhe hat.«

»Ach, ist schon okay«, winkte ich ab. »Mir hat es Spaß mit Phyllis gemacht. Ich habe sogar zwei Mal gegen sie im Uno gewonnen.«

»Nein«, er stemmte beide Hände in seine Hüften, »niemand gewinnt gegen Phyllis im Uno.«

»Doch.« Die Kleine nickte.

»Ich habe schon gehört, dass du der schlechteste Unospieler der ganzen Welt bist.«

»Das hast du Luca erzählt?«, fragte er Phyllis und legte eine Hand auf seine Brust.

»Ja.« Sie nickte todernst. »Sei nicht traurig, Papa spielt genauso schlecht wie du.«

»Dann bin ich ja beruhigt«, brummte er und erhob sich. Mit Phyllis an der Hand spazierte er aus der Küche. Ich stand ebenfalls auf, nahm ihren Rucksack und räumte ihre Sachen wieder ein, ehe ich den beiden zur Tür folgte. Plötzlich fühlte ich mich unwohl in Bens Nähe. Seine selbstbewusste

Ausstrahlung hemmte mich, seine bloße Anwesenheit füllte den ganzen Flur aus. Neben ihm kam ich mir vor wie ein unförmiger Hamster.

»Dein Rucksack, Süße.«

Phyllis sah zu mir hoch. »Spielen wir mal wieder?«

»Klar.« Ich umarmte sie. »Mach's gut.«

Ben legte eine Hand auf die Klinke. »Möchtest … möchtest du uns vielleicht begleiten?« Er drehte sich zu mir um. »Es ist nicht weit, nur ein paar Straßen. Ein kleiner Abendspaziergang.«

Unsere Blicke verschmolzen miteinander und ließen einen Schwarm Schmetterlinge in meinem Bauch aufflattern. Obwohl ich liebend gern zugesagt hätte, blieb ich stumm. Mitzugehen würde bedeuten, nachher auf dem Rückweg mit ihm allein zu sein, wenn er mich nicht einfach stehen ließ, was ich ihm ohne weiteres zutraute. Er wollte nicht mit mir allein sein, das hatte er mir die ganze Woche über deutlich gemacht. Warum also hatte er mich gerade eingeladen?

»Au ja«, jubelte Phyllis und ergriff meine Hand. »Komm mit.«

KAPITEL 32

Gemächlich spazierten wir durch die Straßen. Draußen war es noch hell, die Sonne schien warm auf uns herunter. Wir hatten Phyllis in unsere Mitte genommen und hielten sie jeder an einer Hand. Gedankenversunken starrte ich vor mich hin, nur Phyllis plapperte unaufhörlich.

»Ist Luca deine Frau?«, fragte sie plötzlich, worauf sich Bens Rücken verdächtig anspannte. Augenscheinlich zog er mich nicht als Kandidatin für diese Position in Betracht.

»Nein«, erklärte er knapp und streifte mich mit einem Seitenblick, den ich geflissentlich ignorierte. Sollte er das mal schön allein mit der Kleinen ausmachen.

»Warum wohnt ihr dann zusammen?«

»Weil wir in einem Wohnheim leben. Das heißt, die Uni bestimmt, wer sich eine Wohnung teilt, und nicht wir.« Er wuschelte ihr durchs Haar. »Außerdem hast du mir doch schon versprochen, dass du mich heiratest, wenn du groß bist.«

Sie hüpfte an seiner Hand. »Stimmt. Aber Timo aus meinem Kindergarten hat gesagt, wenn ich groß bin, bist du schon alt und stirbst bald, und dann habe ich keinen Mann mehr, wenn ich dich heirate.«

Ich prustete los, als ich Bens entsetztes Gesicht bemerkte. Geschah ihm recht. Herr Nowak kassierte auch mal eine Abfuhr. Mein Mitleid hielt sich in Grenzen.

»Das hat Timo wirklich gesagt? Na, der soll mir mal unter die Augen kommen. Ich bin nicht alt, wenn du groß bist.«

»In ihren Augen schon«, meldete ich mich zum ersten Mal zu Wort, seit wir das Haus verlassen hatten.

Ben seufzte. »So schnell ist man seine Verlobte los.«

»Du Ärmster. Irgendwann läuft bestimmt auch dir die Richtige über den Weg«, tröstete ich ihn. Wie sah sie aus, die Richtige?

»Ich glaube nicht«, erwiderte er leise und wirkte plötzlich so verschlossen, dass ich nicht mehr nachhakte. Was ging nur in ihm vor? Ein seltsames Unbehagen breitete sich über uns aus wie ein schwerer Mantel, wir schwiegen den Rest des Wegs, bis wir auf ein hell erleuchtetes Schaufenster zuschritten.

»Das ist Yasirs neuer Supermarkt«, sagte Ben. »Morgen ist Eröffnung, und so wie Erdie geklungen hat, werden sie die ganze Nacht hindurch schuften müssen, um alles fertig zu kriegen. Hättest du nicht auf Phyllis aufgepasst, wäre es zeitlich noch enger geworden.«

»Habe ich echt gern gemacht. War kein Problem.«

Wir betraten das Geschäft, das noch einer Baustelle glich. Ich hatte meine Zweifel, ob morgen hier Einweihung gefeiert werden konnte. Leere weiße Regale zogen sich durch den Raum. Zwei Männer bohrten Löcher in die Wände und befestigten Gestelle, Staub wirbelte auf. Kisten und Kartons türmten sich überall. Ganz hinten entdeckte ich Erdie, der gerade Regalböden einsetzte. Als er uns entdeckte, kam er her. Sein schwarzes Haar war von einer grauen Staubschicht bedeckt.

»Hallo. Ich hoffe, Phyllis war nicht zu anstrengend.«

»Nein, sie war ganz brav«, beteuerte ich, als mich ein ohrenbetäubender Lärm unterbrach. Die beiden Männer an der Wand bohrten gerade mit einem hohen schleifenden Geräusch ins Mauerwerk.

Phyllis hielt sich die Ohren zu und schrie: »Zu laut!«

Als der Krach endlich wieder verstummte, drehte sich Erdie um. »Cengiz, Yasir, kommt mal kurz her. Ich will euch Luca vorstellen.«

Die beiden setzten sich in Bewegung. Sie sahen aus wie Erdie, drei riesige Bären.

»Hey, Süße«, grüßten sie Phyllis, die ihnen bereits entgegenhüpfte, danach reichten sie mir die Hand und klopften Ben auf die Schulter.

»Da habt ihr aber noch einiges zu tun bis morgen«, sagte Ben zu Yasir. Der verschränkte die Arme vor der Brust, sodass seine Muskeln hervortraten wie bei einem Bodybuilder.

»Wir haben uns im Zeitplan verschätzt, aber das bekommen wir schon hin.«

»Bist du sicher, dass ich nicht mit anpacken soll?«

Cengiz schüttelte den Kopf. »Nein, ist schon in Ordnung. Mit deinem kaputten Knie ist das nichts für dich.« Dann wandte er sich grinsend an mich. »Aber Phyllis hatte eine wirklich hübsche Babysitterin.« Er zwinkerte mir zu. »Da möchte man glatt noch mal Kind sein.«

»Und mit mir Einhörner ausmalen«, sagte ich lachend.

»Auch das.« Er hielt die linke Hand in die Höhe und deutete auf einen goldenen Ring. »Leider bin ich verheiratet.« Dann stieß er Ben in die Rippen. »Wäre sie nichts für dich?«, fragte er, als wäre ich gar nicht anwesend.

Bens Kiefer verspannte sich, fahrig strich er sich durch die Haare. So kannte ich ihn gar nicht. Diese Familie war wirklich gnadenlos.

»Hör auf, mich dauernd verkuppeln zu wollen«, fuhr er ihn gereizt an.

»Wenn du dich so anstellst«, erwiderte Cengiz unbeirrt.

»Wenn du hier rumstehst und quatscht, wirst du nie fertig.« Erdie wedelte mit seinen Händen, als wollte er einen

Staublappen ausschütteln, worauf die beiden sich wieder trollten.

»Tschau, Luca.« Sie winkten.

»Deine Brüder reden zu viel.« Ben legte die Stirn in Falten.

»Dann komm halt mal in die Puschen, sonst bleibst du ewig Single«, erwiderte Erdie ungerührt. Er öffnete den Mund, um weiterzureden, aber Ben schüttelte kaum merklich den Kopf.

Lachhaft. Seinen Geheimniskram konnte er getrost für sich behalten. Interessierte mich kein bisschen, nein, wirklich nicht.

»Du kennst doch das Lebensende mit drei Buchstaben, oder?«, fragte Ben stattdessen.

Erdie grinste breit. »Ehe.«

Oh Gott. Ich verdrehte die Augen. Bei manchen Männern war es wirklich besser, wenn sie Single blieben.

»Phyllis«, erklang es hinter uns, als ein älteres Ehepaar den Raum betrat.

»Babaanne«, jubelte die Kleine und sprang in ihre Arme.

»Wie geht es dir, mein Schatz?«, fragte die Frau.

»Gut. Luca hat den ganzen Nachmittag mit mir gespielt.« Mit einem warmen Blick sah die Frau auf.

»Das sind Nursel und Cemal Dirim, Erdies Eltern«, stellte Ben die zwei vor. »Das ist Luca … meine Mitbewohnerin«, ergänzte er noch rasch, als hätte er Angst, die beiden könnten dem lächerlichen Irrglauben anhängen, ich wäre seine neue Auserwählte. Langsam konnte er mich echt mal. Mittlerweile hatte sogar ich kapiert, dass ich als seine Freundin niemals in Betracht käme. Meinetwegen musste er das seiner Umwelt nicht fortwährend verdeutlichen.

»Wir haben das alle begriffen«, raunte ich ihm zu, »sogar ich, keine Sorge. Entspann dich.«

Seine Augen wurden schmal, aber er erwiderte nichts darauf.

»Hallo Luca.« Erdies Eltern reichten mir die Hände, ehe

Erdies Vater einen Schrei ausstieß und auf seine Söhne zustürzte. Er deutete auf die Wand, gestikulierte mit den Händen in der Luft und redete dabei in Türkisch auf sie ein.

»Sie haben Mist gebaut«, erklärte Erdie nüchtern.

»Ben.« Frau Dirim nahm seine Hände und musterte ihn. »Schön, dich mal wieder zu sehen, du machst dich sehr rar in letzter Zeit.«

Er küsste sie auf die Wange. »Hallo Nursel, ich bin sehr beschäftigt gerade, tut mir leid.«

»Erdal«, sagte Frau Dirim energisch, »warum bietest du unseren Gästen nichts an? Habt ihr keinen Mokka hinten? Was soll Luca von uns denken? Wieso straft mich Allah mit solch unhöflichen Söhnen?«

Erdie wuschelte den Staub in einer grauen Wolke aus seinen Haaren. »Wir arbeiten.«

Sie ließ seine Einwände nicht gelten. »Auf, auf«, trieb sie ihn wedelnd an, und ich verfolgte amüsiert, wie dieser Zwei-Meter-Kerl vor der zierlichen Frau kuschte.

»Ich geh ja schon.« Grummelnd verschwand er hinter einem Vorhang, gleich darauf rief Yasir: »Ben, kannst du kurz mal halten?«

Ben kam ihm zu Hilfe, seine Handgriffe wurden von Phyllis begutachtet, die ihnen Ratschläge erteilte wie eine Große. Mit einer stoischen Ruhe ließen die beiden ihre Kommentare über sich ergehen.

Frau Dirim zwinkerte mir zu, kleine Fältchen gruben sich um ihre dunkelbraunen Augen. »Wir sind ein bisschen chaotisch, aber wenn es sein muss, helfen wir zusammen und kriegen alles hin.«

Ich lächelte. »Ich mag große Familien. Ich habe keine Geschwister, habe mir aber immer welche gewünscht.«

»Geschwister hat man fürs Leben«, stimmte sie mir zu und strich mit einer Hand über ihr hellblaues Kopftuch. »Das ist traurig, dass du allein bist. Ben hat auch keine Geschwister.« Sie blickte wehmütig in seine Richtung. Noch immer stand er an der Wand und half Yasir. »Aber für mich ist er wie ein Sohn, und meine Söhne sind seine Brüder. Er gehört zur Familie.«

Ich schluckte. »Das ist schön für ihn.«

»Ben liegt mir am Herzen.« Sie wandte den Blick wieder ab. »Er ist ein guter Junge, aber er kann sich einfach nicht selbst lieben.« Sorge schwang in ihrer Stimme mit. »In ihm steckt eine gequälte Seele.«

»Warum?« Bisher war ich immer davon ausgegangen, dass Ben nur einen einzigen Menschen liebte: und zwar sich selbst.

»Ach, güzelim.« Sie tätschelte mir die Wange. »Das muss er dir schon selbst erzählen.«

Erdie kam mit einem Tablett voll dampfender goldverzierter kleiner Tassen zurück.

»Beeil dich«, trieb seine Mutter ihn an.

»Sie ist wie ein General.« Er reichte mir eine Tasse. »Vorsicht, heiß.«

»Irgendjemand muss euch Manieren beibringen«, sagte seine Mutter unbeeindruckt und nahm auch eine Tasse. »Ich will mir nichts von meinen Schwiegertöchtern nachsagen lassen.« Sie warf ihm einen finsteren Blick zu. »Eine ist ja schon gegangen.«

»Würdest du bitte aufhören, anne.« Erdie wirkte genervt, er rieb sich die Stirn.

Ben kam zurück und bediente sich ebenfalls. »Auf Nursel lasse ich nichts kommen.«

»Richtig.« Sie kniff ihn in die Seite. »Man merkt, dass ich dich nicht erzogen habe.«

Wir lachten. Ich kannte kein Familienleben, aber genauso hatte ich es mir immer vorgestellt.

Ben wandte sich an mich. »Lass einen kleinen Schluck drin. Unten ist der Kaffeesatz, den solltest du nicht mittrinken.«

»Okay.« Ich probierte vorsichtig von dem heißen,

zuckersüßen Getränk. Der Mokka schmeckte wunderbar, stark und mit einem feinen Kaffeearoma. Wie Ben es mir empfohlen hatte, ließ ich einen Rest übrig, dennoch verteilte sich ein erdiger Geschmack in meinem Mund, als ich etwas Pulver auf meiner Zunge spürte.

»Ich habe was davon erwischt.« Ich rieb mit der Zungenspitze über meinen Gaumen.

»Du hast da Kaffeepulver.« Ben wischte mit dem Daumen über meine Oberlippe, und ich merkte, wie ich rot wurde. Das Gefühl seiner Berührung wirkte noch nach, und die Stelle brannte. Dieses Mal wich er meinem Blick nicht aus, sondern sah mir direkt in die Augen. Der Moment dehnte sich zur Ewigkeit.

»Oh«, sagte ich schließlich und wandte mich ruckartig ab, da er keinerlei Anstalten machte, wegzusehen. Frau Dirim beobachtete uns.

»Wir sollten gehen, sonst halten wir hier noch alle von der Arbeit ab.« Ben winkte mit dem Kopf zur Tür und gab Erdies Mutter einen Kuss auf die Wange. Sie flüsterte etwas in sein Ohr, worauf er energisch den Kopf schüttelte. Da hielt sie ihn an der Jacke fest und zog ihn an sich heran. »Doch«, sagte sie nachdrücklich.

Ich hätte alles dafür gegeben, zu erfahren, was sie zu ihm gesagt hatte, denn Ben hatte es plötzlich eilig, von hier wegzukommen.

KAPITEL 33

Schweigend spazierten wir durch die mittlerweile dunklen Straßen, der sanfte Schein der Straßenlaternen leuchtete uns den Weg.

»Glaubst du, sie kriegen alles fertig bis morgen?«, fragte ich, um ein Gespräch zu beginnen, denn Ben wirkte abwesend.

»Bestimmt, nachher kommen noch ein paar Leute vorbei. Das schaffen sie.«

Wir schlenderten so eng nebeneinander her, dass sich unsere Arme beinahe berührten, was mich kribbelig nervös machte.

»Phyllis ist wirklich niedlich. Du kannst gut mit Kindern.« An was Ben wohl gerade dachte, so abwesend, wie er wirkte.

»Phyllis wickelt uns alle um den kleinen Finger.« Er schmunzelte. »Ich kenne sie schon seit ihrer Geburt. Ich habe schon auf die Kleine aufgepasst, als sie noch ein Baby war, ihr die Windeln gewechselt und ihr Fläschchen aufgewärmt.«

»Das hast du wirklich gemacht?«

Er nickte. »Ja, klar.«

»Erdie ist früh Vater geworden.« Mein Blick schweifte über sein Gesicht, nun wirkte er vollkommen entspannt.

»Er war siebzehn, als Hanna schwanger wurde. Da waren sie gerade ein halbes Jahr zusammen.« Ben fuhr sich durch seine zerzausten Haare. »Sie war verzweifelt und wollte das Kind abtreiben lassen. Aber Erdie hat auf sie eingeredet, ihr versprochen, dass er ihr hilft und sie nicht allein lässt. Ich habe den beiden dann gesagt, dass sie auf mich zählen können, falls sie mich brauchen. Das war eine echt heftige Situation, in der die beiden damals gesteckt haben. Schließlich hat sie das Baby doch bekommen, aber als ich Phyllis das erste Mal im Krankenhaus zu Gesicht bekommen habe, wäre ich am liebsten davongelaufen.«

Ich blieb stehen. »Warum denn?«

»Sie war so winzig.« Er deutete mit den Händen einen Abstand an. »Ich hatte echt Schiss, dass ich sie kaputt mache oder fallen lasse. Dann hat Erdie mich in so einen Wickelkurs geschleppt, wo sie uns alles beigebracht haben.«

»Du hast einen Wickelkurs besucht?« Ich grinste breit.

»Ja, was sollten wir machen? Wir hatten es Hanna versprochen. Sie musste eh schon von der Schule abgehen. Ein halbes Jahr nach Phyllis' Geburt haben die beiden sich dann auch noch getrennt. Dauernd geraten sie aneinander und streiten, sogar vor Phyllis.« Er schüttelte den Kopf. »Ich habe Erdie schon oft gesagt, sie sollen das nicht vor der Kleinen machen, dann kommen solche Fragen von ihr wie vorhin mit dem IQ.«

Wir liefen weiter. Ich erinnerte mich an Hanna, das war die hübsche junge Frau, die wir damals mit Erdie in der Fußgängerzone getroffen hatten. Schon wieder hatte ich mich getäuscht.

»Du wirst bestimmt mal ein guter Vater.« Unauffällig rieb ich mir die kalten Arme.

»Ich denke nicht, dass ich jemals Vater werde«, flüsterte er, sein Blick ging ins Leere. »Ist dir kalt?« Ohne eine Antwort abzuwarten, zog Ben seine Cordjacke aus und hängte sie mir über die Schultern.

»Danke.« Ich schlüpfte in die langen Ärmel, sie waren noch warm von seinem Körper, beinahe hatte ich das Gefühl, als umarmte er mich. Beglückt schmiegte ich mich hinein und atmete seinen angenehmen Duft ein, der von dem Stoff in meine Nase drang.

»Wo kommst du eigentlich ursprünglich her?«, fragte ich.

»Aus Nürnberg.«

»Da bist du aber nicht weit gekommen.«

Er lachte leise auf. »Nein, nicht wirklich. Eigentlich hatte ich vor, in eine coole Stadt zu gehen, Berlin oder so. Aber das Informatikangebot an der Erlanger Uni ist einfach zu gut. Ich wäre blöde, wenn ich es nicht nutzen würde. Außerdem gefällt es mir hier.«

»Informatik stelle ich mir echt trocken vor«, sagte ich nicht gerade diplomatisch.

»Hey.« Er stupste mich mit dem Ellenbogen in die Seite. »Ich mag es. Informatik folgt einer ganz bestimmten Logik. Wenn ich programmiere, weiß ich immer, was als Nächstes kommt. Es gibt keine Überraschungen, wenn man es richtig macht. Ich finde das sehr entspannend ... Warum hast du dich für Biologie entschieden?«

»Ich möchte etwas in Richtung molekulare Biotechnologie machen«, erklärte ich und bemerkte seinen fragenden Blick. »Ich möchte mithelfen, genetische Krankheiten zu heilen. So wie meine.«

»Das ist sehr löblich«, stellte er fest und klang ehrlich. »Wie hat man die Zöliakie eigentlich bei dir festgestellt?«

Ich zog seine Jacke fester um meinen Körper. Das war eine heikle Frage für mich, im ersten Moment wusste ich nicht, ob ich sie ihm beantworten wollte. Aber das Gespräch zwischen uns lief gerade so gut - so ungewohnt gut. »Bei meiner Mutter wurde Darmkrebs im Endstadium festgestellt, als ich gerade sechs Jahre alt war.«

»Das tut mir leid«, sagte er leise.

Ich lächelte gequält. »Ja, das war eine schwere Zeit. Im

Zuge der Untersuchungen diagnostizierten sie bei meiner Mutter auch Zöliakie. Sie hatte schon seit Jahren Beschwerden, aber kein Arzt war auf die Ursache gekommen. Letztendlich hat ihre unentdeckte Krankheit den Krebs ausgelöst. Dann haben sie auch mich getestet. Ich hatte diesen großen aufgeblähten Bauch, jedoch spindeldürre Arme und Beine. Außerdem war ich schon ein Jahr nicht mehr gewachsen und hatte immer Bauchweh.«

»Oh nein, jetzt fühle ich mich noch schlechter wegen dem Vorfall in der Pizzeria.« Er wirkte bedrückt.

»Wegen des Vorfalls«, berichtigte ich ihn.

»Du elende Besserwisserin«, sagte er. »Aber was war dann?«

»Meine Mutter ist kurz darauf gestorben, aber mir ging es mit der glutenfreien Ernährung schnell besser. Durch die Diät habe ich auch kein erhöhtes Krebsrisiko«, kürzte ich die Geschichte ab.

»Das mit deiner Mutter tut mir leid.«

»Es ist schon lange her. Aber es hat mir gezeigt, wie schnell alles vorbei sein kann. Gerade noch stand meine Mutter in der Küche und hat Plätzchen gebacken, und kurz darauf mussten wir sie beerdigen.« Ich hob den Kopf. Diese Wunde in meinem Herzen, die nie richtig verheilt war, zog in einem feinen dünnen Schmerz. »An eines erinnere ich mich noch, das war kurz vor ihrem Tod. Da hat sie etwas zu mir gesagt.«

»Und was?« Er lächelte.

Erstaunlicherweise fühlte es sich vollkommen normal an, mit ihm durch die dunklen Straßen zu spazieren und über meine tote Mutter zu reden. »Sie meinte, ich sollte einen Traum im Leben haben und versuchen, ihn zu verwirklichen. Hast du einen Traum?« Ben überlegte. »Ich weiß nicht«, sagte er schließlich. »Darüber habe ich mir noch keine Gedanken gemacht. Was hast du für einen Traum?«

»Einmal mit der Transsibirischen Eisenbahn bis nach China zu fahren.«

»Echt?« Er sah mich von der Seite an.

Ich nickte. »Ja.«

»Das ist cool. Ich bin beeindruckt.«

Wir standen vor der Haustür des Wohnheims, und Ben schloss auf. Nebeneinander stiefelten wir die Treppen nach oben, und ich kämpfte mit mir. Sollte ich Ben fragen, ob wir es uns noch ein wenig in der Küche gemütlich machen sollten? Ich hatte unsere Unterhaltung genossen. Beinahe hätte ich mich selbst gekniffen, ich konnte es kaum glauben, wie nahe ich mich ihm plötzlich fühlte. Außerdem hatte er mich vorhin so seltsam angesehen. Da draußen waren wir irgendwie ganz weit weg gewesen, als wären wir woanders, zwei vollkommen andere Menschen.

Ich gab ihm seine Jacke zurück. »Danke.«

Er lächelte ein warmes Lächeln und verschwand gleich darauf im Bad, während ich unschlüssig weiter im Gang herumstand. Ich würde ihn einfach fragen, was sollte schon groß passieren? Die Badezimmertür öffnete sich, und Ben kam heraus. Er trug seine Jacke, wie ich erstaunt feststellte, und marschierte zielstrebig zur Haustür.

»Wo gehst du hin?«, fragte ich leise.

»Aus«, sagte er knapp, sah mich dabei aber nicht an, sondern schob die Haustür auf und verschwand.

Ich stand im Flur und fühlte mich, als hätte mir jemand ein Brett über den Kopf gezogen. *Ben ist jagen gegangen*, sickerte es langsam in mein Bewusstsein, während ich wie betäubt in die Küche ging und mich setzte. Vorhin auf der Straße hätte ich schwören können, dass wirklich etwas zwischen uns knisterte, eine unsichtbare Verbindung, etwas Besonderes, das tiefer ging als unser sonstiger Smalltalk. Wie oft würde ich mich wohl noch in ihm täuschen und nichts dazulernen?

Ich musste bereits eine Zeit lang da gesessen und

nachgedacht haben, die Küchenuhr zeigte kurz vor elf, als mein Handy auf dem Küchentisch vibrierte. Als ich auf das Display sah, begann meine Hand zu zittern. Ben hatte mir geschrieben.

Den K2 besteigen.

las ich und stutzte.

Was meinst du?

schrieb ich zurück. Kurz darauf vibrierte es erneut.

Mein großer Traum im Leben.

Meine Lippen verzogen sich zu einem breiten Lächeln. Ben Nowak hatte mir seinen großen Traum anvertraut. Ich kam mir vor wie ein schwärmerischer Teenie. Hastig tippte ich eine Antwort.

Ohne mich, ist mir zu hoch.

Gleich darauf schrieb er zurück:

Wenn du mit auf den Berg kommst, fahre ich mit dir Eisenbahn.

Meine Hand bebte. Er wollte mit mir nach China reisen.

Du kannst mitkommen, aber ich gehe nicht auf den Berg. *lol* Faulpelz

Mein Handy kündigte eine weitere Nachricht an.

Was machst du gerade?

Ich sitze in der Küche und was machst du?

Eine Zeit lang wartete ich auf seine Antwort, aber sie kam nicht. Er musste auch nicht antworten, denn ich wusste auch so, was er gerade tat. Schweren Herzens stand ich auf, um ins Bett zu gehen. Mein Handy nahm ich mit, obwohl es unwahrscheinlich war, dass er sich noch einmal meldete. Warum hatte er mir geschrieben? Nur mal so, just for fun? War ihm langweilig da draußen geworden? Was wollte ich eigentlich von ihm? Ausgerechnet von Ben. Mein Pulsschlag beschleunigte, als sein Gesicht vor meinem geistigen Auge auftauchte. Hatte ich mich etwa ein wenig in ihn verliebt?

KAPITEL 34

Die letzten Tage war ich so unglaublich beschäftigt gewesen. So beschäftigt, dass ich frühmorgens schon zur Uni eilte, mich nachmittags in der Bibliothek verschanzte und sie erst verließ, wenn die Angestellten mich abends rausscheuchten. Nun war ich es, die Ben aus dem Weg ging, seit unserem Abendspaziergang hatten wir uns nicht mehr getroffen.

Am nächsten Tag hatte Erdie mir getextet und sich für Rhashmis Telefonnummer bedankt. Gleichzeitig hatte er mich zur Supermarkteröffnung eingeladen, aber ich hatte mit ein paar Ausflüchten abgelehnt. Ganz sicher war Ben auch dort, und ich wollte den Zeitpunkt unseres erneuten Zusammentreffens so lange wie möglich hinauszögern.

So lange, bis Gras über meine kindische Schwärmerei für ihn gewachsen war und ich ihm endlich wieder in alter, lieb gewordener Abneigung gegenübertreten konnte. Irgendwie war alles einfacher gewesen, als ich ihn nicht leiden konnte; klarer. Dafür war Rhashmi nun blendender Laune, denn Erdie hatte - im Gegensatz zu seinem Freund – kein kompliziertes Wesen. Ganz im Gegenteil. Noch am selben Tag hatte er meine Kommilitonin auf einen Kaffee eingeladen. Seither trafen sie sich regelmäßig, und Rhashmi schwebte im siebten Himmel. So einfach konnte es also sein. Dafür besann ich mich wiederum auf meine alte Männerabneigung. Warum hatte ich für die nächsten Jahre Single bleiben wollen? Ach ja, es ersparte einem sehr viel Frust.

Leider war heute Samstag, somit war mir auch die Flucht in die Uni versperrt. Draußen hörte ich Tobi und Ellen in der Küche rumoren, von Ben vernahm ich nichts. Was allerdings nicht viel bedeutete, wie ich in der Vergangenheit bereits schmerzhaft zu spüren bekommen hatte. Glücklicherweise hatte Caro mich zu einer Zumba-Probestunde ins Fitnesscenter eingeladen.

Normalerweise ein Ding der Unmöglichkeit für mich, aber immerhin konnte ich dort ein paar Stunden Zeit totschlagen, ein paar weitere Probekurse besuchen und Interesse an sportlicher Betätigung heucheln. Somit hätte ich den halben Tag schon herum und müsste nicht bis zum Anbruch der Dunkelheit im Park herumwandern und vor dem Wohnheim lungern, bis Ben zur Jagd aufbrach, um endlich ungesehen in mein Zimmer zu gelangen.

Ich wusste, dass ich mich ein wenig psychopathisch verhielt, rechtfertigte dies jedoch vor mir selbst mit reinem Selbstschutz. Zu allem Überfluss hatte ich gestern, als ich in der Apotheke Kopfschmerztabletten besorgt hatte, den großen Fehler gemacht, mich auf die Waage zu stellen. Mit Schrecken hatte ich bemerkt, dass ich ein Kilo zugenommen hatte. Wahrscheinlich lag es daran, dass ich die letzten Tage alles sinnlos in mich hineingestopft hatte, um mich abzulenken. Aber mein Lotterleben hatte nun ein Ende. Wegen Ben würde ich nicht auch noch zunehmen. Nicht wegen ihm! Kurzerhand kramte ich die erste Leggings aus dem Schrank, die mir in die Finger kam.

Sie war quietschgelb. Wann hatte ich mir die denn

zugelegt? Egal, ich stopfte sie in meine Tasche, auch noch ein schwarzes T-Shirt mit einem weißen Snipes-Aufdruck. Ein Duschgel und ein kleines Handtuch wanderten ebenfalls hinein. Danach nahm ich mein Handy zur Hand, um mich bei Facebook einzuloggen und mir zum hundertsten Mal Bens Foto zu betrachten.

Ich war so was von erbärmlich. Als ich mein Passwort eingegeben hatte, hielt ich inne, denn in der rechten oberen Ecke leuchtete eine rot umrandete Eins. Als ich darauf klickte, wäre ich beinahe vom Stuhl gefallen. Wie gebannt starrte ich auf den Bildschirm und konnte es nicht glauben: Ben hatte mir eine Freundschaftsanfrage geschickt. Mein Herz hüpfte mir in der Brust wie ein Flummi.

Was sollte ich jetzt tun? Vor lauter Schnappatmung konnte ich kaum klar denken. Ben Nowak wollte mit mir befreundet sein. Ich tippte auf *annehmen* und zog die Hand so hastig zurück, als wäre mein Display eine heiße Herdplatte. Dann betrachtete ich seine Seite, las die Postings. Er schrieb nie viel, war nicht oft auf Facebook unterwegs, hatte keine weiteren Bilder von sich hochgeladen. Aber was er postete, war lustig oder einfach nur nett, er wirkte sympathisch und freundlich.

Ein ganzer Haufen Leute hatte Geburtstagsglückwünsche auf seiner Seite hinterlassen. Ben war vorgestern vierundzwanzig geworden. Davon hatte er mir gar nichts erzählt. Ich hatte ihm nicht einmal gratuliert. Ein schlechtes Gewissen machte sich in mir breit. Ich kannte nicht mal die Geburtstage meiner Mitbewohner. Was er wohl unternommen hatte? Hatte er mit seinen Freunden gefeiert, oder mit seiner Familie? Mir wurde klar, dass ich so gut wie nichts über ihn wusste. Nur ein paar Dinge, die andere mir erzählt hatten. An diesem Abend, als wir durch die kühlen Straßen spaziert waren, hatte er sich das erste Mal, seit ich ihn kannte, ein klein wenig geöffnet. Nur um sofort wieder auf Abstand zu gehen.

Ich musste mir eingestehen, ihn vermisst zu haben, also stand ich auf, eilte durch den Flur zu seinem Zimmer und klopfte. Keine Regung. Noch einmal pochte ich gegen die Tür, aber nichts rührte sich. Stattdessen kam Ellen aus der Küche.

»Ben ist vor zehn Minuten abgehauen.«

»Oh.« Langsam ließ ich meine Hand sinken. Ein Gefühl der Enttäuschung durchströmte mich. »Schade.«

»Was wolltest du denn von ihm?« Sie kam näher.

»Ihm nachträglich zum Geburtstag gratulieren. Habe es eben erst zufällig erfahren. Wusstest du davon?«

Betont gelangweilt zuckte sie mit den Schultern. »Klar, wir wollten mit ihm anstoßen, aber er hatte keine Lust zu feiern.«

»Warum nicht?«

»Vielleicht wird er alt und ist frustriert. Tobi hat gesagt, dass er die letzten Tage nicht mal mehr unterwegs war, um sich eine Frau aufzureißen. Wahrscheinlich hat er mittlerweile alle durch.« Ellen klang gehässig, ihre Wangen spannten sich an, was sie verhärmt und abgemagert aussehen ließ.

»Du, ich muss gehen, bin verabredet.« Ich hastete an ihr vorbei in mein Zimmer und schnappte meine Tasche. *Ben hat mir eine Freundschaftsanfrage geschickt,* lächelte ich in mich hinein. Ellen stand nicht in seiner Liste. Aber ich stand nun dort. Beschwingt verließ ich die Wohnung.

Ich betrat das moderne Gebäude aus Beton, Stahl und Glas. Eine Mischung von Desinfektionsmitteln und Schweiß stach mir in die Nase. Caro lümmelte an einem Chromtresen herum und unterhielt sich mit einem muskelbepackten Glatzkopf, dessen Schädel bunt tätowiert war.

»Hallo«, grüßte ich, und Caro sprang auf.

»Gut, dass du da bist, die Stunde fängt in zehn Minuten an. Axel vertritt mich so lange.«

Der Kraftprotz hob zwar kurz die Hand, beachtete mich

jedoch nicht weiter, sondern räumte seelenruhig Energyriegel in das Glasregal auf dem Tresen. Erste Bedenken stiegen in mir auf. Ich war nicht gerade ein Ausbund an Körperbeherrschung, meine tänzerischen Qualitäten beschränkten sich auf Clubgehopse nach ein paar Gläschen Sekt. Ganz im Gegensatz zu Caro, die sich bewegen konnte wie Beyoncé.

»Bist du sicher, dass wir das ausprobieren sollten?«, fragte ich vorsichtig.

Sofort spitzte Caro die Lippen. »Zumba ist toll für die Figur, und macht obendrein auch noch Spaß.«

»Dachte, du hast es noch gar nicht ausprobiert.«

»Habe ich auch nicht, aber alle schwärmen davon. Wir werden sexy dabei aussehen.« Sie wackelte mit ihren Hüften, drehte sich dabei leichtfüßig im Kreis, ihr Kollege beobachtete sie wohlgefällig.

Du vielleicht, dachte ich grimmig. Leider kamen lateinamerikanische Tänze meinem Bewegungsapparat in keinster Weise entgegen. Caro wusste das. Aber egal, jetzt war ich schon mal hier.

Axel hielt in seiner Arbeit inne und legte den kahlen Kopf schräg. »Danach fängt mein Spinningkurs an, ist gut für die Ausdauer. Dreißig Minuten Non-Stop-Powerradeln mit anschließendem Zirkeltraining. Schau doch mal vorbei.«

Ich hasste Radfahren und würde mir ganz bestimmt kein Powerradeln mit Superman aufhalsen.

»Ich glaube, Zumba reicht mir fürs Erste. Vielleicht gehe ich danach noch ein wenig an die Geräte«, erklärte ich großspurig, obwohl ich wusste, dass ich das niemals tun würde. Caro kam um den Tresen und hakte sich bei mir ein, sie drehte einen Schlüssel am Ring um ihren Finger und trug bereits ein in beigen Farbtönen abgestimmtes Fitnessoutfit, das ihre schlanke Silhouette vorteilhaft betonte.

»Komm, gehen wir zur Umkleidekabine, und dann zeigen wir's deinen Fettpölsterchen«, sprach sie mir Mut zu.

»Fettpölsterchen?«, wiederholte jemand hinter meinem Rücken belustigt, worauf wir uns gleichzeitig umdrehten.

Mein Herzschlag setzte beinahe aus, denn Ben und Erdie standen neben dem Tresen. Was zum Teufel machten die hier? Verfolgte Ben mich etwa? Ich wollte auf der Stelle die Flucht ergreifen, aber Caro schien meine Gedanken zu erraten, sie hielt mich fest, als wäre sie Lena Odenthal bei einer Verhaftung im Tatort. Der Glatzkopf reichte den beiden wie selbstverständlich zwei Schlüssel, und mir wurde bewusst, dass die Jungs nicht zum ersten Mal in diesem Fitness-Center aufkreuzten. Nachher würde ich Caro erwürgen, ganz egal, ob sie meine beste Freundin war oder nicht. Warum hatte sie mir nie erzählt, dass Ben hier trainierte?

»Ach«, Caro winkte ab, »das war nur Spaß. Natürlich hat Luca keine Fettpölsterchen, da seht selbst.« Sie kniff in meine Seite, nur um ein dickes Stück von mir zwischen Daumen und ihren restlichen Fingern zu halten.

Hitze schoss in meine Wangen. Sie war definitiv so was von fällig. Ich schlug ihre Hand weg. »Lass das, spinnst du?«

»Aber.« Caro wirkte ratlos.

Ben und Erdie lachten verhalten, worauf ich versucht war, Ben zu stecken, dass ich von seiner kindlichen Adipositas wusste.

»Luca ist genau richtig, so wie sie ist.« Ben sah mir in die Augen. In die Augen - nicht auf meine Brüste, und ich hatte das Gefühl, als wollte er mich ergründen. Mein Blut pulsierte schneller durch meine Adern. Da klopfte Erdie mir auf die Schulter und riss mich aus meiner kurzen, aber wunderschönen Trance.

»Klar ist sie das, welcher Mann steht schon auf diese Gerippe. Ein oder zwei Kilo zu viel, das passt schon.«

Seine aufmunternden Worte hätte er sich getrost sparen können, vor allem da Rhashmi gewiss keine fünfzig Kilo auf die Waage brachte.

»Ich würde mich so gern noch weiter mit euch

unterhalten«, erwiderte ich so bedauernd wie nur möglich, »aber leider muss ich zur Umkleidekabine.« Mit beiden Händen drängte ich Caro vor mir her. Möglichst unauffällig warf ich einen raschen Blick über die Schulter, die beiden schienen auf etwas zu warten. Was war mit denen schon wieder los?

»Was machst du denn?« Caro stemmte sich gegen mich.

»Von hier abhauen, du Verräterin«, zischte ich und scheuchte sie weiter.

»Jetzt bleib doch mal stehen.« Energisch versuchte sie, sich aus meinem Klammergriff zu befreien.

»Erst bei den Umkleidekabinen.«

»Aber die sind doch in der anderen Richtung.«

Abrupt hielt ich inne. Ben und Erdie standen noch immer am selben Fleck. Mist. Hoch erhobenen Hauptes machte ich kehrt und schritt an den beiden vorüber.

»Na, verlaufen?«, fragte Ben, aber ich ignorierte ihn. Warum noch mal hatte ich vorhin seine Freundschaftsanfrage angenommen?

In der Umkleidekabine knöpfte ich mir Caro vor. »Warum hast du mir nie gesagt, dass die beiden hier trainieren, bist du bescheuert?«

»Habe … habe ich das wirklich nie erwähnt?« Caro wirkte angespannt.

»Nein!«

»Dann … ist mir das wohl entfallen.« Sie lächelte mit hochgezogenen Schultern. »Ist doch total egal, die beiden sind immer drüben bei den Geräten, und jetzt komm, der Kurs fängt in zwei Minuten an.«

Als ich mich umgezogen hatte, musterte Caro mich kopfschüttelnd. »Das ist nicht dein Ernst.«

»Was?«

»Deine Beine sehen aus wie Bananen. Wo hast du dieses Teil her? Aus dem Laden der Geschmacklosigkeiten?«

»Nein«, erwiderte ich, »aus einem Laden mit dem Namen: Wie bringe ich meine beste Freundin am schnellsten mit einer Leggings um.«

Beschwichtigend hob sie die Hände. »Ist ja schon gut. Komm jetzt.«

KAPITEL 35

Ich stand mit einer Gruppe gut gelaunter Frauen in einem rosa gestrichenen Raum, dessen eine Wand komplett verglast war, sodass jeder der vorbeikam, zuschauen konnte, was wir hier drinnen trieben. Dieser Umstand half nicht im Geringsten, meine Nervosität zu bändigen, denn einige Teilnehmerinnen wärmten sich gerade ohne Musik mit ausgefallenen Hüftschwüngen auf. Zweifellos waren sie nicht zum ersten Mal in diesem Kurs. Ich warf Caro einen flehenden Blick zu, von dem sie vortäuschte, ihn nicht wahrzunehmen. Heute war das letzte Mal, dass ich ihr einen Gefallen tat, schwor ich mir. Eine quirlige blonde Frau Mitte dreißig fegte herein. Ihre Haut war tief gebräunt, dadurch blitzten ihre Zähne wie Schneewehen auf, wenn sie den Mund öffnete.

»Hopp, hopp!«, rief sie und klatschte in die Hände, während sie zu einem CD-Player tänzelte. »Alle bereit für eine Runde Zumba?!«

»Ja!«, jubelten alle im Chor, sogar Caro. Ich hielt mich zurück, diese Sorte übermotivierte Powerfrau war mir noch nie geheuer gewesen. Mit ihnen hatte ich nichts gemeinsam. Schnelle Salsa-Rhythmen erklangen, wie der Wind stellte sich die Trainerin in Position. Sie trat auf der Stelle, ließ dabei ihre Hüften kreisen und wedelte mit den Händen in der Luft, alles gleichzeitig. Ich wusste sofort, dass diese Sportart nicht für mich gemacht war.

Dennoch biss ich die Zähne zusammen und tanzte mit, versuchte den Takt zu halten, aber die Schritte waren zu schnell für mich. Immer wieder tanzte ich in die falsche Richtung, während meine Hüften eckige Bewegungen machten. Schweiß lief mir über Schläfen und Wangen, ich schnaufte, gab aber nicht auf, sondern kämpfte verbissen weiter. Zumba würde mich nicht unterkriegen, obwohl ich morgen bestimmt jeden einzelnen Muskel spüren würde. Ich warf einen neidischen Blick hinüber zu Caro, die jede Bewegung mit einer spielerischen Leichtigkeit ausführte, als hätte sie ihr Leben lang nichts anderes getan.

Bestimmt hatte sie heimlich geübt. Zu allem Überfluss stolperte ich auch noch, fing mich aber wieder. Zufällig ließ ich den Blick zu der Glaswand wandern und erstarrte mit rasselndem Atem. Ben und Erdie standen draußen und beobachteten uns, als wäre der Kurs eine Peepshow. Die Trainerin musste mein Entsetzen bemerkt haben, denn sie folgte meinem Blick. Sie hielt ebenfalls inne, ehe sie sich mit energischen Schritten nach draußen begab. Die amüsierten Mienen der beiden wichen einem erschrockenen Ausdruck, als die Blondine auf sie einredete. Immer wieder schüttelten sie die Köpfe und wehrten mit beiden Händen ab, aber unsere Lehrerin nickte erbarmungslos. Schließlich schnappte sie die Jungs bei den Armen und schleifte sie in den Kursraum.

»Gerade haben sich zwei neue Teilnehmer dazugesellt«, verkündete sie. »Die Burschen hier wussten nichts von meiner Regel: Wer glotzt, tanzt mit.«

Die Frauen klatschten jubelnd in die Hände. Ben hingegen wirkte schockiert, was mich mit einem Gefühl von hämischer

Genugtuung erfüllte. Jawoll, alles rächte sich im Leben. Das Imperium schlug zurück.

»Wir sind doch nur ganz kurz stehen geblieben, komm schon, Jenny, das ist nicht dein Ernst.« Ben klang flehentlich.

»Versuch es doch mal. Der Kurs wird dir Spaß machen«, munterte die Trainerin ihn mit zuckersüßer Stimme auf.

»Bestimmt, aber trotzdem …«

Erdie klopfte ihm auf die Schulter und unterbrach Bens jämmerliche Betteltirade. »Machen wir halt mit, was soll's.«

»Alter, das ist nicht dein Ernst.« Mein Mitbewohner klang entsetzt.

»Genug gequatscht. Stellt euch auf.«

Sie drehte die Musik laut, worauf die Jungs sich mit hängenden Köpfen einen Platz zwischen den Teilnehmerinnen suchten. Unauffällig stieß Caro mich an und grinste. Zur Antwort ballte ich die Faust und ruckte mit dem angewinkelten Arm. Strike. Ben hatte meine Geste mitbekommen, wunderbar.

Jetzt wurde was Schnelleres gespielt, mit weiten Schritten, abwechselnd nach beiden Seiten, streckten die Frauen ihre Arme in die Höhe. Ben sah aus wie ein Gorilla, er stand meinem mickrigen Taktgefühl in nichts nach. Beschwingt drehte ich mich um mich selbst und kreiste mit den Hüften, auf einmal fühlte ich mich leicht und schwerelos - gegen Ben. Erdie hielt sich besser, musste ich ihm zugestehen, ihm schien der Hüftschwung mehr im Blut zu liegen. Als die Frauen immer lauter kicherten, merkte auch Ben, dass er der Mittelpunkt der allgemeinen Aufmerksamkeit war, aber er machte weiter und gab sein Bestes, das musste ich ihm lassen. Für Zumba war er allerdings eindeutig zu groß, ihm gelangen keine filigranen Bewegungen.

Schließlich hatte die Trainerin Erbarmen und beendete die Stunde. Ben stützte sich schweißüberströmt auf seinen Schenkeln ab und rang nach Atem. Ein paar Strähnen klebten feucht auf seiner Stirn.

»Verdammt, ist das anstrengend«, fluchte er atemlos, aber mir ging es nicht besser.

Meine Knie waren weich, der Untergrund fühlte sich bei jedem Schritt an, als würde ich auf Pudding laufen.

»Gut gemacht, Jungs«, rief die Trainerin ihnen im Rausgehen zu. »Ihr könnt jederzeit wieder mitmachen.«

»Mich siehst du nie wieder«, murmelte Ben.

Ich klopfte ihm auf die Schulter. »Was ist denn? Hat das bisschen Frauengymnastik dich so außer Puste gebracht?«

»Ich stehe auf eine andere Art von Frauengymnastik.« Ihm schien sein blamabler Auftritt absolut nicht peinlich zu sein.

»Angeber«, murmelte ich, worauf er lachte. »Alles Gute nachträglich zum Geburtstag.«

»Danke.« Seine Augen bekamen einen warmen Schimmer. Das schwarze T-Shirt klebte feucht auf seiner Haut und zeichnete die Konturen seines durchtrainierten Oberkörpers nach. Mein Blick blieb an seinen muskulösen Oberarmen hängen. Wie sie sich wohl anfühlten? Bis mir peinlich bewusst wurde, dass mein T-Shirt in ähnlicher Weise an meinem Busen kleben musste, zu allem Überfluss trug ich auch noch bescheuerte bananengelbe Leggings. Ich warf einen Blick nach unten, mein Oberteil spannte wie befürchtet über meinen Brüsten. Verlegenheit brandete heiß in meinen Wangen auf.

»Du hast keine Fettpölsterchen«, flüsterte Ben. »Endlich trägst du mal nichts Weites, schau nur, wie gut du aussiehst.«

Das meinte er nicht ernst. Ich wusste nicht, was ich antworten sollte.

Caro quiekte neben mir. »Mist, der Mann vom Schlüsseldienst ist schon da. Ich muss ihm kurz die zwei Spindtüren zeigen, die klemmen.« Sie legte eine Hand auf meinen Arm. »Bin gleich wieder da.«

»Ist gut.«

Inzwischen kam Erdie zu uns, der sich noch ausgiebig mit

der Trainerin unterhalten hatte. »In mir sieht Jenny Potenzial«, verkündete er amüsiert, »bei dir sieht sie leider schwarz, Kumpel.«

Ben prustete durch die Nase. »Das trifft mich jetzt aber.«

»Gehen wir in die Sauna?«, fragte Erdie. »Was ist, Kleines? Kommst du mit?«

Ich tippte mir an die Stirn. »Träumt weiter. Ich setze mich bestimmt nicht nackt mit euch in die Sauna.«

»Ach, komm schon, Luca«, mischte sich Ben mit vergnügter Stimme ein. »Dort drinnen ist es zu heiß zum Spannen, ehrlich.« Er zwinkerte mir zu.

»Vergiss es ...«, fing ich an, wurde jedoch von einer dunklen Stimme unterbrochen.

»Luca«, betonte jemand jede Silbe meines Namens. Ich wandte mich um, und mein Herzschlag setzte aus. Zuerst sah ich seine kalten grauen Augen, dann die lockigen braunen Haare. Ein sternförmiges Muttermal prangte auf seiner Wange. Mir wurde übel. Er grinste mich mit schmalen Lippen an. Vor Entsetzen war ich unfähig, mich zu bewegen, gleichzeitig wollte ich nur weg. Bis ans Ende der Welt fliehen, um mich dort vor ihm zu verstecken.

Er hatte mich gefunden!

»Wie geht es dir, Luca?«, fragte er mit freundlicher Stimme. »So trifft man sich wieder.«

Kopfschüttelnd ging ich einen Schritt rückwärts. Tränen schossen mir in die Augen, die Angst tobte in mir. »Nein«, sagte ich erstickt.

»Luca, alles in Ordnung?«, erkundigte sich Ben, ehe er sich an ihn wandte. »Hi, Konstantin. Ihr kennt euch?«

Entsetzt schlug ich die Hände vor den Mund, um einen Schrei zu unterdrücken. Die beiden kannten sich. Ben kannte ihn! Was sollte ich jetzt tun?

»Ben, alles klar?«, fragte Konstantin.

Auf dem Absatz machte ich kehrt und stolperte in Richtung Umkleidekabinen, um meine Sachen zu holen. Ich musste hier raus, weg von Konstantin. Er hatte mich gefunden, der schrecklichste Albtraum meines Lebens hatte sich bewahrheitet. Was sollte ich jetzt tun? Mit beiden Händen wischte ich die Tränen aus meinem Gesicht und warf meine Klamotten in die Tasche. Verschwitzt, wie ich war, stürmte ich aus der Umkleide und hastete zum Ausgang. Ich musste weg, nur weg. Meine Hände zitterten, als ich die Glastür aufstieß, da hielt mich jemand am Arm zurück. Mein Herzschlag setzte aus.

»Lass mich«, kreischte ich und riss mich los. War er schon hinter mir her?

»Luca, ich bin es. Ben.« Erneut griff er nach meinem Arm und hielt mich fest. »Was ist los? Du hast ausgesehen, als wollte dich jemand umbringen.«

Meine Stimme klang zittrig. »Ich muss gehen. Lass mich los.«

Mit einem energischen Handgriff zog Ben die Tür wieder zu, ich stemmte mich dagegen, aber es nützte nichts. Er hielt sie fest.

»Erst wenn du mir sagst, was los ist.« Mit der anderen Hand hob er mein Kinn an und zwang mich, ihn anzusehen. »Woher kennst du Konstantin? Und was ist zwischen euch?«

»Das geht dich nichts an.« Meine Unterlippe zitterte, ich konnte Ben nicht die Wahrheit sagen, niemals.

»Mich geht es sehr wohl etwas an, wenn du Angst vor jemandem hast«, widersprach er entschieden.

»Ich habe keine Angst vor Konstantin«, beteuerte ich hastig, blickte aber fortwährend hinter mich, um zu kontrollieren, ob er eventuell schon nachkam. »Woher kennt ihr euch?«, fragte ich in der Hoffnung, die beiden waren nicht befreundet, ansonsten würde ich auf der Stelle die WG räumen müssen. Wahrscheinlich musste ich sogar aus Erlangen wegziehen, wenn er in der Nähe lebte.

»Er arbeitet bei dem Schlüsseldienst neben dem Copyshop.«

»Ist er ein Freund von dir?«

»Nein.«

Erleichtert schloss ich die Augen. Jetzt musste Ben mich endlich gehen lassen, damit ich mich irgendwo verkriechen konnte.

»Lass mich gehen«, flehte ich.

»Erst wenn du mir sagst, was los ist.«

»Verdammt!« Mit der geballten Faust schlug ich gegen die Glastür. »Ich kenne ihn von früher und wollte mal was von ihm. Bist du nun zufrieden? Und jetzt hau ab und lass mich in Ruhe.«

Er gab die Tür frei, sodass ich sie öffnen konnte. Dennoch hielt ich inne und wandte mich um. Ben musterte mich ernst und sorgenvoll, und sein Blick bereitete mir die schrecklichsten Qualen seit Langem. Ich hatte seine Besorgnis nicht verdient.

»Ben«, flüsterte ich mit gesenktem Kopf. »Weiß … weiß er, wo wir wohnen?«

»Nein«, hörte ich ihn leise sagen.

»Dann erzähl es ihm bitte nicht«, flehte ich und hatte Mühe, die Tränen zurückzuhalten.

»Ist gut, ich sag's ihm nicht.«

Ich stürmte nach draußen durch den leichten Nieselregen, der inzwischen eingesetzt hatte, rannte durch die Straßen, hetzte mit pochendem Herzen immer weiter. Mein Herzschlag schwoll mit jedem Schritt an, dröhnte in meinen Schläfen, und ein heftiger Schmerz bohrte sich in meine Seite, aber ich ignorierte das Stechen. Ich musste nach Hause, mich verstecken, Caro anrufen, überlegen, was ich jetzt tun sollte. Die Angst vor Konstantin sprengte beinahe meinen Brustkorb. Warum war ich heute nur in dieses verfluchte Fitnesscenter gegangen? Niemals wieder durfte ich den Campus Copyshop besuchen. Konnte ich Ben trauen, dass er nicht verriet, wo ich wohnte? Vielleicht sollte ich heute noch ausziehen, die Stadt verlassen, zu meinem Vater nach

Amerika reisen – da wäre ich fürs Erste in Sicherheit. Aber was war dann mit meinem Studium? Ich war im letzten verdammten Jahr und konnte doch nicht alles einfach hinwerfen. Mit großen Schritten eilte ich die Treppen zur WG hoch, oben angekommen hastete ich in mein Zimmer. Mein Körper zitterte, und eine hilflose Ohnmacht überfiel mich. Konstantin war nicht Martin, bei ihm konnten die Jungs mir nicht helfen. Er war ein ganz anderes Kaliber. Mit bebenden Fingern fischte ich mein Handy aus der Tasche und rief Caro an.

»Caro«, heulte ich auf.

»Was ist denn? Warum bist du einfach abgehauen?«

»Der Typ vom Schlüsseldienst …« Meine Stimme brach.

»Was ist mit ihm?«

»Das ist Konstantin.«

Eine Pause entstand, ich hörte Caro atmen. Schließlich fragte sie leise: »Der Konstantin?«

»Ja … was soll ich machen? Ben kennt ihn.«

»Ach du Scheiße. Aber hör mal zu, ich glaube nicht, dass er es noch auf dich abgesehen hat, bleib ganz ruhig. Warte erst mal ab, falls er auftaucht, kannst du immer noch zur Polizei gehen.«

Ich überlegte. »Du hast recht. Ben hat versprochen, dass er ihm nicht verrät, wo ich wohne.«

»Das wird er ganz sicher nicht tun. Und jetzt beruhige dich. Soll ich nachher vorbeikommen?«

»Nein, ist schon okay. Ich reagiere nur über. Ich bin hysterisch.« Wie unter Zwang versenkte ich meine freie Hand in meinen Haaren und krallte alle fünf Finger in meine Kopfhaut.

»Falls was ist, ruf mich an.«

»Ist gut.« Ich legte auf, ein schrecklicher Gedanke durchzuckte mich. Ben durfte Konstantin auf keinen Fall nach mir ausfragen. Niemals!

Die Tür klackte, jemand betrat die Wohnung. Vorsichtig

spähte ich durch den Türspalt und entdeckte Ben in der Küche. Er füllte sich gerade ein Glas Wasser am Hahn. Als ich mich ihm mit langsamen Schritten näherte, drehte er sich um. Wortlos betrachtete er mich, seine Miene wirkte ernst.

»Kann ich dich um einen Gefallen bitten?«, fragte ich leise.

Er ließ sich auf einem Stuhl nieder. »Setz dich.« Ben deutete auf den Platz neben sich, aber ich blieb stehen. Ich konnte nicht mit ihm reden, ihm nichts von Konstantin erzählen … er musste mir nur eine Sache versprechen.

»Bitte versprich mir, dass du nicht mit Konstantin über mich redest.«

Er trank einen Schluck Wasser. »Ich habe ihn vorhin nach dir gefragt.«

Mein Magen verknotete sich. Das durfte nicht wahr sein. Wie viel wusste Ben? »Was … was hast du ihn gefragt?«

Seine Augen schienen mich durchleuchten zu wollen. »Ich habe ihn gefragt, was los ist zwischen euch beiden.«

Ich hielt den Atem an, aber er redete nicht weiter, also hakte ich nach: »Was hat er geantwortet?«

»Dass du mal scharf auf ihn warst.«

»Dann hat er dir ja dasselbe erzählt, wie ich. Können wir diesen Typen jetzt bitte vergessen?« Ich wandte mich zum Gehen, aber er hielt mich am Handgelenk fest.

»Luca«, sagte er leise.

»Ja?«

»Ich glaube ihm nicht … Und dir glaube ich auch nicht.«

»Bitte, Ben«, flehte ich, »bitte hör auf. Ich will nicht über diese Sache reden.«

»Ist gut … Aber wenn du mal mit jemandem darüber reden möchtest, ich bin immer für dich da und hör dir zu, okay?«

»Okay.« Ich sah an Ben vorbei zur Wand und wusste, dass ich niemals mit ihm über meine Vergangenheit reden konnte. Mir wurde klar, dass diese Sache niemals enden würde, sie würde mich wie ein dreiköpfiges Ungeheuer für den Rest meines Lebens verfolgen. Egal, wo ich hinging, Konstantins Schatten schwebte über mir; sichtbar für jeden wie ein Leuchtturm in der Finsternis.

Als Ben mich endlich losließ, stolperte ich zurück in mein Zimmer, wo ich aufs Bett sank und meine Tränen nicht mehr zurückhalten konnte. Warum nur war ich damals so dumm gewesen?

KAPITEL 36

Den Rest des Wochenendes hatte ich mich in meinem Zimmer verkrochen und stundenlang mit Caro telefoniert. Sie hatte mich so weit wieder aufgebaut, dass ich heute zur Uni gehen konnte. Dennoch ließ ich mir am Frühstückstisch Zeit. Alles in mir sträubte sich, die sichere WG zu verlassen und allein durch die Straßen zu stromern, obwohl helllichter Tag war. Auf der anderen Seite wusste ich, dass Konstantin nicht solche Macht über mein Leben erlangen durfte, dass ich mich nicht mehr allein nach draußen wagte. Schon jetzt verbrachte ich viel zu viel Zeit damit, mir über diesen Scheißkerl Gedanken zu machen. Seufzend biss ich in meinen glutenfreien Marmeladentoast, und blickte immer wieder auf die Uhr, deren Zeiger gnadenlos voranschritten. In einer Viertelstunde musste ich los, wenn ich meine Vorlesung nicht verpassen wollte, aber meine Beine ließen sich nicht bewegen, ich fühlte mich wie gelähmt. Da kam Tobi herein.

»Guten Morgen«, grüßte er und riss mich aus meinen Grübeleien.

»Morgen«, erwiderte ich knapp und leckte etwas Marmelade von meinem Daumen.

Er schnappte sich eine Tasse aus dem Schrank, goss Kaffee

ein und setzte sich mit einer Tageszeitung neben mich. Ich nahm ihn ins Visier. Wenn ich Glück hatte, musste er nachher auch zu einer Vorlesung, somit könnten wir ein Stück zusammengehen. In seiner Gesellschaft könnte ich unauffällig die Lage draußen auskundschaften, testen, wie es sich anfühlte, in der Stadt unterwegs zu sein.

»Hast du nachher Vorlesung?«, fragte ich vorsichtig.

Tobi blinzelte hoch. »Erst um elf.«

Mist. Das war zu spät, ich musste gleich los, die Stunde heute war wichtig.

»Wir könnten doch mal zusammen zur Uni laufen«, probierte ich es dennoch, worauf er mich fragend musterte.

»Warum willst du mit mir spazieren gehen?«

»Ich will nicht mit dir spazieren gehen.« Warum machte er alles gleich so kompliziert? »Ich dachte nur, wir könnten zusammen laufen und quatschen, dann ist die Lauferei nicht so langweilig.«

Tobi blätterte eine Seite um. »Wann hast du denn Vorlesung?«

»Gleich. Kommst du mit?« Ich ließ die Hoffnung nicht sinken.

»Luca, wenn ich jetzt schon abhaue, hänge ich zwei Stunden an der Uni herum, bis meine Vorlesung anfängt.« Er wirkte leicht genervt. Tobi wollte in Ruhe seine Zeitung lesen und eindeutig nicht von mir zugequatscht werden, aber ich gab trotzdem die Hoffnung nicht auf.

»Du könntest doch solange einen Kaffee trinken gehen«, schlug ich vor.

Er hielt seine Kaffeetasse in die Höhe. »Was tue ich gerade? Luca, ist ja schön, dass du mit mir laufen willst, aber mir ist das echt zu früh, sorry.«

Ich seufzte. Was jetzt? Nun musste ich doch allein gehen. Vielleicht sollte ich mir ein Taxi rufen. Meine Finger wurden kalt.

»Ich laufe mit dir«, hörte ich Ben neben mir sagen. Er legte eine Hand auf meine Schulter. »Wenn du willst, können wir gemeinsam zur Uni, ich muss auch gleich los.«

»Aber du hast doch Montag vormittags gar keine Vorlesung«, sagte Tobi erstaunt.

»Habe was zu erledigen«, erklärte er knapp, und Tobi widmete sich wieder seiner Zeitung.

Einen Moment blieb ich noch sitzen. Ben hatte mich durchschaut, er wusste, dass ich nur nicht allein raus wollte. Auf der einen Seite war ich ihm dankbar, dass er mich begleiten wollte, hegte jedoch die Befürchtung, er würde die Gelegenheit nutzen, um mich noch einmal wegen Konstantin auszuquetschen. Ben nahm schon seine Jacke vom Haken und stand abwartend an der Wohnungstür.

»Was ist? Können wir?«

Ich nickte. »Ja, ich hole nur eben meine Tasche.« Meine Angst verflüchtigte sich etwas, als ich in mein Zimmer eilte. Heute musste ich nicht allein zur Uni laufen, und Ben würde ich einfach keine seiner Fragen beantworten.

Genau wie an jenem Abend schlenderten wir nebeneinander durch die Straßen, aber heute fühlte es sich vollkommen anders an. Ich war nervös und angespannt, blickte immer wieder über die Schulter oder links und rechts in die Nebengassen, konnte jedoch glücklicherweise nichts Verdächtiges feststellen. Ich war dankbar, Ben an meiner Seite zu wissen. Die ganze Zeit über hatten wir geschwiegen, aber plötzlich fing er zu reden an.

»Phyllis hat nach dir gefragt. Sie hat ein Bild für dich gemalt und es mir mitgegeben. Ich habe es in der WG.«

Ich musste lächeln, als das Gesicht des kleinen Mädchens vor mir aufstieg. »Sie ist wirklich süß.«

»Ja, das ist sie. Eigentlich war das Bild für mich bestimmt gewesen, aber sie hat sich in letzter Minute umentschieden und mir erklärt, dass sie es lieber dir schenken möchte.«

»Oh!« Ich legte die Fingerspitzen vor meinen Mund. »Das tut mir leid.«

Er schien Phyllis' Abfuhr leicht zu nehmen. »So sind die Frauen, alle gleich. Sogar die ganz kleinen.«

»Wie hast du eigentlich deinen Geburtstag verbracht? Ich habe gar nichts mitbekommen, sorry.«

»Ich bin nicht so der Geburtstagstyp, ist schon okay. Erdies Mutter hat mich gezwungen, zum Kuchenessen vorbeizukommen. Sie hatte sogar vierundzwanzig Kerzen auf die Torte gesteckt.« Er verdrehte die Augen. »Ich musste sie auspusten wie früher als Kind.«

»Ich finde das nett.«

»Nursel ist auch nett, aber für sie bleiben wir wohl immer kleine Jungs.«

»Und deine Eltern? Mit denen hast du nicht gefeiert?«

Kaum wahrnehmbar versteifte sich Bens Körper, er knetete seine Finger an einer Hand und ließ sich Zeit mit einer Antwort. »Doch, mit ihnen habe ich auch gefeiert«, erklärte er schließlich und starrte auf den Boden.

»Was machen deine Eltern so beruflich?«

»Schau mal«, Ben zeigte nach vorne, »steht da nicht Rhashmi?«

»Du hast sie schon kennengelernt?« Ich winkte, denn Rhashmi drehte sich in unsere Richtung.

Ben seufzte tief und gequält. »Seit Wochen schon kriege ich nichts anderes von Erdie zu hören, als Rhashmi ist so toll, so hübsch und bestimmt will sie nichts von ihm. Ob ich dich nicht mal nach ihrer Telefonnummer fragen könnte und so weiter und so fort.«

Ich kicherte. »Ging mir ähnlich.« Flüchtig zeigte ich in Rhashmis Richtung. »Und warum hast du mich nie nach ihrer Nummer gefragt?«

»Komm schon«, schnaubte er, »als ob du sie rausgerückt hättest. Was hattest du eigentlich gegen mich? Ich habe dein Problem mit mir nie verstanden.«

Diese Frage konnte ich gar nicht so ohne Weiteres beantworten. Was hatte ich eigentlich gegen ihn gehabt? »Sagen wir mal so, du hast dich anfangs nicht gerade von deiner besten Seite präsentiert, was eine nachhaltige Wirkung auf mich hatte.«

»Was?«, sagte er ungläubig. »Ich habe dir zu deinem Kaffee verholfen.«

»Und dich über mich lustig gemacht.«

»Nur ein bisschen.« Er deutete eine winzige Lücke zwischen Daumen und Zeigefinger an. »Aber irgendwie musste ich ja mit dir ins Gespräch kommen.«

»Du wolltest mich anbaggern?« Ich rempelte ihn mit dem Ellenbogen an, als würde ich Spaß machen. *Oh bitte, bitte, sag ja.*

Er lächelte. »Klar.«

»Um mich dann abzuschleppen«, mutmaßte ich auf der Stelle und er rollte mit den Augen.

»Was du immer von mir denkst. Klar bin ich nicht abgeneigt, wenn sich mit einer Frau was ergibt.« Er zuckte mit den Achseln. »Aber ein Flirt muss nicht zwangsläufig aufs Bett hinauslaufen. Zurzeit bin ich abends sowieso nicht mehr viel unterwegs.«

»Warum nicht?« Die Neugier troff buchstäblich aus meiner Stimme wie Wasser aus einem nassen Schwamm.

Ben sah mich lange an, im hellen Sonnenschein überwog das Blau in seinen Augen. Es ließ sein Gesicht auffällig strahlen. Auch sein Grübchen zeigte sich, und ich hatte das Gefühl, es zeigte sich ganz allein für mich.

»Ich werde alt«, sagte er schließlich. Leider konnte ich nicht mehr nachhaken, wir erreichten Rhashmi, die auf uns gewartet hatte. Dennoch wurde ich das Gefühl nicht los, er hatte etwas anderes gedacht. Sie hielt ihr Handy ans Ohr und lachte hinein.

»Ja, die beiden stehen gerade vor mir«, teilte sie ihrem Gesprächspartner mit und hob eine Hand.

»Erdie«, flüsterte Ben, und ich nickte.

Rhashmis Gesicht glühte, sie war verliebt bis über beide Ohren.

»Da hat es aber zwei erwischt«, raunte ich.

»Das kannst du laut sagen. Erdie ist den ganzen Tag nur am Grinsen, aber ich gönne den beiden ihr Glück, obwohl er sich ganz schön rarmacht in letzter Zeit.«

»Du Ärmster«, tröstete ich ihn und tätschelte seine Wange. Ein kluger Schachzug, wie ich fand, um ihn unauffällig berühren zu können. Er schnappte meine Hand und drückte sie gegen sein Gesicht.

»Du könntest mich ja trösten.« Sein Blick schweifte auffällig an mir entlang und schickte kleine Blitze bis in mein Höschen. Ich wurde ganz kribbelig. In letzter Zeit trug ich engere Shirts, die weiten Sachen hatte ich im Schrank ganz nach hinten verbannt.

Warum wurde ich das Gefühl nicht los, dass er eine ganz spezielle Art von Trost suchte? Der Gedanke gefiel mir.

Sehr sogar.

»An welche Art von Trost hast du denn gedacht?« Ich atmete flach, sein Blick ließ mich nicht los.

»Da fällt mir einiges ein.« Der Ausdruck in seinen Augen wurde intensiver, fiebriger.

»So schnell geht das bei mir nicht«, lehnte ich lachend ab, um meine plötzliche Nervosität zu verbergen. Er beugte sich dicht an mein Ohr.

»Immer noch so verklemmt wie am Anfang?«, raunte er. Ich wusste, dass er mich testete, als sein warmer Atem über meine Wange wehte und mich wohlig erschauern ließ.

»Bei mir geht das eben Schritt für Schritt. Am Anfang gibt es von mir höchstens einen Kuss, danach sehe ich weiter.«

Augenblicklich trat er beiseite, das leidenschaftliche Flackern in seinen Augen erstarb. »Kannst du den Rest von hier aus mit Rhashmi gehen, oder soll ich dich bis zur Uni begleiten?«, fragte er auffallend kühl.

Ich schluckte. »Nein, geh ruhig, ist schon in Ordnung.«

Er fuhr sich mit einer Hand durchs Haar. »Dann hau ich jetzt ab. Wenn was ist, du hast meine Nummer. Ruf mich an.«

»Ist gut«, presste ich heraus. Was hatte ich schon wieder falsch gemacht? Von einer Sekunde auf die andere war seine Laune umgeschlagen, war er ein anderer Mensch geworden.

»Noch was«, sagte er leise. »Konstantin wohnt nicht in Erlangen, sondern irgendwo außerhalb. Er kennt sich hier nicht sonderlich aus und hasst die Stadt. Die Gefahr ist gering, dass ihr euch noch einmal über den Weg lauft.«

»Danke für die Info«, erwiderte ich knapp, während mein Brustkorb verkrampfte. Musste er mich ausgerechnet jetzt an diesen Mistkerl erinnern? Gerade hatte ich ihn so schön verdrängt.

Ben winkte Rhashmi zum Abschied, da sie noch immer telefonierte und eilte an mir vorbei. Verwirrt sah ich ihm nach. Würde ich jemals schlau aus ihm werden?

KAPITEL 37

Du, ich muss Schluss machen«, sagte Rhashmi, »Luca verdreht schon die Augen.«

Was tat ich? Das konnte sie gar nicht gesehen haben, immerhin hatte ich mich weggedreht.

»Ich sehe es dir am Rücken an«, zischte sie und säuselte dann: »Ja, bis nachher … Ich freu mich auch.« Sie steckte ihr Handy ein.

»Na, zwischen dir und Erdie hat es ja gewaltig gefunkt.«

Rhashmis Augen glänzten. »Er ist so toll. Wir verstehen uns super, außerdem kann er wirklich gut küssen.« Sie leckte sich die Oberlippe.

Definitiv zu viel überflüssige Information für meinen Geschmack, vor allem, nachdem Ben gerade vor mir die Flucht ergriffen hatte, als ich das Wort küssen auch nur ansatzweise in den Mund genommen hatte. *Ob ich Mundgeruch habe?*, durchfuhr es mich. Unauffällig hauchte ich in meine Hand. Nein. Gottseidank. Dann hatte ich mit meinem Gequatsche wahrscheinlich nur seine Kussphobie neu geschürt. Vielleicht fürchtete er sich vor Herpes, war ein Oralhypochonder oder so was in der Art. Wie konnte er intim mit einer Frau werden, ohne sie zu küssen? Wie machte er das? War mir vollkommen schleierhaft. Eventuell konnte ich Rhashmi bitten, Erdie unauffällig wegen Ben auszuhorchen. Ich verwarf den Gedanken wieder. So nahe standen Rhashmi und ich uns nicht, dass ich ihr meine geheimsten Schwächen anvertrauen würde.

»Erdie hat mich gefragt, ob ich übernächste Woche mit ihm auf die Bergkirchweih gehe«, offenbarte sie mir strahlend, als hätte der Gute um ihre Hand angehalten.

»Na, ihr plant ja schon weit voraus«, scherzte ich, »das wird doch nichts Ernstes mit euch Turteltauben?«

»Sehr ernst sogar. Er will mich seiner Tochter vorstellen.«

»Phyllis?«, fragte ich, obwohl ich wusste, dass Erdie nur ein Kind hatte.

»Du kennst sie schon?« Rhashmi klang gekränkt.

»Ben passt manchmal auf die Kleine auf, sie kam mal in die WG«, beruhigte ich sie hastig. »Sie ist wirklich süß. Du wirst sie mögen.«

»Ich kann überhaupt nicht mit kleinen Kindern«, beichtete sie im Flüsterton, als wäre Erdie in der Nähe. »Ich bekomme schon Ausschlag, wenn ich bei mir in der Straße an diesem Kindergarten vorbei muss und die Zwerge gerade draußen toben. Die machen ein Geschrei, kann ich dir sagen.«

»Phyllis ist ganz lieb, keine Sorge«, sprach ich ihr Mut zu. »Sie mag Einhörner und spielt gern Uno«, fügte ich als kleinen Tipp hinzu.

Die beiden schritten in ihrer Beziehung wirklich mit Siebenmeilenstiefeln voran. Warum war es bei manchen Menschen so einfach? Sie lernten sich kennen, waren sich sofort über ihre Gefühle füreinander im Klaren und konnten diese auch problemlos dem anderen offenbaren. Bei ihrer Liebe gab es keinerlei Bedenken oder Bindungsängste. Alles lief vollkommen harmonisch auf einer geraden Linie in den siebten Himmel. Warum hatte ich das nie? Warum geriet ich immer an Beziehungschaoten? Die Welt war ungerecht.

Nacheinander betraten wir das Unigebäude durch die

große Glastür. Wie immer herrschte ein Gewusel an Leuten, Stimmengewirr und Gelächter erfüllte die Luft. Wir drückten uns an einer wild diskutierenden Studentengruppe vorbei und stiegen die breite Treppe hoch. Neben der Tür zum Vorlesungssaal lehnte Martin, der auf jemanden zu warten schien. Ausgerechnet. Der fehlte mir gerade noch.

Ich stupste Rhashmi in die Seite. »Du, da steht Martin.«

»Ignorieren«, flötete sie und hakte sich bei mir ein.

Auf der Stelle beschloss ich, ihren Rat zu befolgen. Wahrscheinlich wollte er sowieso nichts von mir, sondern wartete auf einen seiner Streberkumpane.

Gerade wollte ich in den Saal abbiegen, da ertönte seine quäkende Stimme.

»Hallo Luca, hast du mal einen Moment Zeit?«

»Nein, hat sie nicht«, antwortete Rhashmi an meiner Stelle.

»Darf ich mal?« Ein blonder Mann rempelte mich an, da ich die Tür blockierte, und drückte mich gegen Martin. Hastig sprang ich zur Seite.

»Was willst du?«, fuhr ich ihn an.

»Tut mir leid, dass wir gestritten haben«, sagte er. »Sind wir wieder gut?«

Sind wir wieder gut?! Wo hatte er das denn her? Diesen Spruch hatte ich seit dem Kindergarten nicht mehr gehört. Rhashmi rieb sich wie zufällig über ihre Stirn und holte tief Luft.

»Ähm, ja klar. … Können wir … kein Problem.« Was für einen Schwachsinn gab ich da von mir? War ich nicht ganz dicht? Offensichtlich nicht, Rhashmi wischte wie wild mit einer Hand vor ihren Augen herum.

Martin strahlte.

»Supi. Vielleicht können wir ja mal einen Tee trinken gehen?«

Er lud mich ein? Nach allem, was vorgefallen war? Ich

fasste es nicht. »Wie geht es Johanna?«, fragte ich statt einer Antwort.

»Johanna.« Er kratzte sich am Kopf. »Ihr geht es gut. Wir sind noch zusammen, aber das hat nicht viel zu bedeuten. Du gefällst mir immer noch besser.«

Ich war sprachlos.

»Du hast eine Freundin?« Rhashmi klang fassungslos.

»Ja«, erwiderte er zögerlich. »Aber das ist nur was auf Zeit.« Sein Blick wanderte zu mir, unentwegt wackelte er mit dem Kopf. »Was ist jetzt mit uns?«

»Gerade ist es ganz schlecht, ich muss wirklich viel lernen. Irgendwann mal«, redete ich mich hastig heraus.

Rhashmi zog mich in den Saal. »Er hat wirklich eine Freundin? Der Spinner erzählt doch nur irgendwelchen Mist«, flüsterte sie aufgeregt.

»Nein, tut er nicht. Ich habe sie getroffen.«

Ihr Mund stand offen. »Die muss verrückt sein, wenn sie sich mit diesem Knallkopf einlässt.«

»Ich glaube sogar, sie ist total verliebt in ihn. Sie war etwas angesäuert, als sie uns zusammen gesehen hat.«

Mit großen Augen starrte Rhashmi mich an. »Ist nicht dein Ernst.«

Ich nickte. »Doch.«

»Es gibt immer mehr Verrückte auf dieser Welt. Ich glaube, das liegt an diesen ganzen Weichmachern in den Plastikverpackungen«, redete sie sich in Rage. »Das Zeug löst sich und greift in die menschliche DNA ein, und ehe man sich versieht, laufen lauter Martins und Johannas rum.«

»Eine gewagte Theorie«, stellte ich trocken fest und setzte mich auf einen freien Platz.

Rhashmi ließ sich auf den Stuhl neben mir fallen. »Ich rate dir eines, halte dich von Martin fern. Der Typ hat definitiv eine Schraube locker.«

So unauffällig wie möglich spähte ich hinter mich. Martin saß ein paar Reihen weiter oben, von wo er mich nicht aus den Augen ließ. Als sich unsere Blicke kreuzten, winkte er mit beiden Händen. Hastig sah ich nach vorn. Ich war ein Magnet für Chaoten aller Art, stellte ich erschüttert fest. Wie war es eigentlich dazu gekommen, dass ich Martin wieder am Hals hatte? Mir war wirklich nicht mehr zu helfen.

KAPITEL 38

Ben packte mich von hinten im Flur und drängte sich an meinen Rücken, sein warmer Atem streifte meinen Hals. Ich schloss die Augen vor Erregung.

»Komm mit«, flüsterte er mit heiserer Stimme, stieß seine Zimmertür auf und dirigierte mich zu seinem Bett. Willig ließ ich mich führen, noch immer stand er hinter mir. Ich streichelte seine Schenkel entlang, fühlte seine muskulösen festen Beine und noch einiges mehr … Er stöhnte leise in mein Ohr und warf mich dann auf die Matratze, ehe er sich auf mich setzte. Sein Blick glitt lüstern und gierig über meinen Oberkörper, worauf ich vor lustvoller Erwartung bebte.

»Zieh dich aus«, befahl er und streichelte mit einer Hand über meine Brüste. Meine Brustwarzen stellten sich unter dem dünnen Stoff meines Shirts auf, und ich zerrte am Saum, um es endlich loszuwerden. Mit flachem Atem beobachtete ich, wie er sich langsam über mich beugte und mit seiner Zungenspitze sinnlich und genießerisch über meinen Busen glitt. Er hinterließ eine feuchte Spur, die auf meiner Haut abkühlte. Mein Schoß pulsierte, ich griff in seine Haare und presste sein Gesicht an meine Brust, wollte mehr von ihm spüren. Seine Hände streichelten an meiner Seite hinunter, näherten sich meinen Schenkeln. Ich hob meine Hüften an, reckte mich ihm entgegen, während mein Körper wie wild pochte. Winzige Bartstoppeln an seinem Kinn kratzten über meinen Hals und lösten ein Feuerwerk in mir aus. Ich keuchte, seine Hand liebkoste meinen Schenkel, näherte sich meiner Mitte, und meine Haut verglühte beinahe.

»Küss mich«, sagte ich kratzig und legte meine Hände um seinen Nacken, sehnsüchtig erwartete ich seine sinnlichen Lippen. Ich begehrte ihn wie noch nie zuvor einen Mann, wollte ihn küssen, mit seiner Zunge spielen, mich ihm hingeben. Langsam näherte er sich meinem Mund, hielt jedoch kurz davor inne.

»Du glaubst doch nicht wirklich, dass ich dich küsse.« Er legte den Kopf in den Nacken und lachte, während ich ihn erschrocken musterte. Plötzlich standen Erdie, Tobi und Ellen vor meinem Bett und lachten mit. Martin erschien, auch er kicherte irre. Wo kamen die alle her? Und schlimmer noch, sie sahen mich nackt!

Keuchend erwachte ich und blickte wirr im Kreis. Ich befand mich allein in meinem Zimmer, alles war still. *Oh mein Gott.* Ich hatte einen erotischen Traum von Ben gehabt. So weit war es also schon mit mir gekommen. Der Morgen graute gerade erst und schickte diesigen Sonnenschein zu mir ins Zimmer.

Langsam richtete ich mich auf, meinem rasenden Herzschlag lauschend. Noch immer pulsierte das Verlangen nach Ben zwischen meinen Schenkeln, breitete sich warm in meinem Körper aus und ließ mich nicht los. Nur diese Wand trennte mich von ihm. Er schlief allein dort drüben in seinem Bett, wie die Nächte zuvor auch. Sehnsucht überkam mich, das Bedürfnis, hinüberzugehen und mich neben ihn zu legen, mich in seinen Arm zu kuscheln und seinen samtigen Duft einzuatmen, der mich an eine Mischung aus Sandelholz und einem angenehm riechenden Waschpulver erinnerte. Ich wollte mit meinen Händen über seinen festen Bauch streicheln und das Grübchen an seinem Mundwinkel noch mal berühren, wollte ihm einfach nur nahe sein. Und ich wollte ihn küssen, an seiner Unterlippe knabbern und mit seiner Zunge spielen. Seufzend stand ich auf, um mich ein wenig mit Lernen abzulenken, bevor ich noch wie eine ausgehungerte Sexdämonin in sein Zimmer stürzte. In zwei Stunden musste ich zur Arbeit ins Labor. Die letzten Tage waren recht friedlich verlaufen. Wie Ben vorhergesagt hatte, war mir Konstantin die ganze Woche kein einziges Mal über den Weg gelaufen. Immerhin war die Sache bereits sechs Jahre her, somit stand die Chance hoch, dass Konstantin das Interesse an mir verloren hatte. Deshalb beschloss ich, mein Leben einfach wie bisher weiterzuführen. Allerdings achtete ich nun darauf, nach Anbruch der Dunkelheit nicht mehr allein draußen unterwegs zu sein. Sicher war sicher. Mein Verhältnis zu Ben war weiterhin freundlich, aber recht distanziert. Immer mehr bekam ich den Eindruck, dass bereits minimale Auslöser reichten, um unser fragiles Freundschaftsverhältnis wieder ins Nirwana zu katapultieren. Erneut redete er nur das Nötigste mit mir. Dafür wurde Martin leider zunehmend penetranter. Dauernd kreuzte er an der Uni in meiner Nähe auf und wollte mich in ein Gespräch verwickeln. Langsam wusste ich mir nicht mehr zu helfen, der Kerl verhielt sich wie ein Blutegel.

Ich wischte die elenden Gedanken an Martin beiseite, und beschloss, einer ausgiebigen Dusche zu frönen, wenn ich schon mal so früh wach war. Der Lärm des Abwasserrohrs würde wohl meine Nachbarn in den unteren Etagen wecken, aber das war nicht mein Problem. Gerade trat ich in den Flur, als sich die Tür zu Bens Zimmer öffnete. Er kam heraus, lediglich mit weißen Boxershorts und einem weißen T-Shirt bekleidet. Nur mit Mühe konnte ich meinen Blick von seinen wohlgeformten Beinen lösen. Über sein linkes Knie zog sich eine breite Narbe. Seine Haare standen wild nach allen Seiten ab. Ben sah verschlafen aus, und in diesem Moment wünschte ich mir, er würde morgens neben mir aufwachen und genau so aussehen. In meinem Bauch kribbelte und wuselte es. Er lächelte, als er mich entdeckte.

»Du bist aber früh auf«, sagte er und gähnte hinter vorgehaltener Hand.

»Ich habe noch einen Haufen im Labor zu tun und will gleich los«, log ich hastig. Schließlich konnte ich ihm schlecht erzählen, dass ein feuchter Traum, in dem er die Hauptrolle spielte, mich aus dem Schlaf gerissen hatte.

»Ach so.« Er tapste an mir vorbei in Richtung Küche und streifte mich mit dem Arm. Die kurze Berührung prickelte meinen Rücken hinunter wie Proseccobläschen. Ben stockte.

»Du hast was in den Haaren.« Er zupfte einen Fussel von meinem Kopf und streichelte dann über mein Haar. Ehe ich mich versah, nahm er mein Gesicht in beide Hände. Mir blieb die Luft weg. Ich fühlte seine Finger an meinen Ohren, während seine Daumen über meine Wangen strichen. Mein Blut strömte fühlbar durch meine Venen, bestimmt spürte er es an seinen Fingerspitzen pulsieren. Wir standen uns dicht gegenüber, Ben atmete schneller, und schürte eine unglaubliche Nervosität in mir. Was hatte er vor? Dieser Mann war der unberechenbarste Mensch, der mir jemals über den Weg gelaufen war. Was sollte ich tun? Mich an ihn schmiegen, meine Arme um seine Taille legen? Keines meiner Körperteile funktionierte, ich stand stocksteif da und wartete mit bebendem Atem auf Bens nächsten Move. Einige Momente musterten wir uns schweigend, ich sah sein Grübchen dicht vor mir, seine schwarzblauen Augen, die mich durchdringend musterten. Dann betrachtete ich den leichten Schwung seiner Augenbrauen, prägte mir jedes Haar, jede noch so winzige Unebenheit ein. Alles zusammen ergab ein perfektes Bild, das ich zukünftig in meinem Herzen tragen würde. So nahe war ich ihm bis jetzt erst einmal ganz bewusst gekommen; ebenfalls hier im Flur. Die Erinnerung daran ließ mich wohlig erschauern. Bedächtig beugte er sich zu mir, und ich hoffte, dass er mich küssen würde. Sehnsuchtsvoll schloss ich die Augen und spürte gleich darauf seine Lippen auf meiner Stirn, ehe er sich wieder von mir löste und mein Gesicht freigab. Verdutzt hob ich die Lider. Ben wirkte auf eine seltsame Art unzufrieden, als hätte er eigentlich etwas anderes im Sinn gehabt, im letzten Moment jedoch seine Meinung geändert.

»Warum hast du mich geküsst?«, fragte ich kaum hörbar und betrachtete sein attraktives Gesicht, das mich gefangen nahm. Ich wollte ihn wieder an mich ziehen, ihn richtig küssen, er sollte mich zum Schmelzen bringen. Mühsam kämpfte ich mit mir und hoffte, er bemerkte meine Sehnsucht nicht, obwohl alles in mir nach ihm schrie. Ben musste blind sein.

»Einfach nur so.« Er strich mir eine Haarsträhne hinters Ohr, während ich versuchte, meine zittrige Atmung unter Kontrolle zu bekommen. »Du … du bist so rein und unverdorben. So unschuldig.« Wehmut schwang in seiner Stimme mit.

Mein Zittern ebbte augenblicklich ab. Was redete er da? Er stilisierte mich beinahe zu einer unbefleckten Jungfrau. Irgendwie klang er sentimental, was nicht zu seinem bewusst gewählten Lifestyle passte – sein Verhalten machte ihn älter, als er war. Als blickte er auf ein unmoralisches lasterhaftes Leben zurück.

»Rein bin ich erst, wenn ich geduscht habe«, scherzte ich, um diesen sonderbaren Moment zu unterbrechen, worauf Ben fast schon erleichtert auflachte.

»Lass dich nicht aufhalten.« Mit den Augen deutete er zur Badezimmertür, bevor er in Richtung Küche verschwand. Wieso suchte er erst meine Nähe, nur um gleich darauf vor mir zu flüchten? Seit Wochen schon stellte ich mir dieselben Fragen und fand einfach keine Antwort.

KAPITEL 39

Gegen Nachmittag kam ich erschöpft in die WG zurück. Das frühe Aufstehen verlangte so langsam seinen Tribut, mein Körper sehnte sich nach einem Nickerchen. Dann entdeckte ich Ben und prustete los. Er saß in der Küche und blätterte in einem Sportmagazin. Phyllis stand daneben auf einem Stuhl und frisierte ihm die Haare. Dünne Strähnen standen nach allen Seiten auf seinem Kopf ab, die von grellpinken Haarperlen zusammengehalten wurden. Ich kam näher, um ihn genauer zu begutachten. Erst als ich im Türrahmen erschien, bemerkte Ben mich und hob den Kopf. Sein Stirnhaar war zur Seite gekämmt und mit zwei rosa Einhornmotiv-Spängchen geschmückt.

»Du solltest öfter Rosa tragen«, gluckste ich und setzte mich gegenüber. »Die Farbe steht dir wirklich ausgezeichnet.«

»Luca«, jubelte Phyllis. »Gefällt dir Bens Frisur?«

»Sie ist toll.« Ich hob beide Daumen in die Höhe. »Ben sollte immer so rumlaufen.«

»Mach dich nur lustig«, sagte er. »Anfangs wollte sie mir die Haare schneiden, ich habe mich lediglich auf das kleinere Übel eingelassen.«

»Ben lässt mich nicht.« Phyllis zog einen Flunsch. »Ich

habe bei Mama gut aufgepasst. Ich weiß, wie man Haare schneidet.«

»Oh«, bedauerte ich gespielt mitleidig. »Und du darfst trotzdem nicht?«

»Nein«, erwiderte Ben bestimmt. »Sie darf trotzdem nicht.«

»Warum nicht?« Phyllis stampfte mit dem Fuß auf, worauf Ben neben sie auf den Stuhlsitz griff, und eine Barbie mit kurz geschorenen Haaren in die Höhe hielt. »Darum nicht. Ich möchte nicht so aussehen.«

Die Kleine schob ihre Unterlippe vor. »Bitte.«

»Phyllis.« Er maß sie mit einem strengen Blick. »Vergiss es.«

Sie quengelte undeutlich vor sich hin, während sie ihm ein pinkfarbenes Spängchen hinters Ohr clippte. Ein überdimensionales lila Stoffeinhorn mit Glitzermähne thronte mitten auf dem Tisch. Ich hob es in die Höhe, um es von allen Seiten betrachten zu können. »Das ist aber schön. Ist das neu?«

»Rhashmi hat es mir geschenkt«, gab Phyllis bereitwillig Auskunft. »Sie kam den Papa gestern besuchen und hat gesagt, dass sie Einhörner ganz doll mag, genau wie ich.«

Ich grinste in mich hinein. »Und wie findest du Rhashmi?«

»Nett.« Eifrig kämmte sie die Strähnen aus, während Ben leise ächzte. »Aber nicht so nett wie dich.«

»Danke, Süße«, erwiderte ich gerührt.

»So, jetzt reicht es.« Ben griff nach einer Haarperle, aber Phyllis klammerte sich an seine Hand.

»Was machst du da? Hör auf, du machst alles kaputt.«

»Ich muss dich gleich zur Oma fahren, und so gehe ich bestimmt nicht auf die Straße.«

»Aber dann war ja alles umsonst«, jammerte Phyllis und schob ihre Unterlippe vor.

»Ich laufe nicht mit Haarperlen in der Öffentlichkeit herum. Abgemacht war nur für hier.«

»Aber die Frisur ist so schön geworden.« Mit ihrer kleinen Hand streichelte sie bewundernd über seinen Kopf.

»Das kann ich mir vorstellen«, murrte er.

»Weißt du was, Phyllis?« Ich zog mein Handy aus der Tasche. »Ich mache ein Bild von Ben und er kann es dir dann ausdrucken.«

»Au ja«, jauchzte die Kleine, während Ben mich mit Blicken erdolchte. Ungerührt hielt ich mein Handy in die Höhe.

»Bitte lächeln. Sag Ouistiti.«

Ben lachte »Ouis was?«

Da knipste ich. »Ouistiti, französisch für ‚kleines Äffchen', zaubert das schönste Fotolächeln aufs Gesicht«, erklärte ich, amüsiert den Schnappschuss von Ben betrachtend. Er sah zweifellos witzig aus, trotzdem war er immer noch sehr attraktiv – ihn konnte nichts verunstalten.

»Kleines Äffchen«, wiederholte Ben und kitzelte Phyllis in der Seite, dass sie kicherte. »Das passt zu dir.«

Ich zeigte ihm mein Handy, worauf ihm sein Lachen auf dem Gesicht gefror.

»Phyllis«, japste er entsetzt. »Was hast du mit mir gemacht? Ich sehe aus wie dein Einhorn.«

»Ich finde, du siehst niedlich aus«, sagte ich, während Phyllis glucksend das Foto betrachtete.

»Das nehme ich mit in den Kindergarten und zeige es allen.«

»Wehe«, warnte Ben sie. »Lösch es.« Er schnappte nach meinem Smartphone, aber ich war schneller.

»Niemals.«

»Ihr habt euch gegen mich verschworen.« Mit beiden Händen griff Ben in seine Haare und entfernte unter lautem Protestgeschrei von Phyllis die vielen Perlen, ehe er aufstand.

»Ich bringe dich jetzt nach Hause, bevor dir noch mehr Unsinn einfällt.«

Phyllis sammelte ihre Sachen zusammen und schnappte ihr Einhorn. »Ich habe mir so viel Mühe gegeben.«

Mittlerweile lag ich mit dem Kopf auf der Tischplatte und lachte.

»Weißt du was?«, sagte Ben plötzlich zu seiner kleinen Besucherin. »Das nächste Mal verschönerst du Luca. Du hast doch dieses kleine Schminkköfferchen zu Hause, das bringst du dann mit.«

»Au ja«, stimmte Phyllis zu. »Ich mal Luca ein Einhorn ins Gesicht.«

Mein Gelächter erstarb. »Das wirst du mir büßen.« Ich hoffte, Ben würde die eine Perle übersehen, die noch seitlich in seinen Haaren klemmte.

Er grinste. »Sie malt tolle Einhörner.«

Phyllis umarmte mich. »Bis bald«, sagte sie, aber es klang für mich wie eine Drohung. Neben mir hörte ich Ben schadenfroh feixen. Diese Gemeinheit würde er mir definitiv büßen.

Er ging zum Flurspiegel und kontrollierte seine Haare, fand dabei leider die ihm entgangene Perle und zog sie heraus. Zwischen Daumen und Zeigefinger hielt er sie mir entgegen. »Zu früh gefreut, ich habe bemerkt, wie du darauf gestarrt hast. Du hättest mich wirklich eiskalt so rausgehen lassen?«

Ich nickte.

Phyllis öffnete bereits die Tür und entwischte nach draußen. »Warte«, rief Ben ihr nach und eilte hinterher.

Kichernd trat ich an den Küchentresen, wo ein ganzer Stapel Briefe lag, um zu sehen, ob etwas für mich dabei war. Einer der Jungs musste die Post hochgebracht haben. Vorher nahm ich noch einmal mein Handy zur Hand und sah mir Bens Foto an. Ich betrachtete seine gerade Nase und das markante Kinn, ganz klein entdeckte ich sein Grübchen.

Verstohlen hauchte ich einen Kuss auf das Display und wandte mich gedankenversunken den Kuverts zu. Ein Klamottenladen, den ich vor zwei Jahren das letzte Mal aufgesucht hatte, schickte mir einen Treuegutschein. Auch ein Schreiben meines Zahnarztes, das schwer nach der Rechnung für die Zahnreinigung aussah, war darunter. Dazwischen steckte ein Brief, auf den jemand mit blauer Tinte nur Luca Vogt geschrieben hatte. Es klebte keine Marke darauf, also war er persönlich eingeworfen worden. Was hatte das zu bedeuten? Ich steckte einen Finger in die Seitenlasche und riss den Umschlag auf. Meine Hände begannen zu zittern, wie versteinert starrte ich auf diese Nachricht. Ich musste mich setzen und überflog immer wieder den einen Satz.

Pass bloß auf, du dumme geile Schlampe!

Ich presste eine Hand vor meinen Mund, eine plötzliche Kälte durchströmte mich, aber ich konnte den Blick nicht von dem Blatt Papier abwenden, das in meiner Hand zitterte. Konstantin. Wer sonst sollte mir so etwas Abscheuliches schreiben? Also hatte er sich die letzten Tage lediglich ruhig verhalten, vergessen hatte er mich nicht. Irgendwie hatte er herausbekommen, wo ich wohnte. Was sollte ich jetzt machen?

Ich schnappte mir mein Handy und wählte Caros Nummer, aber es meldete sich lediglich die Mailbox. Verdammt. Abrupt sprang ich auf und warf einen Blick aus dem Fenster, plötzlich fühlte ich mich beobachtet, konnte jedoch nichts Verdächtiges feststellen. Tränen schossen mir in die Augen. Ich musste mich beruhigen. Gleichmäßig ein- und ausatmen. Was konnte er mir schon anhaben? Konstantin konnte nichts weiter anstellen, als das, was er mir bereits angetan hatte. Erneut wurde mir bewusst, dass nichts endete, nur weil ich mich davon abwandte und versuchte, dieses Erlebnis aus meinem Gedächtnis zu löschen. Dieser Albtraum würde mich für den Rest meines Lebens verfolgen. Konstantin hatte mir etwas geschworen, und er war kein Mann, der seinen Eid brach. Er ließ mich büßen, für einen einzigen Fehler, begangen in einer betrunkenen Nacht.

KAPITEL 40

Ich schlenderte mit Caro und Martha durch das abendliche Nürnberg, um die Schwulen- und Lesbengala zu besuchen. Mittlerweile schien es wieder besser zwischen den beiden zu laufen. Sie hielten sogar Händchen, obwohl Caro es noch immer nicht über sich gebracht hatte, Martha ihren Eltern vorzustellen. Ich hatte Ben gebeten, mich mit dem Auto herzubringen, und er hatte mich gefahren. Nicht nur, ohne Fragen zu stellen, sondern er hatte sogar angeboten, mich wieder abzuholen. Von dem anonymen Brief hatte ich ihm nichts erzählt, wahrscheinlich hätte das nur ein unangenehmes Gespräch nach sich gezogen, und bringen würde es nichts. Wenn Konstantin bestritt, der Verfasser zu sein, konnte selbst Ben nichts ausrichten … falls er überhaupt Bock hatte, sich näher mit meinen Problemen zu beschäftigen. Ich wollte Ben nicht unnötig belästigen.

»Konstantin war diese Woche noch mal im Fitnessstudio«, sagte Caro plötzlich, und ich hielt mitten im Gehen inne.

»Warum?« Meine Eingeweide verschlangen sich ineinander.

»Er hatte was zu reparieren.« Sie drehte sich zu mir um, da die beiden etwas zeitversetzt gemerkt hatten, dass ich stehen geblieben war. »Ich soll dir Grüße von ihm ausrichten.«

»Du hast mit ihm gesprochen?« Meine Stimme brach. Was führte dieser Schweinehund im Schilde?

»Ich habe ihm gesagt, dass ich dich nicht kenne«, beruhigte sie mich. »Du warst zu einer Probestunde im Center, und seither habe ich dich nicht mehr dort gesehen. Mehr weiß er nicht.«

»Ich glaube, er hat den Brief geschrieben.«

»Luca, dann geh zur Polizei.« Caro ließ Martha los, um mich in den Arm zu nehmen.

Plötzlich war mir eiskalt.

»Trete ihm doch in die Eier«, schlug Martha pragmatisch vor und versenkte beide Fäuste in den Taschen ihrer weiten Cargo-Jeans. »Ich würde ihn mir schnappen und an die Wand klatschen …«

»Toller Tipp«, unterbrach Caro sie gereizt. »Luca kann diesen Typen nicht an die Wand klatschen, er ist größer und stärker.«

»Ich kann nicht zur Polizei gehen«, wisperte ich. »Wenn er das rauskriegt …«

»Dann sperren sie ihn ein.« Caro ergriff mich bei den Armen, aber ich riss mich los.

»Sie sperren ihn nicht ein. Ich habe keine Beweise gegen ihn in der Hand. Sie werden ihn höchstens verhören und wieder laufen lassen. Und dann ist er richtig sauer.« Ich setzte mich mit verschränkten Armen in Bewegung. »Lass uns nicht mehr von diesem Arsch reden. Ich werde ihn einfach ignorieren und nichts unternehmen, und zwar so lange, bis ihm sein mieses Spielchen zu langweilig wird. Ich lasse mir von ihm mein Leben nicht noch mal zerstören.«

Die beiden kamen hinterher und Caro legte einen Arm um meine Schultern, »Dann fangen wir am besten heute gleich an und vergessen diesen Widerling einfach. Von dem lassen wir uns den schönen Abend nicht vermiesen.«

»Genau«, stimmte ich zu, felsenfest entschlossen, diese Party zu genießen. Martha klatschte Caro mit der flachen Hand auf den Hintern.

»Hoffe, das gilt auch für uns beide.«

»Was meinst du?«, fragte Caro.

»Kein Stress heute Abend, bloß weil ich mich mal mit einer anderen Frau unterhalte.«

»Warum stellst du mich immer wie eine eifersüchtige Kuh hin?« Caro stemmte beide Hände in die Hüften. »Es geht überhaupt nicht darum, dass du dich nicht mit anderen Leuten unterhalten darfst. Wie oft soll ich dir das noch sagen? Es geht ums Flirten, und das ist ein Riesenunterschied.«

»Du kriegst echt alles immer sofort in den falschen Hals.«

»Ja, klar«, prustete Caro. »Warum hast du dann auf Sarahs Facebookseite gepostet, wie sehr du dich auf sie und heute Abend freust?«

»Schnüffelst du mir nach, oder was?«

»Nein, es lief über meinen Stream. Für den Fall, dass du es vergessen hast, ich bin auch mit Sarah auf Facebook befreundet.« Caro marschierte los. »Fragt sich nur wie lange noch«, warf sie über die Schulter zurück.

Martha und ich folgten ihr, die Luft um uns herum war zum Schneiden dick. Na, das konnte ja heiter werden. Ein Stück weit vor uns hörten wir glücklicherweise bereits Stimmen und Gelächter. Gedämpfte Housemusik wummerte uns entgegen.

Der Laden war brechend voll. Auf der Tanzfläche tanzten Leute. Top durchgestylte Jungs rieben sich an den Hintern ihrer männlichen Tanzpartner, auch Frauen bewegten sich im Rhythmus der Musik miteinander. Es herrschte eine tolle Stimmung. Dazwischen leuchteten stark geschminkte Transen mit Perücken und ausgefallenen Roben wie Paradiesvögel. Einige von ihnen hatten eine beneidenswerte Figur. Die meisten Frauen trugen kurze Haare und figurverdeckende Jeans mit Hemden wie Martha. Dazwischen tummelten sich aber auch immer wieder Frauen mit langen Haaren und aufreizender Kleidung so wie Caro. Eigentlich war alles vertreten. Eine bunte Mischung der unterschiedlichsten Leute, die sich prächtig amüsierten und ausgelassen feierten.

»Holen wir uns was zu trinken?«, brüllte Martha mir ins Ohr, ein hoher Piepston hallte in meinem Gehörgang nach. Danach redete sie auf Caro ein, die lediglich mit den Schultern zuckte, sich dann aber doch in Bewegung setzte. Ich folgte ihnen zu dem dichten Gedränge vor dem Tresen. Martha drückte sich wie ein Bulldozer hindurch und stützte sich mit beiden Unterarmen auf der Marmorplatte ab. Eine rothaarige Frau prostete Martha zu, suchte eindeutig Blickkontakt. Das war frech. Wie nebenbei legte Martha einen Arm um Caro, während sie dem Fuchshaar etwas ins Ohr raunte. Meine arme Freundin wirkte wie eine Handtasche.

»Luca«, hörte ich jemanden mit hoher Stimme kreischen und drehte mich um. Michelle, eigentlich Michael, stand hinter mir, in einem atemberaubenden Traum in Rot. Ihre blonden Haare flossen in Korkenzieherlocken bis hinunter zur Taille, und ihr Make-up übertraf alles bisher Dagewesene. Sogar Ellens Schminke. Michelle hatte die erotischsten Smokey Eyes, die ich jemals gesehen hatte. Ich kannte Michelle von Caro, die beiden waren gut miteinander befreundet.

»Du siehst toll aus!«, schrie ich gegen den Lärm an und warf mich in ihre Arme. Kreischend tanzten wir einmal um unsere Achse. Martha tippte gegen ihre Schläfe.

»Süße.« Michelle schob mich von sich weg. »Du brauchst dringend ein Make Over. Wie du wieder aussiehst.« Sie legte eine Hand an ihre Wange. »Nein, das geht ja gar nicht.«

»Vielen Dank.« Ich schnitt ihr eine Grimasse, worauf ihr aufzugehen schien, dass sie gerade nicht sonderlich charmant gewesen war.

»Aber dein grünes Top ist so was von super.« Sie kniff in meine linke Brust und gab ein Hupgeräusch von sich. »Ach, was gäbe ich dafür, wenn ich die in echt hätte. Du bist aber auch ein Glückspilz.«

Fand ich jetzt nicht, aber ich nahm ihr Gerede als Kompliment. Zu viele Schmeicheleien hatte ich in letzter Zeit sowieso nicht zu hören bekommen. Bis auf die paar Mal, als Ben etwas ähnlich Bescheuertes über meine Oberweite von sich gegeben hatte. Was er wohl heute machte? Vorhin hatte ich ganz vergessen zu fragen. Ob er auf die Pirsch ging? Frauen abscannte wie ein Fleischpaket im Supermarkt? Was wohl seine Kriterien waren? Brüste, Vagina und erkennbare Atmung? Aus seinen Kurzzeitpartnerinnen konnte ich kein gleichbleibendes Muster ablesen, es war alles dabei, rot, blond, brünett. Ein Tropfen der Eifersucht landete wie Benzin auf meinem brennenden Herzen und ließ es auflodern. Dabei hatte Ben schon lange keine Beischlafbegleitung mehr in die WG mitgebracht, und es sah so aus, als hätte er auch in nächster Zeit nicht vor, wieder mit dem Jagen zu beginnen. Hatte er genug von Frauen? Das konnte ich mir bei ihm nicht vorstellen. Vielleicht machte er nur eine kreative Pause. Hoffentlich kurierte er nicht lediglich eine Geschlechtskrankheit aus, durchzuckte es mich. Ben war immerhin zu allem fähig, ich sollte mich heute lieber nicht weiter mit ihm befassen.

Caro und Martha gesellten sich zu uns. Martha drückte mir ein Sektglas in die Hand, während Caro von Michelle in derselben Manier begrüßt wurde wie ich zuvor. Sie hopsten wie wild auf der Stelle. Die Rothaarige hatte sich ihnen ebenfalls angeschlossen, was Caro nicht zu gefallen schien. Sie flüsterte mit Michelle, ehe sie gleichzeitig ihre Köpfe in deren Richtung drehten und sie mit fiesen Blicken bombardierten.

»Was will Caro nur von diesem hässlichen Mannsweib?«, raunte mir Michelle nicht gerade schmeichelhaft ins Ohr.

»Warum tut ihr euch nicht zusammen? Ihr beide wärt so ein schönes Paar.«

»Weil ich nicht lesbisch bin.«

»Hast du es schon mal probiert?« Sie spielte mit ihren falschen Brüsten.

»Nein, und ich habe auch kein Verlangen danach.«

Sie winkte ab. »Ach, ihr Heten seid immer so verkrampft.«

Caro hatte sich inzwischen Martha geschnappt und umarmte sie, dass der Armen beinahe die Luft wegblieb. Zweifellos verfügte Caro über ein sehr einnehmendes Wesen.

Unterdessen klatschte Michelle einem blonden hübschen Kerl auf den Hintern. Der drehte sich empört um.

»Lass das«, schnauzte er und machte, dass er weiterkam.

»Warum so eilig?«, rief sie ihm hinterher. »Ich beiße dich nicht! Nur wenn du es willst!«

Der Blonde verschwand in der Menge, ohne Michelle eines weiteren Blickes zu würdigen.

»Der steht auf mich«, gab sie voll Überzeugung bekannt. »Der tut nur spröde. Ich geh das mal testen.« Mit wippenden Hüften schritt sie zwischen den Leuten hindurch. Ihre Absätze waren mindestens fünfzehn Zentimeter hoch, wodurch sie alle um sich herum überragte. Ich hätte nicht einen Schritt in solchen Schuhen gehen können, aber sie beherrschte den Hüftschwung so perfekt wie Lena Gercke. Irgendwie beneidete ich Michelle um ihr unerschütterliches Selbstbewusstsein. Mir hätte schon ein Zehntel ausgereicht.

Die Musik wurde rockiger. Oben auf der Bühne strippten gerade ein paar gut gebaute Männer im schwarzen Lederoutfit unter den jubelnden Begeisterungstürmen der Gäste, was mich erfreulicherweise von Ben ablenkte. Die Show fand ich ganz nett, die Kerle waren definitiv etwas fürs Auge. Ich vertiefte mich in die Darbietung, mit einer sexy Bewegung riss sich einer der Jungs seine Hose vom Körper und stand nur noch in einem knappen Stringtanga da. Die Zuschauer kreischten, da sprach mich die Rothaarige an.

»Hallo, ich bin Jessica.« Sie lächelte. In ihrem Gesicht tummelten sich unzählige Sommersprossen, ihre Locken standen in widerspenstigen Strähnen vom Kopf ab.

»Luca.«

»Scheint dir gut zu gefallen, das da oben.« Sie deutete in Richtung Bühne.

»Ja, finde ich ganz nett.«

»Oh«, sie schien zu verstehen, »dann bist du wohl nur aus Sympathiegründen hier.«

»Eigentlich um Spaß zu haben und mich zu amüsieren.« Ich leerte mein Sektglas in einem Zug. Es war sauheiß hier.

»Magst du noch eins?« Jessica nahm mir mein Glas aus der Hand und eilte in Richtung Tresen davon, bevor ich antworten konnte. Ich hielt Ausschau nach Martha und Caro, konnte die zwei aber nirgends entdecken. Ich hoffte für Caro, dass Martha ihr nicht schon wieder das Herz brach. Kurz darauf kam Jessica zurück und reichte mir ein volles Glas.

»Danke.«

Wir prosteten uns zu.

»Ich bin nur übers Wochenende in Nürnberg«, erzählte Jessica dicht an meinem Ohr durch den Lärm. »Eigentlich komme ich aus Hamburg.«

»Nur für die Gala?«

Sie nickte. »Hier soll es die schönsten Frauen geben.« Dabei fixierte sie mich mit einem tiefen Blick. Meine Nervosität meldete sich, eigentlich hatte ich nicht vorgehabt, heute zu flirten. Schon gar nicht auf der Gala. Hastig trank ich einen großen Schluck.

»Der schmeckt echt super, nicht zu trocken.« Überschwänglich hob ich einen Daumen in die Höhe.

Sie kam näher. »Möchtest du tanzen?«

Die Show war mittlerweile beendet, der DJ legte wieder Housemusik auf.

Kurz zögerte ich und überlegte, ob ich mir Jessica wirklich aufhalsen sollte. »Eigentlich ist mir nicht so nach Tanzen zumute«, erwiderte ich lahm, was sie mit einem Grinsen quittierte. »Dann tanze ich, du musst dich nur an mir festhalten.«

Unwillkürlich prustete ich los und zuckte schließlich mit den Achseln. »Warum nicht?«

Jessica nahm meine Hand und führte mich hinter sich her auf die Tanzfläche. Im Gehen leerte ich auch noch mein zweites Glas, ehe ich meine Hüften, wie im Zumbakurs gelernt, kreisen ließ. Meine Bewegungen passten nicht wirklich zu House, aber erschienen mir noch am machbarsten. Jessica hingegen konnte super tanzen, sie rekelte sich vor mir wie diese indische achtarmige Göttin.

»Machst du Zumba?«, fragte sie plötzlich und hörte dabei nicht auf, sich zu bewegen.

»Ich hatte mal eine Probestunde. Warum, sieht man's?«

Sie nickte lachend. »Ja, aber sieht gut aus. Weitermachen.«

So langsam verlor ich meine Hemmungen, Jessica war echt nett. Während des Tanzens rissen wir Witze über andere Paare, die sich noch schlechter bewegten als wir oder redeten einfach nur Blödsinn. Schließlich blieb ich atemlos stehen. »Ich kann nicht mehr«, keuchte ich und strich meine verschwitzten Haarsträhnen hinter die Ohren. Ich wollte nicht wissen, wie ich gerade aussah. »Ich brauche eine Pause.«

»Ich auch«, stimmte Jessica zu, obwohl sie frisch und munter wirkte. Nur ihre roten Locken kräuselten sich feucht um ihr Gesicht. Wir schlängelten uns durch die Leute, dieses Mal lud ich Jessica an der Bar zu einem Glas Sekt ein.

»Gehen wir ein bisschen an die frische Luft?«, fragte Jessica, und ich nickte. Im Saal war es unglaublich stickig.

KAPITEL 41

Nebeneinander gingen wir nach draußen. Die Frische der Nacht umschmeichelte meinen erhitzten Körper und kühlte ihn angenehm ab. Noch immer hielt ich mein Sektglas in der Hand und prostete Jessica zu. Unsere Gläser klirrten aneinander. Wir schlenderten zu einer nahen Bank und setzten uns. Unzählige Sterne glitzerten über uns am schwarzen Nachthimmel, ein blinkender Punkt bewegte sich langsam übers Firmament.

»Das hat Spaß gemacht.« Jessica nippte an ihrem Glas.

»Ja, war lustig«, ich trank einen Schluck. »Wie bist du eigentlich auf die Idee gekommen, extra wegen der Gala diesen weiten Weg auf dich zu nehmen?«

Jessica blickte vor sich zu Boden. Es schien, als hinge sie einer schmerzhaften Erinnerung nach. »Eine Frau hat mich eingeladen. Wir haben uns in einem Flirtportal getroffen und wirklich gut verstanden. Leider musste ich dann feststellen, dass sie mir in echt nicht so gut gefiel wie online.«

»Sah sie so schlimm aus?«

»Sagen wir mal, sie sah nicht aus wie auf den Fotos und war zwanzig Jahre älter.«

»Ach du meine Güte!« Ich schlug eine Hand vor den Mund.

Sie zuckte mit den Schultern.

Eine Zeit lang saßen wir nur da und ließen unsere erhitzten Körper abkühlen.

»Ich gehe wieder rein, mich fröstelt es.« Jessica rieb ihre Arme.

»Ich schnappe noch ein bisschen frische Luft.« Gerade genoss ich die Ruhe und wollte noch ein bisschen sitzen bleiben, bevor ich mich wieder ins Getümmel warf.

»Bis nachher.« Jessica lief in Richtung Eingang, während ich aufstand, um einfach mal ein Stück zu gehen. Ben kam mir unerwartet in den Sinn. Er fehlte mir, verweilte länger in meinen Gedanken, als ich zulassen wollte. Ich fühlte mich einsam, hatte das Gefühl, auf der Stelle zu treten und der Zeit beim Verrinnen zuzusehen. Ben wollte mich nicht. Ich hingegen konnte mich nicht von ihm lösen, um endlich weiterzumachen und ihn abzuhaken. Morgen würde ich wieder nach Hause gehen, Ben vorlügen, dass alles in bester Ordnung war und er mich kein bisschen interessierte. Ich beschloss zurück zur Party zu gehen, denn ein paar Meter vor mir standen zwei Frauen im Schatten eines Kastanienbaums dicht beisammen. Ich hörte sie miteinander reden, die Stimmen kamen mir merkwürdig bekannt vor und ich stutzte. Eine von ihnen war mit ziemlicher Sicherheit Martha.

»Ich weiß nicht mehr, was ich noch machen soll. Caro ist dauernd sauer«, sagte sie gerade und klang frustriert. Abrupt blieb ich stehen, was keine gute Idee war, da ich hier nirgends Deckung fand. Würden die beiden den Kopf drehen, wäre ich geliefert.

»Seit wann hängst du dich so in Beziehungen rein?«, fragte die andere. Jetzt erkannte ich die raspelkurzen, weißblonden Haare. Das war Sarah, Marthas Ex.

»Caro ist was Besonderes. Irgendwie macht sie mich

glücklich, dann wieder geht sie mir mit ihrer misstrauischen Art tierisch auf den Geist.«

Sarah streckte wie in Zeitlupe einen Arm aus. Sie streichelte Marthas Wange und zog sie dann an sich. »Vergiss Caro doch mal – seit du mit ihr zusammen bist, quatscht du permanent von dieser Tussi. So kenne ich dich gar nicht. Entspann dich.« Mit beiden Händen glitt sie Marthas Rücken entlang, ihre Lippen suchten Marthas Mund. »Soll ich dich ein bisschen ablenken?«

»Lass das, Sarah«, japste Martha und wich mit dem Kopf zurück. »Ich liebe Caro.«

»Was ist schon dabei?« Ihre Hand verschwand unter Marthas Hemd, beide keuchten auf und versanken schließlich in einem wilden Zungenkuss, Martha zerrte Sarahs T-Shirt aus dem Hosenbund. Wow! Was für ein Miststück Martha doch war.

Erst an diesem Punkt konnte ich mich aus meiner Starre lösen, ich räusperte mich vernehmlich. Gleichzeitig fuhren ihre Gesichter in meine Richtung. Marthas Kiefer klappte nach unten, sie stieß Sarah von sich und schien aus einer Art Umnebelung zu erwachen.

»Ihr seid echt das Letzte«, sagte ich angewidert und hätte Martha am liebsten eine geknallt. Ich fühlte mich, als hätte sie mich gleich mit betrogen.

Sarah schien nicht halb so schockiert zu sein wie Martha, sie zuckte teilnahmslos mit den Achseln. »Wir haben doch nur ein bisschen rumgemacht.« Ihre gleichgültige Art schürte ein Brodeln in meinem Magen.

»Euch ist wirklich nicht mehr zu helfen.« Ich wandte mich ab, um Caro zu suchen und ihr brühwarm und detailliert alles zu berichten.

»Luca, warte«, hörte ich Martha hinter mir.

Ich legte an Tempo zu, aber sie holte mich ein und stellte sich mir in den Weg.

»Das war nicht geplant. Bitte sag Caro nichts.«

»Du hast sie doch nicht mehr alle!«, schmetterte ich ihr entgegen wie einen Tennisball.

»Es ist doch gar nichts passiert.«

»Weil ich euch daran gehindert habe.« Ich schüttelte den Kopf über so viel Unverfrorenheit.

»Ich liebe Caro, ganz ehrlich. Das war ein Ausrutscher.«

Ich fasste es nicht. »Martha, ich werde ganz bestimmt nicht meine Klappe halten und dabei zusehen, wie du meine beste Freundin verletzt, die dich zufälligerweise über alles liebt.«

»Dann lass es mich ihr wenigstens selbst sagen«, bat Martha und rieb ihre Hände. »Aber nicht heute, nächste Woche.«

»Du spinnst echt.«

»Luca. Caro hat Montag ihre Prüfung im Atelier. Ihre Mappe kam wirklich gut an. Wenn ich ihr das heute sage, ist sie Montag so fertig, dass sie alles versaut. Das können wir ihr nicht antun, für diese Chance hat sie viel zu hart gearbeitet.«

Ich überlegte. Martha hatte recht. Mit Sicherheit würde Caro am Montag keinen geraden Pinselstrich auf die Leinwand bekommen, wenn Martha heute mit ihr Schluss machte. Aber der Gedanke, meiner besten Freundin die nächsten Tage eine heile Welt vorspielen zu müssen, obwohl ich wusste, dass ihre Partnerin sie betrog, war unerträglich für mich. Was sollte ich jetzt tun?

»Luca, komm schon. Nur ein paar Tage. Ich werde ihr auch nicht erzählen, dass du es wusstest. Lass es mich ihr selbst sagen. Das bin ich ihr schuldig.«

»Na gut«, stimmte ich schließlich schweren Herzens zu, musste mich jedoch überwinden. Alles in mir sträubte sich. »Aber wenn du deine Beichte bis nächstes Wochenende nicht hinter dich gebracht hast, übernehme ich das.«

Martha klopfte mir auf die Schulter. »Du hast was gut bei mir.«

»Ich will nichts gut bei dir haben«, erwiderte ich kalt und meinte, was ich sagte. »Ich will, dass du verschwindest.«

Martha ging an mir vorbei in Richtung Saal. Ich folgte ihr mit etwas Abstand. Drinnen hielt ich Ausschau nach Caro. Sie stand bei Michelle, machte irgendwelchen Quatsch mit ihr. Die beiden lachten und kicherten. Caro sah glücklich aus. Martha ging zu ihr und legte wie selbstverständlich einen Arm um ihre Taille. Sofort schmiegte sich Caro an sie.

Auf einmal kam ich mir vor, als würde ich das Glück meiner besten Freundin zerstören, obwohl der Gedanke bei genauer Betrachtung vollkommen irrational war. Seufzend steuerte ich die Bar an.

KAPITEL 42

Ein paar Tage später saß ich gemeinsam mit Tobi und Ellen auf der Couch im Gemeinschaftsraum, wo wir eine alte Folge von Sex and the City anschauten. Eigentlich hatte Tobi was anderes sehen wollen, war aber überstimmt worden. Seufzend fügte er sich nun in sein Schicksal und schüttelte nur ab und an den Kopf.

»Ihr seid schlimmer als wir Kerle«, sagte er, während Carrie ihren Freundinnen gerade ausschweifend ihre sexuellen Erlebnisse der letzten Nacht bis ins kleinste Detail wiedergab.

Ellen richtete sich auf. »Warum?«

»Wir Männer tun es nur, wir reden nicht mit unseren Kumpels stundenlang über unsere Eroberungen.«

»Als ob ihr nicht vor euren Freunden angebt«, sagte ich ungerührt. Das konnte er mir nicht erzählen.

»Wir reden schon mal darüber, aber nicht über jede Kleinigkeit. Wir fragen höchstens mal: Hast du sie abgeschleppt? … Ja. … Hat sie dich rangelassen? … Ja. … Wie war's? … Gut. Ende des Gesprächs.« Er blickte mich an Ellens Kopf vorbei an. »Aber ihr Frauen erzählt euch alles. Jedes

Detail, angefangen von der Penisgröße bis hin zu seinen Schlafzimmerqualitäten. Ihr zoomt richtig ran, das ist so was von indiskret.«

Ellen nickte, worauf Tobi ihr einen entsetzten Blick zuwarf. »Du machst das auch? Weiß Selina auch so Zeugs von mir?«

»Natürlich nicht.« Sie zwinkerte mir zu. »Nur dass du ein wahnsinnig guter Liebhaber bist.«

Tobi lehnte sich zurück, ein breites Lächeln wuchs auf seinem Gesicht. »Bin ich das, ja?«

»Der Beste«, versicherte sie, seine Brust tätschelnd.

»Jetzt, wo ich das weiß, kann ich ja beruhigt sterben«, sagte ich trocken, worauf die beiden lachten.

Ben erschien im Türrahmen. »Was zieht ihr euch denn da rein?«

»Ganz sicher keinen Fußball«, erwiderte ich.

»Sie lassen mich nicht«, beschwerte sich Tobi. »Ich werde psychisch mit dämlichem Gerede über weibliche Sexfantasien gefoltert. Die Frauen da drinnen«, er deutete auf den Fernseher, »treiben es kreuz und quer. Wehe, wir würden das tun und auch noch öffentlich zur Schau stellen, wir wären Machos und Chauvis. Aber wenn die das machen, ist das was ganz anderes.«

Ben setzte sich neben mich auf die Sofalehne, gerade in dem Moment, als sich Samantha nackt mit einem Kerl in einer Liebesschaukel vergnügte. Er stieß mich mit dem Ellenbogen in die Seite. »Machst du so was auch?«

»Nein«, sagte ich schnippisch.

»Schade, das habe ich bisher noch nicht ausprobiert.«

»Du solltest mehr Sex and the City schauen, vielleicht gehen dir dann die Augen auf, was du alles noch nicht kennst.«

»Ich übe lieber am lebenden Objekt«.

»Zurzeit aber nicht«, konnte ich mir nicht verkneifen,

hatte aber geflüstert, sodass die beiden anderen nichts mitbekamen. Er sah mir tief in die Augen.

»Nein, zurzeit nicht«, bestätigte er ebenso leise.

Ein kleines Glücksgefühl löste sich in meiner Brust und zuckte durch mein Herz. Ich blickte zur Seite und fing einen messerscharfen Blick von Ellen auf, mit dem sie danach auch Ben bedachte.

»Warum sollen Frauen nicht offen mit ihrer Sexualität umgehen?«, fragte Ellen plötzlich. »Wir haben genauso wie ihr das Recht, unsere sexuellen Bedürfnisse auszuleben, wenn uns danach zumute ist.«

»Das klingt jetzt aber sehr klinisch«, erwiderte Ben ungerührt.

Ellen lehnte sich an Tobi. »Als ich noch Single war, hatte ich auch manchmal One-Night-Stands.« Sie zuckte mit den Schultern, während sich Tobi vorbeugte, um ihr ins Gesicht zu sehen.

»Gut zu wissen.«

»Was ist schon dabei?« Sie setzte sich auf. »Jetzt tu bloß nicht so, als ob du kein Sexleben vor mir hattest.«

»Doch.« Tobi kratzte sich am Kinn. »Aber bei Männern ist das was anderes. Wir brauchen Sex zum Stressabbau.«

Ich prustete.

»Alter, wir brauchen das nicht zum Stressabbau«, fiel Ben ihm in den Rücken. »Sondern weil es Spaß macht, weil es uns befriedigt und weil wir hinterher selig sind.«

»Genauso geht es uns auch«, stimmte ihm Ellen zu. »Weil es die schönste Nebensache der Welt ist.«

»Aber nicht mit einem wildfremden Kerl.« Ich war zutiefst entsetzt.

»Wieso denn nicht?« Ellen klang entgeistert.

Alle drei betrachteten mich skeptisch, und mich beschlich das Gefühl, etwas Unkluges von mir gegeben zu haben.

»Ein One-Night-Stand ist so unpersönlich«, verteidigte ich mich.

Mein Blick schweifte unwillkürlich zu Ben.

»Wie ist ein One-Night-Stand für euch Kerle, Ben?«, fragte ihn Ellen plötzlich. »Woran denkst du dabei?«

»Ich denke an nichts dabei. Männer können nicht vögeln und gleichzeitig denken.« Er stellte einen Fuß auf die Sitzfläche und stützte sich mit den Unterarmen auf seinem Schenkel ab. »Aber ich denke, wenn Luca keinen Mann für eine Nacht möchte, ist das in Ordnung.«

Hatte ich da eben richtig gehört? Wann war dieser Sinneswandel denn eingetreten? Ich erinnerte mich noch lebhaft an ganz andere Sprüche von ihm zu diesem Thema.

»Sie weiß ja nicht mal, was ihr entgeht«, hielt Ellen dagegen. »In meinen Augen sind das irgendwelche verschrobenen Moralvorstellungen. Wie kann man ganz ohne Sex existieren, das geht doch gar nicht.«

»Ja, wie machst du das, Luca?«, fragte nun auch noch Tobi. »Machst du es dir selbst?«

»Klar macht sie es sich selbst«, sagte Ben ungerührt, und mir blieb die Luft weg. »Wir alle machen es uns selbst.«

Ich spürte, wie ich puterrot wurde. Ich hatte hoffentlich nicht neulich nachts in meinem Traum laut gestöhnt. Falls er das jetzt ansprach, würde ich mich aus dem Fenster stürzen. Auf der Stelle.

»Ähm … sollen wir zum Fußball umschalten?«, schlug ich verhalten vor und griff nach der Fernbedienung.

»Sag bloß, dir ist diese Unterhaltung peinlich.« Ellen schnappte mir das Plastikkästchen aus der Hand. »Du brauchst einen One-Night-Stand. Du darfst einfach nicht sterben, ohne diese Erfahrung gemacht zu haben.«

»Ich … ich leide nicht an einer todbringenden Krankheit oder so. Ein paar Jährchen habe ich bestimmt noch vor mir und muss nichts überstürzen.« Ein mulmiges Gefühl stieg in mir auf.

»Komm schon, du bist dreiundzwanzig und hattest noch

nie einen One-Night-Stand. Wir müssen dir einen beschaffen.«

»Hör auf mit dem Scheiß. Bist du noch ganz dicht?« Ben klang wütend.

»Halt du dich da raus«, zischte sie.

»Luca«, sie nahm meine Hände, »komm schon, wir besorgen dir einen sexy Typen. Nächste Woche ist doch Bergkirchweih. Warum kommst du nicht mit und schaust, was sich ergibt? Ich kenne ein paar sehr gut aussehende Männer, die dir bestimmt eine heiße Nacht bescheren.«

»Ich … ich weiß nicht«, stammelte ich. Ich wollte keinen Sex mit einem fremden Mann. Das war einfach nicht ich.

»Bist du bescheuert?«, stand Ben mir bei. »Du quatschst sie da gerade in irgendwas rein, was sie gar nicht will. Lass sie in Ruhe, verdammt. Manche Menschen sind in dieser Hinsicht eben etwas gehemmter, na und? Das muss man akzeptieren.«

Gehemmt? Er hielt mich immer noch für gehemmt? Scheiße, tat das weh. Ben hielt mich für frigide.

»Warum mischst du dich eigentlich dauernd ein?«, fauchte Ellen. »Bist du wirklich um sie besorgt, oder stört es dich nur, dass Luca dich noch nicht rangelassen hat?«

»Ich habe es noch gar nicht darauf angelegt«, erwiderte er und stand auf. »Sonst hätte sie schon längst einen gehabt.«

Wie sollte ich das jetzt verstehen?

Ben drehte sich um und stampfte aus dem Raum, es gab einen lauten Schlag, als er seine Zimmertür zudonnerte.

»Musste das schon wieder sein?« Tobi klang verärgert.

Ellen ließ sich in die Lehne sinken. »Er kommt daher, als wäre er ein Mensch mit Prinzipien, dabei benutzt er andere nur.« Sie wandte sich an mich. »Was ist jetzt mit nächstem Samstag? Kommst du mit auf den Berg?«

»Ich überlege es mir.« Ich warf einen Blick auf mein Handy. »Schon so spät.« Hastig stand ich auf. »Ich muss noch lernen, morgen schreibe ich eine Klausur.« Nach einem kurzen Winken eilte ich in mein Zimmer. Ein One-Night-Stand war das Letzte, wonach mir der Sinn stand. Ganz bestimmt würde ich mich nicht mit irgendeinem wilden Hengst im Stroh tummeln.

KAPITEL 43

Ich saß an meinem Schreibtisch, starrte auf meine Notizen und versuchte, mich zu konzentrieren, während sich das vorherige Gespräch in Endlosschleife vor mir abspulte. Die drei hatten über Sex geredet, als wäre die Sprache aufs Wetter gekommen. Ich hatte mich vollkommen fehl am Platz gefühlt. Wirkte ich am Ende schon verzweifelt auf andere, wenn sogar Ellen mir Männerbekanntschaften vermitteln wollte? Ob sich Ben heimlich über mich lustig machte? Wenn er wollte, hätte er mich schon längst gehabt.

Was hatte er gemeint? War er sich seiner Sache einfach nur sicher, oder spielte er mit mir und ich raffte es nicht? Seufzend blätterte ich eine Seite zurück und registrierte mit Schrecken, dass ich mir nichts, was dort stand, gemerkt hatte. Diese Klausur morgen würde im Fiasko enden. Ich brauchte etwas, um mich wach zu halten, eine lange Nacht wartete auf mich.

Warum lernte ich auch immer auf den letzten Drücker? Nachdem ich mich ausgiebig gestreckt hatte, stand ich auf, um mir eine Kanne starken Kaffee zu kochen, und schrak zusammen, als Ben ohne anzuklopfen eintrat. Er schloss die Tür und kam auf mich zu, wirkte merkwürdig aufgewühlt.

»Mach es nicht«, sagte er fast schon beschwörend.

»Wovon redest du?«

Er legte eine Hand auf die Stirn und fuhr langsam durch sein braunes Haar. »Schlaf nicht mit irgendeinem dahergelaufenen Typen.«

»Warum interessiert dich das überhaupt?«

»Du bist nicht so.« Er machte eine Pause und atmete durch. »Du hast Prinzipien. Werte. Sex bedeutet dir noch etwas. Bitte, mach es nicht.«

Ich fasste es nicht. Ben machte sich Sorgen um meine Moral?

»Ich finde es seltsam, dass ausgerechnet du, der sich die Frauen reihenweise nimmt, wie es ihm passt, mir von einem schnellen Abenteuer abrät.«

Ben starrte an mir vorbei. »Ja, ausgerechnet ich. Aber das ist was anderes.«

»Warum ist es was anderes? Weil du ein Mann bist?«

»Nein, verdammt!«, schnauzte er mich an, seine Augen blitzten auf. »Nicht deswegen. Ich … weil … weil ich …« Er presste beide Handballen vor seine Augen und stand still, dann ließ er seine Arme sinken. »Ich kann dir den Grund nicht sagen, aber bitte, mach es nicht.«

Irgendwas stimmte nicht mit ihm. »Warum soll ich nicht mal einen One-Night-Stand ausprobieren? … Spaß haben, ohne Verpflichtungen.«

Das Entsetzen in seinem Gesicht wuchs bei jedem Wort, das meine Lippen verließ, ich sah die Betroffenheit buchstäblich in ihm anwachsen.

Er kam auf mich zu und nahm mein Gesicht in beide Hände. Seine Finger waren warm und drückten in meine Haut, als hätte er Angst, ich könnte mich losreißen.

»Mach es nicht«, beschwor er mich.

Ich benötigte einen Moment, um das Chaos in meinem Kopf zu sortieren und wieder klar denken zu können. Mein Herz wummerte unruhig in meiner Brust, als ich erkannte, warum Ben zu mir gekommen war. Er wollte mich – und ich wollte ihn. Ich wollte den wundervollsten und leidenschaftlichsten Sex mit ihm haben, den ich mir vorstellen konnte, danach an seiner Seite einschlafen und mich in seine Armbeuge kuscheln. Und das jeden Tag. Vorsichtig legte ich meine Hände auf seine Hüften, ich spürte seine Hüftknochen und streichelte weiter über seinen Rücken. Ben holte tief Luft.

»Dann schlaf wenigstens mit mir, Luca. Ich bereite dir die Nacht deines Lebens, das verspreche ich dir.«

Mein Brustkorb zog sich so heftig zusammen, dass es beinahe schmerzte, nur um sich gleich darauf explosionsartig zu weiten, was mich in einen Glückstaumel versinken ließ. Bens Hand legte sich um meinen Nacken, er zog mich eng an sich. Ich schloss meine Augen, erkundete mit den Fingern die Muskeln über seinen Rippen. Bens Lippen trafen sachte auf meine Wange, er blies mir einen Kuss darauf, ehe er langsam weiter zu meinem Ohr wanderte. Als er mich dort berührte, wirbelte mein Magen durcheinander, und mir blieb einen Augenblick lang die Luft weg.

Unwillkürlich keuchte ich auf, während Ben dicht an meinem Ohr schnell und hitzig atmete. Er knabberte an meinem Ohrläppchen, und ich krallte mich in sein T-Shirt, da mir schwindlig wurde. Die Gefühle, die er in mir hervorrief, übertrafen die aus meinem Traum bei Weitem. Brennendes Verlangen loderte von meinem Bauch über meinen Brustkorb und glühte meinen Rücken hinunter. Ich presste mich an ihn, strich mit beiden Händen an seiner Seite bis zum Bund seiner Jeans und glitt unter sein T-Shirt. Sachte streichelte ich seine nackte weiche Haut. Ben stöhnte leise.

»Ich weiß alles von dir«, begann er kurzatmig. »Ich kenne deinen Humor, deine Launen, dein großes Herz, ich kenne sogar deinen Zyklus, aber ich weiß nicht, wie du aussiehst.«

Ich kreiste mit den Fingerspitzen um seinen Bauchnabel und streichelte über seinen Bauch bis hoch zum Brustkorb. Wenn er mir jetzt die Kleider vom Leib riss, würde ich ihm dabei helfen. Seine Lippen berührten meinen Hals, ein wohliger Schauer durchströmte mich. Ich hob den Kopf, spürte seinen heißen Atem und verging beinahe vor Lust. Er legte eine Hand auf meine Brust, zärtlich und vorsichtig streichelte er mich. Meine empfindlichste Stelle pochte. Oh Himmel, ich wollte Ben so sehr. Schließlich nahm ich sein Gesicht in beide Hände und streckte mich, um ihn zu küssen. Ich stellte mich auf die Zehenspitzen und lehnte mich vor, da wandte er den Kopf und ich streifte lediglich sein Kinn mit meinen Lippen, während er mit beiden Händen hinunter bis zu meiner Taille glitt. Ich erstarrte. Mir rauschte es heiß den Rücken hinunter. Ben Nowak küsste mich nicht auf den Mund. Er küsste mich nicht auf den Mund! Ein heftiger Schmerz stach mir mitten ins Herz, als mir klar wurde: Ich war nur eine seiner kurzen Eroberungen, weiter nichts. Er hegte keine tieferen Gefühle für mich. Abrupt riss ich mich von ihm los und trat einen Schritt zurück.

»Verschwinde.«

Er musterte mich verwirrt. »Was ist los? Habe ich irgendwas gemacht? War ich zu schnell?«

»Hau ab.« Ich schluckte die aufsteigenden Tränen herunter. Auf keinen Fall wollte ich vor ihm losheulen. Ben verarschte mich, genauso wie Ellen vorhin erklärt hatte, und nutzte mich nur aus.

Er kam einen Schritt auf mich zu, aber ich wich erneut zurück.

»Such dir eine andere, und jetzt geh.«

»Luca, können wir nicht darüber reden?«

»Worüber denn?«, schrie ich, obwohl Tobi und Ellen uns wahrscheinlich hören konnten. »Darüber, dass ich die nächste Kerbe in deinem Bettpfosten sein soll? Dass du mich genauso ausnutzt wie alle anderen?«

»So ist das nicht.« Er breitete die Hände aus. »Lass es mich erklären.«

Ich lachte bitter auf. »Ich bin im Bilde.«

»Ich will dich nicht ausnutzen.«

»Warum küsst du mich dann nicht?«

»Habe ich doch getan.« Er wirkte verwirrt.

»Auf den Mund.«

Wir musterten uns schweigend. Ben sah aus wie ein in die Enge getriebenes Raubtier, sein Blick wanderte unruhig im Zimmer umher, er biss sich auf die Lippen, während ich mit bebendem Atem seine Reaktion abwartete.

»Ich kann dich nicht küssen«, sagte er schließlich und gab mir die schlimmste Abfuhr, die mir jemals verpasst wurde.

»Warum nicht?« Meine Stimme bebte verräterisch.

»Es geht nicht, okay?« Die Sehnen an seinem Hals spannten sich an, auch seine Armmuskeln verkrampften sich.

»Dann kann ich auch nicht mit dir schlafen.« Er war verrückt, wenn er tatsächlich glaubte, wir könnten unter diesen Umständen Sex miteinander haben. Eine schnelle Nummer, bevor wir zum Alltag übergingen. Was er mit mir machte, tat so, so weh.

»Das ist auch besser für dich«, sagte er beinahe tonlos. »Halte dich von mir fern, sonst bereust du es am Ende nur.«

»Das tue ich jetzt schon«, warf ich ihm an den Kopf, nur um ihn genauso zu verletzen, wie er das bei mir tat. Obwohl jedes einzelne Wort gelogen war. Ich bereute nicht, ich war am Boden zerstört.

Er drehte sich um und stürmte aus meinem Zimmer.

»Ben!«, rief ich ihm nach. »Warte!« Aber er war schon um die Ecke. Ich hörte seine Zimmertür zuschlagen, dann drehte sich der Schlüssel im Schloss. Mit eckigen Bewegungen setzte ich mich auf mein Bett und ließ meinen Tränen freien Lauf.

Ich saß da und sah zu, wie mein Herz ertrank. Der Schmerz in meiner Brust wurde übermächtig und drohte, mich zu sprengen. Ben würde mich niemals küssen. Wie hatte ich auch nur einen Moment lang annehmen können, dass ein Mann wie er sich ernsthaft für mich interessierte?

Ich presste beide Hände vors Gesicht und weinte. Am

liebsten würde ich jetzt zu ihm gehen und ihm all meine bitteren Gefühle ins Gesicht schleudern. Ihn fragen, ob er überhaupt wusste, was er mir antat, wenn er mit seiner egoistischen Art über meine Seele trampelte. Ihm erzählen, wie schäbig er sich benahm, indem er mich behandelte, als wäre ich es nicht wert, von ihm geliebt zu werden. All das wollte ich ihm erzählen, damit er endlich begriff, damit er ein einziges Mal mitfühlen konnte, was in mir vorging. Stattdessen versank Ben in seinem Selbstmitleid, heuchelte mir vor, wie glücklich ich mich schätzen konnte, von ihm verschmäht zu werden. Ich war dumm gewesen, hatte mir Dinge zusammengesponnen, die in Wahrheit niemals existiert hatten, hatte mich von seinem Gerede blenden lassen, bis er mich genau da hatte, wo er mich haben wollte.

Ich begehrte ihn, wollte ihn mit jeder Faser meines Körpers. Schlimmer noch: Ich liebte ihn, mit all seinen Macken und Schwächen. Warum tat er das mit mir? Erneut musste ich mir eingestehen, dass er eine Nummer zu groß für mich war.

Ich hatte jede noch so kleine Veränderung in seinem Wesen auf mich gemünzt, hatte glauben wollen, dass er meinetwegen nicht mehr jagen ging, seine Blicke und Worte falsch gedeutet und gehofft, er würde für mich ebenfalls etwas empfinden. Nun saß ich hier und stellte fest: Das genaue Gegenteil war der Fall. Aber noch immer gab es eine Sache, die er unbedingt wollte und die er bisher nicht von mir bekommen hatte. Offenbar gönnte er mich auch keinem anderen, aus welchem Grund auch immer. Ich fasste einen Entschluss. Samstag würde ich auf den Berg gehen, mir einen One-Night-Stand suchen und ihn mit in die WG nehmen.

Mitten in der Nacht klingelte mein Handy, *Papa* leuchtete es vom Display.

»Hallo«, sagte ich verschlafen.

»Hallo Schätzchen«, vernahm ich die dunkle Stimme meines Vaters im Hörer. »Habe ich dich geweckt?«

»Nein, was gibt es denn?«

»Ich muss dir etwas beichten.«

Stille.

»Was denn?«, wagte ich schließlich zu fragen. Ein ungutes Gefühl gesellte sich zu meiner verzweifelten Stimmung.

»Du kannst dir nicht vorstellen, was passiert ist. Ich habe eine Frau kennengelernt. Sie bedeutet mir wirklich viel.«

Seine Worte trafen mich wie ein Laster in voller Fahrt. Seit dem Tod meiner Mutter hatte er keine Beziehung mehr geführt. Er konnte doch nicht einfach … Mir fehlten die Worte, ich hörte nur stumm zu, wusste nicht, was ich sagen sollte.

»Schätzchen, bitte. Sie macht mich wirklich sehr glücklich. Wenn du mich in den Semesterferien besuchen kommst, wirst du sie kennenlernen. Ich bin mir sicher, dass sie dir gefällt.«

»Und was ist mit München? Ich wollte doch auch dahin ziehen, vor allem deinetwegen. Was soll ich allein in dieser Riesenstadt?«

»Kannst du nicht zwei Jahre in Erlangen arbeiten, bis …«

»Bis du überhaupt nicht mehr zurückkommst«, beendete ich den Satz mit bitterer Stimme für ihn, obwohl ich wusste, dass ich mich ungerecht verhielt und womöglich nur meinen Frust wegen Ben an ihm ausließ.

Schweigen breitete sich in der Leitung aus.

»Du bist kein Kind mehr, mein Schatz«, sagte er schließlich. »Ich möchte dich auch in meiner Nähe haben. Aber bald wirst du heiraten, eigene Kinder kriegen, und dein alter Vater wird euch dann nur zur Last fallen.«

»Ist schon gut «, lenkte ich ein. Ich trug ein zwiespältiges Gefühl in mir. Einerseits gönnte ich ihm ein zweites Glück mit einer Frau, andererseits nagte ein kindisches Gefühl der Eifersucht in meiner Brust. Ich beschloss, seine Eroberung erst einmal kennenzulernen. Wer wusste schon, wie sich die Sache entwickelte. Außerdem konnte ich mich gerade nicht mit meinem Vater befassen. Bens Auftritt vorhin hatte mich so fertiggemacht, dass ich noch immer keinen klaren Gedanken fassen konnte. Zum Glück konnte mein Vater nicht sehen, dass mir Tränen übers Gesicht liefen. »Wenn wir uns im August treffen, reden wir weiter, in Ordnung? Ich freue mich für dich.« Ich wischte mir über die Wangen. »Können wir am Wochenende noch mal telefonieren? Das kam gerade alles ein bisschen plötzlich.«

»Danke für dein Verständnis. Natürlich können wir das. Du wirst sie mögen, da bin ich mir ganz sicher.«

»Bis bald.« Ich legte auf und ließ meinen Tränen freien Lauf. Auf einmal fühlte ich mich von allen Menschen verlassen.

KAPITEL 44

»Du willst das nicht wirklich durchziehen?«, fragte Caro entgeistert. Wir saßen zur Happy Hour im Innenhof der Havana Bar und ließen uns jede einen Melon Daiquiri schmecken. Caro war in die nächste Entscheidungsrunde des Ateliers gerutscht, obgleich sie gar nichts von einer weiteren Auswahlrunde gewusst hatte. Samstagvormittag sollte dann die endgültige Entscheidung fallen.

»Warum soll ich das nicht durchziehen?« Ich saugte an meinem Strohhalm und ließ mir den melonigen Geschmack auf der Zunge zergehen.

»Du kannst nicht einfach mit irgendjemandem ins Bett steigen, nur um Ben eins auszuwischen. Luca, das ist krank.«

Natürlich war mein Plan krank, das wusste ich selbst. Die vergangenen Tage hatte ich auch versucht, mir die Sache selbst wieder auszureden, hatte dann aber gemerkt, dass es mir nicht nur um Ben ging. Ich wusste nicht einmal, ob ich Ben mit dieser Aktion überhaupt traf. Viel wahrscheinlicher war, dass er sich am Samstag ebenfalls eine Bettbekanntschaft aufriss und diese mit nach Hause nahm. In mir wuchs sowieso das Gefühl, Ben hätte mich bereits abgehakt, denn er benahm sich seltsam gleichgültig mir gegenüber. Zwar redete er mit mir, als wäre nie etwas zwischen uns vorgefallen, aber unsere Gespräche gingen über Smalltalk nicht mehr hinaus. Als wäre ich eine weitläufige Bekannte, der er zufällig in der Stadt begegnete. Die Kluft zwischen uns war so tief wie der Marianengraben.

»Es geht nicht nur um Ben.« Ich nahm mein Glas vom Tisch und lehnte mich zurück. »Sondern auch um mich. Warum soll ich mich nicht mal ausleben? Offenbar tun es alle um mich herum. Nur ich bin die einzig Blöde, die sich von veralteten Wertvorstellungen davon abhalten lässt, Erfahrungen zu sammeln.«

Caro lehnte sich über den Tisch. »Weil du dir diesen Mist gerade selbst einredest, deshalb. Es ist überhaupt nichts dabei, wenn jemand, der Single ist, One-Night-Stands hat. Nur muss man auch wirklich bereit sein, und das bist du nicht, solange du dir so viele Gedanken darüber machst. Entweder man tut es und steht dazu, oder man lässt es bleiben. So, das ist meine Meinung.«

Ich schlüpfte in meine weiße Strickjacke, langsam wurde es frischer. »Aber vielleicht muss ich es einfach mal machen. Wie soll ich wissen, ob schneller Sex mir wirklich nicht gefällt, wenn ich es nie probiere? Wer weiß.« Ich drehte den schwarzen Strohhalm zwischen Daumen und Zeigefinger. »Am Ende bin ich ein Naturtalent. Eventuell ist ein One-Night-Stand genau das, was ich brauche, um auch mal auf meine Kosten zu kommen.«

Caro pustete eine Haarsträhne aus ihrem Gesicht. »Und was willst du dann mit deinem One-Night-Stand anfangen? Dich hinlegen und sagen: Los, zeig mal, was du draufhast, Junge?«

Wir kicherten.

»So ähnlich hatte ich mir das vorgestellt, ja.«

»Du spinnst doch.«

»Warum denn?« Ich stellte mein inzwischen leeres Glas zurück auf den Tisch.

»Ganz ehrlich?« Sie sah mich durchdringend an.

»Tu dir keinen Zwang an.«

»Dann hättest du doch auch mit Ben schlafen können, wenn er dir schon verspricht, dass er dir die Nacht deines Lebens bereiten will.«

Meine Schulterblätter spannten sich an. »Das mit Ben ist was anderes.«

»Warum? Wenn es dir nur um Sex geht, ist er doch so gut wie jeder andere.«

»Bei ihm geht es mir aber nicht nur darum.«

»Aha.«

»Nichts, aha«, zischte ich und winkte die Kellnerin heran. »Das mit Ben ist gestrichen.«

»Rede doch noch mal mit ihm«, bat Caro nachdrücklich, »ich kann mir nicht vorstellen, dass er einer von dieser knallharten Sorte ist. Im Fitnessstudio ist er immer so nett, er ist bestimmt ein guter Kerl. Vielleicht steckt irgendwas anderes hinter seinem merkwürdigen Verhalten.«

»Ganz sicher nicht«, erwiderte ich scharf. »Ben ist Geschichte. Samstag gehe ich auf den Berg, und wenn mir dort einer gefällt, nehme ich ihn mit zu mir, das hat mit Ben überhaupt nichts zu tun.«

Caro schnaubte. Sie wirkte verärgert, und ich wusste gar nicht, warum. Wieso steigerte sie sich so in meine Angelegenheit hinein? Und schlimmer noch – weshalb um alles in der Welt, verteidigte sie Ben auch noch?

»Warum nimmst du deine Eroberung mit zu dir? Damit Ben ihn sieht?«

Genau deshalb. »Da bin ich nicht festgelegt«, verteidigte ich mich hastig. »Kann auch sein, dass wir bei ihm landen. Und jetzt lass uns nicht mehr über diese Sache reden, bitte.«

Die rundliche Kellnerin bequemte sich an unseren Tisch. »Was darf's sein?«

»Noch zwei, bitte«, bestellte ich. »Kommst du Samstag mit auf die Kirchweih?« Es war mir nicht geheuer, allein in diese

Schlacht ziehen zu müssen. Eigentlich fühlte ich mich wie auf dem Gang zum Schafott.

»Auf jeden Fall sind wir da. Ich schaue mir den Typen vorher an, mit dem du abziehst«, drohte sie mir.

»Wer ist wir?«

»Ich und Martha«, erklärte sie, als sei ich unterbelichtet.

Oh, anscheinend hatte Martha nicht vor, in absehbarer Zeit eine Beichte abzulegen. Was sollte ich jetzt machen? Wenn ich Caro von Marthas Treulosigkeit erzählte, würde ich zugeben müssen, dass ich schon seit letztem Wochenende Bescheid wusste. Diesen Vertrauensbruch würde sie mir nie verzeihen. Caros Handy klingelte. Sie nahm das Gespräch an und zwitscherte in ihr Telefon. »Martha kommt vorbei«, hauchte sie, nachdem sie das Telefonat beendet hatte.

Die Kellnerin kam mit vollen Gläsern zurück und stellte sie vor uns auf den Tisch.

Ich nahm das Melonenstück vom Glasrand und biss hinein. Wie sollte ich mich Martha gegenüber verhalten? So sauer, wie ich auf sie war, würde Caro mit ihrem Röntgenblick sofort merken, dass mit mir etwas nicht stimmte. Insgeheim verfluchte ich Martha, die Betrügerin.

»Ist was?«, fragte Caro auch sofort, doch dann strahlte sie. Gleich darauf entdeckte ich auch den Grund ihrer blendenden Laune. Martha stiefelte auf uns zu. Als sie bei uns anlangte, drückte sie Caro, ohne mit der Wimper zu zucken, einen Kuss auf die Lippen und setzte sich, als wäre alles in bester Ordnung.

So viel Unverfrorenheit war mir schon lange nicht mehr untergekommen. Ich blitzte sie an.

»Hallo«, knurrte ich, als sie in meine Richtung blinzelte.

»Hi ... Wie ist es gelaufen?«, wandte sie sich hastig an Caro. Sie ignorierte mich, das war wirklich das Allerletzte.

»Freitag ist Endauswahl. Drei sind übrig. Wir müssen ein Bild malen, und dann wird Samstag entschieden.«

»Das klappt schon.« Martha stützte einen Arm auf ihrer

Stuhllehne ab, setzte sich leicht schräg von mir abgewandt. Das war zu viel. Ich trommelte mit den Fingernägeln auf der Tischplatte herum. Zu gerne hätte ich meine schlechte Laune an Martha ausgelassen. Verdient hätte sie es.

»Es muss einfach.« Sie legte eine Hand auf Marthas Schenkel. »Aber ich bin so aufgeregt.«

»Ich drück dir die Daumen«, sagte ich, »und Samstag feiern wir dann auf dem Berg.«

»Auf dem Berg?« Martha zog eine Augenbraue hoch, als sie bemerkte, wie ich sie mit meinen Blicken in Stücke säbelte.

»Ja, wir gehen alle auf die Bergkirchweih«, säuselte ich, »dann ist auch Caros Bewerbungsrunde endlich vorbei. Etwas, worauf wir uns alle freuen können.«

Ein plötzlicher Hustenanfall erschütterte die muskelbepackte Martha.

»Alles klar?«, fragte ich betont besorgt. Dieses Schauspiel vor Caro aufrechterhalten zu müssen, ging mir an die Nieren. Was Martha getan hatte, war unentschuldbar, aber noch ätzender war, dass sie mich zu ihrer Komplizin gemacht hatte.

»Geht schon«, japste sie, doch Caro hielt ihr rasch das Cocktailglas an die Lippen. Martha trank einen großen Schluck.

»Was ist denn das?« Entsetzt wischte sie mit dem Handrücken über ihren Mund.

»Ein Melon Daiquiri.«

»Ich besorg mir mal ein Bier.«

»Ich hol dir eins.« Caro stand auf, aber Martha hielt sie am Handgelenk zurück.

»Ich kann selbst gehen.«

»Mach ich doch gern für dich.« Caro blies ihr einen Kuss auf die Lippen, ehe sie sich an den Tischen vorbeischlängelte.

Mir tat es weh, mit anzusehen, wie Caro verarscht wurde, vor allem, da ich genau wusste, wie sich das anfühlte.

»Jetzt sind wir endlich allein«, sagte ich überfreundlich

und bemerkte erfreut, wie eine einzelne Schweißperle ihre Bahn über Marthas Schläfe zog.

»Hey, Luca, du hast doch gehört, Freitag geht es weiter im Atelier. Du hast mir Zeit bis zum Wochenende gegeben.«

»Wie kannst du dich ohne schlechtes Gewissen zu uns setzen, dir von Caro ein Bier bringen lassen und so tun, als wäre alles in bester Ordnung?« Ich verstand Martha nicht.

»Ich will die letzten Tage mit ihr noch genießen.« Martha schnappte sich einen Bierdeckel von dem Stapel auf dem Tisch und knubbelte daran herum.

»Du hast echt einen Schaden.« Nur sie schaffte es, mich genauso auf die Palme zu bringen wie Ben.

»Was?« Martha klang verärgert. »Ihr zwei seid viel zu emotional. Das eine hat doch mit dem anderen nichts zu tun.«

»Komm mir bloß nicht schon wieder auf die Tour.«

»Bloß, weil ich mal mit einer anderen schlafe, heißt das noch lange nicht, dass ich Caro nicht mehr liebe. Mal ganz ehrlich, ein kleiner Seitensprung ist doch noch lange kein Grund, alles hinzuwerfen. Da stolpere ich einmal über eine andere Frau ...«

»Das hast du jetzt aber schön formuliert«, unterbrach ich sie erbost. »Du bist also über Sarah gestolpert und direkt in ihrer Bluse gelandet.«

Martha knickte ihren Bierdeckel mit einer Hand in der Mitte zusammen, als wäre er mein Genick. Ich schluckte.

»Ich werde ihr alles beichten, aber dann wirst du mit den Konsequenzen leben müssen.«

»Du willst ihr also erzählen, dass ich euch beide erwischt habe.«

»Nein.« Sie warf den zerstörten Bierdeckel zurück zu den anderen. »Aber du wirst nicht dichthalten, das weiß ich. Du kannst doch nichts für dich behalten.«

Empört schnappte ich nach Luft.

»Ich habe halt noch ein Gewissen«, warf ich ihr an den Kopf, allerdings lag Martha falsch. Niemals würde ich mich

Caro gegenüber zu dieser Geschichte bekennen. Dieses Geheimnis nahm ich mit ins Grab.

»Du bist überheblich, das ist alles.« Martha knirschte mit den Zähnen. »Was weißt du schon über Caro und mich? Nichts. Du reimst dir irgendwelche Scheiße über mich zusammen, glaubst, dass ich meine Frau hintergehe, weil ich mich nur für mich selbst interessiere.«

Ja, das dachte ich von ihr. Unglaublich, wie ähnlich sie und Ben sich im Wesen waren. In Sachen Egoismus standen die beiden sich in nichts nach. Obendrein hatte sie meine beste Freundin getäuscht und spielte ihr eine heile Welt vor.

»Du benimmst dich genauso schlimm wie ein Kerl«, blaffte ich, hatte allerdings Ben im Hinterkopf, diesen elenden Narzissten.

»Und du scherst alle Leute über einen Kamm. Was hat das mit Kerlen zu tun? Ich kenne Männer, die schon seit Jahren mit ihren Partnern zusammen sind, und Frauen, die sich nehmen, was sie brauchen. Du machst einfach deine Schublade auf und verteilst die Menschen nach ihren Vergehen darin.«

Ich starrte sie sprachlos an. Meine Devise lautete: Leben und leben lassen. Jeder so, wie er möchte. Aber Marthas Anschuldigungen gaben mir zu denken. War ich vielleicht doch nicht so vorurteilsfrei, wie ich immer glaubte?

»Vielleicht ist da was dran«, gab ich nach einiger Zeit des Schweigens zu. »Ich bin auch nur ein Mensch mit Fehlern, aber Caro ist meine beste Freundin, und ich will nicht, dass sie verletzt wird. Ich bin immer für sie da, und stehe auf ihrer Seite.«

»Das ist auch gut«, sagte Martha leise und schnappte sich Caros Cocktail. Sie trank einen großen Schluck direkt aus dem Glas. Angewidert verzog sie den Mund. »Ich bin im Heim und bei Pflegeeltern aufgewachsen, meine Kindheit war hart«, begann Martha plötzlich. »Dauernd kam ich irgendwo anders hin, hatte Stress mit Erziehern und den Leuten, die mich aufnahmen. Da war es am besten, wenn ich erst gar keine Gefühle für irgendwen zuließ, weil ich nie wusste, wie lange ich irgendwo blieb.« Sie sah zu Boden, und mir stockte beinahe das Herz. »Als ich sechzehn war, gab es in einem dieser Heime eine Erzieherin, die sich sehr viel Zeit für mich genommen hat. Sie hat sich um mich gekümmert und mir zugehört. Das war meine erste Liebe.« Sie lachte leise auf. »Eine einseitige Liebe. Ich habe ihr nie von meiner heimlichen Schwärmerei für sie erzählt, aber wenn sie mich in den Arm nahm, schien für mich die Sonne, da breitete sich eine Wärme in meinem Herzen aus, die ich sonst nicht kannte. Das erste Mal in meinem Leben schenkte mir jemand Zuneigung, und ich habe mich an diese Frau geklammert, gehofft, sie würde mir eines Tages ihre Liebe gestehen. Irgendwann kam sie dann an und erzählte mir freudestrahlend, dass sie schwanger war und heiraten wollte. Und da bin ich ausgerastet. Ich habe ihr Zimmer verwüstet, alles kurz und klein geschlagen und mir danach die Pulsadern aufgeschnitten.« Martha schob ihren Ärmel hoch und zeigte mir eine längliche Narbe, die sich ihren Unterarm hinaufzog. Sie blinzelte heftig. »Danach schwor ich mir, mich nie wieder in meinem Leben von einem anderen Menschen an diesen Punkt bringen zu lassen. Verstehst du? Mir geht es heute gut. Ich habe mir was aufgebaut, kenne Hunderte von Leuten, habe geschäftliche Beziehungen und einen guten Job. Das alles habe ich mir ganz allein erarbeitet. Ich hatte keine Eltern, die mir unter die Arme griffen, und an den Punkt, an dem ich damals stand, will ich nie wieder zurück, auch wenn das bedeutet, dass ich meine Gefühle auf Sparflamme laufen lassen muss. Aber Caro bedeutet mir wirklich viel, ich lüge nicht.«

Mein Herz sackte in den Magen. »Ich hatte keine Ahnung. Das tut mir echt leid. Von deiner schrecklichen Kindheit wusste ich nichts, sonst hätte ich doch ganz anders reagiert.« Ich hielt mir eine Hand vor den Mund und fühlte mich, als hätte ich Martha den tiefen Schnitt an ihrem Unterarm persönlich zugefügt.

»Jetzt übertreib nicht schon wieder so krass«, murrte sie und war plötzlich wieder ganz die alte toughe Martha. »Tu nicht immer so, als wärst du für sämtliches Unrecht auf der Welt verantwortlich. Ich rede am Wochenende mit Caro. Auf meine Weise. Ist das in Ordnung?«

Ich nickte. »Okay.« Zu mehr war ich nicht in der Lage. Mein verfluchtes großes Mundwerk. Um Martha nicht länger in die Augen sehen zu müssen, linste ich an ihr vorbei. »Caro kommt zurück.« Lange war ich nicht mehr so froh gewesen, meine beste Freundin vor mir stehen zu sehen.

Caro umarmte Martha von hinten und hielt ihr die braune Bierflasche vors Gesicht. »Bitte, mein Schatz.«

Bedächtig wandte sich Martha ihr zu, ihre Gesichtszüge wurden weich, beinahe wehmütig. Zum allerersten Mal erkannte ich tiefe Gefühle in Marthas Augen und war zwiegespalten. Auf der einen Seite wollte ich nicht, dass meine beste Freundin hintergangen wurde, andererseits hoffte ich aber auch, die beiden würden ihre Beziehung nach dieser unglaublichen Beichte wieder auf die Reihe kriegen.

KAPITEL 45

Ich drehte mich vor meinem Schrankspiegel so schwungvoll im Kreis, dass mein Rock sich aufblähte. Noch nie zuvor hatte ich mein grünes Dirndl mit der rot karierten Schürze getragen. Letztes Jahr hatte ich es mir für den Berg zugelegt, dann aber wieder in den Schrank zurückgehängt und stattdessen Jeans und ein weites Oberteil angezogen, da das Dirndl meine Oberweite enorm in den Mittelpunkt rückte. Heute jedoch fühlte ich mich wohl darin, obwohl ich selten Kleider trug. Bereits in den vergangenen Wochen war ich auf engere Kleidungsstücke umgestiegen. Zu meinem Erstaunen hatte sich in meinem Umfeld niemand über meinen Busen lustig gemacht. Dann und wann registrierte ich den ausgiebigen Blick eines Mannes, aber das war es auch schon. Und heute wollte ich gut aussehen, schließlich ging ich dieses Mal auf die Pirsch.

Ich trat hinaus in den Flur, wo Tobi und Ellen mich bereits erwarteten. Tobi hatte ein blau kariertes Hemd an, das ihm wirklich gut stand. Auch Ben wollte sich uns anschließend.

Tobi pfiff anerkennend durch die Zähne. »Wow, Luca, das nenne ich mal Holz vor der Hütte.«

Ich verdrehte die Augen und warf einen heimlichen Blick

in Ellens Dekolleté. Sie musste irgend so einen dick gepolsterten Push-Up-Bra tragen, denn auch bei ihr wölbte sich mehr als sonst. Insgesamt sah sie hinreißend aus. Sie trug kein Dirndl von der Stange wie ich – ihres war in schwarz und rot gehalten, mit raffinierten orangeroten Flammenstickereien auf der Schürze und endete ein ganzes Stück über den Knien, was ihre langen schlanken Beine vorteilhaft in Szene setzte. Zweifellos wusste sie, wie man Aufmerksamkeit auf sich zog.

Sie kam auf mich zu. »Du siehst super aus. Bist du bereit für deinen großen Abend?«, fragte sie zweideutig.

»Du«, wiegelte ich ab, »ich lass die Sache einfach auf mich zukommen. Wenn sich was ergibt, okay, falls nicht, auch egal.«

Just in diesem Moment stieß auch Ben zu uns. Er trug ein rot kariertes Hemd zu seiner Jeans und hatte mich ganz sicher gehört, obwohl er mich ignorierte. Stattdessen wandte er sich an Tobi, ohne mich oder Ellen eines weiteren Blickes zu würdigen. Scheiße, er war immer noch stinksauer.

»Von mir aus können wir. Erdie ist schon dort.«

»Dann mal los.« Tobi öffnete die Wohnungstür und ließ uns der Reihe nach durchgehen, ehe er hinter sich abschloss.

Da Tobi und Ellen Händchen haltend auf dem schmalen Gehsteig vorneweg schlenderten, blieb Ben und mir nichts anderes übrig, als den beiden nebeneinander zu folgen. Ich zermarterte mir das Hirn nach einem unverfänglichen Gesprächsthema.

»Neues Hemd?« Ich lächelte ihn an, aber er verzog keine Miene.

»Ja, auch ich kaufe mir ab und zu was zum Anziehen.«

Er präsentierte sich mal wieder von seiner liebenswürdigsten Seite. Typisch. Blödmann. »Musst du gleich so patzig werden?«

Er schnaubte. »Bist du jetzt beim Kleiderschranküberwachungsdienst?«

»Bist du jetzt beim Ich-benehme-mich-wie-ein-Arsch-Dienst?«

»Tue ich in deinen Augen doch sowieso immer.«

»Gerade schon, ja.«

»Tut mir leid, wenn ich dir die Laune für deinen *großen* Abend verderbe.«

»Du bist so ein Arsch.«

»Da werden dir heute noch größere über den Weg laufen.«

»Das geht dich überhaupt nichts an.«

»Ach«, er winkte ab, »mach, was du willst.«

Tobi drehte sich um. »Leute, seid doch mal friedlich.«

Mit verschränkten Armen bahnte ich mir weiter meinen Weg. Ben lief stumm neben mir her. Da sollte noch mal jemand behaupten, wir Frauen wären kompliziert.

Schließlich erreichten wir das Festgelände, das bereits vor Menschen überquoll. Wir schoben uns durch die lärmenden Massen hindurch, während Ben mit Erdie telefonierte. Schweigend folgte ich Ben und hatte Mühe, ihn im Getümmel nicht zu verlieren, denn er lief einfach stur vorneweg, ohne sich um seine Begleiter zu kümmern. Ellen nahm meine Hand und zog mich hinterher. Wenigstens die beiden würde ich nicht verlieren. Schließlich entdeckten wir die frisch Verliebten an einem Stehtisch zusammen mit einer Gruppe Leute.

»Hallo«, grüßte ich Rhashmi und umarmte sie. Auch Rhashmi trug ein Dirndl, das wunderbar mit ihrem Teint harmonierte.

»Hey, ein Trubel herrscht hier«, sagte sie.

»Das kannst du laut sagen«, stimmte ich ihr zu. Ein junger Kerl rempelte mich von hinten an und presste mich gegen Rhashmi.

»Hallo Kleines, alles klar?« Erdie versetzte mir den obligatorisch angedeuteten Schwinger.

»Hallo, passt schon.«

»Was hast du denn mit Ben angestellt?«, raunte Rhashmi mir ins Ohr.

»Gar nichts. Warum?«

»Der schaut so sauer.«

»Was hat das mit mir zu tun?«, verteidigte ich mich. »Vielleicht hat er Stress mit Erdie.« Gleich darauf bemerkte ich, wie die zwei sich leise lachend miteinander unterhielten. Gut, diese Ausrede fiel wohl flach. Um mich aus der Affäre zu ziehen, schob ich Durst vor. »Du, ich hole mir mal was zu trinken, bin gleich wieder da«, und zog ab, ehe sie weitere unbequeme Fragen stellen konnte. Wieso nahm Rhashmi auf der Stelle an, ich sei der Grund für Bens Verdruss?

Nach einer geschlagenen halben Stunde hielt ich endlich ein Glas Sekt in der Hand. Wenigstens hatte ich in der Schlange ein paar Leute aus meinem Semester getroffen und mich solange gut unterhalten. Jetzt sah ich mich nach allen Seiten um, konnte aber niemanden mehr entdecken. Mist, ich drehte mich in alle Richtungen, überall standen Leute dicht gedrängt, sodass ich nichts erkennen konnte. Jeder Zweite trug ein kariertes Hemd oder Dirndl, an der Kleidung konnte ich sie somit nicht ausmachen. Seufzend holte ich mein Handy raus und wählte Tobis Nummer. Einen Moment lang hatte ich in Erwägung gezogen, Ben anzurufen, war dann aber schnell wieder von dieser Idee abgekommen. Mit Sicherheit würde er nicht mal drangehen, wenn mein Name auf seinem Display aufleuchtete. Die Verbindung baute sich auf, gleichzeitig ertönte hinter mir die Melodie von Darth Vader, die immer dann erklingt, wenn der Sith Lord im Film ins Bild tritt. Als ich mich umdrehte, entdeckte ich Tobi und die anderen schräg hinter mir, die sich halbtot lachten. Auch Ben!

»Du hast meine Nummer unter der Melodie von Darth Vader abgespeichert?«, schnauzte ich Tobi an, während die Jungs sich nicht einkriegten.

»Der Klingelton ist noch vom Anfang eingespeichert«,

beteuerte Tobi, »weil du doch an deinem ersten Tag in der WG Ben mit der Macht erwürgen wolltest.« Er formte die blöde Zange mit einer Hand.

Wäre es mir nur geglückt. »Wie witzig.«

Ellen stellte sich zu mir, auch sie hatte ein Glas Sekt in der Hand. Wie war sie so schnell zu einem Getränk gekommen?

»Lass die Blödmänner doch. Ich möchte dich jemandem vorstellen, wenn du Lust hast.« Sie deutete unauffällig auf einen schlanken Mann Mitte zwanzig, mit gewellten braunen Haaren, die ihm bis in den Nacken reichten. Zweifellos sah er gut aus, aber seine Frisur ließ ihn in meinen Augen leicht feminin wirken.

»Nachher«, wiegelte ich hastig ab, denn der Kerl musterte mich auffällig. Ellen würde ihn doch nicht etwa in meine Pläne eingeweiht haben?

»Das ist Leon. Er ist wirklich nett.«

»Später«, bestimmte ich und entdeckte ein paar volle Flaschen mit Alkohol neben Erdie auf dem Stehtisch. Die Jungs hatten also bereits vorgesorgt. Erdie winkte mich mit einer Sektflasche heran und goss mir unaufgefordert nach. Rhashmi hatte wirklich Glück, der Kerl hatte auch noch Manieren.

»Nachher fahren wir eine Runde im Twister«, kündigte Rhashmi an, während sie auf die Achterbahn deutete.

»Ohne mich«, winkte ich ab und leerte mein nächstes Glas. Jetzt musste ich aber langsam machen, wenn ich den Abend überstehen wollte. Der Alkohol stieg mir schon zu Kopf, und die Sonne stach gnadenlos auf mich herunter.

Erdie goss mir Sekt nach. Das war ungeheuer praktisch, ich fasste den Plan, mich an die beiden zu hängen und so der Schlange an den Getränkebuden zu entgehen.

»Hey, Alter, wo ist das Bier?«, hörte ich Ben neben mir fragen.

»Verdammt, vergessen.« Erdie kratzte sich im Nacken. »War nur am Weinstand.« Ich fand es unglaublich, wie vergesslich dieser Mann war. »Willste?« Er hielt ihm die Sektflasche entgegen.

Ben warf einen Blick auf mein volles Glas. »Nein, danke.«

»Ich habe nicht aus der Flasche getrunken, du kannst also unbesorgt davon trinken. Meine Lippen haben sie nicht berührt«, platzte es aus mir heraus. Er war so ein arroganter Arsch.

Ben sah mich an, als wäre ich nicht ganz dicht. »Was?«

»Du trinkst keinen Sekt, weil ich welchen trinke?«, fragte ich vorsichtshalber nun doch nach.

»Ich trinke keinen Sekt, weil ich keinen mag. Was hat das mit dir zu tun?«

Was sollte ich jetzt antworten? Dass meine Einbildung mir einen Streich gespielt hatte? Ich beschloss, in die Defensive zu gehen. »Vergiss es«, erwiderte ich überheblich und wandte mich schwungvoll ab. Dann trank ich erstmal einen großen Schluck Sekt zur Beruhigung.

Schnaubend suchte Ben das Weite und ich bemerkte, wie Erdie und Rhashmi mich verwirrt musterten. Glücklicherweise klingelte mein Handy. Caro rief an, und ich lotste sie in unsere Richtung. Kurze Zeit später tauchte sie gemeinsam mit Martha auf. Ich lief ihnen entgegen.

»Du hast aber schon ganz schön getankt«, sagte Caro, als ich an ihrem Hals hing. »Wir haben noch nicht mal fünf. Mach mal langsam, sonst erlebst du den Abend nicht.« Sie goss Wasser aus ihrer mitgebrachten Flasche in mein leeres Sektglas. »Trink das mal zwischendurch.«

»Danke. Wie ist es im Atelier gelaufen?« Ich schwankte ein wenig. Langsam musste ich mich wirklich zurückhalten, sonst würde das Fest ein böses Ende nehmen.

Caro strahlte. »Ich habe den Job.«

Jubelnd fielen wir uns in die Arme. »Das müssen wir feiern«, rief ich überschwänglich und trank das Wasser aus, um Platz im Glas zu schaffen.

KAPITEL 46

Drei Stunden später feierten wir immer noch am selben Platz. Ich hatte zwischendurch ein halbes gegrilltes Hähnchen verdrückt, eines der wenigen Dinge, die ich auf Volksfesten essen konnte und das Federvieh saugte den Alkohol in meinem Magen dankenswerterweise auf. Ich fühlte mich gut. Angeheitert zwar, aber mir war nicht schlecht. Caro trank mittlerweile mit, was den Spaßfaktor extrem erhöhte. Im Augenwinkel bemerkte ich, dass sich Ben ausgesprochen gut mit Martha unterhielt. Die beiden standen beisammen, nippten zwischendurch an ihren Bierkrügen. Sie schienen der Feier nicht so exzessiv zu frönen wie wir beide.

»Was ist jetzt mit deinem Plan? Ziehst du den durch?« Caro trank einen Schluck Sekt. Sie trug Lederhosen und eine rot karierte Bluse, was wirklich entzückend an ihr aussah.

»Nö«, winkte ich ab, »ich trinke lieber mit dir.«

»Richtig so.« Sie klopfte mir auf die Schulter. »Martha ist heute irgendwie komisch, als hätte sie was auf dem Herzen. Sie wird doch nicht Schluss machen wollen?« Sie zog ihre Stirn in tiefe Sorgenfalten.

Was sollte ich jetzt sagen? Schon wieder verfluchte ich

Martha in Gedanken. »Vergiss euren Dauerstress doch mal für einen Abend, feiern wir lieber.« Ich prostete ihr zu.

»Luca, das ist Leon«, hörte ich Ellen plötzlich neben mir und drehte mich um.

Caro zog eine Augenbraue in die Höhe.

»Hallo.« Leon lächelte mich mit dem weißesten Zahnpastalächeln an, das ich jemals gesehen hatte.

»Äh … ja … hi«, stammelte ich verlegen, während er mir ungeniert in den Ausschnitt spannte.

»Darf ich dich zu einem Glas Sekt einladen?« Er griff nach meinem Glas.

»Okay«, sagte ich zögerlich, und schon war er weg in Richtung Bar.

»Du hast ihn doch nicht etwa eingeweiht?«, fragte ich Ellen, die immer noch, an einem Mineralwasser nuckelnd, neben mir stand.

Sie tat erstaunt. »Natürlich nicht, was denkst du denn von mir? Ich habe ihm lediglich gesagt, dass ich eine nette Freundin habe und er sie mal kennenlernen soll.« Sie legte einen Arm um mich. »Leon ist echt in Ordnung. Ich kenne ihn schon lange. Er ist DJ.«

DJ. DJs pflegten sich normalerweise nicht für mich zu interessieren, die tummelten sich lieber mit Blondinen in knappen Shorts. Ich wurde das Gefühl nicht los, dass Ellen mir nicht die Wahrheit erzählte, doch Leon kam bereits mit zwei vollen Gläsern zurück. Offenbar musste nur ich mich in der Schlange anstellen.

»Schon wieder da.« Leon reichte mir ein volles Glas, nahm meine andere Hand und zog mich zu dem Stehtisch, an dem vorher noch Erdie und Rhashmi herumgestanden hatten. Die beiden saßen mittlerweile eng umschlungen auf einer Bierbank und turtelten. Wir prosteten uns zu.

»Du wohnst also mit Ellens Freund zusammen.« Er trank einen kleinen Schluck.

»Äh, ja. In einer Studenten-WG im Wohnheim.« Plötzlich

fühlte ich mich gehemmt. Eigentlich wollte ich lieber mit Caro feiern, als mich mit diesem Szenetypen zu unterhalten. Leon wirkte viel zu lässig für mich. Er trug ein graues Rippshirt mit Knopfleiste, das er bis zur haarlosen Brust offen trug. Zweifellos stand er nicht auf Tracht.

»Und du bist DJ?«, fragte ich, um auch meinen Senf zur schleppenden Unterhaltung beizutragen.

»Ja, ich lege in allen House-Schuppen des Landes auf.«

»Super.«

Wir schwiegen. In meinem Kopf drehte sich alles, ich seufzte innerlich. Wenn man dieses ganze Vorgeplänkel auf sich nehmen musste, um einen One-Night-Stand zu ergattern, konnte ich wirklich darauf verzichten.

»Nächsten Samstag lege ich im Mach 1 auf. Komm doch mal vorbei.«

Ich klammerte mich an mein Glas. »Vielleicht. Dann ist das hier wohl nicht so dein Ding.« Ich deutete auf eines der Zelte, aus dem Stimmungsmusik zu uns herüberwehte.

»Ich bin nur hier, weil Ellen mich eingeladen hat.« Er sah mir so intensiv in die Augen, dass ich schluckte.

»Wo ist sie denn?« Ich wandte mich um, konnte sie aber nirgends entdecken. Auch Caro hatte sich verdrückt, und sich zu Martha und Ben gesellt. Warum half sie mir nicht aus meinem Dilemma?

»Ist doch egal.« Er nahm meine Hand und streichelte sie.

»Ich … ich weiß ja nicht, was Ellen dir erzählt hat, aber …«

»Nicht viel. Nur dass du Bock auf einen One-Night-Stand hast«, gab er schließlich zu, worauf mir die Knie weich wurden.

»Das hat sie dir wirklich erzählt?«

»Hör zu, ich bin nicht hier, um dich abzuschleppen, sondern um mich mit dir zu unterhalten. Also bleib locker. Wenn sich was ergibt, bin ich klar dabei. Aber ich werde dich zu nichts drängen, was du nicht willst. Entspann dich«, sagte er mit kratziger Stimme, die mir eine Gänsehaut über den Rücken jagte.

Wenigstens war er ehrlich. Ich sollte wirklich lockerer werden, wenn ich nicht als alte Jungfer enden wollte. Da stand ein gut aussehender Mann vor mir, der mich kennenlernen wollte, und ich stellte mich blöd an. Erdie kam an uns vorbei, der Leon durchdringend musterte.

»Alles klar, Luca?« Erdie legte einen Arm um meine Schulter. »Hast wohl ein paar Gläschen zu viel erwischt.«

»Alles in Ordnung«, versicherte ich rasch. »Mir geht's gut. Ich unterhalte mich gerade mit einem Freund von Ellen.«

Erdie reckte seine beeindruckenden 1,90 neben mir in die Höhe. Sämtliche Muskeln spannten sich in seinem Körper an. So viele besaß ich gar nicht.

»Wenn was ist, wir sitzen dort drüben.« Er deutete auf eine Reihe Biertische. Leon zeigte sich ungerührt, ohne Erdie zu beachten, kramte er eine Packung Zigaretten aus seiner Hosentasche und zündete sich eine an.

»Auch eine?« Er hielt mir die geöffnete Schachtel entgegen, aber ich lehnte ab. Dann zeigte er auf mein leeres Glas. »Warum gehen wir nicht vor an die Bar, dann müssen wir unsere Unterhaltung nicht dauernd unterbrechen, wenn wir was trinken wollen.« Ohne meine Antwort abzuwarten, schnappte er meine Hand und zog mich hinter sich her, noch ehe ich protestieren konnte. Am Ausschank bestellte er zwei weitere Gläser Sekt, und unsere Unterhaltung kam langsam ins Laufen. Mittlerweile musste ich mich mit einer Hand am Tresen abstützen, um nicht zu schwanken.

»Dein Dirndl steht dir super.« Anerkennend schielte er in meinen Ausschnitt. »Alles echt, oder mit Push-Up nachgeholfen?«

»Nein, alles echt«, erwiderte ich beiläufig, mein Sekt interessierte mich gerade mehr als sein Gelaber.

«Da möchte man mal BH spielen«, raunte er und kam näher. Ohne Vorwarnung küsste er mich auf den Mund.

Ich wich zurück. »Du gehst aber ran.«

»Deine Lippen laden mich geradezu ein.« Er verpasste mir einen weiteren Kuss, noch ehe ich reagieren konnte. Der Geschmack eines abgestandenen Aschenbechers verteilte sich auf meinen Lippen.

»Hey, nicht so stürmisch«, schalt ich ihn mit schwerer Zunge, und er hielt mir mein Glas hin.

»Trink.«

Ich leerte gut die Hälfte, während er einen Arm um meine Taille legte und mich an sich zog. *Nicht flirten,* mahnte ich mich. Alles vermeiden, was ihn auch nur im Entferntesten animieren könnte, meine Signale falsch zu deuten. Prüfend strich ich mit einer Hand über seinen Brustkorb, aber was ich ertastete, gefiel mir nicht. Er war sehr schlank, um nicht zu sagen knochig, und fühlte sich nicht halb so gut an wie Ben. Seine Nähe wurde mir langsam unangenehm. Bei dem Versuch, mich aus seinem Griff zu befreien, rutschte mir mein Glas aus der Hand und zerbrach auf dem Steinboden. Ein Teil des Sekts spritzte mir die nackten Beine hoch.

»Igitt.« Ich nutzte den Ausrutscher, um mich aus seinen Armen zu schälen, er war wie ein Krake. In meinem Kopf drehte sich alles.

»Halb so wild.« Leon schnippte nach dem Barkeeper und bestellte zwei Black Betty.

»Was ist das?«, fragte ich, als er mir ein Glas mit schwarzem Inhalt reichte.

»Black Betty. Eine Art Cocktail.« Er prostete mir zu, aber ich starrte nur nachdenklich auf das seltsame Gebräu in meiner Hand. Gerade überwand ich mich, dieses merkwürdige Getränk zu probieren, da hörte ich eine bekannte Stimme neben mir.

»Was trinkst du da?«

Ich sah direkt in Bens Gesicht. Wo kam der auf einmal her? »Ben«, rief ich überschwänglich und wollte ihm um den Hals fallen, aber er wehrte mich ab.

»Was du da trinkst, will ich wissen«, schnauzte er mich stattdessen an. Seine rüde Abfuhr brachte mein Blut in Wallung.

»Was geht dich das an?« zischte ich, aber er gab nicht nach.

»Warum kannst du keine klar formulierte Frage beantworten? Ich will wissen, was du trinkst.«

Ich hielt mein Glas in die Höhe. »Eine Black Betty, zufrieden?«

»Du trinkst das nicht.«

»Was?« Ich glaubte, mich verhört zu haben. »Und wie ich das trinke.« Demonstrativ führte ich das Glas an meine Lippen, da schlug Ben es mir aus der Hand. Der Inhalt spritzte nach allen Seiten, traf auch die umstehenden Leute, die sich empört zu uns umdrehten.

Ben ignorierte das Geschimpfe, er war stinksauer. Ich auch.

»Spinnst du?«, fauchte ich und schwankte zur Seite, bevor ich die klebrige Flüssigkeit von meinem Arm wischte.

»Da ist Schwarzbier drin, Gluten. Von dem Zeug wirst du so krank wie damals in der Pizzeria.«

»Mach meine Lady nicht dumm von der Seite an«, mischte sich Leon nun ein.

»Halt dich raus«, schnauzte Ben Leon an, bevor er mich durchdringend musterte. »Du bist betrunken. Warum gehst du nicht nach Hause?«

»Hier.« Leon schob seine Black Betty über den Tresen zu mir. »Nimm meine, ich bestell mir noch eine. Und du verpiss dich endlich. Ist ja wohl ihre Sache, wann sie heimgeht und wenn, dann tut sie es mit mir.«

»Hörst du überhaupt nicht zu, du Schwachkopf?« Ben schnappte Leon am Kragen. Seine Augen funkelten bedrohlich, aber Leon riss sich los und stieß ihn zurück.

»Fass mich nicht an, bist du lebensmüde?« Leon stürzte sich auf seinen Widersacher, holte gleichzeitig mit der geballten Faust aus, aber Ben duckte sich blitzschnell und stieß ihn gegen den Tresen. »Lass deine Drecksfinger von ihr«, knurrte Ben, bevor er auf ihn losging. Die zwei verkeilten sich ineinander und schlugen aufeinander ein.

»Ben«, schrie ich entsetzt, da stürmten Erdie und Tobi dazu und drängten sich dazwischen.

»Ben, reg dich ab.« Erdie schnappte seinen Kumpel von hinten unter den Armen und zog ihn von seinem Gegner weg, während sich Tobi mit beiden Händen gegen Leons Brustkorb stemmte, und ihn zurückdrängte. »Hör schon auf«, redete Tobi auf ihn ein.

Ben versuchte, sich aus Erdies Griff zu befreien. »Lass mich los! Ich verpass dem Wichser …«

»Beruhig dich, Mann. Spinnst du?« Erdie hielt ihn fest.

Über Tobis Schulter hinweg deutete Leon auf Ben. »Ich mach dich platt.«

Energisch zog Erdie den nun wild um sich schlagenden Ben zur Seite, während Tobi eindringlich auf Leon einredete. Ich stand beduselt mittendrin und hatte keinen blassen Schimmer, was hier gerade geschehen war.

»Reg dich endlich ab!«, hörte ich Erdie energisch sagen. »Willst du, dass die Bullen auftauchen und euch kassieren?«

Ben riss sich los. Sein Blick fiel auf mich, er trug so viel Zorn in seinen Augen, wie ich es niemals bei ihm für möglich gehalten hätte. Schließlich wandte er sich ab und ging einen Schritt.

Erdie schnappte Ben am Arm. »Wo willst du hin?«

»Weg, allein sein.«

Aber er ließ Ben nicht los, zögerte, die beiden taxierten sich. Beschwichtigend hob Erdie schließlich die Hände vor die Brust. »Okay, aber ich rufe dich nachher an … Und wenn ich das tue, dann gehst du gefälligst ran, kapiert?«

»Ja, verdammt. Und jetzt lass mich zufrieden.«

»Ben!«, rief ich und wollte ihm nachlaufen, aber Erdie hielt mich zurück.

»Lass ihn besser in Ruhe.«

»Wo geht er hin?«

Er zuckte die Schultern. »Keine Ahnung. Irgendwohin, wo er sich abregen kann, also lass ihn.«

Tränen stiegen mir in die Augen. »Das ist alles meine Schuld.«

»Es ist nicht deine Schuld«, beruhigte Erdie mich. »Er ist ausgetickt, das renkt sich schon wieder ein. Aber du solltest heute nichts mehr trinken.«

Ich nickte schuldbewusst.

Leon kam zu uns. »Jetzt, wo der Spacko weg ist, trinken wir noch einen?«

»Nein.« Ich verschränkte die Arme. Auf einmal kam er mir vor wie Jason aus Freitag der 13.

»Komm schon, nur einen kleinen Schluck. Stell dich nicht so an.«

»Hast du nicht gehört, was sie gesagt hat? Verpiss dich.« Erdie baute sich vor ihm auf, und Leon wich einen Schritt zurück.

»Ist ja schon gut. Dann halt nicht.« Er schlenderte zurück zur Bar, wo er eine dunkelhaarige junge Frau ansprach, die dort allein herumstand, während ich mir Sorgen um Ben machte. Ohne ihn wäre es mir heute wahrscheinlich ähnlich ergangen wie damals in der Pizzeria. Ich setzte mich abseits auf eine Bierbank, um Rhashmis Fragen zu entgehen, denn sie befand sich bereits im Anmarsch. Schließlich kramte ich mein Handy hervor und starrte aufs dunkle Display. Sollte ich mich bei ihm melden? Ich suchte Bens Nummer und rief ihn an. Ich musste wissen, ob es ihm gut ging. Mit zittrigen Fingern lauschte ich dem Tuten in meinem Ohr, ließ es unzählige Male klingeln, doch Ben ging nicht ran, hatte sogar die Mailbox ausgeschaltet. Ich ließ mein Handy sinken, überwältigt von meinem schlechten Gewissen. Dieses Desaster war nur wegen meines bescheuerten und kindischen Plans passiert. Nur weil ich in meiner gekränkten Eitelkeit

Ben eins auswischen wollte, statt noch einmal mit ihm über alles zu reden.

Caro setzte sich neben mich, ich sah hoch und bemerkte erstaunt Tränen in ihrem Gesicht.

»Was ist los?«

»Ich habe mit Martha Schluss gemacht.«

»*Du* hast sie verlassen?«, fragte ich fassungslos.

»Sie hat mich mit Sarah betrogen«, schluchzte sie und presste beide Hände vor ihre Augen.

Am liebsten hätte ich mitgeweint. Ich nahm sie in den Arm.

»Ich habe alles gewusst«, platzte es aus mir heraus, ehe ich nachdenken konnte. »Es tut mir so leid.«

Langsam richtete sie sich auf und sah mich entgeistert an. »Wovon redest du?«

»Ich habe die beiden auf der Gala zusammen erwischt.«

»Und du hast mir nichts gesagt?« Sie stand auf und presste beide Hände auf ihre Schläfen. Meine Caro sah so verletzt aus, dass ich mich bis in meine Seele hinein schämte.

»Martha wollte dir selbst alles sagen, außerdem hattest du doch dein Ding im Atelier, das wollten wir dir nicht verderben.«

»Ihr seid wirklich zu gütig, alle beide«, schnaubte Caro. »Ich kann es nicht fassen, dass ausgerechnet du mir nichts gesagt hast.«

»Bitte sei nicht sauer.« Anscheinend stieß ich heute alle Leute vor den Kopf. »Ich hätte dir natürlich noch alles erzählt, wenn Martha es nicht getan hätte. Aber Martha war dir diese Beichte schuldig, findest du nicht auch? Vielleicht kannst du ihr ja verzeihen, oder ihr redet morgen noch mal in Ruhe darüber, wie es mit euch jetzt weitergeht.« Ich deutete ein entschuldigendes Lächeln an, obwohl ich mich wie eine Verräterin fühlte.

»Du hast echt einen Schuss. Ich soll ihr verzeihen?« Sie sackte neben mich auf die Bank.

»Versuch es wenigstens, Martha liebt dich.« Ich küsste sie auf die Wange. «Bitte gib ihr noch eine Chance.«

Caro lehnte ihren Kopf an meine Schulter. »Vielleicht rede ich in ein paar Tagen noch einmal mit ihr.«

»Tu das«, flüsterte ich.

»Was ist mit Ben?«, fragte sie.

»Ben redet wahrscheinlich nie wieder ein Wort mit mir.« Ich sah ins Getümmel und erschrak. Für einen winzigen Moment hatte ich geglaubt, Konstantin zwischen den ganzen Leuten entdeckt zu haben.

KAPITEL 47

Ich saß übernächtigt und verkatert am Küchentisch und starrte in meine Tasse, betrachtete die Kreise, die mein Kaffeelöffel durch die heiße schwarze Flüssigkeit zog, und fühlte mich einsam. Caro hatte bei mir übernachtet, war aber vorhin nach Hause gefahren.

Die ganze Nacht hatten wir uns in die Kissen gekuschelt, uns tröstend im Arm gehalten und über unsere verlorenen Lieben gewehklagt, was leider nicht viel geholfen hatte. Irgendwann am frühen Morgen hatte ich die Tür klacken gehört. Ben musste nach Hause gekommen sein, denn Ellen und Tobi waren noch nach Nürnberg in einen Club gefahren und wollten bei Freunden übernachten.

Es war seltsam zu wissen, dass er eine Tür weiter in seinem Bett lag, während ich hier allein saß und an nichts anderes denken konnte als an ihn. Noch immer kam ich nicht über den Fakt hinweg, die blödeste, gemeinste und charakterloseste Idee gehabt zu haben, um Ben eins auszuwischen. Ich hatte ihn genauso leiden lassen wollen, wie er das bei mir getan hatte.

Bens Tür öffnete sich und versetzte mir einen blitzartigen Stich durch den Körper. Hastig setzte ich mich aufrecht hin, um so normal wie möglich zu wirken. Ich hörte, wie seine Schritte im Flur näher kamen, gleich darauf betrat er grußlos die Küche. Dann hantierte er hinter mir mit der Kaffeemaschine herum und entfernte sich in Richtung Tür. Mein Hals zog sich zu, und Tränen stiegen in mir hoch, auf einmal brauchte ich jemanden zum Reden. Vielleicht würde Ben mich verstehen, wenn er wusste, was mir auf der Seele brannte.

»Ben«, sagte ich verhalten, und er hielt inne, drehte sich jedoch nicht um.

»Was ist?«

Ich hörte seiner Stimme an, dass er sich nicht mit mir unterhalten wollte.

»Du hast doch mal gesagt, wenn ich jemanden zum Reden brauche, bist du hier und hörst mir zu.«

»Ja, das habe ich.« Ben wandte sich nun doch um. Seine Miene blieb so reglos, dass ich nicht einmal im Ansatz deuten konnte, was in ihm vorging.

»Jetzt wäre so ein Zeitpunkt.« Ich hielt den Atem an.

Es fiel ihm sichtlich schwer, aber er kam tatsächlich zurück und setzte sich an den Tisch. Geräuschvoll stellte er seinen Kaffeebecher ab. Stille verteilte sich im Raum, dehnte sich unerträglich.

»Als …« Ich räusperte mich, starrte die Wand an, als liefe dort ein spannender Krimi. »Als ich euch erzählt habe, dass ich noch nie einen One-Night-Stand hatte, da habe ich gelogen.« Ich strich eine Haarsträhne hinter mein Ohr. »Ich hatte schon mal einen, vor sechs Jahren, da war ich noch in der Schule.« Meine Stimme brach an der falschen Stelle, nur schwerlich schaffte ich es, nicht vor ihm in Tränen auszubrechen.

»Konstantin«, sagte Ben leise.

Ich nickte. »Ja.«

Eine Pause trat ein, in der wir beide reglos auf unseren Stühlen saßen. Ich wusste nicht, wie ich weiterreden sollte.

»Was hat er dir getan?«, fragte Ben, und ich schluchzte auf.

Tränen stiegen in mir hoch. Eigentlich hatte ich vorgehabt, sachlich und abgeklärt über dieses Erlebnis zu berichten, aber die Gefühle überwältigten mich. Ich stand auf und ging zum Küchenschrank, nahm ein Glas heraus und füllte es am Wasserhahn. Schwer atmend drückte ich das kühle Gefäß an meine heißen Wangen, ehe ich mich überwinden konnte, zu ihm zurückzukehren. Er hatte still auf mich gewartet und sah mich nun durchdringend an. Etwas wie Sorge spiegelte sich in seinem Blick, der mich zutiefst traf, und ich nahm all meinen Mut zusammen.

»Ich war siebzehn«, sagte ich leise, »und immer noch Jungfrau. Die einzige Jungfrau in meiner Klasse, und das belastete mich. Eines Abends war ich mit zwei Freundinnen in einem Club und lernte dort Konstantin kennen. Er hat mich angesprochen, und wir haben getanzt. Konstantin war drei Jahre älter als ich und der Schwarm aller Mädchen bei uns in der Gegend. Was war ich stolz, dass er mich an diesem Abend beachtete.« Ich stützte einen Ellenbogen auf der Tischplatte auf, legte die Stirn in meine Handfläche, um Ben nicht ansehen zu müssen. Scham brannte in mir wie ein loderndes Feuer, nichts als Scham. »Er hat eine Flasche Whisky besorgt und Apfelsaft. Wir haben das Zeug gemischt und getrunken, gefeiert bis zum Morgengrauen. Irgendwann fragte er, ob ich mit zu ihm kommen würde.« Ich hob wie in Zeitlupe den Kopf. »Natürlich wusste ich, worauf die Sache hinauslaufen würde, so naiv war ich auch wieder nicht, aber ich wollte endlich mein erstes Mal hinter mich bringen. Mit einem Typen schlafen, um mitreden zu können. Außerdem war ich zu dem Zeitpunkt schon so betrunken, dass mir alles egal war.«

Ben hatte die Unterarme auf der Tischplatte verschränkt und hörte mir zu. Seine Mimik verriet nicht, was er dachte, was meine innere Anspannung zusätzlich steigerte. Dennoch redete ich stockend weiter. »Wir … wir landeten schließlich bei ihm, und haben miteinander geschlafen. Es war furchtbar, er war grob und hat mir wehgetan, und ich wollte nur, dass es vorbei war, damit ich endlich gehen konnte. Als er fertig war, habe ich mich angezogen und bin abgehauen. Er hat noch, *bis demnächst* gesagt, und ich dachte damals: *Wir sehen uns bestimmt nicht wieder.* Ich bin zwei Stunden durch die leeren Straßen nach Hause gelaufen, habe mir selbst Vorwürfe gemacht. Wie hatte ich nur so blöd sein können, mit Konstantin ins Bett zu steigen.« Ich trank einen Schluck Wasser, mein Mund fühlte sich staubtrocken an und die Tränen, die ich schluckte, schmerzten in meiner Kehle. »Am nächsten Tag hat er mich angerufen und ganz frech zu sich bestellt. Ich habe ihm gesagt, er soll mich in Ruhe lassen, und auch, dass die Nacht mit ihm ein Fehler war. Kurz darauf schickte er mir etwas aufs Handy. Ein Foto, mit dem Hinweis, es gäbe auch noch einen Film. Die Aufnahme zeigte uns beim Sex. Konstantin hatte irgendwo heimlich eine Kamera aufgestellt und sie so postiert, dass ich gut zu erkennen war. Er selbst war jedoch nur bis zum Hals im Bild, und ich geriet in Panik. Später schickte er mir eine Nachricht, in der er mir befahl, zu ihm zu kommen.«

Ich wischte die Tränen von meinen Wangen, die nicht versiegen wollten und schon auf die Tischplatte tropften. »Also bin ich zu ihm gegangen und habe ihm gesagt, er soll diesen Dreck löschen. Aber er hat nur gelacht und gedroht, er würde das Video ins Internet stellen und auch noch dafür sorgen, dass alle in der Schule es zu sehen kriegen, falls ich nicht tue, was er von mir verlangt.« Ich hielt inne, um mich zu sammeln. Mein Herzschlag schmerzte bis hoch in den Hals. »In meiner Verzweiflung habe ich noch mal mit ihm geschlafen«, schluchzte ich mehr, als zu reden. Mein Blick schnellte in Bens Richtung.

»Damit er es löscht, verstehst du?« Es klang wie eine Verteidigung, er musste jetzt so schlecht von mir denken.

Obwohl ich Ben direkt angesprochen hatte, antwortete er nicht, was vielleicht auch besser war, ansonsten hätte diese Unterhaltung wahrscheinlich in einem Weinkrampf meinerseits geendet.

Am liebsten hätte ich die Situation kleingeredet, beschloss aber, ehrlich zu bleiben, schonungslos ehrlich. »Schließlich habe ich alles mit mir machen lassen. Alles. Nur damit niemand etwas mitbekommt. Hinterher hat er gelacht und gemeint, wir beide würden in Zukunft noch eine Menge Spaß miteinander haben. Ich geriet total in Panik und bin abgehauen, bin durch die Straßen gelaufen, habe überlegt, was ich jetzt machen soll. Ich konnte mich nicht noch einmal von ihm anfassen lassen, er sollte mich in Ruhe lassen, und plötzlich wurde ich unglaublich wütend auf Konstantin, also bin ich umgekehrt und zu ihm zurück. Ich habe ihn gewarnt, dass ich zur Polizei gehe, wenn er nicht aufhört und dieses beschissene Video vernichtet.«

Mittlerweile war ich vollkommen in Tränen aufgelöst und konnte nur noch halb erstickt weiterreden. Die Erinnerungen, die wie ein dunkler Hagelschauer auf mich niederprasselten, machten mich ganz klein, vernichteten jedes warme Gefühl in mir und ließen nur Schmerz und Leere zu. Ich suchte nach den richtigen Worten. Bens Eindruck von mir sollte nicht noch schlechter werden.

Was musste er nur von mir denken? Am liebsten hätte ich all diese Erinnerungen in ein Tuch gepackt, es verknotet und an der tiefsten Stelle eines Sees für immer versenkt, nur damit sie mich nie wieder einholten. »Daraufhin hat er mich verprügelt und gedroht, er würde mich umbringen, wenn ich ihn anzeige.« Meine Stimme versagte, ich konnte nicht mehr, griff mit zittrigen Fingern nach meinem Wasserglas und warf es um, der Inhalt ergoss sich über den blanken Holztisch und sammelte sich in einem schillernden Rinnsal. Als Ben sich weiterhin nicht rührte, redete ich mühsam weiter, ich fühlte mich erschöpft. »Ich bekam solche Angst vor Konstantin, dass ich nichts gegen ihn unternommen habe, außer seine Anrufe zu ignorieren. Ein paar Tage später war das Video im Internet. Er hatte eine eigene Homepage gebastelt und mit meinem vollen Namen versehen. Außerdem Schlagwörter wie große Möpse, Riesentitten und lauter furchtbare Sachen. Alle in der Schule haben sich die Seite im Netz angeschaut und mich in Action gesehen. Meine letzten Schuljahre waren die Hölle. Als ich dann nach Erlangen zog, habe ich meinen Vornamen abgekürzt. Ich hatte Angst, jemand hier könnte auf die Idee kommen, mich zu googeln. Ein Prof, bei dem ich mich bewerbe, oder so. Alles lief super für mich hier in Erlangen. Keiner aus meiner Schule hat sich an unserer Uni beworben, niemand kannte mich. Doch jetzt ist Konstantin wieder da«, endete ich mit brüchiger Stimme. Obwohl ich mir alles von der Seele geredet hatte, fühlte ich mich innerlich tot. Es war demütigend und erniedrigend, Ben diese hässliche Begebenheit gebeichtet zu haben. Was er wohl jetzt über mich dachte? Ich wagte einen scheuen Blick zur Seite.

Ben saß reglos auf seinem Stuhl und blickte starr an die Wand. Seine Gesichtszüge wirkten wie eingefroren, nur sein Kiefer spannte sich an, auch seine Augen verengten sich. Warum sagte er nichts? Er verurteilte mich. Bestimmt verurteilte er mich! Warum hatte ich ihm bloß alles erzählt? Mein Herz pochte dumpf bis hoch in meine Schläfen, und mein Hals zog sich langsam zu, während ich auf eine Reaktion von Ben wartete. Auf irgendwas. Wortlos stand er schließlich auf und verließ die Küche. Er ließ mich einfach sitzen mit meinem Schmerz und meiner Scham. Schaute er sich jetzt den Film im Internet an?

KAPITEL 48

Caro verhielt sich in den letzten Tagen höchst merkwürdig, um nicht zu sagen pathologisch. Sie und Martha näherten sich nach einigen Gesprächen, die sie zwischenzeitlich geführt hatten, langsam wieder an, dennoch vertraute Caro ihrer Ex nicht. Auf ihr Drängen hin hatte ich mich dazu breitschlagen lassen, nach Nürnberg zu kommen, um mit ihr gemeinsam Martha zu bespitzeln, was ich als zutiefst verwerflich empfand und Caro auch so mitgeteilt hatte. Leider hatten sie meine Appelle an ihr Gewissen nicht sonderlich beeindruckt. Im Gegenteil, sie nahm meine gut gemeinten Einwände zum Anlass, mir meine Verzögerungstaktik nach Marthas Seitensprung vorzuwerfen. Mit dieser Beschuldigung traf sie wiederum mein schlechtes Gewissen, sodass ich nun an einem sonnigen Tag Anfang Juni mit Schirmmütze und Sonnenbrille wie ein Privatdetektiv durch die Straßen schlich, um die arme Martha in flagranti zu ertappen.

»Hast du jetzt vor, Martha bis ans Ende deines Lebens zu bespitzeln?«, fragte ich, während wir an der Ecke zu der Kneipe standen, in der Martha donnerstags arbeitete.

»Ja.« Mit dieser knappen Aussage schien das Thema für Caro erledigt zu sein.

»Das ist nicht dein Ernst.« Wir huschten hastig hinter den Mauervorsprung, denn Martha trat soeben aus der Tür und kassierte bei ein paar Leuten ab, die draußen im Sonnenschein saßen.

»Ich habe sogar überlegt, ob ich mir ein Zweitprofil bei Facebook anlegen soll, und sie anschreibe.«

»Du brauchst einen Psychiater«, erwiderte ich fassungslos. »Außerdem denke ich nicht, dass Martha über Facebook flirtet.« Ich deutete hinüber zur Kneipe, wo Caros Ex gerade in ein angeregtes Gespräch mit einer pummeligen Frau vertieft war.

»Siehst du, genau aus diesem Grund muss ich sie im Auge behalten«, flüsterte Caro aufgeregt, als wären wir in nächster Nähe.

»Sie muss mit den Gästen reden.« Plötzlich verspürte ich den Drang, das arme Stalkingopfer zu verteidigen.

Caro fischte ihr Handy aus ihrer Handtasche. »In fünf Minuten hat sie frei, mal sehen, wo sie dann hingeht.«

»Wie lange willst du das treiben?«

»Noch zwei Stunden, dann bin ich mit ihr verabredet, und wenn sie vorher irgendwas anstellt, knall ich ihr das vor den Latz.«

»Beste Voraussetzungen für einen Neustart.« Oh Mann, von dieser Aktion würde ich garantiert nie jemandem erzählen, nicht mal meinen Enkeln.

Marthas Schicht war beendet. Sie kam heraus und wandte sich nach rechts in Richtung Stadtmauer. Wir setzten ihr nach, sprangen hinter Litfaßsäulen oder Plakatwände, drückten uns an Hausmauern entlang oder versteckten uns hinter Autos. Hätte uns jetzt jemand in eine Zwangsjacke gesteckt und abgeführt, wäre mir das total normal vorgekommen. Vor allem, da Martha ohnehin nichts Spannendes tat. Einmal betrat sie einen Handyladen und kam kurz darauf mit einer kleinen Schachtel wieder heraus, etwas später gönnte sie sich an einem Stand einen Smoothie. Gerade wollte ich Caro mitteilen, dass ich mein unwürdiges Tun abbrechen wollte, da schnappte sie mich an meiner Bluse und zerrte mich hinter einen silberfarbenen BMW.

»Was machst du denn? Lass mich los«, zischte ich. »Martha steht doch mit dem Rücken zu uns.«

»Nicht Martha.« Sie stieß mir mit dem Ellenbogen in die Rippen. »Da vorne.«

Mein Blick wanderte in die gedeutete Richtung, und mein Herz machte einen Satz. Ben überquerte soeben dicht neben uns die Straße. Glücklicherweise hatte er uns nicht bemerkt.

»Wo will der denn hin?«, wisperte ich, mein Herz klopfte plötzlich wie wild.

»Vielleicht ist Ben auch inkognito unterwegs.« Caro zeigte auf seine schwarze Baseball-Cap.

»Los, hinterher.«

»Was?« Caro hob beide Augenbrauen an. »Warum denn das? Wir verfolgen Martha.«

»Die macht doch eh nichts Aufregendes, Handy kaufen und Saft trinken. Lass die Frau in Ruhe und komm.« Ich zerrte Caro am Ärmel ihres T-Shirts hinter mir her, da Ben soeben in eine schmale Gasse einbog. »Was will der in Nürnberg?«, wunderte ich mich erneut. »Bestimmt hat er ein Date, der Schuft.«

»Seit wann hast du Besitzansprüche an ihm?« Seufzend folgte Caro mir, da ich immer schneller wurde, um Ben ja nicht aus den Augen zu verlieren.

»Immerhin wohnen wir zusammen«, verteidigte ich mich, weil mir nichts Besseres einfiel.

»Das ist natürlich was ganz anderes«, sagte Caro gedehnt und klatschte sich gegen die Stirn. »Du darfst also deine Mitbewohner stalken, aber wenn ich meine Ex bespitzele, bin ich ein Psycho.«

»So ähnlich«, erwiderte ich, »und jetzt komm.«

Ich hielt mitten im Laufen inne, denn Ben blieb vor einem Haus stehen, durch dessen Fensterfront rötliches Licht schimmerte.

»Du weißt, in welcher Gasse wir sind?« Caro legte mir eine Hand auf die Schulter.

Ich warf ihr einen fragenden Blick zu. »Ist das eine besondere Gegend?«

»Das da vorne ist ein Bordell.«

»Nein!« Mir blieb beinahe das Herz stehen. »Du willst mir nicht ernsthaft erzählen, dass Ben gerade in einen Puff gegangen ist.« Ich quiekte vor Entsetzen.

»Allem Anschein nach ja.«

»Aber warum?« Ich legte beide Hände an meine erhitzten Wangen, mein Blut rauschte mir in den Ohren. »Er hätte doch auch mich … ich meine irgendeine andere haben können.«

»Vielleicht hat er spezielle Vorlieben«, mutmaßte Caro.

»Was für spezielle Vorlieben?«

»Na«, sie fuchtelte in der Luft herum, »Fesselspiele, SM oder so was. Vielleicht lässt er sich da drin von einer Nutte die Windeln wechseln.«

»Die Windeln wechseln?«, wiederholte ich fassungslos.

»Manche Männer stehen total auf sowas, die ziehen sich heimlich Windeln an und …«

»So ein Quatsch«, unterbrach ich sie unwirsch. »Das ist der größte Blödsinn, den du jemals verzapft hast.«

»Du hast recht«, pflichtete Caro mir nach etwas Bedenkzeit ein. »Ich trau's ihm auch nicht zu. Eher spielt er ein bisschen Dom und peitscht die Mädels aus.«

Ich stützte mich an der Wand ab, meine Knie zitterten. »Vielleicht hat er nur was abgegeben und kommt gleich wieder raus. Wir warten mal ab, wie lange er drinnen bleibt.«

»Dann will ich aber kein Wort mehr über meine Geheimagententätigkeit hören.« Murrend fügte sich Caro in ihr Schicksal und lehnte sich neben mich an die Wand.

»Vielleicht hat er deshalb aufgehört zu jagen«, durchfuhr es mich plötzlich.

»Hä?« Caro steckte sich einen Streifen Kaugummi in den Mund.

»Ihm ist es zu anstrengend geworden, nachts Frauen aufzureißen, oder er wollte mich glauben machen, dass er keine mehr im Bett hat. Stattdessen kauft er sich seinen Spaß bei einer Nutte.« Die Erleuchtung traf mich wie ein kalter Guss. Deswegen war Ben in letzter Zeit so keusch gewesen. Er hatte uns seinen neuen Lebenswandel lediglich vorgespielt, wir sollten alle glauben, er habe sich geändert. Nur warum? Das ergab alles keinen Sinn. Er hatte doch zu Anfang auch keinerlei Hemmungen gehabt, eine Frau mit in die WG zu bringen. Weshalb also ging er zu einer Prostituierten? Ich warf einen Blick auf mein Handy, er befand sich bereits seit einer halben Stunde in diesem verruchten Haus, die Chancen, dass er lediglich ein Päckchen abgegeben hatte, standen somit denkbar schlecht.

Caro legte mir einen Arm um die Schultern. »Ach, Süße. Nimm es nicht so schwer. Vielleicht kannst du froh sein, dass aus euch nichts geworden ist. Am Ende hättest du dich gefesselt in seinem Bett wiedergefunden, während er die Peitsche über dir schwingt.«

Ich nickte nur. Mit der Wucht einer Lawine bahnte sich die Enttäuschung ihren Weg durch meinen Körper. Hatte ich mich wirklich so sehr in Ben getäuscht? Auf der anderen Seite ging mich sein Privatleben nichts an, wenn er sich Befriedigung bei einer Nutte holte, war das sein gutes Recht. Daran war nichts verwerflich. Zumindest hatte ich es bisher so gesehen. Nur warum tat diese Erkenntnis bei Ben so verdammt weh? Ich war selbst schuld, denn ich war eine elende Schnüfflerin, die andere Menschen bespitzelte. Aus gutem Grund hatte sich Ben getarnt. Er hatte nicht gesehen werden wollen, und ich hatte mit meiner Neugier seine Privatsphäre verletzt. Ein unverzeihlicher Vertrauensbruch.

Die Minuten schlichen dahin, und mit jeder, die verging, fühlte ich mich miserabler.

»Gehen wir«, sagte ich nach einer Stunde sinnlosen Herumstehens vor einem Bordell, da zischte Caro: »Er kommt raus.« Hastig duckten wir uns hinter ein parkendes Auto und warteten, bis Ben außer Sichtweite war.

Mein Schock saß tiefer, als mir lieb war. Obendrein war mir die Lust auf weitere Streifzüge gründlich vergangen. Es war von Grund auf falsch und verwerflich, in anderer Leute Angelegenheiten zu wühlen. Seit meiner Beichte hatten wir sowieso schon kein Wort mehr miteinander gewechselt. Für Ben existierte ich gar nicht mehr. Vielleicht war es an der Zeit, dass ich aus der WG auszog.

KAPITEL 49

Erst am Abend wagte ich mich zurück in die WG, von Ben war zu meiner Erleichterung weit und breit nichts zu entdecken. Ellen saß allein vor dem Fernseher, da Tobi noch mit einem Kommilitonen in der Bibliothek ein Referat ausarbeitete. Noch immer innerlich zutiefst aufgewühlt, ließ ich mich neben sie aufs Sofa fallen.

»Hey, wo kommst du denn her?« Ellen warf mir einen schiefen Blick zu.

»Aus Nürnberg, ich war bei Caro.«

»Ach so.« Sie widmete sich wieder dem Finale von Germanys Next Topmodel. »Wenn die wüssten, was ihnen bevorsteht, würden die sich nicht so reinknien.« Gelangweilt deutete sie auf den Bildschirm, wo eine Anwärterin auf den Titel gerade strahlend in einem lächerlichen Fummel den Catwalk entlangposierte. »Ich komme aus Rom und bin hundemüde.« Sie gähnte verhalten.

»Super«, sagte ich abwesend und zog an einem losen Sofafaden.

»Was ist daran super?«

Ich schrak auf. »Was?«

»Du hast mir gar nicht zugehört.« Ellen setzte sich seitlich und zog die Knie an. »Hast du irgendwas?«

»Nein«, beteuerte ich hastig und widmete mich interessiert dem Rasierklingen-Spot in der Werbepause.

»Leon lässt dich übrigens schön grüßen.« Sie spielte mit einer Strähne meines Haars. »Willst du dich nicht doch mal mit ihm treffen?«

»Du hast ihm von dem One-Night-Stand erzählt.« Ruckartig befreite ich mich von ihren Fingern. »Das war so nicht abgemacht. Außerdem suche ich mir die Typen, mit denen ich ins Bett gehe, lieber selbst aus.«

Ellen lachte bissig. »Leon ist eine Größe in der Houseszene, ich habe dir einen Promi besorgt. Was willst du mehr?«

»Ich … ich lasse das mit dem schnellen Sex besser.« Ich wurde das Gefühl nicht los, dass Ellen etwas mehr Dankbarkeit von mir für ihren Einsatz erwartete. »Danke, dass du das mit Leon für mich arrangiert hast, aber in Zukunft bitte keine Typen mehr für mich. Ich fühle mich wohl, so wie es ist.«

»Hat Ben dir diesen Blödsinn eingeredet?«

Die Kälte in ihrer Stimme ließ mich aufhorchen. »Ich habe keine Ahnung, wovon du redest.«

»Dass du dir keine Männer für eine Nacht suchen sollst.«

»Nein, hat er nicht. Können wir dieses Thema jetzt bitte abhaken, ich habe mich nämlich deutlich wohler gefühlt, als ihr noch nicht in Sorge um mein sexuelles Wohlergehen wart.«

»Natürlich steckt Ben dahinter.« Offenbar ließ sich Ellen nicht von ihrer absurden Theorie abbringen. »Er hat sich Leon gekrallt, weil er es nicht mit ansehen konnte, dass der etwas bekommt, was er noch nicht hatte. Ben schleift dich auch noch in seine Höhle, wenn du nicht aufpasst.«

Mir fiel der unterdrückte Zorn in Ellens Gesicht auf, und ich fragte mich abermals, warum sie immerzu in Rage geriet, sobald die Unterhaltung auch nur im Ansatz auf Ben zu sprechen kam. »Ben will nichts von mir, das weiß ich zufällig zu hundert Prozent.«

»Das spielt der nur«, giftete Ellen.

Puh, sie war wirklich eine harte Nuss. So langsam begann ich mich zu fragen, was Ben ihr wohl angetan hatte, dass sie so schlecht auf ihn zu sprechen war. Ich spielte mit dem Gedanken, sie danach zu fragen, doch schien mir meine Neugier unpassend zu sein, immerhin war sie mit Tobi liiert, und somit konnte ich mir nicht vorstellen, dass Ben dessen Freundin absichtlich schlecht behandelte.

»Wir reden nicht mal miteinander, am Berg wollte er mich nur davor bewahren, etwas Glutenhaltiges zu trinken, damit ich nicht krank werde. Dann hat Leon ihn dumm von der Seite angemacht, und Ben ist ausgerastet. Das steckt hinter der ganzen Geschichte.«

»Ich glaube dir kein Wort«, beharrte Ellen und schüttelte den Kopf. Warum war die auf einmal so stur?

»Fakt ist, dass er nicht mit mir ins Bett will.«

»Da wäre ich mir nicht so sicher.«

»Aber ich. Ich bin nicht sein Typ, er steht auf was anderes.«

»Jetzt quatsch doch nicht so umständlich daher.« Ellen klang ungewöhnlich gereizt.

»Also … äh … das sollte ich jetzt wirklich nicht erzählen …«

»Auf was steht er?«, unterbrach sie mich ungehalten. »Was weißt du von ihm?«

Ich wand mich wie eine Schlange am Boden. Wie sollte ich heil aus dieser Nummer herauskommen?

»Du hast es schon mit ihm getrieben«, formulierte sie äußerst unschön, wie ich fand. »Und dann lässt du mich alle Hebel in Bewegung setzen, um dir einen tollen Mann vorzustellen? Ich fasse es nicht.«

»Ich hatte nichts mit Ben«, betonte ich jede einzelne Silbe.

Ellen hatte sich wie ein Bullterrier in diese fixe Idee verbissen. »Er steht nicht auf mich, okay, und er stand nie auf mich. Wir waren nicht zusammen im Bett und werden auch niemals dort landen, denn Ben geht ins Bordell. Ich habe ihn in eins reingehen sehen.«

»Was hast du da gerade gesagt?« Ellen klang fassungslos, ihr Kiefer klappte nach unten.

Was hatte ich Idiotin da gerade gesagt? Ich presste eine Hand vor meinen Mund, um mich zu zwingen, kein weiteres Wort mehr von mir zu geben. Mein Magen zog sich zusammen, ich hatte eine große Dummheit begangen. *Schadensbegrenzung!* Ich musste Schadensbegrenzung betreiben.

»Das war nur so dahergeredet.« Ich lachte schrill auf und klatschte auf Ellens Schenkel. »Ein Witz, haha.«

»Du scherzt … soso.« Sie musterte mich skeptisch. »Hat sich aber nicht nach einem Witz angehört, an welcher Stelle hätte ich noch mal lachen sollen?«

Auf einmal überkam mich das brennende Verlangen, in ein weit entferntes Land auszuwandern. Bekam ich in Chile auf die Schnelle ein Visum? Mein Blut rauschte mir in den Ohren. Warum konnte ich nie meine große Klappe halten?

»Bitte, Ellen, erzähl niemandem, was ich dir verraten habe. Diese Geschichte bleibt unter uns. Versprichst du es mir?« Mein Atem zitterte, während ich um eine positive Antwort bangte. Fuck, ich war eine riesengroße Idiotin. Ellen wirkte seltsam milde gestimmt.

»Zwischen euch läuft also tatsächlich nichts?«, hakte sie zu meiner Überraschung nach.

»Überhaupt nichts.«

»Okay«, versprach sie generös, »dieses Gespräch bleibt unter uns. Mich geht Bens Leben im Prinzip auch gar nichts an.«

»Danke.« Ich umarmte sie überschwänglich, in der Hoffnung, sie würde zu ihrem Wort stehen. Hastig stand ich auf und verzog mich in mein Zimmer. Mich überkam das dumpfe Gefühl, Ben soeben etwas sehr Schreckliches angetan zu haben. Sollte Ellen doch ihren Mund aufmachen, würde Ben mir meine Geschwätzigkeit niemals verzeihen. Warum hatte ich ihr überhaupt von seinem Bordellbesuch erzählt? War ich total bescheuert? Ich konnte mich nicht mal daran erinnern, dass die Worte mein Gehirn erreicht hatten, ehe ich sie aussprach.

Ich legte mich aufs Bett und verschränkte die Arme hinter dem Kopf. Niemals wieder würde ich ein Wort zu irgendjemandem über Ben verlieren. Niemals! Das schwor ich mir.

KAPITEL 50

Den folgenden Tag verbrachte ich in der panischen Angst davor, Ben irgendwo zu begegnen. Zudem bekam ich dieses Bild nicht aus meinem Kopf, wie Ben einer bezahlten Lustsklavin peitschenschwingend die Leviten las. Ich konnte ihm nie mehr in die Augen sehen, so viel war sicher. Eine geschlagene Stunde saß ich bereits in meinem Zimmer, nachdem ich mich um sechs Uhr abends in die WG geschlichen hatte. Nun drückte meine Blase, aber ich traute mich nicht auf die Toilette, denn von draußen drangen gedämpfte Stimmen bis zu mir, eine gehörte zweifelsfrei zu Ben.

Warum musste er ausgerechnet jetzt zu Hause herumhängen? Die vergangenen Tage hatte er sich doch auch rar gemacht. Frustriert setzte ich mich an meinen Schreibtisch, um mich zum wiederholten Male bei Facebook einzuloggen und zu kontrollieren, ob Ben mir mittlerweile die Freundschaft gekündigt hatte.

Die Stimmen von draußen wurden lauter, als stünden sie direkt vor meiner Zimmertür. Hastig schloss ich das Fenster an meinem Browser – hätte mir gerade noch gefehlt, dass Ben mich dabei erwischte, wie ich sein Facebook-Foto anstarrte.

Ich hörte ein deutliches »Bis später«, von Tobi, dann ein »mach's gut, Alter«, von Ben, danach schlug die Wohnungstür zu, und ich atmete erlöst auf. Ben war gegangen. Ich stand auf und schlich dennoch auf Zehenspitzen zu meiner Tür. Sicher war sicher, ich verspürte auch keine Lust auf ein weiteres Gespräch mit Ellen, die für ein paar Tage bei Tobi wohnte. Die Luft war rein, nur der Fernseher lief leise. Ich stahl mich in den Flur, da erklangen Stimmen aus dem Gemeinschaftsraum und ich blieb ruckartig stehen, als ich lokalisierte wer redete. Scheiße. Ben und Ellen, folglich war Tobi abgehauen.

»Warum bist du immer so unfreundlich zu mir?«, fragte Ellen gedämpft, gleich darauf knarrte das Sofa.

Mein Puls pochte heftig im Hals. Was sollte ich jetzt tun? Auf gar keinen Fall wollte ich einem von denen in die Arme laufen und schon gar nicht beiden gemeinsam.

»Ich bin nicht unfreundlich zu dir, sondern einfach nur neutral. Du legst das nur so aus, steigerst dich in irgendwas rein, glaubst, dass ich dich nicht leiden kann, und so Zeugs.«

»Du kannst mich auch nicht leiden.«

Ich hörte Ben tief durchatmen und huschte zum Türrahmen, um einen kurzen Blick in den Gemeinschaftsraum zu werfen. Obwohl ich wusste, dass ich das nicht tun sollte, konnte ich nicht anders.

Ben stand mit dem Rücken zu mir am Fenster und sah hinaus, Ellen stellte sich dicht hinter ihn.

»Ellen, was soll das jetzt?«, fragte Ben, ohne sich umzudrehen.

»Es gab mal eine Zeit, da wolltest du mich unbedingt«, sagte sie leise.

Wie bitte?!

»Ja«, gab er schließlich zu. »Aber das ist lange her, heute nicht mehr. Du bist mit Tobi zusammen, einem meiner besten Freunde.«

Ellen schmiegte sich an seinen Rücken. »Und wenn es Tobi nicht gäbe?«

»Es gibt Tobi aber.«

»Aber wenn ich nicht mehr mit ihm zusammen wäre, würdest du mich dann wollen?«

Eine Pause entstand. Ben rührte sich nicht, auch dann nicht, als Ellen ihn um die Taille umarmte und ihre Wange an sein Schulterblatt lehnte.

»Nein«, sagte er schließlich mit fester Stimme, »auch dann nicht.«

Abrupt ließ Ellen ihn los und ging einen Schritt zurück. »Du eingebildeter Mistkerl, für dich ist doch keine gut genug.«

Ben wandte sich um. Ich zog eilig den Kopf zurück. »Genau das ist der Grund, warum ich nie was mit dir anfangen könnte. Du bist berechnend und egoistisch.«

Sie lachte schrill auf. »Du trampelst doch auf den Gefühlen von allen herum, wie es dir gefällt. Was für einen Frauentyp bevorzugst du denn? Lass mich raten: Die naive kleine Luca? Auf die stehst du doch, gib es wenigstens zu.«

»Was hat das jetzt mit Luca zu tun?«

»Glaubst du, wir merken nicht, wie du sie heimlich anstarrst und mit deinen Blicken ausziehst?«

»Du hast wirklich einen an der Klatsche. Und ja, stell dir vor, Luca wäre mir tausendmal lieber als du. Sie ist wenigstens nicht verschlagen.«

Ellen schnaubte. »Sie erzählt nur hinter deinem Rücken herum, dass du zu Nutten gehst, du Perversling.«

Der Schreck durchfuhr mich wie ein Stromschlag.

»Was?« Ben klang entgeistert. »Ellen, du hast sie wirklich nicht mehr alle beisammen.«

»Dann glaub es nicht«, fauchte sie, »aber deine ach so geschätzte Luca hat gesehen, wie du ein Bordell besucht hast, und erzählt es gerade überall herum.« Ellens Stimme klang hasserfüllt. »Alle wissen, dass du dich im Puff rumtreibst und neuerdings auf Huren stehst. Kann man eigentlich noch tiefer sinken?«

Ich linste am Türrahmen vorbei.

»Halt deine verdammte Klappe!«, brüllte Ben und schnappte Ellen am Kragen. Er zog sie dicht an sich heran. »Rede nie wieder ein Wort mit mir, kapiert? Ich schwöre dir, das nächste Mal, wenn du mich in dieser Wohnung ansprichst, setze ich dich vor die Tür, Tobi hin oder her. Das ist mir scheißegal.« Er stieß sie von sich, worauf ich machte, dass ich in mein Zimmer kam und mich mit meinem ganzen Gewicht gegen die geschlossene Tür lehnte. Mein Herz raste wie verrückt.

Gerade war ich in Sicherheit, als Schritte im Flur erklangen, gleich darauf krachte die Wohnungstür zu. Minutenlang presste ich einfach nur eine Hand auf meinen Mund. Ellen hatte alles verraten, mich nicht einfach nur verpetzt, sie hatte es *Ben* gesteckt. Auf die miesteste Art und Weise, die man sich nur vorstellen konnte. Noch nie zuvor in meinem Leben bereute ich etwas mehr, als ihn belauert zu haben. Er hatte jedes Recht, mich zu hassen. Ich würde es sogar vollkommen verstehen, wenn er mich ebenfalls aus der WG warf. Aber entschuldigen musste ich mich wenigstens vorher noch bei ihm. Das war das Mindeste, was ich tun konnte.

Mit bebenden Fingern tastete ich nach meinem Handy, legte es dann aber zurück auf den Schreibtisch. Ben war so wütend gewesen, als er aus der Wohnung gestürmt war, bestimmt war heute kein guter Zeitpunkt für eine reumütige Unterhaltung. Vielleicht sollte ich ihm eine Nachricht auf Facebook hinterlassen? Wie gern hätte ich die Zeit zurückgedreht. Ich wollte wieder hinter diesem Auto in Nürnberg knien, Ben an mir vorüberstreifen sehen, ohne mir etwas dabei zu denken, und Martha weiter verfolgen. Nein, am besten wäre ich gar nicht erst nach Nürnberg aufgebrochen, hätte Caro ihren dämlichen Plan ausgeredet, und alles wäre noch in schönster Ordnung.

KAPITEL 51

Die Zeit strich dahin wie Sand auf einer Düne. Ich saß untätig auf meinem Bett und starrte ins Nirgendwo, draußen war bereits die Sonne untergegangen, und nur der schwache Strahl meiner Nachttischlampe erhellte mein Zimmer notdürftig. Das plötzliche Klingeln meines Handys auf dem Schreibtisch riss mich aus meiner Versteinerung. Zögerlich stand ich auf, um es zu holen. Caros Name leuchtete mir auf dem Display entgegen. Seufzend nahm ich das Gespräch an.

»Was gibt's?«, fragte ich mit deprimierter Stimme und hoffte, Caro würde mir sofort anhören, dass etwas nicht mit mir stimmte.

»Luca, wo bist du?«

»Zu Hause, wo sonst?«

»Ich bin in Erlangen.« Sie klang aufgeregt.

»Dann komm vorbei, ich könnte jetzt dringend jemanden zum Reden gebrauchen. Es ist etwas ganz Furchtbares …«

»Nicht jetzt«, unterbrach sie mich unwirsch, und ich nahm gekränkt zur Kenntnis, dass meine beste Freundin sich nicht für meinen Kummer interessierte. »Ich verfolge gerade

Martha, sie hat mir geschrieben, sie kann nicht vorbeikommen, weil sie in Erlangen unterwegs ist.«

Das war natürlich wichtiger! Ich schniefte ins Telefon, ehe ich schwach mahnte: »Du solltest mit diesen Verfolgungsjagden aufhören, da kommt nichts Gutes bei raus. Du wirst nicht glauben, was passiert …«

»Ich konnte Martha nirgends finden«, unterbrach sie mich erneut rücksichtslos, »habe alle Kneipen abgeklappert, durch jedes Fenster in die Bars geschaut, aber nirgends ist sie zu entdecken. Gerade stehe ich vor der Havana Bar, und Luca, du wirst nicht glauben …«

»Deswegen rufst du mich an? Ich werde garantiert nie mehr jemanden verfolgen, und du solltest das auch nicht tun. Das ist abscheulich und niederträchtig«, redete ich mich in Rage.

»Jetzt hör mir doch mal zu«, schnitt sie mir erneut das Wort ab. »Ben sitzt in der Bar«, sagte sie mit eindringlicher Stimme.

»Ja und?«

»Erdie ist bei ihm, und zwei Typen, die genauso muskelbepackt sind wie Erdie, die sehen aus wie Drillinge …«

»Das sind Erdies Brüder. Na und? Geh da weg, ich will nicht erfahren, was Ben in seiner Freizeit treibt, das geht uns nämlich gar nichts an. Und komm ja nicht auf die Idee ihm nachzuspionieren, hörst du?«

»Konstantin sitzt bei ihnen«, hörte ich Caro leise sagen, und meine Hand krampfte sich um das Handy.

»Was … was hast du da eben gesagt?« Ich bekam kaum noch Luft.

»Sie sitzen gemeinsam mit Konstantin in der Havana Bar. Was hat das zu bedeuten?«, fragte Caro.

Mir wurde schlecht vor Angst. »Ich weiß nicht«, sagte ich mit gepresster Stimme. »Geh bitte weg, sie dürfen dich nicht entdecken.«

»Da vorne läuft Martha«, sagte sie aufgeregt. »Du, ich muss da jetzt hinterher, ich rufe dich nachher nochmal an. Wenigstens bist du vorgewarnt.«

Ich sank auf den Bettrand. Ben hatte sich mit Konstantin zusammengetan, ganz sicher, um sich an mir zu rächen. Warum hatte ich ihm diese alte Geschichte bloß erzählt? Ich dumme Kuh hatte ihm auch noch seinen größten Trumpf in die Hände gespielt.

Was sollte ich jetzt machen? Ich bekam Schwierigkeiten mit der Atmung. Allein die Vorstellung, wie diese fünf breitschultrigen Kerle mir in meinem Zimmer einen Besuch abstatteten, ließ mich erschauern und schürte die schlimmste Angst in mir, die ich seit Jahren durchlebt hatte. Somit war auch sichergestellt, dass Ben mir niemals verzeihen würde. Sollte ich mich einschließen und die Polizei rufen? Meine Finger zitterten so erbärmlich, dass ich nicht mal die Zahlen auf dem Display traf. In Gedanken ging ich sämtliche Möglichkeiten durch, kam aber auf keine Lösung.

Was sollte ich der Polizei erzählen? Dass ich meinen Mitbewohner bei einem Bordellbesuch gestalkt hatte? Ein lauter Schluchzer entwich meinen Lippen. Ich hatte nichts gegen sie in der Hand. Es gab nur eins. Ich musste selbst in die Havana Bar gehen und mit Ben persönlich reden. In einem öffentlichen Raum wäre ich wenigstens nicht allein mit ihnen, vor den anderen Gästen konnten sie mir nichts antun. Vielleicht schaffte ich es, ihn zur Vernunft zu bringen. Ich würde Ben um Verzeihung bitten und ihm schwören, dass ich die WG auf der Stelle räumen würde, wenn er mich im Gegenzug in Ruhe ließ.

Schon im nächsten Moment schnappte ich mir mein Handy und den Schlüsselbund und stürzte aus der Wohnung. Ich flog beinahe die Treppen hinab, verließ das Wohnheim und rannte durch die menschenleeren dunklen Straßen, während unzählige Adrenalinstöße meinen Puls bis zum Anschlag hochjagten.

Mein Herz trommelte wie wild in meiner Brust. Mich fröstelte, denn ich trug nur meinen Jeansminirock und die kurzärmelige weinrote Bluse. An eine Jacke hatte ich gar nicht gedacht, aber umkehren wollte ich auch nicht mehr. Schnaufend kam ich schließlich an der Havana Bar an und hielt mir die stechende Seite. Ich spähte durch sämtliche Fenster, presste beide Handkanten gegen die Scheibe, um das Licht der Straßenlaternen abzuschirmen. Drinnen war nicht viel los. Ein paar Leute saßen an Tischen verteilt, von Ben und den anderen war weit und breit nichts zu entdecken, folglich waren sie schon weg.

Verdammt! Plötzlich überkam mich die entsetzliche Erkenntnis, dass ich ganz allein in einer menschenleeren Straße stand und mir lief es eiskalt den Rücken hinunter. Ruckartig drehte ich mich um, atmete flach. Wenn sie mir hier irgendwo auflauerten, würde ich mich nicht wehren können.

Ich wählte Caros Nummer, sie musste sofort herkommen, damit ich nicht mehr alleine war, aber sie ging nicht ran. Was jetzt? Vorsichtig spähte ich nach allen Seiten, mein Puls pochte spürbar im Hals. Weiter vorne standen zwei Frauen und unterhielten sich, von der anderen Seite nahte ein Auto und rollte an mir vorüber. Meine Hände wurden taub, ich beschloss, zurück in die WG zu gehen, meine Sachen zu packen und zu verschwinden, bevor Ben zurückkam.

Caros Zweitschlüssel, den sie mir für alle Fälle gegeben hatte, lag in meiner Schreibtischschublade; ich hatte also auf jeden Fall einen Rückzugsort, um mich vor ihm zu verstecken. Ich hetzte los in Richtung Wohnheim, während ich immer wieder über die Schulter blickte. Glücklicherweise blieb alles ruhig. Hin und wieder kreuzten vereinzelte Passanten oder redende Grüppchen meinen Weg, doch von Ben und seinen Kumpanen war weit und breit nichts zu erkennen. Als ich um die Ecke bog, klingelte mein Handy. Martha rief mich an, erkannte ich nach einem raschen Blick aufs Display und mein steil in die Höhe gejagter Blutdruck beruhigte sich wieder. Oh, Gott sei Dank. In dieser Dunkelheit war ich selbst für sie dankbar. Hastig nahm ich das Gespräch an.

»Martha, was gibt's?«, fragte ich kurzatmig und blieb stehen, als ein stechender Schmerz mir in die Seite fuhr.

»Ist Caro bei dir?«

»Nein, keine Ahnung, wo sie sich rumtreibt.«

Martha lachte schnaubend. »Du hast also nicht mit ihr gesprochen?«

»Vorhin mal kurz am Handy, aber ich weiß wirklich nicht, wo sie sich jetzt aufhält. Vielleicht ist sie zu Hause«, log ich.

»Ist sie nicht. Kira hat mich angerufen. Sie hat Caro vorhin in Erlangen gesichtet, anscheinend schleicht sie mir nach, und jetzt geht sie nicht mal mehr ans Handy.«

Unglaublich, wie klein die Welt doch war. Da war Caro also ebenfalls aufgeflogen. Die Ärmste wusste zudem noch gar nichts von dem Dilemma, in dem sie steckte. Doch mit ihren Problemen konnte ich mich gerade unmöglich befassen. »Du, jetzt ist es ganz schlecht, ich habe wirklich keine Zeit.« Die schlagende Kirchturmuhr neben mir ließ mich zusammenzucken. Unwillkürlich huschte mein Blick nach allen Seiten.

»Wo bist du?« Martha klang misstrauisch. »Du bist doch irgendwo unterwegs.«

Na toll, die argwöhnische Martha hatte mir gerade noch gefehlt. »Ja, ich bin unterwegs«, gab ich zu. Was sollte ich schon anderes sagen?

»Und wo bist du?«, hakte sie nach.

Warum waren alle Menschen um mich herum dauernd so hartnäckig? »Bei der Neustädter Kirche, ich warte auf einen Freund«, schwindelte ich in der Hoffnung, sie würde sich mit meiner nicht gerade schlagfertigen Ausrede zufriedengeben. Konnte Martha mich nicht endlich mit ihren albernen Problemen in Ruhe lassen, ich hatte wahrlich andere Sorgen. Ich setzte mich wieder in Bewegung, um diesen düsteren Ort schnellstmöglich zu verlassen. »Du, Martha, mein Kumpel kommt gerade, ich muss los.«

»Du lügst doch«, warf Martha mir geradeheraus vor. Als hinter mir mein Name erklang, drehte ich mich abrupt um.

»Hallo Luca, na, das ist aber eine Überraschung.«

KAPITEL 52

Ich musste zweimal hinsehen, bevor ich erkannte, wer vor mir stand. Johanna. Martins Freundin. Heute stiegen sämtliche Leute aus der Versenkung auf, um mir das Leben schwer zu machen. Unglaublich. Martha quasselte noch immer in mein Ohr.

»Ich muss Schluss machen, Martha.« Ich drückte auf Abbruch und bemühte mich um eine wenigstens unverbindliche Miene. »Johanna, so ein Zufall. Was machst du denn hier?«

»Schöner Zufall«, erwiderte sie mit eiskalter Stimme.

Ich unterdrückte nur mit Mühe ein Augenrollen. Auf keinen Fall wollte ich mich jetzt auch noch mit diesem merkwürdigen Nerdmädchen auseinandersetzen. Es gab wichtigere Dinge zu tun, ich musste meine Koffer packen und die Stadt verlassen.

»Du, ich muss weiter, hab's eilig. Bis dann.« Ohne eine Antwort von ihr abzuwarten, wandte ich mich ab, da riss sie mich an den Haaren zurück.

»Aua, spinnst du? Lass los!«

Johanna zerrte mich näher an sich heran. »Auf wen wartest du denn?«

»Auf niemanden, ich bin auf dem Nachhauseweg.« Ich hielt meinen Kopf schräg, um den schmerzhaften Zug auf meine Kopfhaut ein wenig zu entlasten, denn Johanna ließ nicht von mir ab. Mit beiden Händen versuchte ich sie von mir loszueisen, worauf sie noch heftiger an meinen Haaren riss.

»Du wartest auf Martin, gib es zu, du dumme geile Schlampe!«

»Du spinnst doch – ich will rein gar nichts von Martin. Und jetzt lass mich endlich los.« Johanna gehörte in eine Gummizelle. Aber Moment mal, wie hatte sie mich eben genannt? Dumme geile Schlampe? Das kam mir in dieser Kombination irgendwie bekannt vor. Noch immer ließ sie nicht von mir ab.

»Martin hat genau heute und zu diesem Zeitpunkt einen Töpferkurs hier drinnen belegt.« Sie deutete auf ein hell erleuchtetes Haus neben uns. »Und du willst mir weismachen, dass du rein zufällig vor genau diesem Gebäude herumlungerst?«

Wieder riss sie grob an meinen Strähnen, während ich versuchte, ihre Finger zu öffnen.

»Autsch, hör endlich auf. Ich hatte keine Ahnung, dass Martin töpfert.«

»Du bist so was von fällig, du dreckige Lügnerin.« Sie stieß mich grob gegen die Hauswand und zerrte meinen Kopf nach unten.

»Da du nicht auf gut gemeinte Briefe reagierst, muss ich halt andere Saiten aufziehen.«

Briefe? Ich riss an ihrem Arm, um die Irre endlich abzuschütteln, denn mir fiel siedend heiß ein, woher ich *dumme geile Schlampe* kannte. »Du hast mir diesen anonymen Brief geschickt«, krächzte ich durch den Schock hindurch. »Du bist echt psycho.«

»Ich bin stinksauer.« Sie zog mich noch fester an den Haaren. Bald würde ich mit einer Glatze enden.

»Martin hat mir erzählt, ihr wolltet noch mal was zusammen unternehmen.«

Ich fasste es nicht. Dieser Spinner.

»Nein, hau endlich ab. Du kannst den Blödmann ganz für dich allein haben«, stöhnte ich unter Schmerzen, weil die Irre mir nun den Kopf in den Nacken bog.

»Du wirst meinen Freund nie mehr anmachen, das schwöre ich dir.« Johanna holte aus. Ich duckte mich, so gut es ging, hielt schützend einen Arm vors Gesicht, und kniff die Augen fest zusammen. Plötzlich lockerte sich der Druck auf meine Kopfhaut. Hastig hob ich die Lider und entdeckte Martha, die Johanna in den Schwitzkasten genommen hatte.

»Du bedrohst meine Freundin?«, fragte sie mit einer erschreckenden Ruhe und erhöhte den Druck auf Johannas Hals. »So etwas mag ich gar nicht.«

Ich atmete erleichtert auf. Rettung in wahrlich letzter Minute. Johannas Kopf lief rot an, sie keuchte.

»Nein, war nur Spaß«, krächzte sie.

»Du drohst ihr also nicht?«, hakte Martha erneut nach.

»Nein«, pustete Johanna schwach durch die Lippen.

»Sie hat mir einen anonymen Brief geschrieben«, platzte ich noch immer fassungslos heraus. Johanna hätte durchaus das Zeug zu einer Annie Wilkes aus Misery. Die ganze Zeit über hatte ich Konstantin verdächtigt und vor Angst kein Auge zubekommen. Dieses Miststück!

Martha ließ Johanna los, worauf sie wie wild nach Luft schnappte.

»Jemanden zu bedrohen, ist strafbar.« Martha verschränkte beide Arme und stemmte mit den Fäusten ihre Muskeln hoch, was ihren Armumfang um einiges anschwellen ließ. Mit den Händen vor der Brust wehrte Johanna ab und ging einen Schritt rückwärts.

»War doch nur ein Scherz.« Sie lachte gekünstelt auf. »Ich wollte Luca nicht wirklich drohen, sondern sie nur erschrecken. Wegen einem lächerlichen Zettel wollt ihr doch nicht gleich zur Polizei rennen.«

»Vielleicht doch.« Eine ungeheure Wut auf Johanna brodelte in mir hoch, bei dem Gedanken, wie viel Ängste ich wegen dieses Briefes ausgestanden hatte. »Das war eine handfeste Bedrohung, nicht einfach nur irgendein Scheiß. Wer weiß, wen du dir als nächstes Opfer aussuchst, falls es mal wieder eine wagt, mit Martin zu reden.«

»Ich mach's nicht wieder«, sagte Johanna, den Tränen nahe. »Versprochen. Ich hatte noch nie mit der Polizei zu tun, bitte.« Sie rang die Hände.

»Also gut«, stimmte ich schließlich zu, »aber nur unter einer Bedingung. Du und Martin, ihr bleibt mir alle beide vom Leib. Ich spreche jetzt so etwas wie eine einstweilige Verfügung gegen euch zwei aus. Ihr bleibt mindestens hundert Meter von mir entfernt. Das kannst du Martin von mir ausrichten.«

»Und jetzt verzieh dich.« Martha täuschte einen Spurt an, worauf Johanna wie ein aufgeschreckter Hase davonrannte.

Ich wandte mich an meine Retterin. Noch immer zitterte ich innerlich. »Danke, dass du vorbeigekommen bist. Sonst wäre das übel für mich ausgegangen.«

Ein Lächeln erblühte auf Marthas Lippen, zum ersten Mal glaubte ich, so etwas wie Sympathie für mich in ihrem Gesicht auszumachen. »Du kannst mich doch leiden«, beschuldigte ich sie, gegen ihre Schulter tippend.

»Erwischt.« Grinsend hob Martha die Hände, als hätte ich sie gestellt. »Klar kann ich dich leiden, du bist genauso bekloppt wie Caro. Mit euch wird es einem nie langweilig.«

Wir umarmten uns, am liebsten wollte ich sie gar nicht mehr loslassen.

»Es reicht«, sagte Martha schließlich.

»Was?« Ich schmiegte mich an ihren muskulösen Brustkorb und ließ all meine Dankbarkeit hineinfließen.

»Lass los, ich bekomme keine Luft mehr.«

»Oh.« Hastig nahm ich meine Hände von ihrem breiten Nacken.

»Also, dann geh ich mal nach Caro schauen ... wie es aussieht, ist sie wirklich nicht bei dir.« Suchend sah sie sich um.

»Nein«, ich schüttelte den Kopf. »Was wirst du ihr sagen, wenn du sie findest?«

»Dass ich sie liebe und nicht noch mal verlieren möchte.«

»Ich hoffe wirklich, ihr beide rauft euch wieder zusammen«, erwiderte ich, da klingelte mein Handy erneut. »Vielleicht ist sie das.« Ich kramte mein Smartphone aus der Rocktasche, um einen Blick darauf zu werfen und zuckte zusammen. *Ben*, leuchtete es durch die Dunkelheit wie eine weiße Warnlampe. Er rief mich an. Was jetzt?

»Gehst du nicht ran?«, fragte Martha nach dem dritten Läuten.

»Doch.« Ich schluckte, bevor ich das Gespräch annahm. »Ja?«, fragte ich zaghaft.

»Luca, ich bin es, Ben.«

»Ich weiß.« Meine Schläfen pochten.

»Ich muss dringend mit dir reden, können wir uns treffen?«

»Über ... über was denn?« Unwillkürlich schloss ich die Augen, seine Stimme zu hören, haute mich fast um. Ich fühlte mich einer harten Diskussion mit ihm nicht gewachsen und wollte mich bei ihm für alle meine Taten entschuldigen, aber kein Wort verließ meine Lippen. Ich ertrug den Gedanken nicht, er könnte mich hassen.

»Das geht nicht am Telefon. Kannst du in den Copyshop kommen?«

»Warum nicht in der WG?«

»Ich arbeite. Ich habe eine Riesenladung für die Uni zu kopieren und werde wohl die ganze Nacht beschäftigt sein. Kannst du kurz vorbeikommen? Geht das? Es dauert auch nicht lange.« Er klang vollkommen normal, kein bisschen so, als hegte er irgendwelche Mordgelüste mir gegenüber.

»Ich weiß nicht.« Meine Gedanken wirbelten durcheinander, gleichzeitig stieg eine unglaubliche Sehnsucht nach ihm in mir hoch.

»Ich brauche dich«, hörte ich ihn sagen und schmolz auf der Stelle dahin.

Sollte ich allen Ernstes das Risiko eingehen und mich mit ihm treffen? Auf der anderen Seite hörte sich Ben an, als wäre nichts vorgefallen, als hätte ich nicht sein Leben zerstört. Vielleicht nahm er meinen Verrat gar nicht so tragisch und es ging um etwas völlig anderes. Wie es aussah, benötigte er meine Hilfe. Am Ende war es ihm vollkommen egal, ob alle Welt wusste, dass er Prostituierte beglückte. Damals, als ich ihn beim Sex erwischt hatte, war ihm mein Spionieren auch nicht sonderlich nahe gegangen. Wenn ich mich jetzt mit ihm traf, wäre das eine gute Gelegenheit, ihm alles zu erklären, was mich quälte. Wir könnten vernünftig über alles reden und diese Sache ein für alle Mal regeln. Wer wusste schon, was Caro gesehen hatte, ob es sich bei dem Kerl in der Havana Bar überhaupt um Konstantin handelte – oder sie hatten ihn zufällig getroffen. Ich bekam Sehnsucht nach Ben, idiotischerweise wollte ich trotz allem bei ihm sein. »Okay, bis gleich.« Ich legte auf und biss mir auf die Unterlippe.

»Wo willst du hin?«, erkundigte sich Martha. Sie stand noch immer neben mir und musterte mich fragend.

»Ben hat was mit mir zu bereden.« In mir herrschte ein heilloses Durcheinander. Ich wusste nur eins, ich wollte bei Ben sein, er sollte mir verzeihen und alles sollte wieder gut zwischen uns werden.

»Soll ich mitkommen?«, fragte Martha, und ich überlegte. Eigentlich keine schlechte Idee. Mein Handy klingelte erneut, schon wieder Ben. »Was gibt's?«

»Ähm, Luca, komm bitte allein.« Er legte auf, bevor ich nachhaken konnte.

Ein merkwürdiges Gefühl kroch durch meinen Bauch – dennoch entschloss ich mich, Bens Bitte nachzugeben.

»Ich gehe allein hin, scheint was Privates zu sein.«

»Alles klar.« Martha hielt sich Daumen und kleinen Finger ans Ohr. »Wenn was ist, ruf an.«

»Okay, tschau«, sagte ich und machte mich auf den Weg.

Geschlagene zwanzig Minuten stand ich bereits unschlüssig an der Straßenecke zu Bens Copyshop, direkt gegenüber vom Studentenwerk, wo wir uns vor vielen Wochen kennengelernt hatten. Der Mond erhellte die düstere Straße notdürftig, aus Bens Laden hingegen leuchtete ein heller Streifen auf den schwarzen Asphalt.

An dem Geschäft nebenan prangte ein überdimensionaler rot-weißer Schlüssel über der Glastür, dort war alles dunkel. Hier musste Konstantin arbeiten … mich schüttelte es allein bei der Vorstellung. Ich warf einen Blick auf mein Handy, ohne eine Ahnung zu haben, worauf ich eigentlich wartete. Mittlerweile war es bereits Mitternacht und das Unigelände menschenleer.

Ich straffte den Rücken, bevor ich hölzern loslief. Im Copyshop entdeckte ich Ben. Er stand an einen Kopierer gelehnt und starrte zu Boden. Mit klopfendem Herzen beobachtete ich ihn. Seine dunkelbraunen Strähnen hingen ihm in die Stirn, er wirkte angespannt. Worüber er wohl gerade nachdachte? Über das, was Ellen ihm erzählt hatte? Ich würde jetzt hineingehen und ihn um Verzeihung bitten, ihm schwören, dass mir mein mieses Gerede unendlich leidtat und ich die Konsequenzen für mein vorlautes Mundwerk tragen würde. Ich würde gehen. Ausziehen. Obwohl mein Vorhaben nichts wiedergutmachen konnte, wäre er mich dennoch wenigstens los und müsste sich nicht mehr mit einer Verräterin herumärgern. Sofort nach unserem Gespräch würde ich mein Zimmer räumen und die WG für immer verlassen. Ich atmete einmal tief durch, bevor ich die Tür öffnete und hineinging. Ben sah hoch und musterte mich, ohne eine Miene zu verziehen, nur in seinen Augen glitzerte es kurz auf.

»Hallo«, ich stakste auf ihn zu, »da bin ich.«

»Ich freue mich, dass du doch noch gekommen bist.«

»Es hat etwas gedauert, tut mir leid.« Ich sah in seine Augen, versank in diesem tiefblauen Meer, und hoffte, die Unterredung konnte zwischen uns wenigstens alles so weit bereinigen, dass kein böses Blut mehr herrschte. Dass er mich nicht für den Rest seines Lebens hasste.

»Ist schon in Ordnung.« Er sah über meine Schulter. Derselbe Klingelton erklang, wie bei mir, als ich die Tür geöffnet hatte. Abrupt drehte ich mich um. Mein Herzschlag setzte aus.

KAPITEL 53

Erdie und Konstantin betraten den Copyshop und postierten sich vor der geschlossenen Tür. Mein Herz sackte mir in den Magen und ein eisigkaltes Gefühl kroch mir die Wirbelsäule hoch. »Was …« Ich wandte mich an Ben. »Was soll das? Warum ist Konstantin hier?« Meine Stimme schraubte sich mit jedem Wort in die Höhe.

»Du wärst nicht reingekommen, wenn du ihn hier drinnen gesehen hättest«, sagte Ben mit einer erschreckenden Ruhe in der Stimme.

Ich war in eine Falle getappt.

»Nein.« Wie in Zeitlupe schüttelte ich den Kopf. Todesangst erfasste mich, würgte meinen Hals wie ein Python. Ich lief langsam rückwärts, bis ich einen der Kopierer im Rücken spürte und nicht mehr weiter konnte. Mein Pulsschlag schwoll an. Hier kam ich nicht mehr raus.

»Bitte, Ben«, schluchzte ich in einem verzweifelten Versuch, an sein Mitgefühl zu appellieren, und konnte die Tränen nicht mehr zurückhalten. Sie perlten mir über die Wangen, eine nach der anderen, immer mehr kamen nach. »Bitte lass mich gehen. Bitte …« Meine Stimme brach, da mein Brustkorb sich langsam zuzog, ich bekam keine Luft, bevor ich zu hyperventilieren begann. Panisch schnappte ich nach Luft, sah abwechselnd in diese drei starren Gesichter vor mir. »Das mit Ellen ist mir so rausgerutscht. Wirklich. Ich schwöre, ich wollte ihr nichts erzählen. Ich werde niemandem je davon erzählen, ich verspreche es dir. Niemals. Aber bitte, lass mich jetzt gehen. Bitte!« Ich schnappte nach Luft, denn Ben ging auf mich zu. Mit langsamen Bewegungen und einem nicht zu entschlüsselnden Ausdruck im Gesicht. Was hatte er vor?

»Luca«, sagte er leise und kam ganz nahe, »sag bloß, du hast Angst vor mir.«

Ich hielt mir eine Hand vor die Augen, weil ich nicht wusste, was ich sonst machen sollte. »Bitte tu mir nichts. Bitte, Ben. Bitte lass mich gehen.«

Ben nahm mich in die Arme und zog mich sanft an seine Brust. »Niemand hier tut dir was.«

»Was hast du mit ihr gemacht, du Scheißkerl?«, hörte ich Erdie wutentbrannt sagen, aber ich regte mich nicht. Mit geschlossenen Augen drängte ich mich an Ben, wollte mich bei ihm verstecken. Obwohl ich nicht wusste, was er als nächstes vorhatte. Aber alles war besser, als Konstantin in die eiskalten Augen sehen zu müssen.

»Ich habe mit der blöden Kuh überhaupt nichts gemacht«, kam es gleich darauf von Konstantin, seine Stimme klang hart wie eh und je.

Ich bibberte in Bens Armen. »Schick ihn weg, bitte schick ihn weg«, bettelte ich Ben an und klammerte mich an seinem Shirt fest.

Ben streichelte meinen Rücken. »Ich schicke ihn weg«, flüsterte er beruhigend. »Ganz sicher. Aber vorher hat Konstantin dir noch etwas zu sagen.«

»Ich will nichts hören, er soll nur gehen.«

»Luca«, erwiderte Ben mit weicher Stimme, »du musst das von ihm hören, damit es ein Ende für dich hat und du mit deinem Leben weitermachen kannst.« Er fasste mich bei den

Oberarmen. Mit sanftem Druck schob er mich von sich, obwohl ich sein Shirt nicht losließ. Mit einer Hand wischte er die Tränen von meinen Wangen, bevor er mich umdrehte, sodass ich Konstantin direkt in sein widerwärtiges Gesicht blicken musste, ehe Ben mich von hinten umarmte und festhielt. Seine Nähe half mir ein wenig über Konstantins Anblick hinweg, obwohl ich noch immer am ganzen Körper bebte. Das sternförmige Muttermal auf seiner Wange kam mir wie ein Teufelszeichen vor.

Erdie griff Konstantin ins Genick. »Sag, was du zu sagen hast, und dann verpiss dich.«

Konstantin schlug seine Hand weg. »Fass mich nicht an, Mann. Also, Luca, deine kleine Homepage gibt es nicht mehr, ist mir auch scheißegal, konnte deine Titten eh nicht mehr sehen. Aber ein bisschen dankbarer könntest du schon sein, immerhin bist du durch mich nun eine kleine Berühmtheit im Internet.« Er zeigte sein altbekanntes fieses Grinsen, und mir wurde klar, dass er mit uns allen spielte. Der Kerl gab niemals Ruhe. Warum hatte sich Ben nur eingemischt?

»Pass auf, was du redest«, ging Ben scharf dazwischen. »Deine hässliche Visage schreit geradezu nach einer Behandlung.«

Erdie schnappte Konstantin erneut am Kragen und presste ihn bäuchlings gegen die Wand.

»Ist ja schon gut«, ächzte Konstantin. »Der Film ist von meiner Festplatte gelöscht, das Back-up auf dem USB-Stick hat der Wichser da.« Er deutete auf Ben, der statt einer Antwort nun breit grinste.

Erdie zog Konstantin von der Wand, nur um ihn erneut dagegenzuknallen. »Da gibt's noch mehr zu sagen«, fuhr er ihn an, »und wenn du jetzt wieder Scheiße laberst, lernst du mich richtig kennen.«

Meine Knie wurden weich wie warme Butter und gaben beinahe nach. Immer wieder sackte ich weg. Ben schlang die Arme fester um meine Taille und hielt mich fest.

»Ich hau ab aus diesem Dreckskaff«, sagte Konstantin ächzend. »Hatte ich sowieso vor. Ich gehe zurück nach München, ihr könnt mich alle mal.« Er wandte sich an Erdie. »Nimm endlich deine Pfoten von mir.«

Erdie ließ ihn los. »Ich hätte gute Lust dir …«

»Verpiss dich«, knurrte Ben wie ein Pitbull dazwischen und klang hasserfüllt. »Lass dich nie wieder hier blicken.«

Konstantin schluckte, ehe er eine Hand an die Klinke legte.

»Und vergiss nicht«, rief Erdie ihm nach, »ich habe viele Freunde in München. Sobald du irgendwelchen Mist mit Luca abziehst, stehen die allesamt auf deiner Matte. Und sie sind nicht zimperlich, das kann ich dir versprechen.«

Zum ersten Mal flimmerte etwas wie Angst in Konstantins Augen auf. »Die Schlampe gehört ganz euch«, sagte er und fing sich einen gesalzenen Arschtritt von Erdie ein. Mit großen Schritten eilte Konstantin aus dem Laden.

»Alles klar?« Ben ließ mich los und streichelte mit den Fingerknöcheln über meine Wange.

»Ja«, ich schluckte und stützte mich an dem Kopierer neben mir ab. Der Raum schwankte. »Denke schon. Aber …« Ich blickte die beiden abwechselnd an. »Wie kommt ihr zu Konstantin? Caro hat euch heute zusammen mit ihm in der Havana Bar gesichtet.«

Ben schüttelte ungläubig den Kopf. »Euch bleibt wirklich nichts verborgen, unfassbar.«

»Tut mir echt leid«, beteuerte ich, während mein rasender Herzschlag sich etwas beruhigte.

Erdie zuckte mit den Schultern. »Erzähl ihr die ganze Story, immerhin hat sie ein Recht darauf, alles zu erfahren.«

»Also gut.« Ben fuhr sich mit beiden Händen durch die Haare. »Als du mir die Sache mit Konstantin damals erzählt hast, wäre ich am liebsten auf der Stelle losgezogen und hätte mir den Wichser vorgeknöpft. Gleichzeitig war ich so wütend auf mich selbst, weil ich nicht mit dir darüber reden konnte, obwohl ich wusste, dass du mich an diesem Tag gebraucht hast, sonst hättest du dich mir nicht anvertraut. Aber ich hatte Angst, mich viel zu heftig in diese Sache hineinzusteigern und alles zu verschlimmern - so wie auf dem Berg«, fügte er hinzu und zuckte entschuldigend mit den Achseln. »Deswegen bin ich damals aufgestanden und in mein Zimmer gegangen.« Er sah mich durchdringend an, als wäre ihm wichtig, dass ich seine Reaktion von damals richtig einsortierte. Erst als ich nickte, redete er weiter.

»Dort habe ich mich an den Laptop gesetzt und deinen vollen Namen gegoogelt. Die Seite erschien als Treffer an erster Stelle …«

»Nein«, unterbrach ich ihn entsetzt. Ich wollte nichts weiter hören und hielt mir die Ohren zu. »Bitte sag, dass du dir den Film nicht angeschaut hast. Das überlebe ich nicht.«

»Hey, Luca.« Erdie streichelte meinen Rücken, »du bist nicht die Böse, der Typ ist der Böse.«

Derweil griff Ben unter mein Kinn und hob mein Gesicht an. »Ich habe die Seite angeklickt.«

Mein Herz blieb beinahe stehen, als er das sagte.

»Konstantin hatte einen Besucherzähler installiert, die Seite wurde über fünfundsiebzigtausend Mal angeklickt.«

Diese grauenvolle Information sackte nur langsam in meinen Verstand. Tausende wildfremde Menschen hatten mich nackt gesehen und beim Sex beobachtet. Ich wollte nur noch sterben. »Hast … Hast du auch…« Ich brachte es nicht über mich, den Satz zu beenden, weil ich solche Angst vor Bens Antwort bekam.

»Ich habe mir den Film nicht angesehen«, beruhigte er mich, »Selbstverständlich nicht. Aber ich habe die Homepage gehackt. Die Sicherheitsvorkehrungen auf der Seite waren enorm niedrig. Dann habe ich sie in ihre Atome zerlegt, bis nichts mehr davon übrig blieb.«

»Wirklich?« Der immense Druck auf meinen Brustkorb lockerte sich.

»Ja.« Er rieb über meinen Arm. »Aber ein paar Tage später hatte er eine neue Seite gebastelt, und mir wurde klar: Er wird niemals aufhören, wenn wir nicht zu härteren Mitteln greifen, deshalb habe ich Erdie in alles eingeweiht.« Er nickte zur Seite.

»Als Ben mir von dem Mist erzählt hat, den der Schweinehund mit dir abgezogen hat, war ich sofort dabei. Wir wollten das Schwein drankriegen, leider brauchten wir für unseren Plan Verstärkung. Also habe ich meine Brüder dazu geholt.«

»Die … die wissen alle Bescheid?« Mir wurde schlecht.

»Nur grob«, beruhigte Ben mich. »Ich habe Konstantin angerufen und heute Abend unter einem Vorwand in die Havana Bar gelotst. Erdie und seine Brüder haben ihm klargemacht, dass sie sich ausgiebig um ihn kümmern werden, wenn er nicht spurt.«

»Meine Brüder können zwar keiner Fliege was zuleide tun, aber Cengiz kann wirklich gut kanakisch sprechen.« Erdie stellte sich in eine coole Pose und imitierte seinen Bruder. »Alder, dem ist dem Problem, weisstdu, machst du dem Tuss noch mal dumm von Seite an, ich mach dich Krankenhaus, du Opfer, ich schwör.«

Wider Willen prustete ich los, Ben klopfte seinem Kumpel auf die Schulter. »Korreckt gut, Alder.« Dann wandte er sich wieder an mich.

»Wir sind vorhin alle zusammen zu seiner Bude gefahren«, erzählte Ben weiter. »Dort musste er vor unseren Augen den ganzen Mist von der Homepage nehmen. Ich habe den Film auch von seiner Festplatte gelöscht und ihm das Backup auf dem USB Stick abgeknöpft.«

»Und du hast den Stick jetzt?«, fragte ich.

Er nestelte in seiner Hosentasche und hielt ihn mir hin. »Du kannst damit machen, was du willst.«

Wie gebannt starrte ich auf den silbernen Stick in Bens Hand, der so harmlos aussah. Kaum vorstellbar, was dieser winzige Gegenstand anzurichten vermochte. Wut stieg in mir hoch, eine Scheißwut auf Konstantins Hinterhältigkeit und den Mist, der sich auf diesem Stick befand. Ich schnappte mir das verfluchte Ding und schleuderte es zu Boden, bearbeitete den Stick solange mit der Ferse, bis nur noch Einzelteile übrig blieben. Ich pustete durch die gespitzten Lippen. Das hatte gut getan. Mein Herz klopfte spürbar in der Brust.

Die beiden Jungs hatten mir schweigend zugesehen.

»Jetzt existiert nichts mehr.« Ben betrachtete die Überreste. »Nun musst du keine Angst mehr haben. Es ist vorbei.«

»Wie kann ich euch nur danken?«

»Schon in Ordnung«, erwiderte Ben, »kleiner Freundschaftsdienst.« Er rempelte mich sachte mit dem Ellenbogen an.

Erdie kratzte sich am Hinterkopf. »Du könntest mal wieder auf Phyllis aufpassen.« Sein Grinsen wurde breit. »Sie fragt andauernd nach dir.«

»Jederzeit … und nicht nur, weil ihr so viel für mich getan habt. Ich mag Phyllis sehr.«

Wir standen im Kreis und sahen uns an. Mein Inneres wurde leicht, ich fühlte mich zum ersten Mal seit Jahren wieder vollkommen frei und atmete durch. Was die vier für mich getan hatten, konnte ich ihnen niemals zurückgeben. Dabei war ich so gemein zu Ben gewesen.

»Die Sache mit Ellen tut mir wirklich leid«, sagte ich und hoffte, er konnte mir vergeben.

»Ich gehe dann mal.« Erdie wandte sich zur Tür. »Ich glaube, ihr beide habt noch so einiges miteinander zu bereden.«

»Vielen Dank für alles.« Ich umarmte Erdie, worauf er mich kurz an sich drückte.

»Jetzt ist aber mal gut mit dem Bedanken«, maulte er leise und zog die Tür auf.

»Erdie.« Eine Sache belastete mich doch noch. »Jetzt

kennst du die ganze Geschichte, das … das ist irgendwie kein schönes Gefühl.«

»Ach, Kleines.« Er täuschte einen Schwinger an und ließ ihn sachte auf meinem Kinn auftreffen. »Du weißt doch, wie vergesslich ich bin.« Erdie winkte im Weggehen und schloss die Tür hinter sich.

KAPITEL 54

Ich drehte mich zu Ben um.

»Das mit Ellen …«, sagte ich zögerlich, aber er unterbrach mich.

»Ich gebe nicht viel auf Ellens Gerede. Ich kenne sie schon ein Weilchen und weiß, wie sie tickt.«

»Was ist zwischen euch? Warum hasst sie dich so?«

Ein gepresstes Lächeln umspielte seine Lippen. »Wollen wir nicht nach hinten ins Büro gehen? Dort können wir uns setzen und in Ruhe unterhalten.«

»Okay«, stimmte ich zu. Er sperrte die Tür ab, ehe er auf den hinteren Bereich des Ladens deutete und mir den Weg wies, während ich ihm in das winzige Büro folgte und mich rasch umsah. Hier arbeitete Ben also. Ein Aktenschrank stand an der Wand, in dem sich Ordner reihten, daneben ein Schreibtisch, auf dem Stifte und Papiere herumlagen. Ben bot mir den Drehstuhl an.

Ich setzte mich stattdessen auf den Tisch, um ihm besser ins Gesicht sehen zu können.

»Nimm du den Stuhl.« Ich ließ die Beine baumeln, aber Ben blieb vor mir stehen.

»Du wolltest wissen, was zwischen mir und Ellen los ist.«

Ich nickte.

»Also gut.« Er atmete tief durch. »Ich habe Ellen vor ein paar Jahren in einer Bar kennengelernt und mit in die WG genommen, um mit ihr zu schlafen.« Ben stockte und ich spürte, wie ich die Augen aufriss. »Als wir ankamen, war Tobi noch wach. Ich habe ihm sofort angesehen, dass er sich auf den ersten Blick in Ellen verliebt hat. Wirklich, vom Fleck weg. Wir haben dann noch in der Küche rumgehockt und gequatscht. Als Ellen mal kurz im Bad verschwunden ist, hat Tobi mich gebeten, ihm Ellen zu überlassen.« Er nahm eine Flasche Wasser vom Tisch, schraubte den Verschluss ab und bot sie mir an. Als ich ablehnte, trank er einen großen Schluck, ehe er weitererzählte. »Mir war Ellen egal, ich wollte bloß eine Nacht mit ihr verbringen, also bin ich abgezogen und habe die beiden allein gelassen. Aber Tobi war es wirklich ernst mit ihr, und ich wollte ihm die Chance geben, sein Glück bei ihr zu versuchen.« Er verzog die Lippen. »Von da an haben sie sich andauernd getroffen. Und jedes Mal, wenn Ellen die Gelegenheit bekam, ist sie ausgetickt, hat mich beschuldigt, sie an meinen Freund weitergereicht zu haben wie ein altes Spielzeug und lauter so Quatsch. Zwischen uns lief nie irgendwas. Sie hat mir nie verziehen, dabei hat sie mit Tobi einen wirklich guten Fang gemacht. Ich kenne keinen Mann, der ihre Launen so geduldig ertragen würde wie er.« Er hob die Hände an und seufzte. »Das ist die ganze Geschichte mit Ellen.«

»Ich habe euch belauscht«, platzte es aus mir heraus, und ich hätte mich am liebsten für meine Voreiligkeit geohrfeigt. Konnte ich nicht ein einziges Mal vorher mein Gehirn einschalten? Dieses heikle Thema hätte man auch taktvoller ansprechen können.

Ben musterte mich durchdringend. »Luca, bist du sicher, dass du nicht für die NSA arbeitest?«

»Das war ein Versehen. Ich wollte nur ins Bad, und die Wände sind doch so dünn.«

»Rede dich nur heraus.« Er schnaubte. »Du hast also alles gehört?«

Ich nickte schuldbewusst. »Jedes Wort.«

»Dann hast du auch mitbekommen, wie ich zu Ellen gesagt habe, dass sie auch dann keine Chance bei mir hätte, wenn es Tobi nicht gäbe?«

»Auch das«, gab ich zu.

»Das habe ich wegen dir gesagt.«

»Was?« Ein heißer Schwall rauschte meinen Rücken hinunter.

Er kam näher. »Weil ich dich ihr jederzeit vorziehen würde.« Seine Stimme klang rau und er redete leise. »In diesem Moment wünschte ich mir, du hättest dort gestanden statt Ellen, dann wäre meine Antwort ganz anders ausgefallen. Aber lassen wir das, aus uns wird sowieso nichts.«

»Wieso nicht?« Ich hielt den Atem an. Aus uns würde nie etwas werden? Er hatte keine für Gefühle mich. Mein Herz brach ein Stück und das tat verdammt weh.

Ben lachte gequält auf. »Luca, das ist kompliziert.«

»Ich kann auch komplizierte Zusammenhänge begreifen, wenn man sie erklärt.« Ich musste wissen, was er über mich dachte, wie er zu mir stand. Ich brauchte diese Gewissheit, um weitermachen zu können. So oder so.

»Du bist so was von penetrant.« Er wirkte innerlich zerrissen. »Okay, fangen wir von ganz vorne an.« Ben atmete hörbar durch, als müsste er sich zum Reden zwingen. »Sagen wir mal, du warst ein wenig abweisend, als wir uns das erste Mal getroffen haben. Du hast mich total auflaufen lassen, ich hatte von Anfang an null Chancen bei dir.« Sein Grinsen geriet schief. »Aber dann kamst du zu uns in die WG, und ich dachte mir: ein Wink des Schicksals. Schauen wir mal, ob sie wirklich so knallhart drauf ist, wie sie tut. Und das warst du leider. Egal, was ich gesagt habe, du hast mich abgebügelt. Aber als du am ersten Tag so betrunken warst, hast du in deinem benebelten Zustand von meinem guten Aussehen, meinem hübschen Grübchen und was weiß ich alles gequatscht. Also wusste ich, dass ich dir optisch eigentlich gefalle. Somit musste etwas anderes Schuld an deiner Abneigung sein. Und so habe ich angefangen, dich zu reizen, denn jedes Mal, wenn ich dich provoziert habe, hast du in deiner Wut irgendwas von dir verraten.« Er knetete seine Schulter. »Ich wollte dich in der Falle haben. Seit Jahren schon ziehe ich durchs Nachtleben, kann mir die Frauen aussuchen, und dann kommt eine daher und will mich nicht. Das ging nicht in meinen Kopf und das wollte ich ändern.«

Ich sah an ihm vorbei und wusste nicht, warum er mir das alles überhaupt erzählte. Sein Gerede war so unnötig und einfach nur verletzend. In meinen Schläfen pochte es dumpf. Was er mir erzählte, tat so unglaublich weh. Ich hatte mich komplett in ihm getäuscht. Oder doch nicht? War mein erster Eindruck von ihm doch richtig gewesen? War er nichts weiter als ein rücksichtsloser Egoist? Plötzlich wusste ich nicht mehr, was ich über Ben denken sollte. Er hatte mich also nur benutzen wollen, um sich selbst etwas zu beweisen.

»Hey, warte doch erst mal ab, bevor du mich in Gedanken umbringst, ich bin noch gar nicht fertig«, verteidigte er sich und ich sah ruckartig hoch.

»Du musst nichts mehr sagen, ich habe verstanden.« Mühsam blinzelte ich die aufsteigenden Tränen weg und spürte seine Hand auf meiner Schulter.

»Lass mich die ganze Geschichte erzählen, bitte.«

»Dann rede weiter«, sagte ich schließlich, weil sein Blick immer flehentlicher wurde, obwohl er sich den Rest sparen konnte.

»Dann bist du für mich eingesprungen und hast auf Phyllis aufgepasst. An diesem Abend haben wir uns zum ersten Mal wirklich miteinander unterhalten. Ich habe es genossen, mit dir zu reden, und …«

»So genossen, dass du gleich abgehauen bist«, unterbrach ich ihn eisig.

Er nickte bedächtig. »Ich weiß auch nicht, warum ich gegangen bin. Auf einmal war da so viel Nähe und Sympathie zwischen uns, das hat mir Angst gemacht. Es war zu viel. Ich musste raus, meine Emotionen in den Griff kriegen.« Ben klang bitter. »An diesem Abend saß ich in einer Bar und wurde von einer Frau zugetextet mit stinklangweiligem, sinnlosem Zeugs und habe die ganze Zeit nur an dich gedacht. Mir wurde klar: So ging es mit mir nicht weiter. Das ging nicht mehr. Irgendwann an dem Abend habe ich diese Frau versetzt und mich klammheimlich aus der Bar verpisst. Seit diesem Tag habe ich auch keine Frau mehr kennengelernt.«

»Meinetwegen?«, hauchte ich ungläubig. Ben hatte wegen mir mit dem Jagen aufgehört? Aber das bedeutete ja … ich wagte nicht, diesen Gedanken zu Ende zu denken, sonst erwachten nur wieder diese starken Gefühle für Ben in mir zum Leben, die nie etwas Gutes brachten.

»Ja, auch deinetwegen.« Er nickte und sah hoch zur Decke. »Als Ellen dich in diesen One-Night-Stand gequatscht hat, wusste ich selbst, dass ich der Letzte sein sollte, der dir von schnellem Sex abrät; ausgerechnet ich. Aber versuchen musste ich es trotzdem. Der Gedanke, du könntest nebenan mit einem fremden Typen im Bett liegen, hat mich beinahe wahnsinnig gemacht. Als du am Berg dann auch noch vor meinen Augen mit diesem Idioten abgezogen bist, war ich so eifersüchtig. Ich musste tatenlos zuschauen, wie dieser beknackte Leon dich anbaggerte, ihr hattet diesen intensiven Blickkontakt und …« Er brach ab und legte den Kopf in den Nacken. »Und dann küsst er dich auch noch. Und ja, ich hatte vor, mich mit ihm anzulegen. Ich habe es sogar provoziert. Er sollte seine Finger von dir lassen. Aber ich hatte kein Recht, mich einzumischen, es tut mir leid.«

»Es muss dir nicht leidtun«, beteuerte ich schnell. »Leon

ist ein Idiot. Ich war froh, als ich ihn los war.« Ich betrachtete meine Hände, während ich überlegte, ob ich ihm die nächste Frage überhaupt stellen sollte. Ben war mir optisch so weit überlegen, dass es mir utopisch vorkam, überhaupt einen Funken Hoffnung in mein Herz zu pflanzen, geschweige denn über uns nachzudenken. Aber wie so oft war mein Mund schneller als mein Gehirn und legte los. »Darf ich dich was fragen?«

»Klar.« Er wirkte angespannt.

»Ich … ich hatte nie das Gefühl, dass ich dir sonderlich viel bedeute, aber nach alldem, was du mir eben erzählt hast, klingt das, als würdest du mich doch mögen.«

»Natürlich mag ich dich.« Er legte seine kühle Hand auf meine glühende Wange. »Sogar mehr als das.«

»Wie … wie geht es jetzt mit uns beiden weiter? Ich meine …«

Ich starb fast, als ich das sagte, aber Ben ließ mich gar nicht erst ausreden, nahm auch seine Hand hastig von meinem Gesicht. »Ich weiß, was du meinst.«

Wir sahen uns an, ich blickte in seine Augen, die mich kummervoll und wehmütig musterten. Offenbar war Ben drauf und dran, mir eine unschöne Mitteilung zu machen.

KAPITEL 55

Es tut mir leid, Luca. Aber aus uns wird nichts.«

Mein Herz versank in den Fluten meiner Enttäuschung, ich hatte mich in Ben verliebt, sogar schwer verliebt. Er jedoch wollte mich nicht. Momente verstrichen, in denen ich mich nur schwerlich davon abhielt, in Tränen auszubrechen.

»Bin ich dir nicht hübsch genug?« Wenigstens eine Erklärung war er mir schuldig. Immerhin hatte er mir gerade das Herz aus der Brust gerissen.

»Luca, bitte, lass uns nicht diese Unterhaltung führen. Es geht nicht, es geht wirklich nicht. Glaub mir, du kannst froh sein.«

»Warum kannst du nicht einmal Klartext reden, sodass man dir folgen kann«, schnauzte ich ihn an. »Ich will es ja nur verstehen, danach werde ich dich nie wieder belästigen.«

»Es ist nicht deinetwegen.«

Diese fadenscheinige Begründung tat richtig weh. »Das ist die billigste und älteste Ausrede, die es auf der Welt gibt. Ich kann nicht glauben, dass du mich dermaßen abspeist«, schleuderte ich ihm ins Gesicht. Ich biss mir auf die

Unterlippe, um nicht etwas zu sagen, das ich später bereuen würde.

»Das ist keine Ausrede, verdammt«, schnauzte er zurück. »Und ja, ich finde dich hübsch, sehr hübsch sogar, und ich denke nicht, dass du nicht gut genug für mich bist, ganz im Gegenteil.«

»Woran liegt es dann? Rede mit mir.« Ich flehte ihn fast schon an.

Er klopfte mit der Schuhspitze gegen den Schreibtisch. »Das kann ich dir nicht erzählen.«

»Warum nicht?«

Ben wurde lauter. »Es geht eben nicht, okay?«

»Ich habe dir meine Geschichte doch auch erzählt.« Ich sah ihm direkt in die Augen. »Bitte, Ben. Lass es mich wenigstens verstehen.«

»Ich kann nicht«, wisperte er.

Mach das nicht mit mir, dachte ich. Ich hatte meine Seele vor ihm bloßgelegt, und er speiste mich mit einem billigen *Ich kann nicht* ab?

»Du stehst auf was anderes, das ist es«, warf ich ihm auf gut Glück an den Kopf, um ihn aus der Reserve zu locken.

»Was?« Er wich mit dem Kopf zurück.

»Du gehst lieber ins Bordell, darum willst du keine Beziehung. Eine Freundin könnte dir nicht geben, was du brauchst.«

»Luca.« Er war sichtlich schockiert, »Du redest gerade wie Ellen, und das gefällt mir überhaupt nicht.«

»Du bist zu einer Nutte gegangen.«

Ben pustete in die Luft. »Ich habe nicht mit einer Nutte geschlafen, falls dich das beruhigt.«

»Ben. Ich habe selbst gesehen, wie du ein Bordell betreten hast. Willst du das etwa leugnen?«

»Nein«, erwiderte er, »du hast richtig gesehen, ich war in diesem Puff, aber nicht, um mit einer Nutte zu schlafen.«

»Sondern?«

»Sondern …« Er holte tief Luft, seine Schultern spannten sich an. »Um meine Mutter zu besuchen. Ihr gehört dieses Bordell.« Er sah an mir vorbei zu Boden, und mir gelang es nicht, einen Blick in seine Augen zu erhaschen, was wahrscheinlich besser war, denn so bemerkte er meinen offen stehenden Mund nicht. »Wie bitte? … Was?«

»Meine Mutter ist eine Prostituierte. Und jetzt bist du bestimmt unglaublich froh, dass aus uns nichts geworden ist, stimmt`s?« Ben sah mich nun direkt an, und seine gleichgültige Miene widersprach dem Schmerz in seinen Augen.

»Was redest du da?« Ich hatte eigentlich nicht so dramatisch klingen wollen.

Er wischte sich mit dem Handrücken über den Mund. »Meine Mutter ist viele Jahre auf den Strich gegangen«, erzählte er monoton, als würde er den Wetterbericht moderieren. »Schon lange vor meiner Geburt. Dabei ist sie von irgendeinem dahergelaufenen Freier schwanger geworden. Das Produkt siehst du vor dir.«

»Ben.« Ich wusste nicht, was ich sonst sagen sollte, aber er redete bereits in diesem seltsam kühlen Ton weiter, als spräche er gar nicht über sich.

»Sie wollte mich ursprünglich abtreiben lassen, hat es sich aber im letzten Moment anders überlegt. Verstehst du? Ich dürfte eigentlich gar nicht auf der Welt sein.«

»Bitte sag so etwas nicht. Das klingt ganz schrecklich.«

»Warum klingt das schrecklich?« Seine Stimme schwoll an. »Nur weil es die Wahrheit ist und du schockiert bist? Das ist mein Leben, du wolltest doch unbedingt jedes Detail wissen.«

»Es tut mir leid.« Das war keine gute Antwort, so viel wusste ich, aber was ich auch von mir gab, wäre nicht genug, um ihn wissen zu lassen, was in mir vorging. Gut, ich war schockiert, aber nicht wegen seiner Lebensgeschichte, sondern weil er seine Herkunft so schwer nahm. Immerhin konnte er nichts dafür.

»Ich bin ungerecht«, sagte Ben schließlich nach Momenten des Schweigens, die wie Stunden dahinflossen. »Meine Mutter hat sich immer um mich gekümmert und darauf geachtet, dass es mir gut geht. Ich weiß auch, dass sie mich liebt. Als Kind habe ich nicht mal irgendwas von ihrer *Berufung* mitbekommen. Das kam erst später.« Er brach ab und setzte sich neben mich auf den Schreibtisch, ließ die Schultern hängen.

Unsere Arme berührten sich, ich fühlte seine Wärme auf mich übergehen, als würden wir uns verbinden. Seine Nähe tat mir trotz allem gut. »Was kam später?«, fragte ich vorsichtig, da er keine Anstalten machte, weiterzureden.

»Ich war sechzehn und mit einem Mädchen aus meiner Klasse zusammen, in das ich mich sehr verliebte. Sie war so hübsch und hatte dieses gewisse Etwas, mit ihr habe ich mein erstes Mal verbracht und dachte damals: Das ist die Frau meines Lebens. Meine Mutter ging zu dieser Zeit noch auf der Straße anschaffen, und obwohl sie eine Perücke trug, haben sie ein paar Jungs aus meiner Klasse erkannt, als sie dort halb nackten Weiberärschen nachspannten. Am nächsten Tag haben sie überall herumerzählt, dass meine Mutter eine Prostituierte ist. Antonia hat daraufhin mit mir Schluss gemacht. Ihr war es peinlich, mit mir in Verbindung gebracht zu werden. Sie wollte nichts mehr mit mir zu tun haben und bekam Angst, ich könnte sie irgendwann auch auf den Strich schicken.« Sein Gesichtsausdruck verhärtete sich, ansonsten zeigte er nicht viel Gefühl, aber die Erlebnisse seiner Jugend hatten ihm so zugesetzt, dass er sich offenbar noch nicht davon erholt hatte.

»Oh Ben, das tut mir so leid«, beteuerte ich erneut, weil seine Beichte so unfassbar für mich klang. Alles hätte ich erwartet, aber nicht das. Ich konnte nur vage erahnen, was er jahrelang durchgemacht haben musste.

Sein Blick streifte mich. »Willst du überhaupt noch wissen, wie es danach weiterging?«

Als ich stumm nickte, fuhr er fort. »Antonia hat mir das Herz gebrochen, und tief in mir wusste ich, wie recht sie hatte. Ich bin nichts wert, ich bin Abschaum, der nur deshalb auf der Welt ist, weil ein Freier in eine Nutte statt in ein Kondom gespritzt hat«, sagte er voll Verachtung für sich selbst.

»Sag so etwas nicht, das ist nicht wahr.« Ich nahm seine Hand, aber er entzog sich mir und stand auf. Ben vergrub beide Hände in den Hosentaschen und erzählte weiter, obwohl ich spürte, dass er über sein Leben eigentlich nicht reden wollte.

»Meine Schulzeit war danach die Hölle, alle wussten Bescheid, sogar von den Lehrern kamen dumme Sprüche. Der Einzige, der zu mir gehalten hat, war Erdie. Ihm war es scheißegal, was meine Mutter tat. Auch seine Familie war für mich da, ich konnte mich bei den Dirims verkriechen, wenn ich Stress mit meiner Mutter hatte, weil ich ihr wieder mal die Schuld an meinem Elend gab. Sie kam nicht mehr an mich heran, egal, was sie versuchte. Damals hasste ich meine Mutter abgrundtief dafür, dass sie ihren Körper verkaufte und mir mit ihrem Lebenswandel die Hölle auf Erden bereitete. Erdies Eltern haben in dieser Zeit viel mit mir geredet und mich aufgebaut, wenn das Mobbing in der Schule mal wieder ausartete.«

Ich wollte Ben in den Arm nehmen, konnte mich jedoch nicht regen. Sein unwiderstehlicher Duft stieg schwach in meine Nase und ließ sämtliche Situationen wieder aufleben, in denen wir uns so nahe gewesen waren wie gerade eben. Ein überwältigendes Gefühl, das ich nicht unterdrücken konnte. Unglaublich, welche Wirkung Gerüche auf einen Menschen haben konnten. Ich legte eine Hand auf seine linke Brust, Bens Körperwärme ging auf meine Handfläche über, sein Herz schlug stark und in einem schnellen Rhythmus.

»Darum hast du auch diese Tätowierung, nicht wahr? Schuld und Sühne.«

Er nickte, und unausgesprochen klang die Offenbarung noch viel schrecklicher.

»Ben, du bist an überhaupt nichts schuld. Deine Mitschüler waren Idioten. Sie waren sechzehn, in diesem Alter sieht man die Dinge noch ganz anders. Da macht man wegen allem Möglichem mit seinem Freund Schluss, weil die Klamotten nicht cool genug sind oder der Kerl plötzlich mit einem riesigen Eiterpickel am Kinn in die Schule kommt ... es gibt tausend dämliche Gründe.«

Er sah mich durchdringend an. »Warst du etwa auch eine von der Sorte?«

»Nein«, versicherte ich rasch und verdrängte die unliebsame Erinnerung an den von mir in der achten Klasse wegen eines eitrigen Pickels gedissten Malte. »Das war nur beispielhaft, nichts weiter.«

»So, so.« Er klang skeptisch.

»Was ich sagen möchte: Die Leute in dem Alter sind unreif, sie stecken in der Pubertät, du darfst dir deren Gerede nicht so zu Herzen nehmen. Nicht nach so vielen Jahren. Im Gegenteil, sieh doch nur, was aus dir geworden ist. Du bist warmherzig und hilfst anderen Menschen, ohne irgendwas zu verlangen. Du bist klug, studierst Informatik, und alle um dich herum mögen dich. Deine Mutter kann nicht viel falsch gemacht haben bei dir, ganz im Gegenteil, sie hat dich zu einem tollen Mann erzogen. Du kannst stolz auf diese Frau sein.«

»Luca«, er setzte sich wieder neben mich, »das ist wirklich sehr nett von dir, aber ...«

Nun unterbrach ich ihn. »Warum küsst du keine Frauen auf den Mund?«

Er zuckte zurück. »Woher weißt du das schon wieder?«

»Ist doch egal, sag schon.«

»Weil ... weil ich nicht mehr liebe. Nachdem Antonia mit

mir Schluss machte, habe ich mich entschieden, nie wieder eine Beziehung einzugehen. Keine Frau sollte sich meinetwegen mehr schämen müssen. Also beschloss ich, mich wie meinesgleichen zu verhalten, ich wurde in der Gosse gezeugt, und da gehöre ich hin. Eine Nutte macht alles mit im Bett, aber sie tut eines niemals: Sie küsst einen Freier nicht auf den Mund. So habe ich es auch gehandhabt. Als ich anfing zu studieren, habe ich die Bars abgeklappert und gemerkt, wie einfach es war, Frauen für eine Nacht aufzugabeln. Sex ohne Verpflichtungen zu haben. Ich ging jede Nacht raus, hatte jede Nacht eine andere. Eine ganze Zeitlang hat das auch Spaß gemacht, ich habe die Frauen ausgetauscht, wie ich Lust hatte, nie an eine mein Herz verloren, bin immer vorher abgehauen, habe meine Telefonnummer nicht rausgerückt, so konnte es keine Wiederholung geben. Bis …« Seine Stimme versagte. Was hatte sich geändert? Ich musste den Grund wissen und egal, was herauskam, ich konnte mit der Wahrheit umgehen. Auch wenn wir beide niemals zueinanderfanden, würden wir uns doch immer nahe stehen.

»Bis was?«, fragte ich atemlos.

Er versenkte eine Hand in seinen Haaren. »Bis du in der WG eingezogen bist. Dich habe ich jeden Tag gesehen, ich konnte dich nicht abschütteln wie die anderen. Du wurdest mir immer vertrauter, immer wichtiger, und das war nicht gut. Ich fing an, Gefühle für dich zu entwickeln, du nahmst immer mehr Platz in meinen Gedanken ein, hast alles auf den Kopf gestellt, und ich wurde dich nicht mehr los.«

Bens Worte wirkten wie ein warmer Frühlingsregen auf mich, er wusch mich rein und öffnete mein Herz.

»Ben, küss mich«, forderte ich ihn auf.

»Luca.« Er schüttelte den Kopf. »Das geht nicht.«

»Warum geht das nicht?«

»Ich bin ein Hurensohn, ich würde dich nur unglücklich machen.«

»Ist mir vollkommen egal, was du bist. Du brauchst mir auch nicht zu sagen, was oder wer du bist. Ich bilde mir meine Meinung schon selbst, und die sieht zufällig ganz anders aus. Du bist ein großartiger Mann, und ich will dich. Und wenn du mich auch willst, dann küsst du mich jetzt, ansonsten lässt du es bleiben. So einfach ist das.«

Er zog eine Augenbraue in die Höhe. Kurz öffnete er den Mund, schloss ihn jedoch wieder. Stattdessen nahm er behutsam mein Gesicht in beide Hände, seine Hände kühlten meine heißen Wangen, und ich bebte innerlich.

»Luca«, sagte er, und ich wusste, dass er das Zittern in mir spürte. Er sah mir durchdringend in die Augen, schien in mir lesen zu wollen. »Bei mir gibt es nur ganz oder gar nicht. Wenn ich mich für eine Frau entscheide, dann mit allen Konsequenzen, ist dir das klar?«

Seine Worte klangen wie ein Kompliment, waren ein lang ersehntes Geschenk, das er vor mir verborgen hatte und mir nun zu Füßen legte. Ich war überwältigt. »Küss mich endlich.«

Sein leises Lachen klang ungläubig. »Sei doch nicht so ungeduldig, ich habe das lange nicht mehr gemacht.« Er strich mit dem Daumen über meine Unterlippe, als wollte er meine Reaktion prüfen. Hitze stieg in mir auf und löste einen wundervollen Schauer in mir aus, der mir wohlig den Rücken hinunterrieselte und mir für einen Moment den Atem raubte. Ben kam langsam näher, seine Mimik hatte sich gewandelt. Er wirkte entspannt und befreit, als wollte er diesen Moment so lange wie möglich hinauszögern, um jede Sekunde zu genießen. Ich zwang mich, ruhig sitzen zu bleiben, ihn nicht an mich zu reißen, nicht meine Lippen ungestüm auf seine zu pressen, obwohl ich das in diesem Moment mehr als alles andere tun wollte. Aber Ben musste diesen ersten Schritt machen. Wenn er mich küsste, sollte das aus freien Stücken geschehen und von ihm ausgehen, ansonsten wollte ich seine Zuneigung nicht. Kurz vor meinem Mund hielt er inne, und ich wagte kaum, Luft zu holen. Würde er sich doch noch umentscheiden? Mein Herzschlag nahm an Tempo zu, als sein warmer Atem meine Wange streifte und der Moment sich ausdehnte wie der Horizont über dem Ozean. Ich sah in seine Augen, in zwei schwarz gesprenkelte Saphire, die mich durchleuchteten, mein Gesicht spiegelte sich in ihnen. Dann spürte ich seinen Mund auf meinem, gleichzeitig traf mich ein Stromstoß, obwohl seine Berührung sanft war, als müsste er erst testen, wie sich mein Kuss anfühlte. Er knabberte an meiner Unterlippe.

»Würdest du bitte mitmachen?«, murmelte er an meinen Lippen. »Ich komme mir gerade vor, als würde ich eine Statue beglücken.«

Kichernd legte ich beide Arme um seinen Hals und schmiegte mich an ihn. »Liebend gern, Herr Nowak.« Wir versanken in einem innigen Zungenspiel, warm und verlockend. Und so göttlich. Ich streichelte seinen Nacken und schmiegte mich enger an ihn. Seine Küsse wurden hungriger, leidenschaftlicher, und entzündeten ein loderndes Feuer in mir, das er so schnell nicht würde löschen können.

Genüsslich streichelte ich über seine Brust bis hinunter zu seinem Bauch jeden einzelnen harten Muskel entlang, ich war geradezu versessen darauf, seinen genialen Körper endlich wieder zu berühren. Meine Hände wanderten unter sein T-Shirt und strichen über seine nackte Haut. Ben keuchte in meinen Mund, stand auf und drückte meine Beine auseinander. Er stellte sich dazwischen und legte seine Lippen auf meinen Hals, biss behutsam hinein. Der leichte lustvolle Schmerz erregte mich, sodass ich eine Gänsehaut bekam. Mit einer Hand umfasste er meinen Schenkel und presste mein Bein an seine Hüfte; seine Zunge traf nun wieder fordernd und heiß auf meine und schien mich zu locken. Unser Kuss nahm an Tiefe zu, und kribbelte unter meiner Haut. Mein Minirock rutschte hoch bis zu meinen Hüften, und am liebsten hätte ich ihm sein dunkelgraues T-

Shirt vom Leib gerissen. Das Gefühl seiner warmen, sinnlichen Lippen auf meinen spülte mich hinfort, riss mich in einen leidenschaftlichen Strudel und pulsierte in meiner Mitte.

»Ich weiß immer noch nicht, wie du aussiehst«, flüsterte er heiser, ohne seine Küsse zu unterbrechen. Seine Stimme klang dunkel und verführerisch.

»Schau doch nach«, erwiderte ich atemlos.

Seine Hände wanderten zu meinem Ausschnitt, bedächtig öffnete er Knopf für Knopf, schien keine Eile zu haben. Die Fingerspitzen berührten meine Haut und prickelten dort wie Champagnerperlen. Endlich streifte er mir die Bluse von den Schultern und küsste mich weiter sachte und spielerisch, nahm seine Lippen nicht von meinen. Hitze stieg in mir hoch, die mich fast innerlich verbrannte. Mit beiden Händen streichelte er von meiner Seite bis zum Rücken und öffnete die Haken meines BHs quälend langsam. Ich sog scharf die Luft ein, als er die Träger über meine Arme gleiten ließ und sich behutsam von meinen Lippen löste, um mich anzusehen. Meinen wunden Punkt zu betrachten, die Stelle meines Körpers in Augenschein zu nehmen, die ich am meisten verabscheute. Das Blut rauschte durch meine Wangen, während er meinen nackten Busen betrachtete.

»Du bist so verdammt sexy«, knurrte er, »deine Brüste sind wunderschön.« Er streichelte mit einer Hand darüber, und ich seufzte wohlig, bei seiner zärtlichen und gleichzeitig rauen Berührung. Meine Brustwarzen zogen sich zusammen und stellten sich auf, schrien geradezu nach mehr von ihm. Meine anfängliche Verlegenheit war wie weggeblasen. Wie er das machte, war mir schleierhaft, aber was er machte, war der absolute Wahnsinn. Meine Haut stand in Flammen, und mein Herz klopfte heftig gegen meine Rippen. Ich zog die Knie höher und drückte meine Schenkel gegen Bens Taille, gleichzeitig suchten meine Lippen wieder seinen Mund, und wir versanken in einem ungestümen Zungenkuss, der immer berauschender wurde, während wir unsere Hände auf Erkundungstour schickten. Mein Verlangen nach ihm wuchs, in meinem Schoß pochte es, als er sich wieder von mir löste, um mit der Zungenspitze meinen Nippel zu reizen und seinen hitzigen Atem über mich hinwegwehen zu lassen. Plötzlich spürte ich Bens Hand an meinem Schenkel, mein Atem stockte. Zaghaft strich er über die Innenseite und glitt langsam höher bis zu meinem Slip. Er streichelte mich durch den Stoff und verstärkte das Ziehen in meinem Unterleib, bis ich es beinahe nicht mehr aushielt und leise aufkeuchte. Ich zog ihn an mich und küsste ihn, wusste nicht, was ich sonst tun sollte, um mich einigermaßen in den Griff zu kriegen und nicht über ihn herzufallen wie ein ausgehungerter Löwe. Was er tat, fühlte sich so göttlich an, Gott, er war so begnadet. In diesem Moment wollte ich ihn so sehr, dass es beinahe schon wehtat, seine Berührungen waren beängstigend aufregend. Ben versetzte meinen Körper in ungeahnte Schwingungen, als er meinen Slip beiseite zog, seinen Finger auf meine empfindlichste Stelle legte und mich mit kreisenden Bewegungen streichelte. Ich keuchte laut auf und klammerte mich an seine Schultern. Prickelnde Schauer jagten in meinen Unterleib, quälten mich süß. Stöhnend sank ich von seinen Lippen hinunter an seinem Hals. Ein wohliges Ziehen machte sich in mir breit, und meine Atmung beschleunigte sich. Mit beiden Händen krallte ich mich in sein T-Shirt, um nicht vom Tisch zu rutschen, jede Spannung wich aus meinem Körper. Ich konzentrierte mich nur noch auf mich, auf dieses unglaubliche Gefühl, das sich langsam in mir aufbaute und meinen Körper zum Beben brachte. Ben streichelte weiter, flutete mich lauwarm vor Verlangen, ließ mich beinahe zerbersten. Plötzlich zog sich mein Unterleib zusammen, in mir pochte es wild, während heiße Wogen der Lust in mir aufbrandeten. Nie zuvor hatte ich auch nur etwas annähernd ähnlich Geniales verspürt. Ich lehnte mit der Stirn gegen Bens Brust, unfähig, mich zu bewegen und gab mich voll und ganz meiner Begierde hin, genoss Bens talentierte Finger, die mir Glückseligkeit schenkten und mein Blut in Wallung brachten. Er kreiste weiter, wusste genau, wie er mich berühren musste, in welcher Intensität und in dem genau richtigen Rhythmus. Jeder Nerv schrie nach Erlösung – und dann explodierte ich mit einer Wucht, die ich nicht für möglich gehalten hätte. Ich hörte mich selbst stöhnen, während heiße Wellen über mich hinwegpeitschten wie bei stürmischer See. Nur langsam bekam ich mich wieder in den Griff, keuchte aber weiter in sein T-Shirt und hielt mich an ihm fest. Ben nahm seine Hand weg und streichelte meinen Rücken. Seine Lippen trafen auf mein Haar, und ich umarmte ihn um die Taille. Wir lagen uns lange Zeit in den Armen, Ben half mir über das Abklingen des Gefühlstumults hinweg, indem er mich einfach nur festhielt. Davon redeten alle also immer. Nun verstand ich zum ersten Mal, wieso die Leute so ein Aufhebens um einen Orgasmus machten. Ein intensiveres Gefühl konnte ich mir nicht vorstellen. Ich sah hoch.

»Das war unglaublich«, flüsterte ich, und er lächelte. Ben legte seine Lippen auf meine und schien nicht genug von mir zu bekommen. Als ich über seine Hose streichelte, merkte ich, dass mein Sinnesrausch auch ihn nicht kalt gelassen hatte. Ohne nachzudenken, öffnete ich seine Gürtelschnalle, auch die Knöpfe seiner Jeans, tauchte mit meiner Hand hinein und massierte ihn unter sanftem Druck, streichelte mit dem Daumen über seine Spitze. Ben rang nach Atem und lehnte seine Stirn gegen meine, seine Augen verdunkelten sich, und er schloss sie halb, immer wieder versiegelte er meine Lippen mit einem hilflosen Kuss, ergriff mich schließlich beim Handgelenk und zog meine Hand sachte heraus.

»Sonst ist es gleich vorbei«, japste er.

Ich schmiegte meine Wange an seine Brust und schloss ihn fest in die Arme, hörte sein Herz in rasantem Tempo schlagen.

»Was hat Erdies Mutter dir damals im Laden eigentlich ins

Ohr geflüstert?«, fragte ich einige Zeit später durch unsere gemeinsame Seligkeit hindurch.

»Sag bloß, das hast du noch nicht herausgefunden«, neckte er mich und klang immer noch kurzatmig.

»Ich bin gerade dabei, es herauszufinden«, kicherte ich. Er streichelte meine Schultern. »Das möchtest du gern wissen, was?«

»Sag's mir.«

Ben küsste mich erneut mit einer Hingabe, die mich elektrisierte. Als hätte er einen Haufen Nachholbedarf. Seine warmen Lippen streichelten über meine. Er küsste besser als jeder andere, mit dem ich das bisher getan hatte. Gerade als ich voll und ganz in dieses wunderbare Vergnügen driftete, mich ihm mit allen Sinnen hingab, murmelte er an meinen Lippen: »Sie hat gesagt, dass du die Frau bist, die ich einmal heiraten werde.«

Mitten im Kuss hielt ich inne, Ben merkte es, machte aber weiter, als habe er meine Reaktion bereits erwartet.

»Und was denkst du?«, fragte ich schließlich an seinem Mund und spannte mich innerlich an.

»Dass du die Frau bist, die ich einmal heiraten werde«, wiederholte er, als sei das die normalste Sache der Welt, und zog mich eng an sich.

Ich konnte nicht anders, als zu lächeln. Auf einmal war ich der glücklichste Mensch der Welt – ich würde Ben niemals wieder gehen lassen. Er wanderte mit seinen Lippen zu meiner Halsbeuge, winzige Bartstoppeln kratzten mich, worauf mein Puls erneut in die Höhe schoss. Ich vergrub alle zehn Finger in seinen Haaren, während er mit seiner Zungenspitze hinunter zu meinem Busen strich und meine harten Brustwarzen liebkoste.

»Schlaf mit mir«, flüsterte ich in seine Haare, und er hob den Kopf. Auf einmal war ich überflutet vor Verlangen, ich wollte eins mit ihm sein.

»Wir haben noch viel Zeit«, sagte er sanft und legte beide

Hände auf meine Taille. »Es geht mir nicht darum, dich möglichst schnell ins Bett zu kriegen.«

»Ich weiß, aber ich will dich spüren.«

Wieder küsste Ben mich. Seine Lippen umschmeichelten meine, er streichelte mich mit beiden Händen. Die feinen Härchen an meinen Schenkeln richteten sich auf, als er schließlich unter meinen Rock griff und mir den Slip über den Hintern zog. Ich stützte mich am Tisch ab, um ihm dabei zu helfen, er streifte mir das Wäschestück von den Beinen und ließ es zu Boden fallen. Begierig zog ich ihn an mich und zerrte an seinem Hosenbund, während ich über seinen Hals leckte.

»Langsam«, wisperte er und richtete sich auf.

Ich strich mir die wirren Haarsträhnen aus dem Gesicht. War ich zu heftig über ihn hergefallen? Mit einer Hand nestelte er seine Geldbörse aus der hinteren Jeanstasche und fischte ein rot verpacktes Kondom heraus. »Ich bin in dieser Hinsicht immer sehr vorsichtig, und du nimmst auch keine Pille, stimmt's?«

Ich schüttelte den Kopf. Woher wusste er das nun wieder? Ich hatte sie kurz nach der Trennung von Ringo abgesetzt.

Er riss die Verpackung auf, zog seine Boxershorts ein Stück herunter und streifte sich das Kondom über. Wie in Zeitlupe beugte er sich über mich und presste seine fiebrigen Lippen auf meinen Hals. Das schwere Gewicht seines Körpers fühlte sich angenehm auf mir an, und ich reckte mich ihm entgegen. Alles in mir lechzte nach Ben, als er schließlich gefühlvoll in mir versank und mich dehnte. Er verharrte einen Moment, bis ich mich an seine Größe gewöhnt hatte. Seufzend schloss ich die Lider, während er sich langsam in mir bewegte.

»Mach die Augen auf«, befahl er plötzlich, und ich sah hoch. »Ich habe so lange auf diesen Moment gewartet, ich will sehen, wie du für mich kommst«, sagte er kratzig. Er bewegte sein Becken ein wenig schneller, glitt in mir entlang, und der intensive Blickkontakt schürte einen leisen Anflug von Panik in mir. Oh, Gott, ich schlief tatsächlich mit Ben. Dem Womanizer. Dem sexy Halbgott. Ich bekam Angst, ihn zu enttäuschen, wusste nicht, was er von mir erwartete. Er musste meine Gedanken instinktiv spüren.

»Bleib locker, denk an überhaupt nichts, sieh mich einfach nur an.« Er rieb mit seinem Daumen abwechselnd über meine Brustwarzen, bis sie sich groß und hart aufrichteten und einen zusätzlichen wohligen Schauer in meinen Unterleib schickten.

Seine Bewegungen fühlten sich grandios an, es war mehr ein Gleiten, das an Tempo und Intensität weiter zunahm und meine Lust anfeuerte. Ich betrachtete ihn, während er mich ansah, sein Gesicht verzerrte sich leicht, die Wangen spannten sich an, und das Blau seiner Augen wurde nun wieder gänzlich schwarz. Seine Erregung griff auf mich über, ich fand es neu und aufregend zu beobachten, wie ein Mann durch mich immer mehr in Ekstase geriet. Sein T-Shirt klebte feucht an seiner Brust, die sich im raschen Takt hob und senkte. Ein angenehmes Ziehen bahnte sich den Weg in meinen Bauch, setzte eine geballte Ladung Glückshormone frei, und dann zuckte mein Unterleib urplötzlich um ihn, da Ben nun heftig in mich stieß. Ich stöhnte laut und krallte mich in seinen Rücken. Erst war es ein Gefühl, als würde ich fallen, und dann schwebte ich irgendwo im schwerelosen Raum, während sich mein Höhepunkt immer wieder von Neuem aufbaute. Mein Körper gehörte plötzlich nicht mehr mir, ich ging ins Hohlkreuz, genoss dieses unglaubliche Gefühl mit allen Sinnen und hielt mich an ihm fest. Auch Ben keuchte nun vernehmlich, ließ seine Augen jedoch nicht von mir ab, sein durchdringender Blick verstärkte das rauschartige Gefühl in mir, als zuckten Blitze zwischen unseren Pupillen, die unsere Lust anstachelten und weiter in die Höhe trieben. Schließlich sanken wir schwer atmend aneinander. Ben lehnte seine Stirn an meine Schulter und rang nach Luft, während ich versuchte, meinen wild tobenden Herzschlag unter Kontrolle zu bekommen. Der Sex mit Ben war das absolut Atemberaubendste und Beste, was ich jemals erlebt hatte. Ich wurde ganz aufgekratzt und wollte mehr. Viel, viel mehr, und das am besten jeden Tag.

Er hob den Kopf und verharrte noch immer in mir, ein euphorisches Lächeln zeigte sich auf seinen Lippen, bevor er mich küsste und leise sagte: »Das war ganz bestimmt kein One-Night-Stand.«

EPILOG

Ich blickte mich in meinem nun leeren Wohnheimzimmer um, das plötzlich kahl und wenig einladend aussah. Mein ganzer Kram lag verpackt in Kisten und Koffer auf einer Seite an der Wand. Wehmut beschlich mich. Der letzte Tag meiner Studentenzeit war angebrochen, ab Montag begann der Ernst des Lebens – ein geregeltes Arbeitsverhältnis. Ich legte jedem Möbelstück zum Abschied eine Hand auf und strich zum Schluss über die kleine Kerbe an meinem Bettpfosten. Die war für Ben, den Seitenhieb hatte ich mir nicht verkneifen können. Er war schon vor knapp einem halben Jahr ausgezogen und bewohnte nun eine hübsche Wohnung in der Nürnberger Altstadt.

»Na, deine Trophäensammlung ist im letzten halben Jahr nicht wirklich angewachsen.«

»Nein, es hat nur für den Platzhirsch gereicht.«

Ben stand hinter mir, um mich abzuholen. Ich drehte mich um. Er sah heiß aus in seinem schwarzen Anzug mit dem weißen Hemd ohne Krawatte. In einer lässigen Pose lehnte er im Türrahmen.

Er kam her und zog mich in seine Arme. »Das will ich doch hoffen«, murmelte er an meinem Hals und hauchte seinen heißen Atem über meine Haut, dass mir schwindlig wurde. Am liebsten hätte ich ihn auf der Stelle ins Bett dirigiert, wenn ich nicht in meinem knielangen schwarzen Kleid gesteckt hätte, zusammen mit einem komplizierten Haarstyling. Heute war meine Absolventenfeier.

»Pass auf, mein Make-up. Michelle hat mich vorhin fast eine Stunde lang geschminkt.«

Er studierte mein Gesicht. »Es ist sehr viel – Schicht. Warum hat sie dir graue Schatten um die Augen gemalt?«

Ich seufzte. »Das sind keine grauen Schatten. Man nennt das Smokey Eyes, du Provinzbanause. Und ich bin nicht angemalt, sondern geschminkt.«

»Du siehst heiß aus, aber ganz natürlich gefällst du mir immer noch am besten.« Seine Hände wanderten an meiner Taille entlang nach oben, und ich stoppte ihn schweren Herzens. Mein Magen summte. »Ich möchte nur vorbeugen«, keuchte ich und entwand mich ihm.

Er hob eine Augenbraue.

Nur ungern erinnerte ich mich an Bens Abschlussfeier zurück, die wir vor einem halben Jahr reichlich begossen hatten. Leider war mir damals nicht aufgefallen, dass ein Fotograf die halbe Nacht Bilder von allen möglichen Leuten geknipst hatte, die hinterher in einer Art Album online gestellt wurden. Auf einigen war auch ich zu sehen gewesen, und an meinem zunehmenden optischen Verfall war der Fortschritt des Abends deutlich sichtbar. Das würde mir kein zweites Mal passieren, schon gar nicht auf meiner eigenen Abschlussfeier.

»Ich trage heute Camouflage Make-up«, erklärte ich von oben herab. »Absolut wasserfest und alkoholgeprüft. Das hält die ganze Nacht, ich werde frisch wie Frühlingstau aussehen, wenn irgendwelche Fotografen es auf mich abgesehen haben.«

Er lachte. »Du musst dich nur ein bisschen cleverer

anstellen, Erdie und ich waren auf keinem einzigen Bild drauf.«

Ich klopfte ihm auf die Schulter. »Die haben auch über den Tischen fotografiert und nicht darunter.«

Er kniff mir in die Seite. »Wir haben bis zum Schluss gestanden, Darth Vader.«

Ehe ich zu einer Erwiderung ansetzen konnte, gab er mir einen seiner heißen Küsse, die mich jedes Mal zum Schmelzen brachten und absolutes Suchtpotenzial besaßen. Ja, ich gebe es zu, ich war süchtig nach Bens Lippen, ein Kussjunkie.

»Komm, lass uns abhauen«, murmelte er an meinem Mund. »Morgen schaffen wir deinen Kram rüber in unsere Wohnung.«

Ich konnte nicht anders, als ihm ein breites Grinsen zu schenken, bestimmt sah ich aus wie dieser Happy Buddha, aber das war mir egal. Ab morgen würden wir zwei offiziell zusammenwohnen.

Gemeinsam betraten wir den Großen Hörsaal der Organischen Chemie, wo die Absolventenfeier stattfinden würde. Bens Festakt hatte damals im Nürnberger Opernhaus stattgefunden, zweifellos wurde auch an der Uni mit zweierlei Maß gemessen.

Ein Gewirr von Leuten herrschte bereits, Studenten und deren Angehörige standen in Grüppchen herum und unterhielten sich. Ein klein wenig Wehmut schlich sich in mein Herz. Außer Ben hatte mich heute keiner begleitet. Nachher wollten noch Tobi und Ellen vorbeischauen. Caro und Martha waren zu einem Liebestrip in ein Wellnesshotel aufgebrochen, gerade klappte es zwischen den beiden super, und ich freute mich für sie. Mein Vater hatte es nicht auf die Reihe gekriegt, über den großen Teich zu fliegen, um dabei zu sein, wenn seine einzige Tochter ihr Durchschnittsdiplom in Empfang nahm. Durfte ich verbittert sein? Ich fand ja. Im August hatte ich es nicht nach Amerika geschafft, ein Hinderungsgrund war Ben gewesen, dem ich damals beim Renovieren seiner neuen Bude half. Dafür wollten wir nächste Woche gemeinsam zu einem Besuch nach Atlanta aufbrechen. Das letzte halbe Jahr mit Ben war unbeschreiblich gewesen. Nicht nur, dass er mir ein paar Kniffe im Bett zeigte, die mich in den Himmel hoben, es machte einfach Spaß, mit ihm zusammen zu sein. Natürlich konnte er nicht aus seiner Haut und brachte mich mit seinen dämlichen Sprüchen des Öfteren zum Wahnsinn, aber man gewöhnte sich schließlich an alles, und mittlerweile machten mir unsere kleinen Wortgefechte richtig Spaß.

Ich entdeckte Rhashmi und Erdie in einer Ecke, umringt von an die zwanzig Inder jeglichen Alters. Zweifellos wurde in ihrer Familie mehr Wert auf Zusammenhalt und Anwesenheit bei wichtigen Veranstaltungen gelegt.

»Hast du gesehen, wer da ist?«, raunte Rhashmi, als wir sie erreicht hatten, und deutete auffällig mit dem Kopf zur Seite. Ich folgte ihrem Wink und entdeckte Psycho-Johanna inmitten einer Schar Leute. Martin stand daneben und hatte merkwürdigerweise nur Augen für sie.

Rhashmi kicherte. »Wie es aussieht, hat sie ihren Martin zurückerobert.«

Ich hatte seit damals kein Wort mehr mit dem Spinner gewechselt, und er hatte sich glücklicherweise in der Uni so gut wie unsichtbar gemacht. »Er schmachtet sie tatsächlich an. Gott sei Dank.«

Ben und Erdie quatschten über das Fußballspiel, das sie gerade verpassten. Immer wieder kontrollierte Erdie auf seinem Smartphone unauffällig den Spielstand. Tobi kam zu uns und warf ebenfalls erst einmal einen Blick auf Erdies Handy, ehe er mich begrüßte. Wo war Ellen? In den letzten Monaten war sie in meiner und Bens Gegenwart auffallend handzahm gewesen, sodass wir Tobi zuliebe beschlossen hatten, kein großes Drama wegen ihr zu machen.

»Hey Luca, jetzt wird's ernst.« Wir umarmten uns, ich freute mich, ihn zu sehen. Auch Tobi war im August ausgezogen und hatte sich in Nürnberg eine Wohnung genommen. Ellen wollte ebenfalls demnächst fest bei ihm einziehen. Ich hingegen hatte die letzten WG-Monate in Gesellschaft eines ungesprächigen chinesischen Austauschstudenten und einer Theologiestudentin verbracht, die mich erschreckend an Johanna erinnerte. Ich wollte einfach nichts übers Knie brechen und die Sache mit Ben langsam angehen, zudem hatte er mich vor drei Wochen überhaupt erst gefragt, ob ich bei ihm einziehen wollte.

»Ich freue mich, dass du gekommen bist. Ist Ellen nicht da?«

Mein armer Ex-Mitbewohner ließ die Schultern hängen. »Sie spricht in Berlin für eine Rolle in so einer neuen dämlichen Daily Soap vor.«

»Geht sie jetzt unter die Schauspieler?«

»Ist wohl nur eine Gastrolle, die suchen ein Model für eine Szene.«

»Tor«, jubelte Erdie und kassierte einen bitterbösen Blick von Rhashmi. Und fort war Tobi, vergessen auch seine Verstimmung, er fachsimpelte mit den beiden über das gefallene Tor.

Rhashmi wandte sich wieder ihrer Familie zu. Abwechselnd wurde sie umarmt und getätschelt. Ihrer Mutter war der Stolz auf ihre Tochter im Gesicht abzulesen, was mir irgendwie in der Seele wehtat, obwohl ich den beiden ihren glücklichen Moment wirklich gönnte. Nur – ich hätte diesen Tag auch gern mit meinen Eltern gefeiert.

Ben legte einen Arm um meine Taille, er musste bemerkt haben, wie ich Rhashmi angestarrt hatte.

»Wir feiern in Atlanta mit deinem Vater nach«, flüsterte er mir ins Ohr und gab mir einen Kuss auf die Lippen.

Ich lächelte tapfer und nickte, obwohl wir beide wussten, dass das nicht das Gleiche war.

Erdie bequemte sich auch endlich mal zu einer Begrüßung in Form des obligatorisch angedeuteten Schwingers. »Hey Kleines, gut siehst du aus.« Er beugte sich zu mir. »Aber deine Schminke um die Augen ist ein bisschen verschmiert, vielleicht solltest du das noch reparieren.«

Ben lachte verhalten. »Noch nie was von Smokey Eyes gehört, du Hinterwäldler?«

»Smokey was?«

»Lucrezia«, hörte ich eine dunkle Stimme hinter mir und wirbelte herum. Wer posaunte meinen beknackten Namen in voller Lautstärke heraus? Mein Herzschlag setzte beinahe aus, als ich erkannte, wer vor mir stand.

Neben mir kicherte Rhashmi. »Lucrezia?«, gluckste sie.

»Papa.« Ich fasste es nicht. »Was machst du denn hier? Ich dachte …«

Er breitete die Arme aus, seine rot-schwarz gestreifte Krawatte saß schief, sein knittriger Anzug schien im Koffer ein wenig gelitten zu haben.

»Überraschung.«

Tränen brannten in meinen Augen, nur der Gedanke an meine Smokey Eyes hielt mich vom Weinen ab. Auf keinen Fall wollte ich nachher wie eine Schleiereule aussehen, wenn ich mein Diplom in Empfang nahm. Also schluckte ich sie hinunter und warf mich in seine Arme. Er roch nach Old Spice, und ich sog seinen vertrauten Duft tief in mich ein. »Ich freue mich so, dass du da bist.«

»Dann ist mir die Überraschung ja gelungen«, brummte er. »Schön, dich mal wieder im Arm zu halten.« Er löste sich von mir und betrachtete mich. »Ich möchte dir jemanden vorstellen«, sagte er schließlich. Erst jetzt bemerkte ich die attraktive blonde Frau in den mittleren Jahren neben ihm. Wow.

»Das ist Grace.«

Der Name passte definitiv zu ihr.

»Grace, I want you to meet my daughter, Lucrezia.« Stolz schwang in seiner Stimme mit.

Ich hingegen fühlte mich überrumpelt. Die Vertrautheit der beiden lag quasi in der Luft.

»Call me Luca", sagte ich schließlich und reichte ihr die Hand.

Sie lächelte ein warmes Lächeln. »Nice to meet you, Luca."

Wir standen uns gegenüber, ich hatte ein flaues Gefühl im Bauch und brachte kein Wort über die Lippen.

»I love your Smokey Eyes.« Grace betrachtete mich. »You look beautiful."

»Thank you. Nice to meet you, Grace.« Ich beschloss, ihr eine Chance zu geben. Selten hatte ich meinen Vater glücklicher gesehen, sein strahlender Anblick war ungewohnt. Ihm ging es offensichtlich blendend und das freute mich.

Mein Herz kribbelte vor Freude, als ich ihnen Ben vorstellte. Meinen Ben. Sie gaben sich die Hand. Mein Vater unterzog ihn einer auffälligen Musterung, als wollte er ihn für die Armee rekrutieren. »Sie sind also Lucrezias Neuer?«

»Nicht mehr so brandneu. Ich habe die Probezeit schon hinter mir.«

Mein Vater lachte, erleichtert stellte ich fest, dass er ihn zu mögen schien.

»Was studieren Sie?«

»Informatik, ich habe vor Kurzem bei Siemens als IT-Berater angefangen.«

Diese Auskunft schien meinem Vater zu gefallen. »Kennen Sie sich mit Computern aus?«

Ben ließ sich nichts anmerken, er nickte höflich lächelnd. »Könnte man so sagen.«

»Mein Computer zu Hause hängt sich dauernd auf, was kann man da machen?«, verwickelte mein Vater ihn sofort in eine Konsultation, und Ben gab sein Bestes, ihm einige Gründe plausibel darzulegen. Die Fragezeichen im Gesicht meines Vaters wurden immer größer.

»Wissen Sie was? In Atlanta kann ich mir Ihren PC ja mal vorknöpfen und auf Vordermann bringen. Wahrscheinlich muss man nur ein paar veraltete Hardware-Treiber aktualisieren.«

Mein Vater strahlte, Ben kletterte in seiner Gunst gerade an die Spitze der Lieblings-Schwiegersöhne, das sah ich ihm an.

Eine Stimme erklang aus dem Mikrofon, die alle Besucher aufforderte, sich einen Platz zu suchen. Die vordersten Reihen waren für die Absolventen reserviert.

Nachdem wir alle unsere Diplome erhalten und Martin – wie erwartet - den Preis für herausragende Leistungen im Masterstudiengang Zell- und Molekularbiologie abgesahnt hatte, ging es zum legeren Teil des Abends über, sprich dem Sektempfang mit musikalischer Untermalung durch eine schräge Professorenband. Auch mein Vater und Grace hatten sich zu uns gesellt und gratulierten mir. Sie war wirklich ausgesprochen nett, wie ich bei einer kurzen Unterhaltung festgestellt hatte.

Erdie neben mir war geknickt, denn Rhashmi würde Ende des Monats zu ihrem halbjährigen Aufenthalt nach Mumbai aufbrechen, um dort ein Projekt zur nachhaltigen Trinkwassergewinnung auf die Beine zu stellen. Gerade wollte ich ihn mit einem dämlichen Spruch aufheitern, da stieß Rhashmi mir aufgeregt in die Seite.

»Guck doch mal.«

»Was?«

Sie wedelte mit einer Hand vor ihrem Gesicht herum, als wäre sie hyperaktiv oder so. »Martins Schnitte«, raunte sie zur Seite deutend.

Mir fielen fast die Augen aus dem Kopf. Psycho-Johanna stand keine fünf Meter von uns entfernt, ihre sandfarbene Tunika wölbte sich sichtlich. Das war eindeutig ein Babybauch. Ich fasste es nicht. Rhashmi presste eine Hand vor ihren Mund, während ich peinlich fasziniert meinen Blick nicht von ihr und Martin abwenden konnte.

»Ich glaube es nicht«, presste ich schließlich heraus und verschluckte mich fast beim Atmen. Martin hatte sich tatsächlich vermehrt. Was das für die Welt bedeutete, wollte ich mir gar nicht erst ausmalen. In Gedanken bedauerte ich die nachfolgende Generation.

»Was glaubst du nicht?«, fragte Ben neben mir.

»Martins Freundin ist schwanger«, sagte ich zur Seite nickend.

Ein breites Grinsen umspielte Bens Lippen. »Das könntest du jetzt sein, wenn du dich damals nicht so angestellt hättest.«

Ich schüttelte mich. »Dann lieber dich«, erwiderte ich frech schmunzelnd, was er zum Anlass nahm, eine Hand um meinen Nacken zu legen.

»Mit mir hast du ja wohl das große Los gezogen.«

»Einen Volltreffer gelandet, sozusagen.« Ich schmiegte meine Wange an seine Brust.

»Den Jackpot geknackt«, pflichtete er mir bei.

Rhashmi tippte mir auf die Schulter. »Sollen wir mal zu Martin rübergehen?«

Augenblicklich vergaß ich alle Vorbehalte. »Bis gleich.« Ich winkte Ben im Weggehen, die Neugier siegte und trug mich die paar Meter über den Linoleumboden. Vorsichtshalber überließ ich jedoch Rhashmi die Führung, sodass sie zwei Schritte vor mir ankam. Sicher war sicher.

»Hey, Martin.« Sie klopfte ihm auf die Schulter. »Gratulation zum Preis.«

»Ja, gratuliere«, stimmte ich, mein Sektglas schwingend,

ein und legte so viel Begeisterung in die beiden Worte wie nur möglich.

»Danke.« Er schien sich wirklich zu freuen, seine Ohren wurden rot, als hätte jemand ein heißes Bügeleisen darauf gepresst. »Dass ich den Preis kriege, wusste ich ja schon längst.«

»Wer auch sonst«, sagte Rhashmi, immer wieder einen auffälligen Blick auf Johannas Bauch werfend. »Scheint, da ist noch ein Preis im Anflug.«

»Sogar zwei.« Er strahlte wie die Augustsonne, aber in seinen Augen lag etwas Zärtliches, als er Johanna einen langen Blick zuwarf.

Sie verhielt sich äußerst zurückhaltend und war auch einen Schritt von mir abgerückt, was mir fast schon ein schlechtes Gewissen bescherte. Ich hoffte, schnell wieder verschwinden zu können.

»Wow, Zwillinge, das ist toll.« Mein Lächeln galt Johanna, ich konnte nichts dagegen tun. Sie war eine schwangere Frau, trug zwei Kinder unter dem Herzen. Ich konnte ihr einfach nicht mehr länger böse sein.

»Wir sind schon ganz aufgeregt«, klinkte sie sich nun doch ins Gespräch ein und tastete nach Martins Hand. »Nächste Woche ziehen wir nach Wien um.«

»Ich promoviere an der Wiener Uni«, sagte Martin. »Komm uns doch mal besuchen.« Er legte den Kopf schräg und lächelte mich an.

Manchmal wusste ich wirklich nicht, welch seltsame Windungen sein Gehirn nahmen. »Irgendwann vielleicht mal. Jetzt müsst ihr euch erst mal dort einleben.« Plötzlich hatte ich es eilig, von ihnen wegzukommen, denn ich hatte das Gefühl, schon wieder ein Minenfeld zu betreten. »Also dann, macht's gut und eine schöne Geburt und so.«

Ich schnappte Rhashmi am Ärmel, die ungläubig den Kopf schüttelte, und zog sie hinter mir her.

»Wenigstens zieht er weit weg«, flüsterte Rhashmi, was

ich mit einem Nicken quittierte. Sie widmete sich wieder ihrer riesigen Verwandtschaft, und ich bemerkte beglückt, dass sich mein Vater und Ben ausnehmend gut unterhielten.

»Ben hat uns eingeladen. Morgen kommen wir zum Frühstück vorbei«, teilte mein Vater mir mit, der mit Grace Händchen hielt. »Wir machen uns jetzt auf den Weg ins Hotel, es ist schon spät, und der Jetlag macht mich fertig.«

Ich fand es schön, dass mein Vater so glücklich war wie seit Jahren nicht mehr. Kein Hauch von Eifersucht regte sich in mir, wie ich insgeheim befürchtet hatte. Im Gegenteil, ich gönnte ihm seine Liebe zu dieser wundervollen Frau von ganzem Herzen. Wir hatten beide unseren Traumpartner gefunden. »Ich freue mich schon auf morgen.«

Da beugte sich Ben zu mir und flüsterte mir ins Ohr: »Lass uns auch nach Hause gehen.« Er zwinkerte mir zu. »Was Martin kann, können wir schon lange.«

LESEPROBE

Wer nach dem Lesen dieses Romans Lust auf weitere Geschichten mit der Nürnberger Clique hat. In dem Roman „Süß wie Cherry Cola“, der im Romance Edition Verlag veröffentlicht wurde, trefft ihr viele bekannte Leute aus dem Liebeschaos wieder. Beide Bücher sind jedoch in sich abgeschlossen und können ohne Vorkenntnisse gelesen werden. Sie bauen auch nicht aufeinander auf. Einen kleinen ersten Schnuppereinblick in den Roman findet ihr gleich hier.

Süß wie Cherry Cola *von Ute Jäckle*
(Abdruck der Leseprobe mit freundlicher Genehmigung des Romance Edition Verlags.)

Klappentext
Der Begriff Bad Boy besteht für Aida aus vier Buchstaben: NICK! Seit sie sich das erste Mal über den Weg gelaufen sind, sprühen bei jeder Begegnung die Funken. Nick ist unverschämt, nicht auf den Mund gefallen und leider auch unwiderstehlich sexy. Als er in ihrem Beisein ganz dreist eine Wette auf sie abschließt, kann sie diese Frechheit nicht fassen.

Er ist doch tatsächlich davon überzeugt, sie problemlos ins Bett zu kriegen. Da liegt der charismatische Womanizer jedoch absolut falsch. Nicht mit Aida!

KAPITEL 1

Ganz schön voll hier.« Meine Mitbewohnerin Pia sah sich nach allen Seiten um. Überall auf der Liegewiese verstreut lagen und saßen Leute auf ihren Handtüchern, die sich unterhielten, lasen oder einfach nur chillten. Kaum ein Plätzchen war mehr frei, schon gar nichts im Schatten. Ich aalte mich gern in der Sonne, aber Pias helle Haut nahm sehr schnell die Farbe eines gekochten Hummers an, sodass wir uns nicht irgendwo mitten hineinlegen konnten. Auch Luca und Ben suchten das Gelände mit Blicken ab.

Luca deutete mit ihrer Badematte zu ein paar vereinzelten Gebüschen am Rand, die etwas Schatten spendeten. »Vielleicht können wir uns da noch irgendwo hinquetschen. Oder möchtest du lieber woanders liegen, Pia?«

»Hm, lauern in Gebüschen nicht diese fiesen Zecken?« Pia schob nachdenklich ihre Nase zur Seite, auf der ein paar vereinzelte Sommersprossen prangten, während mir die Sonne schon fast das Gehirn weichkochte.

»Pia muss sich ja nicht reinlegen«, kam es leicht genervt von Lucas Freund Ben, einem der attraktivsten Männer, die ich je in meinem Leben erblicken durfte. Manche Frauen hatten einfach ein Glück. Die beiden passten so gut zusammen, dass es mich ein Stückweit an Schicksal glauben ließ oder eine göttliche Fügung des Himmels, die mich bisher leider noch nicht ereilt hatte.

»Wir hätten einen Sonnenschirm mitnehmen sollen«, warf ich nachdenklich ein.

»Haben wir aber nicht.« Pia zog ihren dunkelblonden Pferdeschwanz fest.

»Wir finden schon einen Platz.« Ben marschierte mit großen Schritten voran. Er bekam immer recht schnell die Krise, wenn wir Mädels uns nicht rasch genug für etwas entscheiden konnten. Aber manche Dinge mussten eben ausdiskutiert werden.

Seufzend folgten wir ihm, was blieb uns auch anderes übrig. Ich wollte mich endlich auf mein Handtuch legen und ein wenig entspannen. Heute war mein erster freier Tag seit über einer Woche. Obwohl ich nichts auf der Welt lieber tat, als Medizin zu studieren, schlauchte mich das Pflegepraktikum gerade ein wenig, das ein Pflichtteil meines Grundstudiums war. Vor allem die ständig wechselnden Dienstzeiten hatten es in sich. Bei herrlichen dreißig Grad und strahlendem Sonnenschein mit meinen Freunden ein Weilchen am See abzuhängen und meine Bräune aufzufrischen war der pure Luxus.

»Na, sieh mal einer an«, hörte ich eine dunkle Stimme von irgendwoher neben mir. »Wenn das nicht die notorisch schlecht gelaunte Aida ist.«

Als mein Name fiel, sah ich mich suchend um und in der Tat war meine gute Stimmung schlagartig hinüber. Das durfte doch nicht wahr sein. Ausgerechnet dieser ätzende Typ. Was machte der denn hier? Nick lag ein Stückweit entfernt seitlich auf seinem Handtuch und winkte mir grinsend. Zwei Typen leisteten ihm Gesellschaft, die mich interessiert begutachteten. Jeder von ihnen hielt eine Bierflasche in der Hand.

»Schlecht gelaunt bin ich nur in deiner Nähe«, konterte ich innerlich kochend. Der Kerl war mein Kommilitone - und besaß die Fähigkeit, mich binnen Sekunden in Rage zu versetzen.

»Was machst du bei diesem Wahnsinnswetter eigentlich draußen?«, fragte Nick. »Chillen permanent übellaunige Gestalten wie du nicht lieber in dunklen Gewölbekellern oder auf irgendwelchen Friedhöfen?«

»Auf dem Friedhof werde ich erst chillen, wenn ich auf deinem Grab tanze.«

Seine bescheuerten Kumpels brachen in Gelächter aus und sogar er stimmte mit ein. Hach, wie lustig die drei das fanden. Seine Begleiter waren mir auf Anhieb unsympathisch, schlichtweg aus dem Grund, weil sie mit ihm rumhingen. Und das auch noch freiwillig. Seit dem ersten Semester trug ich meine ganz persönliche Fehde mit Nick Brockmann aus. Dabei war es mir egal, dass neunundneunzig Prozent meiner Kommilitoninnen ihn für einen absoluten Traumprinzen hielten. Eigentlich war ich so ziemlich die Einzige, die sich nicht von seinem perfekten Aussehen einlullen ließ. Er war ein dermaßen übler Egoist, dass mir schon fast schlecht wurde. Im ersten Semester hatte er sich aus einer von uns Neulingen gegründeten Lerngruppe schon nach dem ersten Treffen wieder verabschiedet, weil wir ihm lerntechnisch zu langsam wären. Die gemeinsam erarbeiteten Lösungen zum Begleitskript wollte er aber dann doch haben und bezirzte Marga aus unserer Gruppe, sie ihm zu kopieren Im zweiten Semester hatte er vor allen Leuten in der Mensa herausposaunt, mein frisch gestochenes Tattoo im Dekolleté - ein chinesisches Schriftzeichen - würde übersetzt Ente süßsauer bedeuten. Das war schlichtweg gelogen, wie er sehr wohl wusste. Aber die grölende Menge um uns herum hatte die Wahrheit natürlich nicht mehr interessiert. Im dritten Semester hatte ich das große Pech, ihm als Labortpartnerin zugeteilt worden zu sein. Ich musste mich von ihm als sterbenslangweilige Labormaus titulieren lassen, weil ich keine Lust darauf hatte, mit ihm Körperflüssigkeiten auszutauschen, damit wir sie hinterher unter dem Mikroskop untersuchen konnten. Ja, klar. Im Dienste der Wissenschaft verstand sich selbstredend. Im vierten Semester hatte er mir das Thema einer Facharbeit vor der Nase weggeschnappt, auf die ich mich schon wochenlang vorbereitet hatte. Einfach nur, weil er der Professorin erzählt hatte, er würde das gern machen. Angeblich hatte er von meinen Ambitionen diesbezüglich nichts geahnt. Er vielleicht nicht, aber die bestimmt schon in den Wechseljahren steckende Professorin wusste davon und hatte ihn gnadenlos vorgezogen. Und ich wollte nicht wissen, was er ihr im Gegenzug für diesen dreckigen Deal geboten hatte. Im fünften Semester hatte er mich gefragt, ob ich zugenommen hätte, weil mein Rock hinten angeblich gerissen sei. Es war ein Schlitz im Stoff, da war nichts gerissen. Der Fiesling wollte mir lediglich mitteilen, dass er mich für fett hielt. Da war ich mir zu Hundertprozent sicher. Die Krönung allerdings kam im aktuellen Semester. Dieser Mistkerl war doch tatsächlich derselben Station für das Pflegepraktikum zugeteilt worden wie ich, sodass wir uns nun zwei Monate lang, ohne jegliche Ausweichmöglichkeit, auf demselben engen Raum aufhielten. Und jetzt verfolgte der Arsch mich sogar in meiner Freizeit.

»Jetzt werd mal nicht gleich sauer, Muffelchen«, sagte er betont milde.

»Nenn mich nicht immer Muffelchen«, knurrte ich. Dieses Wort war seine Lieblingsbeleidigung für mich, weil er mich für eine notorisch mürrische Person hielt, wie er mir mal erklärt hatte. Dabei galt meine Antipathie ausschließlich ihm! Aber diesen kleinen Unterschied wollte Nick natürlich nicht wahrhaben.

»Was hast du eigentlich gegen mich?« Er war sich allen Ernstes keiner Schuld bewusst. Nicht einer einzigen. Einfach unglaublich.

»Du bist ein aufgeblasener Wicht, der sich für den Mittelpunkt des Universums hält?«, half ich ihm auf die Sprünge, ließ es aber wie eine Frage klingen. Sollte er ruhig ein wenig darüber nachdenken. Nick wusste genau, was ich von ihm hielt. Und die miese Nummer mit der Facharbeit würde ich ihm sowieso niemals verzeihen. Dank ihm hatte ich mir kurzfristig ein anderes Thema suchen müssen, für das ich am Ende eine zwei als Note kassiert hatte, die meinen Einser-Schnitt kaputt machte.

Mit einer Hand strich er sich die hellbraunen Haare zurück, die ihm sofort wieder in die Stirn fielen. Er war so ein gottverdammter Poser.

Drei blonde Bikinischönheiten schlenderten mit wackelnden Hüften an uns vorbei und lächelten die Kerle an. Sofort verlor Nick das Interesse an mir und grinste breit zurück. Das war so typisch für ihn. Zum wiederholten Mal fragte ich mich, wie ein Mensch so oberflächlich sein konnte und mit genau dieser Masche mehr Frauen anzog als Channing Tatum. Nick sonnte sich in der Aufmerksamkeit der gertenschlanken Grazien. Höchste Zeit für mich, das Feld zu räumen. Ich sah mich um. Huch, meine Freunde standen nicht mehr neben mir. Schließlich entdeckte ich sie in der Nähe der Gebüsche liegend. Vor lauter Rage über Nick hatte ich nicht mal bemerkt, dass sie schon weitergeschlendert waren. Ohne Abschiedsgruß setzte ich mich in Bewegung, sollte sich Nick doch in der Aufmerksamkeit dieser blonden Hohlköpfe sonnen, für mehr reichte es bei ihm sowieso nicht.

»Hey.« Ich ließ meine Badetasche neben Pia ins Gras fallen, bevor ich mein Handtuch hervorholte und es ausbreitete. Rasch streifte ich mir noch mein mohnrotes Sommerkleid über den Kopf, bevor ich mich in meinem schwarzen Badeanzug, den ich darunter trug, darauf legte. Auch Luca und Ben dösten vor sich hin.

Pia öffnete träge ein Auge. »Wer war der heiße Typ?«

Das durfte doch nicht wahr sein. Was fanden alle an diesem Kerl?

»Nick.« Mehr gab es nicht zu erläutern. Immerhin kannte sie sämtliche Storys über Nicks Gemeinheiten und ich informierte sie auch regelmäßig über seine dummen Sprüche, mit denen er mich in der Öffentlichkeit liebend gern und mit voller Absicht blamierte.

Sie stützte sich auf den Ellenbogen ab. »Der Nick?«

»Ja, genau der Idiot.«

»Du hast mir nie gesagt, dass er so gut aussieht.«

»Nur äußerlich, in seinem Inneren ist er hässlich wie die Nacht.« Interessierte sich denn heutzutage kein Mensch mehr für den Charakter eines Menschen?

Glücklicherweise beendete Pias klingelndes Smartphone jeglichen weiteren Austausch über diesen Angeber. Ich wollte einfach nur vergessen, dass der Kerl existierte. Schlimm genug, seinen Sprüchen morgen wieder auf der Krankenstation schutzlos ausgeliefert zu sein. Auch dort hatte er in Nullkommanichts sämtliche Frauen um den Finger gewickelt. Sogar die Oberärztin war hellauf begeistert von ihm und ich hatte keinen blassen Schimmer, weshalb.

»Hey, Chad. Wo bleibst du?«, fragte Pia neben mir in ihr Handy. Am Telefon war ihr Freund, ein amerikanischer Austauschstudent, der irgendwann in den nächsten Wochen zurück in die Staaten reiste, was meine arme Mitbewohnerin schwer mitnahm. Die beiden telefonierten ein paar Minuten miteinander. Meine Pia tat mir so leid.

»Du solltest heute in deiner Bude übernachten«, sagte sie in ihr Handy. »Mir reicht es langsam.«

Ich horchte auf. Schon wieder hatten die beiden Knatsch. In letzter Zeit häufte sich der Ärger zwischen den zweien bedenklich. Warum konnte Chad ihr nicht mal verbindlich sagen, wie es mit ihnen beiden nach seinem Umzug weitergehen sollte?

»Jeder Mensch mit Augen und Hirn im Kopf versteht,

what the problem ist«, äffte sie ihn nach, denn Chad neigte dazu, je nach Lust und Laune deutsch und englisch in seinen Sätzen zu vermischen. »Nur du nicht. … Ja, bye.«

Pia warf ihr Smartphone zurück in die Badetasche. »Mistkerl«, fluchte sie leise.

Luca setzte sich auf. »Ist was?«

»Chad schafft es nicht her. Er muss noch mit der Uni in Atlanta telefonieren und ein paar wichtige Dinge klären. Wegen der Zeitverschiebung kann er erst jetzt anrufen.«

»Und das dauert so lange?«, fragte ich. Chad war nicht unbedingt das, was man unter einem zuverlässigen Menschen verstand. Im Gegenteil.

»Anscheinend«, sie legte sich zurück auf ihr Handtuch und schloss die Augen. »Von mir aus braucht er sich gar nicht mehr blicken zu lassen. Langsam hab ich echt die Nase von ihm voll.«

»Wann haut er denn wieder ab in die Staaten?«, wollte Ben wissen.

»In sechs Wochen. Zu Semesterbeginn muss er an der Georgia Tech sein«, gab Pia Auskunft. »Soll er sich doch so lange mit einer anderen vergnügen. Ich bin raus.«

»Mach mal halblang. Es kann doch gut sein, dass er wirklich noch einen Haufen zu erledigen hat«, wagte Ben sich zum ungünstigsten Zeitpunkt auf ein gefährliches Terrain. Von Luca wusste ich, dass Ben vor ihrer Zeit einer der größten Womanizer der Erlanger Universität gewesen war. Ben musste ein Draufgänger durch und durch gewesen sein und ich nahm ihm das bei seinem bloßen Erscheinungsbild ohne jeglichen Zweifel sofort ab. Ich wäre ihm höchstwahrscheinlich ebenso mit Haut und Haar verfallen, musste ich mir zu meiner Schande eingestehen. Sein Körper war superathletisch, aber nicht übertrieben muskulös und sein Gesicht schlichtweg umwerfend. Aber am Auffälligsten stachen seine Augen heraus, ein seltenes blau-schwarz, das ich so noch nie gesehen hatte.

Pia setzte sich wieder auf. »Und weil er so viel zu tun hat, war er gestern auch den ganzen Tag mit dir und Erdie weiß Gott wo unterwegs und hat es dann abends auf dem Boot so richtig krachen lassen.«

Das Boot hieß eigentlich *The Boat*, und war einer der angesagtesten Nachtclubs Nürnbergs. Ben selbst hatte ihn vor ein paar Monaten eröffnet, was unserer Clique jederzeit freien Eintritt bescherte. Vitamin B war in der Tat sehr angenehm.

»Wir haben die ganze Nacht im Club gearbeitet«, verteidigte sich Ben, während er eine Flasche Wasser aus Lucas Badetasche kramte.

»Hattest du deswegen heute Morgen so einen dicken Kopf, dass du dir drei Schmerztabletten auf einmal eingeworfen hast?«, sprang Luca Pia bei. Ihr stanken Bens exzessive Männerabende, die er sich öfters mal leistete und die meist derart ausarteten, dass hinterher zwei Tage lang nichts mehr mit ihm anzufangen war.

»Wir hatten ein paar Bierchen«, verteidigte er sich, worauf Luca prustete.

»Und vielleicht noch den einen oder anderen Tequila«, schob er hinterher und zog umgehend die geballte Aufmerksamkeit meiner beiden Freundinnen auf sich.

Ich erhob mich. Für Streitereien hatte ich heute keinen Nerv, die Nachtschicht steckte mir noch in allen Knochen. »Ich hol mir was Kaltes zu trinken. Will noch jemand was?«

Nachdem die Mädels mit den Köpfen schüttelten, zog ich davon. Pia und Luca wollten gerade etwas ganz anderes. Und zwar den armen Ben zerfleischen.

Eine endlose Warterei in der langen Menschenschlange am Kiosk später, hielt ich endlich eine Flasche mit eiskaltem Mineralwasser in der Hand. Es prickelte erfrischend in meiner Kehle, als ich einen großen Schluck nahm. Einen

Moment blieb ich stehen, denn die kalte Flüssigkeit fror fast mein Gehirn ein.

Gemütlich schlenderte ich über die Wiese zurück zu unserem Platz, in der Hoffnung, dass sich die erhitzten Gemüter zwischenzeitlich ein wenig beruhigt hatten. Die Sonne brannte erbarmungslos auf meine Schultern, was mittlerweile sogar mir zu viel war.

Kurz darauf kam ich an Nick vorbei, den mein Bewusstsein die letzten Minuten gnädigerweise aus meinem Gehirn gestrichen hatte. Er lag neben seinen beiden ebenfalls dösenden Kumpels auf einem Handtuch im Gras und sonnte sich. Die Augen waren geschlossen, beide Arme hatte er über dem Kopf abgelegt, wodurch seine Muskeln deutlich hervortraten. Zum ersten Mal begutachtete ich die vielen Tattoos auf seinen Armen, die sich bis hoch zu den Schultern zogen genauer. Betrachtete auch sein markantes Kinn mit den winzigen Bartstoppeln. Diese hellbraune Haarsträhne hing ihm wieder lässig in die Stirn. Mein Blick glitt über seinen Adamsapfel, der sich deutlich an seinem Hals abzeichnete, weiter bis zu seinem muskulösen Brustkorb. Seine Haut war glatt und tief gebräunt, eine feine dunkle Haarlinie zog sich vom Bauchnabel nach unten und verschwand im Bund seiner hellgrünen Badeshorts. Sein makelloses Erscheinungsbild machte mich wütend. Er war nichts weiter als ein elender, gottverdammter Blender. Dieser Arsch!

Ein Gedanke zuckte durch meinen Kopf, ein kleines Säuseln, das mir zuflüsterte: tu es, los mach es, trau dich. Ich grinste in mich hinein. Wie von selbst schraubte meine rechte Hand den Verschluss meiner Wasserflasche ab. In Zeitlupe hob ich den Arm. Nick und seine beiden Kumpels schlummerten selig vor sich hin, ein paar Schweißtropfen kullerten über Nicks Brustkorb. Höchste Zeit für eine Abkühlung. Dann kippte ich die Flasche und ein großer Schwall Eiswasser traf auf Nicks Brust. Schneller als erwartet setzte er sich auf. Er japste nach Luft. Verdammt, hatte der

Kerl eine Reaktion. Mit großen Augen sah er mich an, bevor ich die Flasche fallen ließ und die Flucht antrat.

»Aida, du bist fällig«, tönte Nicks Stimme dichter hinter mir, als mir lieb war. Scheiße! Kreischend erhöhte ich mein Tempo und sprang in Panik über am Boden liegende Leute. Ich hörte Nick näher kommen. »Ich krieg dich sowieso«, rief er.

»Im Leben nicht«, gab ich zurück und hastete weiter. Mist, meine Kondition ließ zu wünschen übrig. Schon im nächsten Moment legte sich eine Hand um meinen Oberarm, die meinem Spurt ein jähes Ende bereitete.

»Kleines Miststück«, sagte Nick an meinem Ohr, ehe er mich im Rekordtempo schnappte und wie einen eingerollten Teppich bäuchlings über seine Schulter warf.

»Lass mich runter, du Blödmann.« Ich stützte mich so gut es ging an seinem Rücken über den Shorts ab.

Er lachte. »Ich glaube, du brauchst eine kleine Abkühlung.«

Als er sich in Bewegung setzte, bemerkte ich mit einem Blick an seiner Hüfte vorbei, dass er den Badesteg anvisierte. »Wehe«, drohte ich ihm und trat nach ihm. »Wag es nicht.«

Nick schnappte meine Beine und hielt mich im Klammergriff, Gegenwehr war zwecklos. Als ich seine Hand auf meinem Hintern spürte, hielt ich den Atem an. »Nimm sofort deine Hand von meinem Hintern, oder du bist ein toter Mann.«

»Ups, das war ein Versehen.« Sein amüsiertes Lachen drang an meine Ohren. Ihm tat das nicht leid, in keinster Weise. Dennoch rutschte er brav mit der Hand in Richtung Oberschenkel, was die Sache nicht wirklich besser machte.

»Pfoten weg«, fauchte ich.

»Irgendwo muss ich dich ja festhalten«, verteidigte er sich und betrat die hölzernen Planken des Stegs.

»Du musst mich überhaupt nicht festhalten, lass mich

runter.« Ich trommelte mit beiden Händen auf Nicks Rücken herum, bis er mich endlich von seinen Schultern gleiten ließ und ich auch noch direkt in seinen Armen landete. Er hielt mich am Rücken und unter den Kniekehlen fest, ignorierte meine düstere Miene. Sein Blick schweifte unangenehm langsam über meinen - im Vergleich zu seinem - nicht ganz so makellosen Körper. Würde sein Aussehen etwas über seinen Charakter verraten, müsste Nick einer lebenden Version von Gollum ähneln. Aber nein, ein ganzes Füllhorn an körperlicher Perfektion war über diesem Mistkerl ausgeschüttet worden.

»Warum trägst dieses Teil eigentlich?«, fragte er mit dem Kinn auf meinen schwarzen Badeanzug deutend. »Damit siehst du aus wie eine Oma.«

»Du bist so ein Arsch. Lass mich runter.« Ich wand mich strampelnd in seinen Armen. Verdammt, er sollte mich endlich loslassen, das letzte, was ich wollte, war irgendeine Art von Körperkontakt.

Aber er hielt mich einfach nur fester. »War nicht böse gemeint. Du hast doch eine ganz gute Figur. Mit sowas solltest du einen Bikini tragen.«

Seine Ansage zog mir kurz die Kehle zu. Unbeabsichtigt hatte er meinen wundesten Punkt getroffen, der ihn einen riesengroßen Scheiß anging. »Lass mich endlich runter, du Arsch. Sonst kannst du …« Noch bevor ich ausreden konnte, nahm Nick Anlauf und sprang.

Ich stand wie ein begossener Pudel am Ufer des Sees, das warme Wasser tropfte aus meinen dunkelbraunen Haaren.

»Fiesling«, schleuderte ich ihm entgegen.

Er lachte. »Humorlos wie immer.«

Obwohl ich es nicht wollte, musterte ich möglichst unauffällig seine muskulösen, tätowierten Arme. Wassertropfen glitzerten wie ein Brillantenmeer auf seiner gebräunten Haut. Neben ihm kam ich mir vor wie eine Seegurke.

»Du hast es übertrieben.« Ich war unverhältnismäßig sauer. Immerhin herrschte eine Affenhitze und verdammt, ja, es war nur etwas Wasser. Bei jedem anderen hätte ich mitgelacht. Aber er – Nick - hatte mich in den See geworfen, was für mich fast schon einer Kriegserklärung gleichkam.

»Du bist so eine Mimose.« Nick kramte aus der kleinen Innentasche seiner Shorts einen Zwanzig-Euroschein. »Ich kauf dir ein neues Wasser. Und vielleicht sogar ein Eis, damit du mal ein bisschen netter zu mir bist.«

»Lass stecken.« Ich winkte ab. Am liebsten hätte ich ihn einfach stehen gelassen, aber ich wollte mich nicht wie die letzte Zicke aufführen.

»Jetzt komm schon.« Nick verdrehte kurz die Augen.

»Okay.« Hoffentlich klang ich nicht zu genervt. Sollte er mir halt ein neues Wasser kaufen, wenn es ihm so wichtig war.

Am Kiosk studierte Nick die Eiskarte.

»Welches möchtest du?«, fragte er.

»Keins.«

»Oh, Mann. Für dich finde ich nicht mal ein Wort.«

Ich zuckte mit den Achseln. Seine Nähe machte mich nervös. Normalerweise war mein ganzes System darauf ausgerichtet, Abstand zu diesem Kerl zu halten. Und ich wollte ihn auch am liebsten so schnell wie möglich wieder loswerden. Am besten, ich suchte mir ein blödes Eis aus, damit ich mich endlich davonmachen konnte. »Dann nehm ich halt eins.« sagte ich und ignorierte, dass er mich ansah. Immerhin hatte er mir mal eine wichtige Note versaut und würde ganz sicher nicht zögern, mich erneut kaltzustellen, sobald er einen Vorteil für sich sah. Auch wenn er mich jetzt so charmant anlächelte und seine grauen Augen funkeln ließ.

»Nimm doch ein Calippo.« Nick lachte leise. Nichts schien

seine gute Laune trüben zu können. »Ich schau Frauen gern dabei zu, wenn sie das lutschen.«

Ich verbarg mein Augenrollen nicht. »Und du wirst nicht neidisch?«

»Du darfst gern mal meinen Riesenlolli probieren, wenn du Lust auf was Süßes hast.«

»Oh Gott, du bist so ein Angeber«, sagte ich mangels Schlagfertigkeit.

»Stehst du nicht auf Süßes?« Nick studierte mein Gesicht. Unwillkürlich fragte ich mich, was er wohl gerade über mich dachte.

»Du bist nicht süß. Katzenbabys sind süß oder Küken.« Sein Geruch stieg mir in die Nase. Er roch nach Sommer, einer Prise Salz und frisch geschnittenem Gras.

»Schnurren kann ich auch, wenn du die richtigen Stellen streichelst.« Seine Stimme war tiefer geworden, wurde harzig und rauchig wie guter Bourbon. Oh, ging er etwa in den Flirtmodus über? Unzählige Male hatte ich ihn schon in dieser Tonlage mit irgendwelchen Frauen an der Uni reden hören und sie schmolzen allesamt dahin. Bei mir biss er auf Granit.

»Das wird garantiert nie passieren.« Ich schüttelte mich allein bei dem Gedanken daran.

Ihn schien meine Abfuhr nicht sonderlich zu treffen. Er zuckte lediglich mit den Achseln. »Muss schwer sein, sich immer so im Griff zu haben. Ich weiß nicht mal weshalb. Du stehst doch auf mich. Wo ist das Problem?«

Ich hasste es, dass er mich mit schöner Regelmäßigkeit auf meinen kleinen Anfall von Schwäche hinwies, der mich im ersten Semester bei seinem Anblick überfallen hatte. Etwas, das ich nur zu gern verdrängen und vergessen würde, wenn es sich schon nicht ungeschehen machen ließ In meiner allerersten Uniwoche hatte ich einer Kommilitonin von einem Typen in meinem Anatomie-Kurs vorgeschwärmt, der heiß wie die Saharasonne war. Nick, den ich damals noch gar nicht persönlich kannte, stach richtiggehend aus der Menge heraus und war natürlich nicht nur mir aufgefallen.

Das sofortige Ende meiner Schwärmerei läuteten die ersten Worte ein, die ich aus seinem Mund hörte. Überheblicher, arroganter Bastard waren danach noch die schmeichelhaftesten Bezeichnungen, die mir auf Anhieb zu ihm einfielen.

Leider hatte Marga damals nichts anderes zu tun gehabt, als Nick zu stecken, dass ich ihn scharf wie eine Peperoni fand. Von da an erkor es Nick es zu einer Art sportlicher Disziplin, mir das Leben schwer zu machen, indem er mir seine sexuelle Willigkeit demonstrierte, wann immer sich die Gelegenheit ergab. Er hörte einfach nicht damit auf, obwohl ich ihm schon hundertmal gesagt hatte, dass er mich mal konnte.

Ego-geboostet wie Nick nun mal war, fand er meine umnachtete Schwärmerei zu lustig, um die Sache auf sich beruhen zu lassen.

»Ich nehme ein Sandwich-Eis«, sagte ich schließlich auf die bunte Karte deutend, damit ich endlich von hier wegkam. Von dem Ding konnte man abbeißen, was mir noch am unverfänglichsten zu essen erschien.

Nick bestellte für sich ein Magnum-Mandel. Mit unserem Eis in der Hand schlenderten wir zurück. Das Wasser hatte er glatt vergessen, wie mir mittendrin auffiel.

»Wem bist du morgen im Krankenhaus zugeteilt?«, fragte er plötzlich.

»Lehmann.«

»Ich auch. Morgen darf ich ihr bei der Gallen-OP zuschauen.«

Mir blieb der Mund offenstehen. »Wie du darfst zuschauen? Die nimmt nie Praktikanten mit in den OP, wir sollen erstmal die Grundlagen lernen, sagt sie immer. Und damit meint sie Bettschüsseln leeren.«

Er zwinkerte mir zu. »Sie hält mich für sehr talentiert.«

Nick wusste genau, wie er mich bis aufs Blut reizen konnte. Nur aus diesem Grund erzählte er mir davon. Dieser elende Wichtigtuer. Abrupt blieb ich stehen, ein Gedankenblitz zuckte durch meinen Kopf. »Du schläfst mit der Lehmann.«

»Nein«, er hob abwehrend beide Hände und wirkte total perplex, als wäre es das Abwegigste auf der Welt, dass ein Kerl wie er sich nach oben rammelte. »Sie weiß meine Qualitäten beim Blutabnehmen zu schätzen. Meinte, ich wäre ein sehr präziser Stecher.« Sein Grinsen wurde breit, während er mein Gesicht beobachtete.

Ich setzte mich wieder in Bewegung. »Du hast mit ihr geschlafen«, sagte ich trocken. Es war nicht zu fassen, der Kerl prostituierte sich schamlos durch sein gesamtes Studium und ihm war das nicht einmal peinlich. Während wir anderen auf der Station jede Drecksarbeit verrichten durften, tummelte sich Nick während des Pflegepraktikums bereits in OP-Sälen und durfte den Ärzten sogar hin und wieder bei Forschungsprojekten im Labor über die Schulter sehen. Und jetzt wusste ich endlich warum.

»Hab ich nicht.« Er klatschte sich eine Hand an die Stirn, als wäre mein Einwand völlig abstrus. »Die Ärzte mögen mich halt und wissen meine Fähigkeiten zu schätzen.«

»Mach doch was du willst. Mir egal.«

Er hielt mich am Arm fest. »Soll ich Doktor Lehmann mal fragen, ob du morgen auch bei der OP dabei sein darfst?« Er senkte seine Stimme. »Ich weiß auch schon, wie du dich dafür revanchieren könntest.«

Ich wischte seinen Arm von mir. Auf Nicks Almosen konnte ich gut und gern verzichten, und wie die Bezahlung aussah, konnte ich mir lebhaft vorstellen.

»Sag bloß, ich darf dann mal von deinem Riesenlolli probieren«, erwiderte ich euphorisch, »in diesen Genuss würde ich sonst ja nie kommen, wo doch so wenige daran lecken dürfen«, ergänzte ich mit einem Kopfschütteln und fragte mich allen Ernstes, ob die alte Lehmann es wirklich so nötig hatte. Das Bild der vor Nick knienden Ärztin stieg vor meinem inneren Auge auf, und ich beendete hastig mein Kopfkino. Das war krank.

»Du bist eine wirklich harte Nuss. Irgendwie gefällt mir das.«

»Wie meinst du das?«

Er legte den Kopf in den Nacken und schien zu überlegen. »Ganz ehrlich?«, fragte er schließlich, als stünde er kurz vor der großen Offenbarung, die die Welt verändern könnte.

Ich hasste dieses Getue, sollte er doch einfach frei sagen, was er zu sagen hatte, oder für immer schweigen. Wobei mir letzteres fast noch mehr zusagte. »Sag's halt, du erstickst doch schon fast an deinem Wissen.«

»Also gut«, er winkte ab, »du wolltest es wissen.«

Die Art, wie er das formulierte, war mir nicht geheuer, denn es implizierte zwischen den Zeilen, dass er nicht vorhatte, mir ein Kompliment zu machen.

Eigentlich sollte ich jetzt einen auf Cool machen, ihm mit einem Zeichen von Desinteresse signalisieren, wohin er sich sein blödes Gelaber stecken konnte. Leider siegte die Neugierde, und das regte mich tierisch auf. »Lass es endlich raus«, zischte ich und leckte einen Tropfen Schoko-Eis von meinem Daumen.

»Ist ja schon gut. Seien wir mal ehrlich, du bist keine Wow-Frau ...«

»Keine was?«, unterbrach ich ihn ungläubig.

»Keine Wow-Frau«, wiederholte er geduldig, als hätte lediglich ein akustisches Problem vorgelegen, obgleich er ganz genau wusste, dass dem nicht so war. »Lass mich doch erstmal ausreden.«

»Rede«, knurrte ich, als würde ich ihm eine geladene Pistole an die Schläfe halten.

»Du bist eher eine Frau für den zweiten Blick.« Nach einem kurzen Seitenblick ergänzte er rasch: »Das sollte ein

Kompliment sein.« Offenbar war ihm die Verdüsterung meiner Miene durchaus aufgefallen. Somit konnte er sich in Zukunft auch den billigen Spruch sparen, man würde meinem süßen Gesicht einfach nie ansehen, wann ich wütend wurde.

»Aha, ein Kompliment. So auf die Art: Aber sie ist nett.«

»Nein, so habe ich das nicht gemeint«, stellte er ungewohnt energisch fest. »Du machst einfach so wenig aus dir.« Mit einer auffälligen Geste deutete er auf meinen schwarzen Einteiler, der im Kaufhaus noch das Schickste von allen Modellen gewesen war. Er hätte mal die anderen Ungetüme sehen sollen.

»Warum trägst du so Zeug? Du würdest toll in einem Bikini aussehen, wieso machst du dich absichtlich zwanzig Jahre älter?«

Das war zu viel, in mir brodelte es hoch. »Vielleicht will ich Typen wie dir gar nicht gefallen. Schon mal daran gedacht? Ich scheiß auf Komplimente von dir, vor allem, wenn sie sowieso nur dazu dienen, dass du dich auf meine Kosten lustig machen kannst.« Ich setzte mich wieder in Bewegung. Warum reagierte ich auf einmal so emotional?

Nick hielt mich am Arm zurück und drehte mich zu sich. »Hey«, er sah mich so durchdringend an, als versuchte er meine Gedanken zu lesen. »Ich wollte mich nicht über dich lustig machen. Du bist hübsch, aber du bemühst dich nicht einmal, es zu zeigen. Mehr wollte ich dir damit nicht sagen. Sorry, wenn ich dir zu nahe getreten bin.« Er lächelte ansatzweise, während er mir seinen durchtrainierten Körper mit einer weit ausholenden Geste präsentierte. »Du darfst mich jederzeit kritisieren und du wirst sehen, ich nehme es dir nicht übel.«

Widerwillig musterte ich seinen Körper. Leider fand ich keinen einzigen Makel, sogar seine hunderttausend Tattoos auf beiden Armen sahen heiß aus, sie flossen ineinander und fügten sich zu immer neuen Bildern zusammen, hatten Stil.

Auf seinem Bauch zeichnete sich jeder einzelne gottverdammte Muskel ab, und verführte regelrecht zum Darüberstreicheln. Nur mit Mühe hielt ich meine Hand davon ab, etwas Dummes zu tun. Verdammt, mein Hirn vernebelte in seiner Nähe.

»Du bist nicht mein Typ«, erklärte ich hochmütig. Das war ganz klar gelogen. Optisch fand ich ihn toll, so viel Selbsteinschätzung besaß ich. Er zuckte zusammen, und sah mich für einen Moment starr an, was sich wie ein minikleiner Triumpf anfühlte. Ich hatte ihn getroffen – mitten ins Ego. Strike. »Ich muss zugeben, anfangs fand ich dich ganz kurz mal gut.« Ich zuckte mit den Schultern. Das war lange her. »Die Tratschpost hat es dir schließlich brühwarm zugetragen. Aber weißt du, wann sich das gelegt hat?«

»Wann?«, fragte er knapp, zeigte dabei allerdings keine äußerliche Regung. Zu schade. Ich hätte ihn zu gern ein paar Tränen wegblinzeln sehen. »Als ich dich näher kennenlernte. Da merkte ich, dass das Aussehen zu einer unwichtigen Komponente wird, wenn der Rest nicht stimmt.«

»Und der stimmt nicht?«

»Tja«, ich musste zugeben, ich genoss es, den Spieß umgedreht zu haben. »Sagen wir mal, du bist so interessant wie ein ausgefülltes Kreuzworträtsel.« Der Kerl war sich seiner gottgegebenen Perfektion so sicher. Vielleicht war er das in den Augen seines weiblichen Fanclubs auch, aber mich konnte er nicht darüber hinweg täuschen, dass er nichts weiter als ein Blender war.

Bedauerlicherweise fing er sich viel zu schnell wieder, und strahlte die gewohnte Selbstsicherheit aus. Nicht mal das kleinste bisschen Freude konnte er einem gönnen.

»Du kennst mich gar nicht«, sagte er schließlich, drehte sich um und schlenderte zurück zu seinem Platz. Im Weggehen winkte er lässig.

Mir blieb der Mund offen stehen. Ich kannte ihn gar nicht? Wer, wenn nicht ich, das jahrelange Opfer all seiner

Gemeinheiten, kranken Späße und bescheuerten Scherze hatte denn mehr Erfahrungen mit ihm sammeln müssen? Und jetzt ließ er mich einfach stehen? Das wäre eigentlich mein Part gewesen.

Nachdem ich ihm lang genug hinterhergestarrt hatte, ging ich zurück zu meinen Freunden. Nick konnte mich mal.

Printed in Germany
by Amazon Distribution
GmbH, Leipzig

18922865R00237